H. DE SAINT-GERMAIN

L'ORIENT
A VOL D'OISEAU

CARNET D'UN PÈLERIN

HELLÉNISME. — ARAMAÏSME ET SÉMITISME

OU

LA VÉRITÉ SUR LE VOYAGE DE

Guillaume II

OUVRAGE ILLUSTRÉ DE 121 GRAVURES

PARIS

IMPRIMERIE DES ORPHELINS-APPRENTIS D'AUTEUIL

40, RUE LA FONTAINE, 40

1902

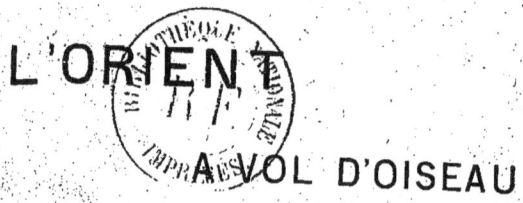

L'ORIENT

A VOL D'OISEAU

L'ORIENT

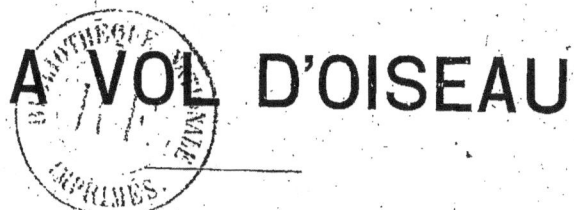

2376

À VOL D'OISEAU

CARNET D'UN PÈLERIN

HELLÉNISME. — ARAMAÏSME ET SÉMITISME

OUVRAGE ILLUSTRÉ DE III GRAVURES

PARIS

IMPRIMERIE DES ORPHELINS-APPRENTIS D'AUTEUIL

40, RUE LA FONTAINE, 40

1902

AVANT-PROPOS

Depuis plus de cinquante ans les regards sont attirés, comme par une force invincible, vers les beaux pays qu'éclaire le soleil à son lever. A peine le lointain captif de l'île de Sainte-Hélène avait-il disparu de la scène du monde, que, par contre-coup des gigantesques commotions qui avaient précédé, s'ouvrait ce qu'on est convenu d'appeler la Question d'Orient.

S'il ne nous appartient pas de résoudre cette question, au moins nous est-il permis de nous demander ce qu'elle signifie.

Pour les superficiels et les illettrés, et ce sont ceux-là qui forment le grand nombre, cette dénomination paraît représenter les tentatives réitérées des peuples limitrophes, se disputant bruyamment les fragments de l'Empire des Osmanlis. On les a vus à l'œuvre depuis plus d'un demi-siècle, nations d'origine et de visées différentes, aller à cette besogne, un peu comme les riverains de l'océan, qui vont aux épaves des naufragés.

En effet, par un étonnant retour des choses, l'Empire Ottoman semble destiné à disparaître de la même façon que l'Empire Grec auquel il s'est substitué; alors que, dix siècles plus tôt, on voyait les successeurs de Constantin et de Théodose sans cesse aux prises avec les bandes barbares et rapaces qui s'en divisaient les lambeaux.

Mais, sous les dehors matériels de cette question, il est permis à un œil plus clairvoyant d'envisager un sens plus profond; car, pour les gens sensés, il s'agit beaucoup plus d'unifier et de construire que de diviser et d'abattre.

Il importe donc de ne pas l'oublier : c'est sur ces

rivages maintenant désolés, que s'épanouit autrefois, à la
faveur de circonstances exceptionnellement heureuses, la
plus belle des civilisations que le monde ait connues, celle
des Grecs. Nous ne savions encore que bégayer qu'ils
étaient depuis longtemps les maîtres dans l'art de dire ;
leurs statues mutilées et les sculptures de leurs monuments gisaient dans la poussière, alors que chez nous
s'essayaient les efforts naïfs d'une architecture dans
l'enfance.

Et malgré une apparente déchéance, l'Orient ne cessait
de produire des écrivains, des artistes, et mieux que cela,
des ascètes et des saints.

De longues et patientes études m'ont initié à cette vie
intime de ces beaux pays du soleil levant. Je les ai revues
une à une, ces antiques provinces, aux noms poétiques et
sonores, ces cités et ces églises illustrées jadis par tant de
héros chrétiens, ces rivages qui ont redit les premiers les
échos de la bonne nouvelle.

Plus grand que la plupart de ses prédécesseurs et de
ses successeurs, m'est apparu Justinien, le bâtisseur par
excellence, opposant une armée de remparts et de citadelles, de couvents et d'églises à l'invasion déjà menaçante
de la barbarie ; et je me suis épris d'amour pour un pays
où sur la civilisation antique s'était greffée si fortement
la civilisation chrétienne.

Dans la succession des siècles, j'ai vu que le plus souvent c'est le Français, avec l'aide de voisins généreux, qui
leur a tendu une main secourable. Cette main serait-elle
paralysée ou engourdie ? Les derniers événements sont là
pour me répondre. Malgré des contradictions de tout
genre, notre influence en Orient reste maîtresse, et prend
même sans cesse de nouveaux accroissements ; tout parle
notre langue, tout s'adapte à nos usages. Nos écoles et établissements congréganistes enveloppent comme d'un vaste
réseau toutes les parties de ces lointaines régions.

Cette situation nous impose des devoirs. Nos pères aimaient à aller guerroyer et pèleriner outre-mer. Beaucoup moins bien outillés que nous pour les lointains trajets, ils nous devançaient pourtant par la hauteur de la vaillance et l'ardeur de l'entreprise. Au lendemain des défaites de Crécy et de Poitiers, on les voyait aller chevaleresquement se mesurer avec le Mécréant, à la suite du duc d'Orléans et du maréchal Boucicaut, comme dans une joûte à lice ouverte. Craignons que le jugement de l'histoire ne voie en nous que des fils dégénérés de ces preux !

J'invite donc ceux que peuvent encore émouvoir de pareilles considérations à me suivre par la pensée, ou ce qui est mieux encore, par l'effet, dans les étapes d'un périple long et incidenté ; en se persuadant bien qu'il s'agit moins de réminiscences littéraires et de satisfactions platoniques, que d'une entente commune et de résolutions efficaces et pratiques à prendre.

Janvier 1900.

N. B. — Bien que depuis le temps où ces notes ont été prises, de nombreux changements se soient déjà passés dans le monde politique, nous exposons la situation telle qu'elle était lors de notre passage.

CONSTANTINOPLE (POINTE DU SÉRAIL)

L'ORIENT A VOL D'OISEAU

CARNET D'UN PÈLERIN

PREMIÈRE PARTIE

HELLÉNISME

LE DÉPART

Septembre 1898.

Embarqués au port de la Joliette, non loin de la resplendissante cathédrale de Marseille, nous voici en route pour la Crète, sur le *Tigre*, bateau des Messageries Maritimes. Après avoir jeté un dernier regard d'espérance et d'adieu sur le sanctuaire de Notre-Dame-de-la-Garde, et avoir prié Marie de nous protéger, nous nous livrons avec sécurité à l'incertain de l'élément liquide, confiants dans l'expérience de ceux qui commandent le navire.

C'est en ce moment que les événements se précipitent pour l'île fameuse vers laquelle nous nous dirigeons. Ces événements vont amener à bref délai l'*ultimatum* pour l'évacuation de tout le territoire par les troupes ottomanes. On songe sérieusement à poser la candidature du prince Georges à la principauté de l'île, ce qui est, à l'heure où nous écrivons, un fait accompli depuis un an.

En attendant l'issue des négociations entamées en vue d'une solution, nous embarquons des officiers de terre et de mer, des dames d'officiers qui vont rejoindre leurs maris, parmi lesquelles la dame du commandant de la Canée, enfin des gendarmes, et de nombreux bagages à la destination de la Sude. Bon augure que ces excellents gen-

darmes sur notre bord ! Cela promet sécurité et tranquillité à notre voyage, ce qui n'est pas à dédaigner par ces
temps d'événements imprévus et souvent fâcheux.

UNE ARMÉNIENNE

A bord du *Tigre,* on est comme en famille. Commandement paternel, aimable compagnie, conversations joyeuses et sympathiques, divertissements variés et musique
par intervalle, tel paraît dès l'abord le programme de la
traversée.

Quant à la société, elle est des plus cosmopolites. Il y a des Arméniens à la destination de Constantinople et de Batoum. Dès l'arrivée, j'ai remarqué deux dames arméniennes, présentant le type bien caractérisé de leur nation : de grands yeux doux et intelligents, les cheveux ondulés, le teint transparent, le nez busqué ; elles sont à la fois aimables et pleines de réserve. Malheureusement elles appartiennent à la secte grégorienne. Qu'il faudrait peu de chose, à mon avis, pour les faire rentrer dans le giron de la vérité !

Il y a aussi des Grecs pour le Pirée ; avec eux la glace est fondue de bonne heure. Plusieurs Anglais, du meilleur ton, parlant un très bon français, se distinguent par leur amabilité. Un révérend ministre, homme digne et respectable, se rend dans les montagnes du Kurdistan, pour nouer ou continuer des relations avec Mâr-Simoûn, le patriarche des Nestoriens. D'autres passagers, Français ou Américains, sont à la destination de Téhéran, et escomptent par avance les étapes de ce long et difficile voyage. Je constate parmi eux la présence d'un ancien élève des PP. Dominicains d'Arcueil.

Il y a également des Russes à bord. Un jeune homme charmant, d'une éducation très soignée, parlant le français à nous faire envie, est de cette nationalité. C'est lui qui est comme le boute-en-train de la société et le trait d'union qui rapproche les différents passagers, bien que distincts d'origine et de langue.

En général, la traversée est magnifique. Si jusqu'aux îles Sanguinaires, le temps est resté un peu voilé, voici bientôt l'azur du ciel méditerranéen, se reflétant dans les eaux profondes et tranquilles. De lointains coups de tonnerre et des éclairs dans la direction du littoral de l'Afrique font bientôt place à la parfaite placidité des flots et des éléments.

Joyeux, nous traversons le Phare de Messine, détroit

célèbre, où le courant entraîne entre les rochers de Scylla
et le gouffre de Charybde. Ce courant, quoique assez violent, n'est pourtant pas bien redoutable pour un navire à
hélice. La mer, habituellement calme en ces parages, et
qui se plaît à battre amoureusement les rivages de la
Grande-Grèce, présente ici parfois le phénomène du mirage, appelé du nom de la *Fée Morgane*. Alors des constructions bizarres et gigantesques, des châteaux, des
tours, semblables à ces créations vaporeuses qu'enfanta
l'imagination des romanciers byzantins, à l'époque du
fantastisque empire de Trébizonde, semblent sortir du sein
des flots. Comme de légères vapeurs ces constructions
aériennes disparaissent ensuite, comme sous le coup d'une
baguette magique.

Il est temps maintenant de me demander, alors que vont
nous apparaître ces poétiques rivages, où résonnent encore
les échos de la langue hellénique, où s'étalaient ces villes
et ces cités moins riches par l'ensemble des ressources
matérielles, que par les productions de l'art et de l'esprit
humain, ce que je viens faire dans ces pays de l'Orient et
pourquoi je quitte la France.

Je le dirai ici sans détour : amant passionné de l'hellénisme, à mon avis, depuis le milieu du xvᵉ siècle, le monde
est mutilé. Vers ce temps, il est vrai, Christophe Colomb
a découvert l'Amérique ; mais nous avons perdu le phare
le plus élevé de la civilisation humaine. Actuellement,
je le sais, beaucoup de nos contemporains, fiers de nos
progrès matériels, se vantent d'avoir atteint ces cîmes
qu'on peut considérer comme l'apogée de l'esprit humain.
Au sortir d'une exposition des Arts et Métiers, ils se tar-
gueraient volontiers de détenir le record de la civilisation.
Loin de nous pareille chimère ! Ce qu'ils ont vu et admiré
n'est pas le vrai progrès ; ce n'en est que la contrefaçon.
Les bazars et les entrepôts remplacent mal, à mon avis,
les portiques et les péristyles de la Grèce ; comme les dé-

couvertes de la chimie ne sauraient remplacer le ciseau
de Phidias, le pinceau de Polygnote et d'Apelle.

Savoir assouplir la nature à ses caprices, la forcer à
révéler ses secrets et à atteler ses forces latentes au char
des commodités humaines, décèle, j'en fais l'aveu, un
remarquable esprit d'investigation et une rare application
de la force intellectuelle. Mais est-ce là que réside la vraie
perfectibilité de l'esprit humain, elle qui se traduit surtout par la poursuite du vrai dans l'ordre de la raison, du
beau dans la conception transcendantale de l'esprit, et du
bon dans la direction des appétits de la nature ? Les mathématiciens et les ingénieurs d'Alexandrie étaient du
reste sur la voie des plus étonnantes découvertes : c'est
l'Islam tout seul qui les a entravés et a fait reculer les
modernes inventions de plusieurs siècles.

Pour résumer donc ma pensée, avec la chûte de
Byzance a disparu la colonne élevée, qui, comme Atlas,
soutenait le zénith de la pensée humaine. De cette civilisation antique les éléments gîsent dispersés sur le sol
attendant la main qui doit les réunir, comme on rapproche
les fragments d'une belle plaque de marbre, sur laquelle
était gravée une inscription précieuse. Qui remplacera les
Théodose et les Justinien ? Qui nous rendra les femmes
qui s'appelaient Pulchérie, Irène et Théodora ? Qui, en un
mot, saura replacer le monde violenté et jeté hors de sa
voie, sur son axe naturel ? Quelle main pourra rapprocher les deux hémisphères de l'ordre moral et politique qu'avait su si bien coordonner le génie du grand
Constantin ?

Et cependant, les débris de l'antique harmonie demandent impérieusement à se réunir. Les aspirations de
l'hellénisme sont comme un réveil de l'esprit humain, qui
a connu des voies plus spacieuses et plus fortunées, et qui
veut les retrouver. Reconstruisez, replacez le puissant
réservoir d'où ont jailli les eaux fécondes qui enrichirent

la terre ; et vous verrez un renouveau des merveilles de l'ancienne civilisation, qui sut faire vibrer si haut l'immortel tétracorde de l'idéal et du beau artistique.

Il appartient donc aux peuples les plus intelligents et les plus généreux, à ceux qui n'ont pas perdu le sens de l'esthétique, et pour qui l'intellectualisme n'est pas un mot dépourvu de réalité, de rapprocher ces éléments épars, qui ne demandent qu'à se réunir, pour revivre et se signaler par toutes les productions d'une énergie créatrice et féconde.

N'est-ce pas la chûte du Colosse Byzantin, que depuis tant de siècles déjà minait le cimeterre des farouches sectateurs de Mahomet, qui, par les trépidations qu'elle a communiquées au sol, semblables aux gigantesques remous de l'Océan soulevé par le cyclone, a donné naissance au siècle de Léon X ? Chassées de leur abri séculaire, les Muses vinrent demander un asile à la terre d'Italie, et comme prix de l'hospitalité qu'elles reçurent, y transportèrent les arts de la Grèce.

C'est sous l'empire de ces pensées que je me dirige vers l'Orient, écho de ces aspirations, porteur de ces tendances à un renouveau du progrès, tel que l'ancien monde l'avait compris. Après moi, je l'espère, d'autres viendront, actionnés par les mêmes désirs, animés du même espoir, et ils finiront par tracer le sillon. Trop heureux, si ma voix ne se perdant pas dans le vide, savait susciter quelque dévouement et produire quelque généreuse initiative !

Mais, me dira-t-on, qu'est-il besoin de revenir à un passé qui est déjà bien loin et qui a fui sans retour ? Les événements du jour, scintillant comme les phosphorescences de la mer, semblent promettre satisfaction aux aspirations les plus impatientes. Ne voit-on pas briller au ciel de récents météores qui paraissent annoncer de nouvelles destinées au genre humain ? Et quelqu'un ajoutera même, non sans quelque pointe de raillerie, que ces météores qu'accompagne un sifflement étrange, passent en laissant derrière eux une forte odeur d'usine, qui fait songer aux exhalaisons peu suaves qu'engendrent le pétrole, le charbon de terre et les substances chimiques que met en œuvre l'industrie.

Mais je le demande franchement : sur quelque point du globe que se produise cette tendance audacieuse et spontanée, que l'on nomme la *Mégalomanie*, semble-t-elle être un titre suffisant pour se déclarer apte à recueillir toutes les successions que l'on croit ouvertes ?

Ne confondons pas cette passion de s'agrandir et de s'enrichir aux dépens d'autrui, avec l'influence bienfaisante d'un peuple éclairé, qui veut procurer aux autres les lumières de la civilisation dont il jouit lui-même. Ce n'en est même pas une maladroite contrefaçon.

Elle n'est du reste pas d'aujourd'hui cette lutte entre ces deux principes, celui de l'appétit inconscient et avide, qui appelle à grands cris une pâture, et celui d'une sage bienfaisance, qui veut procurer le bien de tous. Elle exista autrefois, sur les rivages de l'Orient, que je vais parcourir, entre ces deux grandes villes, en qui semblaient se personnifier ces deux ordres de choses si différents.

Athènes avait couvert les abords des continents et les îles de l'Archipel de ses florissantes colonies, qui rivalisaient entre elles pour le culte des arts et des lettres et s'enivraient de gloire, à l'instar de la métropole. Sparte voulut supplanter Athènes ; et la force brutale remporta une de ses victoires les plus signalées sur l'intelligence, la sagesse des conseils, et même l'ensemble des ressources matérielles. Était-ce le progrès ? Il me semble que c'était plutôt le recul.

Sous le casque de Brasidas et sous la cuirasse de Lysandre, je doute que se trouvât une âme capable de s'élever aux hautes conceptions de Périclès, alors que dans l'élan d'un ardent patriotisme, il s'écriait : « En un mot, j'ose le dire, notre république est l'école de la Grèce. Il me semble y voir chaque citoyen, doué d'une heureuse flexibilité, que jamais n'abandonnent les grâces, et qui le rend capable d'un grand nombre de qualités différentes. Que ce soit moins ici une vaine pompe de paroles que la vérité des faits, c'est ce qu'indique assez la puissance où ces qualités nous ont conduits. Seule de toutes les républiques, la nôtre se montre par les effets supérieure à la renommée (1). »

Si les faits ne lui donnèrent pas pleinement raison, la cause était pleinement jugée au tribunal d'une conscience impartiale. Lorsqu'au son insultant et sarcastique de la flûte, Lysandre faisait démolir les grands murs du Pirée et d'Athènes, le vainqueur du moment pouvait-il se flatter d'une victoire bien honorable ?

C'était dans l'harmonieux dialecte de l'Attique, qui se fondait si bien avec le doux langage de la côte d'Ionie, que parlaient les rhéteurs et que se composaient les ouvrages par lesquels étaient éclairées toutes les voies qu'aborde l'esprit humain. Le rude dialecte laconien pouvait-il revendiquer une gloire semblable ? Aussi, par un juste retour des choses, à un moment donné, l'équilibre devait se rétablir et le nom d'Athènes rester comme le synonyme de la civilisation de l'ancien monde.

Je me livre à ces réflexions, pendant que le navire poursuit sa course rapide et légère vers les rivages de la Grèce, reportant tour à tour mes regards des flots azurés de la mer sur l'azur plus intense du ciel, dont à peine quelques légères vapeurs viennent ternir le resplendis-

---

(1) Ξυνελών τε λέγω τήν τε πᾶσαν πόλιν τῆς Ἑλλάδος παίδευσιν εἶναι, καὶ καθ'ἕκαστον δοκεῖν ἄν μοι τὸν αὐτὸν ἄνδρα παρ' ἡμῶν ἐπί πλεῖστ'ἄν εἴδη καὶ μετὰ χαρίτων μάλιστ' αν εὐτραπέλως τὸ σῶμα αὔταρκες παρέχεσθαι. Καὶ ὡς οὐ λόγων ἐν τῷ παρόντι κόμπος τάδε μᾶλλον ἢ ἔργων ἐστίν ἀλήθεια, αὔτη ἡ δύναμις τῆς πόλεως, ἣν ἀπὸ τῶνδε τῶν τρόπων ἐκτησάμεθα σημαίνει. Μόνη γὰρ τῶν νῦν ἀκοῆς κρείσσων ἐς πεῖραν ἔρχεται. Thucydide, *Guerre du Péloponèse*, liv. II, ch. 41.

sant éclat. Je vois fuir dans le lointain les arêtes saillantes qui dessinent les rivages du continent ou des îles.

On nous signale subitement à quelque distance la flotte cuirassée du nouveau royaume d'Italie ; aussitôt regards, lunettes et jumelles sont braqués dans la direction indiquée ; mais on ne peut guère apercevoir, à l'œil nu, que des masses noirâtres, laissant derrière elles un large panache d'épaisse fumée. Cette flotte toutefois a un air assez *crâne* ; on sent que depuis longtemps l'Italie avait pris possession de la mer. Mais peut-elle bien supporter, sans s'épuiser, un si considérable effort ?

Bientôt mon attention se reporte sur l'intérieur de notre bateau, qui en ce moment présente une physionomie des plus variées. Quelques officiers du bord, avec des jeunes gens, s'amusent à un jeu qu'ils ont installé sur le pont ; il consiste à lancer avec adresse de gros jetons de fer sur un cadre où sont tracées des figures géométriques et des points qu'il faut viser et atteindre. Les dames, assises sur des bancs, causent entre elles, en s'occupant à quelque ouvrage, ou bien se livrent à la lecture. Un officier de l'infanterie de marine, le bonnet de police sur l'oreille, se promène sur le pont en faisant cliqueter son sabre. Les gendarmes sourient bénignement aux différents groupes, ou vont soigner le cheval de leur officier. Personne ne paraît malade ; tout le monde au contraire semble joyeux et confiant dans l'avenir.

Je songe alors à mes notes dont la rédaction formera la substance du présent travail, et que je réunirai en plus grand nombre possible. Je tâcherai de les saisir à la volée, pour les fondre ensuite en un tout homogène ; il y aura de tout, ce qui me fait penser involontairement à une salade russe. J'y mettrai des renseignements de voyageurs, des légendes et *boniments* de custodes et de ciceroni, des échos de touristes et d'explorateurs, au-dessus desquels je mets absolument les détails qui me seront fournis par les religieux et missionnaires de divers instituts, dont l'Orient abonde, et que je ne manquerai pas de rencontrer sur mon chemin. Je n'aurai recours aux livres et aux guides qu'en désespoir de cause. A quoi bon copier Joanne et Bœdecker ? A quoi bon transporter en ces pages la monnaie courante des pèlerins des Lieux-Saints ? C'est répéter ce que tout le monde connaît, ou plutôt c'est vouloir n'intéresser personne, en s'exposant à de fastidieuses redites.

Un homme instruit et sachant écrire, ayant à sa disposition une bibliothèque, comme j'en trouverai une à Paris, à mon retour, peut, sans sortir de sa chambre, composer un périple, abondant en péripéties, fécond en incidents. Mais n'est-ce pas abuser de la crédulité et de la bonhomie de son lecteur ?

Je veux dire ce que j'ai vu, raconter ce que j'ai entendu. Ces notes seront donc recueillies au fur et à mesure des progrès de mon voyage, tantôt dans ma cabine du bateau à vapeur, assis sur ma couchette, et m'éclairant du hublot, tantôt en chemin de fer, ainsi que cela m'est arrivé en Cœlé-Syrie, en allant de Beyrouth à Damas ; plus souvent dans la chambre hospitalière, avant que le repos de la nuit ne vienne me délasser des fatigues et des courses de la journée.

Un ami, comblé de tous les dons de la fortune, voyageant en grand équipage, m'a précédé aux rivages de la Grèce. Sa correspondance d'abord, sa conversation ensuite m'ont mis au courant de ses différentes impressions, du plaisir qu'il a éprouvé en parcourant cette terre classique, de l'accueil chaleureux qu'il a reçu, des heureuses rencontres qu'il a faites, en un mot, du plein succès de son voyage. Il m'a vivement piqué d'émulation, et je vais tâcher de ressaisir un peu de cette bonne fortune, qu'il a si abondamment trouvée. Aussi est-ce avec bonheur que je salue dans le lointain les hauts sommets qui me signalent l'approche des côtes helléniques.

Ici, non seulement tout a un nom, mais tout a une histoire. Ces ports, ces villes, ces bourgades, qui étagent leurs blanches maisons autour d'une crique hospitalière, et sur la déclivité d'une colline, généralement couronnée par quelque vieux château, byzantin, génois ou vénitien, ont une réputation légendaire. Souvent leur nom nous est connu par Homère; en tout cas Thucydide, Xénophon, Pausanias et autres, nous en ont conservé le souvenir. Rien de plus palpitant que l'intérêt qui s'y rattache, rien de plus saillant que les faits qui s'y sont déroulés.

Si votre imagination vous a peint par avance ces rives, avec des paysages pleins de grâce et de fraîcheur, souvent vous éprouverez un véritable désenchantement. Quelques vignes, quelques pieds d'oliviers au terne feuillage, s'étageant sur des croupes arides, l'horizon découpé par des arêtes rocheuses et presque toujours stériles, voilà ce qui frappera d'abord votre vue; mais prenez patience; bientôt, le paysage s'animera, la roche se poétisera, la pierre parlera, et c'est ainsi que vous retrouverez, non pas vos illusions, mais la poésie réelle dont votre âme abondait, lorsqu'on lui vantait la Grèce et l'enchantement de ses paysages.

Mais pendant que je donne cours à ces pensées, nous approchons du terme. Déjà depuis longtemps nous côtoyons le royaume hellénique. Sur la rive lointaine du Péloponèse, nous saluons enfin la côte de Messénie.

CÔTES DU PÉLOPONÈSE

LE PÉLOPONÈSE

Voici Modon, l'ancienne « Méthone », située sur un promontoire rocheux. Une double muraille la défend à l'est, et un gros mur à l'ouest. Un petit îlot, surmonté d'une haute tour, relié à la ville par un pont, ouvre l'entrée du port. L'église, byzantine par son origine, n'est pas sans cachet. De belles colonnes ioniques la décorent.

Tout dans cette ville rappelle le souvenir de Venise. Déjà dès le temps de l'empire grec, Manuel II Paléologue, assiégé dans sa capitale par Bajazet, sultan des Turcs, déposa sa femme et ses enfants à Modon, avant d'implorer le secours des Occidentaux. Ramené à Modon sur les galères vénitiennes, il y resta jusqu'au moment de la défaite de Bajazet par Tamerlan.

Les anciennes fortifications vénitiennes paraissent encore imposantes ; elles furent réparées par les Français durant la guerre de l'Indépendance. Sur la place de la ville bordée de maisons semblables aux maisons vénitiennes de Zante, se dresse une colonne de granit surmontée d'un chapiteau byzantin, avec une inscription en l'honneur du doge François Morosini.

Chateaubriand a consacré ces lignes mélancoliques à Modon : « Le vice-consul, dit-il, m'attendait sur la grève. Nous allâmes loger au bourg des Grecs. Chemin faisant, j'admirai des tombeaux turcs qu'ombrageaient de grands cyprès, au pied desquels la mer venait se briser. J'aperçus parmi les tombeaux des femmes enveloppées de voiles blancs et semblables à des ombres : ce fut la seule chose qui me rappela un peu la patrie des Muses. Le cimetière des chrétiens touche à celui des musulmans : il est délabré, sans pierres sépulcrales et sans arbres. Des melons d'eau qui végètent çà et là sur des tombes abandonnées ressemblent par leur forme et leur pâleur, à des crânes humains qu'on ne s'est pas donné la peine d'ensevelir (1). »

Les Vénitiens possédèrent à deux reprises cette ville. Ils s'en emparèrent en 1214, sous Dominique Michiali, à

COUVENT DE LA PANAGIA

son retour de la Terre-Sainte. S'ils l'abandonnèrent momentanément à Bajazet, en 1498, ce fut pour la reprendre de nouveau et la fortifier en 1686 ; ils ne la perdirent définitivement qu'en 1718. Les Français s'en rendirent maîtres et l'occupèrent pendant la guerre de l'Indépendance. En 1823, les Grecs y brûlèrent une flotte égyptienne.

N'oublions pas que cette terre du Péloponèse, sur la-

(1) *Itinéraire*.

quelle semble planer encore le farouche souvenir de Lacédémone, a reçu avec docilité les lois de l'Évangile, et est
devenue une terre d'anachorètes et de monastères. Maints
personnages de l'empire d'Orient, de ceux qui avaient
approché le plus près des degrés du trône, vinrent abriter
les derniers jours d'une vie repentante, sous les voûtes
méditatives de ses laures et de ses couvents.

On peut voir dans la *Chronique* de Georges Phrantza,
contemporain des derniers jours de Byzance, qui lui-même
vint se réfugier dans un de ces asiles, de curieux détails
sur ces monastères, les personnages de l'un et de l'autre
sexe qui s'y retiraient, et les pieuses libéralités de ceux
qui les dotèrent, les vertus qui y furent pratiquées.

Dignes d'être sauvés de l'oubli sont les noms suivants :
d'abord celui de saint *Athanase*, évêque de Méthone, mort
en 880. Son oraison funèbre fut prononcée par saint Pierre,
évêque d'Argos, surnommé le Thaumaturge ; il y célébra
son entrée dans la vie religieuse à Patras, ses vertus
héroïques, son élection à l'épiscopat, ses miracles et sa
précieuse mort.

Nicolas, métropolitain de cette ville, qui florissait vers
1096, a laissé des écrits qui lui assurent une place distinguée à côté des Pères de l'Église. Jean, précédemment
archiprêtre de Prusias en Bithynie, fut très attaché à l'U-
nion ; il avait assisté au concile de Florence, dont il défend la doctrine dans ses écrits. C'est un des fondateurs
de la littérature hellénique moderne ; il a laissé des Homélies écrites en ce dialecte.

On ne saurait omettre ici le nom de cet admirable
saint du ive siècle, *Serapion* le Sindonite, égyptien de
naissance, apôtre de Lacédémone, qui engagea plusieurs
fois sa liberté afin de racheter ses maîtres de l'esclavage
de Satan. Ce même pays a été illustré par saint *Nicon*
le Métanoïte. Exhortant les peuples à la pénitence,
comme son nom l'indique, et guérissant les mala-

des, il mourut en 998, dans un monastère de Lacédémone.

C'est à Modon que l'abbé Mékhitar posa les fondements
de la société qui porte son nom et qui travaille d'une
façon si fructueuse à la régénération de l'Orient par l'Arménie. L'invasion des Turcs, en 1717, le força de chercher
un refuge à Venise.

Mais tandis que le navire poursuit sa course, nos
regards sont frappés par la profonde découpure des côtes
du Péloponèse. Les anciens, que cette configuration
avait déjà frappés, comparaient assez justement la péninsule à la feuille dentelée du platane. Le littoral, en effet,
est découpé de baies profondes et dentelé de promontoires qui s'avancent audacieusement dans la mer, projetant tantôt des sommets rocailleux et dénudés, tantôt des croupes couvertes de verdure et de forêts de
pins.

L'un des principaux promontoires est le cap Matapan,
pointe extrême de la presqu'île du Magne, formée par le
massif du Taygète. Ce cap, le *Ténare* des anciens, est
autant redouté des marins, par les houles de ses côtes
rocheuses et inhospitalières qu'il était à craindre autrefois, à cause des terribles pirates maïnotes qui, cachés
dans ses criques, fondaient à l'improviste sur les navires
qui paraissaient leur offrir une proie facile.

L'autre promontoire important est le cap *Malée*
appelé encore « San-Angelo », haute falaise rougeâtre,
crevassée de toutes parts et plongeant presque à pic
dans une eau très profonde. « Il s'avance beaucoup
dans la mer, commence le passage étroit que les marins évitent en laissant l'île de Cérigo sur leur gauche.
Ce cap est le cap des tempêtes des matelots grecs. Les
pirates seuls l'affrontent, parce qu'ils savent qu'on ne
les y suivra pas. Le vent tombe de ce cap avec tant
de poids et de fougue qu'il lance souvent des pierres

roulantes de la montagne jusque sur le pont des navires (1). »

Ce promontoire, autrefois siège de monastères, offre
encore, creusée dans le roc, la retraite d'un ermite qui
vit des offrandes des marins. Averti par le panache de la
fumée ou le son strident de la sirène, il vient saluer le
navire au passage avec un cierge allumé. « Nous doublions
le cap de si près que nous distinguions sa longue barbe
blanche, son bâton, son chapelet, son capuchon de feutre
brun, semblable à celui des matelots en hiver. Il se mit à
genoux, pendant que nous passions, le visage tourné vers
la mer, comme s'il eût imploré le secours du Ciel pour
les étrangers inconnus, dans ce périlleux passage... (2). »

Aux ermites morts succède un autre ermite, et encore
maintenant, pareille scène se reproduit chaque fois qu'un
bateau passe ; on salue alors le caloyer dont la prière
rassure l'équipage.

Ce pays honore *saint Georges* et *saint Thomas*, religieux des monastères de Malée, signalés par les Bollandistes. Les Menées des Grecs disent du premier « qu'il prit
son vol comme l'aigle ». De son tombeau découlait un
baume qui guérissait les malades.

C'est ici que se terminait le *Magne*, le midi de l'ancienne Laconie. Des rochers à pic, arides et brûlés par le
soleil, montrent çà et là de petits villages, vrais nids
d'aigles, suspendus sur les précipices, hérissés de forteresses anciennes, les unes démantelées, les autres encore
debout, fières de leurs donjons et de leurs tours crénelées
et donnant au pays l'aspect de l'ancienne Europe féodale.
Beaucoup de ces constructions remontent au xiiie siècle,
époque où les seigneurs français, sous la conduite de
Villehardouin et de Guillaume de Champlitte, partagèrent

(1) Lamartine, *Voyage en Orient.*
(2) Lamartine,   id.

la Morée en douze principautés dont l'existence. n'est pas sans gloire.

La conquête de la Porte ne fut jamais que presque nominale. Au xviiᵉ siècle, il y avait dans les villes des négociants grecs fort riches, et à qui cette richesse donnait, comme il arrive partout, une sorte de pouvoir. Les Turcs même de Napoli paraissaient plus humains que les autres, et un peu plus civilisés par l'abord fréquent de l'étranger.

La vie des Grecs était à peu près la même que celle des Turcs. Les femmes des primats et des riches ne sortaient que voilées et entourées de suivantes, comme les femmes turques. A l'église, elles se tenaient dans un lieu séparé qu'on appelait, de l'ancien nom, *Gynécétis*. Les villages et les campagnes de la Morée offraient un aspect assez riant. La guerre ne les avait pas ravagés depuis près d'un demi-siècle : il y passait peu de troupes. Il n'y avait donc à supporter que les vexations habituelles des *pachas*, des *cadis*, etc., les insolences de quelques *agas*, et ce dur mépris de la race victorieuse pour la race vaincue. Dans quelques lieux même, ce sentiment s'était adouci par l'habitude de vivre ensemble.

Il se trouvait beaucoup de paisibles hameaux, nommés χωρία par les Grecs, peuplés de familles turques et chrétiennes, ayant chacune également leur petite maison fermée avec une serrure de bois, surmontée d'une petite terrasse, où l'on passait la nuit sous le doux ciel de la Grèce, et entourée d'un jardin rempli de mûriers, de térébinthes et d'oliviers. Ce qui ne manquait nulle part, c'était une église chrétienne, quelquefois, creusée dans le rocher, une image de la Vierge et quelques prêtres pour absoudre le peuple de ses péchés (1).

C'est dans ce pays de Magne que l'on retrouvait encore,

(1) Villemain, *Essai sur l'état des Grecs, depuis la conquête musulmane.*

à l'époque de l'Indépendance, le vrai type de *Klephte*,
jaloux de son indépendance, toujours armé contre l'oppres-
seur, rude à lui-même, comme aux autres, peu scrupuleux pour la propriété d'autrui, mais défendant la sienne
jusqu'à l'héroïsme.

Les Klephtes se trouvaient dans une sorte de guerre

TYPES DE KLEPHTES

forcée avec les *Armatoles*, devenus les gardiens du pays ;
mais le rapport de religion, de langue, d'origine, rapprochait tous les Grecs, bien plus que cette division ne pouvait les séparer. L'Armatole, fier et indocile sous le
pouvoir des Turcs, regardait encore les Klephtes de la
montagne comme des alliés et des frères vers lesquels il
se réfugierait quelque jour. « Je fus vingt ans Arma-

tole et trente ans Klephte sur la montagne », dit une
vieille chanson; c'est l'image de la vie du Grec qui
avait une fois touché les armes et se sentait du
courage.

Quand il éprouvait un outrage des Turcs, ou même par
inconstance, par dégoût de la plaine et de la servi-
tude, il désertait aux montagnes. Quelquefois aussi,
le Klephte était tenté par une vie plus douce, et venait
s'enrôler dans la milice des Armatoles, où il trouvait
une paye régulière et où il ne craignait plus les poursuites des spahis et des janissaires. Chaque capitaine
d'Armatoles formait lui-même sa bande. Il tenait à gloire
d'y faire entrer les plus braves; il les appelait ses *Palikares*, ou compagnons.

Mais, lorsqu'un capitaine, par le nombre ou la valeur de
ses palikares, paraissait trop redoutable, il était souvent
en butte aux trahisons des pachas; car les Turcs s'aperçurent bientôt de l'inconvénient d'avoir armé une partie
des chrétiens, et ils auraient voulu ne plus employer
que les Albanais, mahométans, ennemis acharnés des
Grecs.

Les Armatoles persécutés se rapprochèrent des
Klephtes. Quelquefois, le même nom leur fut donné, avec
les épithètes diverses de *Klephte apprivoisé* et de *Klephte
sauvage,* suivant qu'ils reconnaissaient le pouvoir des
Turcs, ou qu'ils s'enfonçaient dans les montagnes. La
principale expédition des Klephtes sauvages était de piller
quelques hameaux et d'enlever quelques Turcs opulents.
On le voit par leurs chansons populaires. « Ils avaient,
dit une de ces chansons, avec une franchise toute homérique, des agneaux, des moutons qu'ils faisaient rôtir, et
cinq beys pour tourner la broche. Quelques capitaines
d'Armatoles ne se bornèrent pas à ces incursions passa-
gères; ils se rétablirent à main armée dans leurs anciens
postes, au milieu de la plaine, annonçant par cet exemple

que la liberté pouvait renaître et s'étendre dans la Grèce asservie (1).

L'allure actuelle, le costume des *Maïnotes* ou des Klephtes se ressent de leur ancienne humeur batailleuse. Toujours armés, de ces longs fusils à crosses richement travaillées, qui sont un reste de leur ancienne splendeur, on les voit errer dans leur donjon ou se glisser dans les haies. C'est que les querelles entre voisins, les luttes entre villages continuent de tenir chacun en éveil. Le Magne est l'asile de la liberté ; jamais les soldats turcs n'ont pu en franchir le seuil ; à peine si le pacha de Tripolitza leur imposait un tribut presque jamais payé. Parfois seulement, on tendait dédaigneusement, au bout d'un sabre, quelques pièces d'or au collecteur des impôts, à la limite de la province (2).

En revanche, on trouve chez les Maïnotes des sentiments généreux, la fidélité aux chefs, une certaine noblesse de caractère, une hospitalité cordiale, le respect de la parole donnée. Les femmes participent aussi du caractère général de la race. Plus d'une fois, on les a vues combattre avec la même audace, la même fureur que les hommes. Pendant la guerre de l'Indépendance, elles ont montré un courage digne de ces fières Spartiates, leurs ancêtres, qui ne voulaient enfanter que des héros. La femme laconienne, en remettant le bouclier à son fils, ne lui adressait que ces courtes et fières paroles : « Dessus, ou dessous. »

Quand les Croisés occupèrent le Péloponèse, afin de maintenir ces peuplades turbulentes, ils couvrirent le pays de châteaux-forts. Guillaume de Villehardouin fit construire les deux forteresses de Mistra et de Passaro. Après le départ des Francs, les chefs maïnotes succédèrent aux chevaliers champenois, et fondèrent une aris-

(1) Villemain, *Essai sur l'état des Grecs, depuis la conquête musulmane.*

(2) Henri Belle, *Trois années en Grèce.*

tocratie militaire qui a subsisté jusqu'à nos jours. A partir de 1472, elle eut pour chefs des descendants de la
race impériale des Comnènes, réfugiés dans le Magne,
après la chute de Trébizonde. L'un d'eux, Etienne Ier, qui
s'intitulait *Protogéros,* est resté populaire dans la montagne, par sa bravoure, sa force exceptionnelle et sa beauté.

Les *Chants des Klephtes* forment une partie très intéressante de la littérature néo-hellénique. Réunis par
MM. Fauriel et Emile Legrand, ils ont excité une admiration universelle. Dans leur simplicité naïve ou héroïque,
ils reproduisent les sentiments fiers et passionnés de ces
hardis adversaires de l'oppression musulmane.

Voici un extrait de la chanson *Le Tombeau du Klephte,*
une de celles qui se répètent par toute la Grèce : « Maintenant ma mort est venue ; je m'en vais mourir. Vous
autres, mes braves, prenez mon pauvre, mon cher sabre.
Coupez de verts branchages, faites-m'en un lit pour que
je me couche, et allez quérir un confesseur pour que je
me confesse et lui dise tous les péchés que j'ai faits. Je
fus trente ans Armatole, vingt ans Klephte !... Faites mon
tombeau, et faites-le-moi large et haut ; que j'y puisse
combattre debout et charger mon arme étendue sur le
côté. Laissez à droite une fenêtre pour que les hirondelles
viennent m'annoncer le printemps et les rossignols me
chanter le beau mois de mai (1). »

Nous perdons bientôt de vue les rivages de la terre
ferme, toute palpitante des émotions que provoquent les
prouesses de nos ancêtres les chevaliers de la croisade,
qui sont pour le moins à la hauteur de celles des belli-
queux Laconiens, avec une forte initiative d'orthodoxie en
plus. Nous la reverrons plus loin, cette terre fameuse ; mais
pour le moment, d'autres rivages vont captiver nos pensées et éveiller notre attention.

(1) Alfred Bougeault, *Littérature moderne.*

LA CRÈTE

J'ai dit plus haut que le *Tigre* avait pour première destination les côtes de la Crète, île célèbre, qui est en ce
moment un des points de mire de la politique européenne
et pour laquelle nous avions de nombreux passagers, avec
un chargement considérable. A notre bord se trouve un
distingué officier supérieur de marine, qui va prendre le
commandement du *Condor*, un des navires cuirassés qui
sont à la Sude. Officier de la Légion d'honneur, il est, par
le rang, le premier parmi les autres dignitaires de notre
armée.

Bientôt nous arrivons en vue des rivages de la Crète,
où devait avoir lieu la halte nécessitée par les événements
du jour. La côte septentrionale que nous suivons nous
apparaît rocheuse et abrupte, mais pleine de variété dans
la succession des escarpements qui en sont comme le rempart naturel. A certains endroits cependant, s'inclinant
jusqu'à la mer, les pentes boisées du Psiloriti, ancien Ida,
qui a près de cent kilomètres de circuit, apportent la verdure et la fraîcheur au paysage. Ces pentes offrent une
végétation variant avec les altitudes. Les premières
assises offrent un climat tempéré, des forêts superbes, des
pâturages et des coteaux émaillés de fleurs ; tandis que
les vents mugissent autour des cîmes arides, où, en plusieurs endroits, la neige se conserve toute l'année. Les
cèdres, les pins et les cyprès en ornent le front à l'orient.

Que de souvenirs réveille cette île fameuse ! C'est un des
berceaux préférés de la vieille mythologie grecque, avec
ses fables, au fond absurdes, souvent ingénieuses ; sa cos-
mogonie est plus ancienne que les dieux de l'Olympe. Là,
le roi des dieux, Jupiter, nourri par la chèvre Amalthée,

est surveillé par les Curètes et les Corybantes, qui battent du tambour et des cymbales pour étouffer les cris de l'enfant. Là, fut le Minotaure, infortuné rejeton de Pasiphaé, que Dédale enferma dans les barrières inextricables du Labyrinthe. Là, régna Minos, et le sage Epiménide en sortit pour donner des lois à Athènes. Toute la mythologie et la poésie hellénique nous montrent la Crète comme ayant devancé les autres pays, tant par les histoires de ses dieux et de ses héros, que par les productions de poésie, qui semblent avoir servi de modèle aux autres créations de ce genre. Et, chose digne de remarque, le sonore dialecte dorien s'est conservé jusqu'à nos jours dans certains contreforts de la montagne.

De tout temps son peuple a eu un penchant inné pour la poésie ; longtemps se sont exécutées en ce pays ces danses mimiques, à main armée, qui donnent un si haut relief aux mélopées guerrières qui les accompagnent.

A la vue des côtes de la célèbre île « aux cent villes », une réminiscence personnelle revient à ma pensée et à mon cœur, le souvenir de l'excellent M. Thenon, un des premiers élèves de l'École d'Athènes, fondateur et ordonnateur sagace et très apprécié de l'école Bossuet, après qu'il fut entré dans les Ordres. Il avait reçu pour mission, avant son retour en France, de relever l'emplacement des anciennes villes de la Crète, et avait réussi en partie dans son entreprise. Il fit surtout en ce pays des découvertes paléographiques du plus haut intérêt.

Au bout de quelques instants, nous nous trouvons aux abords de ce territoire, dont nous apercevons depuis le matin, à l'horizon, les hauts sommets, parmi lesquels le mont Ida, dont la cîme qui, l'hiver, se recouvre de neige, ressemble à une immense coupole. Au fur et à mesure que nous avançons, nous échangeons des paroles d'adieu avec nos excellents compagnons de voyage qui vont nous quitter à la Sude. Mme la Commandante paraît sur le pont avec ses deux charmants enfants que tout le monde entoure. C'est à qui les embrassera ou leur fera quelque petit cadeau. Les Anglais se montrent les plus empressés.

Les bons gendarmes sont fort occupés du cheval de leur officier qu'ils pansent. Le pauvre animal paraît avoir assez bien supporté la traversée et va être débarrassé de ses entraves. C'est pour lui une situation à laquelle il n'est guère accoutumé.

Pendant que l'hélice fraie son chemin, nous longeons de près le rivage. En tout temps cette île célèbre eût vivement provoqué notre attention ; au milieu des événements tragiques qu'elle traverse, on comprend que cette attention est surexcitée au plus haut point. Les massifs rocheux déroulent devant nos yeux ; les côtes en général paraissent stériles ; les sommets seuls paraissent couverts d'une forte végétation. Quelques groupes d'habitations se montrent çà et là sur les déclivités, ou accrochées pittoresquement aux flancs des rochers. Dans les parois de ces rochers, au niveau de l'eau, sont percées des grottes naturelles qui font penser aux Néréïdes et aux humides troupeaux de Neptune.

Nous passons non loin de l'emplacement du fameux Labyrinthe, que construisit Dédale pour enfermer le Minotaure, dont triompha Thésée. Le voyageur Savary, parcourant la Crète, a cru découvrir l'emplacement et des restes du Labyrinthe ; d'après lui ce serait une série d'allées circulaires, dont il a constaté l'existence dans les flancs d'une montagne, près de Gnosse.

Avec la fable, l'histoire revient à ma pensée. Tous les peuples qui ont passé dans cette île y ont laissé leur trace. Après les Grecs, Rome, Byzance, les Sarrasins, puis de nouveau les Byzantins, sous Romain le jeune et Nicéphore Phocas, enfin les Vénitiens ont déposé sur le sol d'ineffaçables empreintes.

Le fameux siège de Candie me rappelle le souvenir de

3

l'italien François Morosini et d'un français, le duc de
Beaufort. Le premier, issu de cette illustre famille qui
donna tant de personnages illustres à la république de
Saint-Marc, après toute une série d'exploits, reçut la mission de défendre Candie contre les Turcs, en 1660. Enfermé
dans la place, il y soutint plus de cinquante assauts, livra
plus de quarante combats souterrains, éventa plus de
cinquante fois la mine des assiégeants. Les Turcs perdirent
à ce siège mémorable environ 120.000 hommes. Obligé
enfin de se rendre, Morosini capitula après vingt-huit
mois de résistance. Le grand-vizir Koproli, plein d'admiration pour son courage, lui accorda tout ce qu'il voulut.
La république de Venise reconnaissante a décerné des
honneurs exceptionnels à ce grand homme.

C'était aux Français que revenait l'honneur de secon-
der ce héros. Le duc de Beaufort, petit-fils de Henri IV,
par Gabrielle d'Estrée, l'ancien *roi des Halles* de la Fronde,
alla, de l'aveu de Louis XIV, prêter aide aux Vénitiens
attaqués depuis vingt-quatre ans dans l'île de Candie.
Accompagné du duc de Noailles, du marquis de Mont-
brun, il amenait un secours de neuf mille hommes. Après
des prodiges de valeur, il fut tué dans une sortie.

Après Chypre, aucune île de la Méditerranée n'a une
histoire aussi mouvementée et par conséquent aussi intéressante que l'île en présence de laquelle nous nous trouvons. Plus que l'histoire profane, l'histoire sainte y a tracé
son sillon.

De grands souvenirs chrétiens ont illustré cette île.
Le village d'Aulona, bâti sur l'emplacement de Gortyne,
est appelé le village des « Dix Saints », *Hagios-Déka*.
C'était un lieu de pèlerinage très fréquenté à cause des
miracles qui s'y produisirent, près de la tombe de ces
martyrs immolés au temps de Dèce.

Après les saints *Philippe* et *Cyrille*, évêques de Gortyne, saint *Pinyte*, évêque de Gnosse, est classé par

ÎLE DE CHÈVRE (CHARBONNEL)

Eusèbe et saint Jérôme parmi les grands hommes de son siècle.

Saint *Myron*, son successeur, est un des grands thaumaturges des Grecs.

Au VIIIᵉ siècle, saint *André de Crète*, originaire de Damas en Syrie, qui a si bien parlé de la Sainte Vierge, était métropolitain de l'île.

Un autre saint *Cyrille* fut mis à mort pour la foi par les musulmans d'Espagne en 828.

Tandis que les émotions provoquées par tous ces souvenirs affluent à ma pensée, nous approchons de la halte. Enfin nous voici à la Canée, qui est pour le moment le siège principal de l'occupation française. Vue de la mer, cette ville présente un bel aspect; ses blanches maisons, ses murailles, ses minarets élancés impressionnent favorablement la vue. Dès l'abord, l'œil ne découvre pas l'effet désastreux des derniers événements, qui ont multiplié les ruines dans cette infortunée cité.

Tout en elle rappelle le souvenir des Vénitiens. Occupant le fond d'une baie, la ville et le port se trouvent compris dans une enceinte quadrangulaire bastionnée, dont la construction remonte à l'époque de la puissance des doges. Il en est de même du môle qui ferme le port et de l'hôpital militaire sur lequel est sculpté le lion de Saint-Marc. Des armoiries font même reconnaître les anciens possesseurs des principales maisons. C'était pour la première fois que ma vue était frappée par les constructions mulsumanes. Je devais voir bien d'autres spécimens de cette architecture; mais sveltes et légères, et souvent agrémentées des détails d'une exécution heureuse, elles agirent dès lors favorablement sur ma pensée, avide de trouver comme pâture ces émotions esthétiques qu'elle est venue chercher sous le ciel de la Grèce.

Cette ville, l'ancienne *Cydonia*, a donné naissance à *saint Nicolas Studite*, ainsi qu'au Père Eudœmon, jésuite, de la famille des Paléologue, qui, au xvie siècle, professa le grec à Rome et à Padoue.

On peut voir par cette île ce que fut la domination de Venise dans ces contrées, domination un peu autoritaire, un peu mercantile, mais tempérée de bienfaisance, et d'entente des vrais intérêts de la Métropole et des colonies. C'est là une remarque que j'ai été souvent à même de faire.

Après la bataille de Lépante, le principal poids de la guerre incombait à la république de Saint-Marc, qui à chaque guerre et à chaque traité, voyait quelque lambeau de sa puissance lui échapper. Candie, encore très importante, excitait toute l'inquiétude du Sénat de Venise. Cette île, si fameuse dans les antiquités grecques, était, par la fertilité de son territoire, la plus riche des colonies de la république. Il y avait au xvie siècle, dans les provinces de la Canée, de Candie, de Réthymo et de Sétima, plus de deux cent mille habitants. La plus grande partie de la population était grecque. Il s'y mêlait des Juifs, des Arméniens, et une tribu d'Arabes, venus d'Espagne, établie dans cette île au xiie siècle. On y comptait quatre cents gentilshommes vénitiens, qui étaient comme les maîtres et les seigneurs du pays, sous l'autorité du Provéditeur de Venise.

Les Grecs de Candie relevaient du Patriarche de Constantinople et recevaient ses instructions. En 1567, les Grecs de Candie avaient maltraité des négociants juifs. Le Patriarche, averti de ce désordre, écrivit une lettre de réprimande adressée, suivant l'usage, aux évêques, aux prêtres et au reste du peuple chrétien. Il menaçait d'excommunication ceux qui avaient commis et renouvelleraient de semblables violences, et terminait ainsi sa lettre, en ordonnant qu'elle fût lue dans toutes les églises de l'île : « L'injustice, quel que soit celui qui en est l'objet, est toujours injustice, et l'homme qui a fait du mal à quelqu'un ne sera pas justifié sur le prétexte qu'il a fait du mal à un homme d'une autre religion. Jésus-Christ Notre-Seigneur a dit dans son Évangile : « Ne maltraitez et ne calomniez « personne. » Il n'a pas fait de distinction, et n'a pas permis aux hommes pieux de nuire à ceux qui ne le sont pas. »

Ces leçons de tolérance qui sortaient du synode de Constantinople, prouvaient pour le moins qu'il se conservait quelques lumières dans cette Église, malgré son oppression. Le plus grand bienfait de son pouvoir était de maintenir l'unité du peuple grec, de lui communiquer sous le joug de la conquête, un même esprit, une même espérance.

Pour ce qui est de l'île de Candie, si le clergé passait pour assez ignorant, alors qu'il n'y avait aucune école grecque dans l'île, on remarquait cependant dans les habitants cette vivacité d'esprit particulière à la race grecque (1). L'instinct des vers était alors fort répandu : dans les fêtes, les jeunes gens soutenaient l'un contre l'autre des défis poétiques, comme les bergers de Théocrite. On retrouvait encore chez ce peuple plusieurs anciennes coutumes de la Grèce, et particulièrement l'usage de danser, les armes à la main.

La tribu grecque la plus belliqueuse de l'île était celle des *Sfacchiotes*. Il y a une ressemblance frappante entre les agissements de cette tribu et les caractères qui ont signalé le soulèvement actuel des Crétois. Retirée sur les hauteurs et dans les gorges des monts Sfacchia, elle se gouvernait par ses propres usages, ne voulait pas accepter la langue italienne, et ne donnait à Venise d'autre marque de soumission qu'un léger tribut. Vers la fin du xvie siècle, la république fort occupée de plans et de projets

_____

(1) Il n'est pas hors de propos de faire remarquer que la Crète est un des pays où la poésie grecque a pris naissance, comme un produit spontané de ce sol fertile. On peut voir dans les vers d'Aristophane des allusions à ce fait.

pour assurer la défense de Candie, songeait à lever des troupes parmi ces montagnards ; mais en comptant sur leur courage, elle redoutait leur humeur indocile. Une paix de trente années avec la Porte éloigna les craintes de Venise. Elle continua à tenir Candie sous le joug sans chercher à gagner l'affection des habitants, et ne leur demandant que des tributs et de l'obéissance.

BERGER CRÉTOIS

Cependant la civilisation italienne, si florissante au XVI siècle, devait se communiquer aux Grecs de Candie. Les familles grecques et vénitiennes se mêlaient et quelquefois confondaient leurs noms. Le commerce maritime de l'île s'accroissait sous le pavillon puissant de la république ; et plusieurs négociants grecs de Candie avaient amassé de grandes richesses. Ils envoyaient leurs enfants étudier à Venise et à Padoue.

Un degré de culture morale inconnu dans la Grèce suivit ce premier progrès, et il est à remarquer que la plupart des Grecs savants, dont les noms furent portés en Europe, vers cette époque, appartenaient à l'île de Candie.

Ils cultivèrent surtout avec soin l'idiome national. Un Grec de Candie, Portios, écrivit la première grammaire de la langue romaïque, et la fit imprimer en France, avec une dédicace au cardinal Richelieu. Nous avons eu entre les mains un in-4° imprimé à Venise, vers le même temps, renfermant des homélies d'un Papas sur les principaux saints que célèbre le calendrier des Grecs. Cet ouvrage paraît avoir eu une origine analogue. La langue s'écarte peu du grec classique ; et sauf quelques mots nouveaux et quelques formes grammaticales altérées, de courts moments de lecture suffirent pour nous en donner la clé.

La poésie aussi fut cultivée ; non cette poésie naïve et populaire, née du ciel et du climat, conservée par la tradition, qui ne porte ni date ni nom d'auteur ; elle se retrouvait à Candie, comme dans tous les lieux de la Grèce. Mais il y avait aussi dans cette île des hommes qui cultivaient cette poésie littéraire, souvent moins heureuse dans ses inspirations, mais dont l'existence suppose de l'art et de l'étude.

Ce caractère se trouve dans le roman d'*Erotocritos*, ouvrage mêlé de prose et de vers, écrit en grec moderne, avec un goût d'élégance italienne et de recherche orientale. La manière plus cultivée de la diction annonce un Vénitien de Candie, qui avait adopté la langue des Grecs ; l'auteur porte le nom de Vincent Cornaro.

Vers le même temps un Grec de naissance, Georges Khortatzi, composa une tragédie, la première sans doute depuis *le Christ souffrant*, œuvre de saint Grégoire de Nazianze. Ce drame, tout romanesque, présente une Égypte imaginaire, un tyran de Memphis qui ne ressemble à rien, une jeune princesse fille de ce tyran, et un jeune prince vertueux dont elle est aimée. Le tyran, mécontent de cette inclination, fait assassiner le jeune prince, et envoie son cœur et ses deux mains coupées à la princesse qui se tue de désespoir. Il vient alors sur la scène et est mis en pièces par le chœur composé de femmes.

Poème, tragédie et pastorales sont d'un goût assez faux, ou sentent le pastiche ; mais aussi on entrevoit que grâce à un rayon de liberté les qualités natives de la race hellénique ne demandaient qu'à se réveiller pour produire des œuvres dont le goût, s'épurant peu à peu, pourrait remonter au pur classicisme.

La Sude.

Le jour commençait à pencher sur son déclin, lorsque le navire, obliquant lentement, commence à entrer dans le goulet étroit qui sert de passage pour pénétrer dans la baie de la Sude, assez semblable au goulet qui donne accès à la rade de Brest. Alors que nous longions encore les côtes de la Crète, entraînés par la vapeur le long de la muraille rocheuse et escarpée qui en défend l'abord, on nous a montré, au revers des montagnes, l'emplacement du village, situé dans ces gorges inaccessibles, où siège le Comité exécutif crétois. Ce Comité est une sorte de Diète patriotique, qui est en rapports officiels avec les représentants des puissances dont les navires sont stationnés à la Sude. N'allons pas trop au fond des choses ; je crois la cause de ces Crétois meilleure que celle des Turcs ; mais par moments, ce mouvement patriotique, dans ses soudaines explosions, semblait prendre les allures audacieuses et menaçantes d'une insurrection, et rappeler plutôt les agissements d'une troupe de Klephtes que les légitimes aspirations d'un peuple chrétien à la liberté.

Mais assez sur ces choses, que nous avons moins à apprécier qu'à accepter. Par le fait, le site choisi par les puissances paraît admirablement approprié à la destination qu'on lui a donnée. On entre doucement dans le goulet qui permet d'y accéder. Les deux rives, dans

une déclivité qui rappelle les glacis de forteresses, couvertes d'arbres et d'arbustes, descendent jusqu'à la mer ;
mais sous le tertre perce une ossature rocheuse qui a

NAVIRES DES PUISSANCES A LA SUDE

permis d'y installer de solides travaux de maçonnerie.
Chaque rive est couronnée par un travail fortifié, ancien
fort vénitien, sans doute, réarmé par les Turcs. De gros
canons de forteresse garnissent les lignes symétriques qui

se développent sur ces sommets et en défendent les abords.
Il me semble reconnaître dans l'un des deux forts l'uniforme de l'armée italienne

La Sude est un port sans rival, où les flottes des plus
grandes puissances pourraient se loger et évoluer à l'aise.
A l'endroit où la mer pénètre le plus profondément l'intérieur du rivage, la baie décrit un bassin oblong, d'environ
un kilomètre de largeur sur huit kilomètres d'étendue. La
côte est dominée par la forteresse de la Sude, construite
au xvi⁰ siècle par les Vénitiens sur un rocher qui servait
de refuge aux pirates. En ce moment, une trentaine de
vaisseaux blindés, de toutes formes et de toutes dimensions, dernier mot du progrès nautique, et portant pavillon italien, russe, anglais et français, ayant jeté l'ancre
dans la baie, s'y trouvent parfaitement à l'aise. Depuis
quelque temps, les navires de l'Autriche se sont retirés.

C'est là qu'il est permis de faire des comparaisons
entre les différentes architectures navales et de constater
que, si les Anglais l'emportent par la masse imposante
de leurs blindages, de leurs tourelles et de leurs canons,
les nôtres ont une incontestable supériorité par la savante
combinaison des forces et l'habileté de la construction.
Les autres puissances reproduisent alternativement les
types de l'une ou l'autre des deux premières nations.

A peine sommes-nous arrêtés, qu'une multitude de
canots, montés par les marins des différentes puissances,
se pressent sur les flancs de notre vapeur. Le premier qui
arrive en haut des degrés, raide, en tenue irréprochable,
vêtu de blanc, ainsi que les rameurs de sa baleinière, est
un officier anglais. Il réclame la poste avec des paroles
brèves et impérieuses.

Tandis qu'une chaloupe à vapeur vient prendre la
dame du commandant de la Canée, qui est à notre bord,
avec ses enfants, les autres embarcations se disputent le
passage et les marchandises. J'entends nos braves marins

bretons, dans leur jargon nautique, compter, en les empi-
lant, les caisses, malles et paquets qu'ils vont débarquer
à terre. Mme la Commandante avait eu la gracieuse obligeance de m'offrir une place dans sa chaloupe à vapeur.

Le spectacle est vraiment magnifique, l'animation
extraordinaire. Pendant que les légères embarcations,
mues par la rame ou la vapeur, se croisent dans tous les
sens, et que nous considérons d'un œil curieux les costumes bigarrés et pittoresques, où cependant le blanc
domine, des différentes nationalités qui se rencontrent
en ce lieu, divers personnages montent à notre navire. Je
crois reconnaître des officiers anglais vêtus en civil et un
officier russe, en grande tenue, à la destination du Pirée,
pour lequel on a les plus grands égards. Je m'efforçai de
lier conversation avec lui, lorsque je le rencontrai sur
notre bord.

Cependant le soir approchait, on songe au départ. A
ce moment, la scène est grandiose. Les différents navires
semblent nous envoyer leur témoignage de sympathique
adieu. D'une extrémité à l'autre de la rade, les musiques
amirales se répondent et réveillent l'écho de ces rivages
depuis si longtemps endormis ; des projections électriques
éclairent vivement, par intervalles, les ombres du soir
qui commencent à descendre, pour faire place aux étoiles
du ciel, d'un charme et d'une douceur incomparables.
Bref, c'est au milieu des plus brillantes fanfares et d'une
illumination féerique que notre navire s'ébranle, pour
nous transporter aux heureux rivages de l'Attique.

La Sude est un des derniers points qui furent occupés
par les Vénitiens, ainsi que les *Grabuzes* et *Spinalonga*,
avant leur retraite définitive de l'île.

Si c'est avec regret que je vois s'éloigner ces côtes de
l'île renommée de Crète, aux souvenirs classiques et religieux, je devais retrouver les rudes Crétois en Attique.
Je devais aussi rencontrer plus tard des personnages

illustres, fugitifs d'un territoire actuellement volcanisé.
De ce nombre était Djévad-Pacha, attaché à la personne

NAUPLIE DE MALVOISIE.

de Guillaume II, durant son voyage en Orient, et l'évêque
latin, Mgr Cannavô.

Dans le joyeux dîner qui suit notre départ des eaux de

la Crète, nous échangeons nos impressions tant sur la
situation si mouvementée de cette île, que sur le concours
des éléments si divers que cette situation a rapprochés.
C'est animé de ces impressions que je me livre au repos,
appelant le moment où il me sera donné de voir l'Hellénisme, dont je n'ai fait qu'entrevoir une échappée, se
déployer entièrement à mes yeux, dans toute l'ampleur
de ses richesses séculaires.

L'un des points les plus importants qui sollicitent
l'attention sur la côte orientale de la Morée, que nous allons
approcher, est *Napoli de Malvoisie* connue autrefois
sous le nom de *Monembasia*. Ce nom qui signifie *une
seule entrée* a été donné à cette ville, parce que située sur
une montagne, proche de la mer, elle était si bien fortifiée par la nature et par l'art, que l'on ne pouvait y pénétrer que par un passage fort étroit.

Actuellement, elle est bâtie en amphithéâtre sur une
île élevée, qu'un pont de pierre de 150 mètres relie à la
terre ferme. Sur une colline, au fond de la baie, sont les
ruines de l'ancienne ville *Epidaure Liméra*.

Lorsque les Croisés occupèrent l'Achaïe, ils donnèrent
Nauplie de Malvoisie à un seigneur français nommé
Guillaume, vers 1205. Michel Paléologue s'en rendit maître
quelque temps après, mais les Vénitiens la lui enlevèrent
et la possédèrent longtemps. Soliman le Magnifique
l'ayant prise en 1540, ils la reprirent cinquante ans plus
tard et la gardèrent jusqu'en 1715.

Le Pape la posséda pendant quelque temps, et voici
dans quelles circonstances. Sous le Pontificat de Pie II,
vers 1461, on vit arriver à Rome les envoyés de la ville de
Monembasie. Ces nouveaux Laconiens disaient : « Saint
Père, regardez-nous en pitié. Si vous ne nous tendez la
main, nous sommes en proie aux Turcs. Démétrius Paléologue, notre prince, a pris leur parti, mais nous avons
appelé Thomas, frère de Démétrius, et nous l'avons prié

de nous défendre... Recevez-nous donc et ne méprisez pas notre ville, qui est la plus propre à recevoir une flotte. » Le Pape, ému jusqu'aux larmes, reçut leur serment de

NAUPLIE DE ROMANIE

fidélité à l'Église Romaine et leur envoya un gouverneur avec des vivres.

Les vignobles qui produisaient le vin liquoreux connu sous le nom de *Malvoisie*, ont depuis longtemps disparu du pays. Le vin ainsi nommé est récolté principalement en Crète.

Paul, évêque de ce siège, a laissé un écrit au sujet de la Bienheureuse Marie, Hégoumème, du monastère de Monembasie, vers le temps de Constantin Porphyrogénète, dont il raconte des choses merveilleuses sur lesquels les Bollandistes ne se sont pas prononcés, faute de documents. Mais il est temps de dire adieu aux rudes Laconiens dont les souvenirs guerriers remplissent ces parages. Remontant le golfe, nous laissons à notre gauche *Nauplie de Romanie* ancienne résidence de Capo d'Istria, et capitale de Grèce jusqu'en 1834. La belle atmosphère de l'Attique, la douce lumière des étoiles fait pressentir que nous approchons de la capitale de la civilisation.

LE PIRÉE

4

LE PIRÉE

Perdant donc de vue les côtes du Péloponèse et frayant son chemin à travers des îlots et des îles de l'Archipel, le vapeur arrive bientôt en vue des rochers de l'Attique et de bonne heure, par une belle et tiède matinée, on nous signale les hauts sommets de l'Acropole.

Que de sensations réveille en moi la vue de ces cîmes aériennes, sur lesquelles semblent scintiller encore, après tant de siècles, l'auréole qui désigne la capitale de la civilisation pour tout le genre humain ! Car il ne faut pas le perdre de vue, on dit Rome et Athènes, comme on dit les Romains et les Grecs : ce sont les deux capitales de l'ancien monde ; de sorte que la petite Athènes, avec quelques milliers de citoyens, une poignée de rhéteurs, de philosophes au manteau rapiécé, de sculpteurs et de peintres, faisait le contrepoids de la grande Rome, avec ses légions, son or et ses galères à l'éperon d'airain !

Dans quelques minutes, nous sommes au Pirée. Mes pieds vont donc fouler la terre de l'Attique, cette terre qui m'apparaissait radieuse et enivrante au milieu des mirages de ma jeunesse. Bientôt le spectacle animé d'une ville à la population sémillante, frappe nos regards ; les cris de la foule parviennent jusqu'à nous. Le bateau s'arrête dans le port à peu de distance du quai ; et prenant l'un des nombreux bateaux qui viennent l'accoster, je me dirige vers le rivage.

Le Pirée est une des villes de la Grèce qui se sont le plus rapidement développées. Il n'y a pas bien longtemps ce n'était encore qu'une pauvre bourgade ; c'est aujourd'hui une ville presque neuve, aux rues larges et régulières, avec de grandes places et de grands édifices, bourse, marché, etc. Ce qui me frappa davantage en débarquant dans cette ville, c'est le nombre et l'élégante correction des églises ; de toutes parts on aperçoit la coupole byzantine, et les lignes sobrement dessinées des frontons, portiques et autres détails que comporte l'architecture grecque. L'hôtel municipal, Δημαρχία, est de bonne construction. Non loin de là, est un petit musée qui renferme quelques antiquités intéressantes.

Le passé a pourtant laissé peu de traces en cette ville. En dehors de murs de défense assez bien conservés, on n'y trouve guère, comme restes antiques, que quelques ruines de l'ancien théâtre et des fragments de la citadelle macédonienne sur la colline de Munychie. En revanche, un beau jardin public a été établi près du port par le corps d'occupation français, au moment de la guerre de Crimée ; c'est le jardin *Tinan*.

Il y a une église catholique, dont le curé est l'abbé Paléologue, qui fut le candidat de la France, pour le siège métropolitain d'Athènes.

Une animation frappante règne dans le port et les rues du Pirée ; il est étonnant comme au milieu d'un sol en apparence aride et presque stérile, il y ait une telle abondance de produits de toute espèce. La verdure même, grâce à l'arrosage, se montre partout aux regards. Une population au teint basané, mais à l'œil vif et perçant, et souvent aux traits corrects, remplit l'air des sons harmonieux de la langue hellénique, laquelle n'est parlée plus purement que dans les îles de l'Archipel, Andros, Tinos, Naxos, etc.

J'engage quelqu'un de ceux qui se plaisent à proclamer la dépréciation des anciennes races historiques, civilisatrices et conquérantes, au profit de l'élément lourd et épais des races du Nord, à considérer un groupe des Grecs de l'Attique, causant avec l'abandon et l'expansion propres à leur race et à leur caractère : il pourra rapidement se convaincre que ce n'est point de ce côté que se trouve la dégénérescence qui hante sa pensée ; ou plutôt qu'il ne voit les choses qu'au travers de lunettes étrangement colorées.

Au reste, il faut le reconnaître : les Grecs d'aujourd'hui ont les défauts de leurs qualités ; leur prudence peut devenir de l'astuce, leur patriotisme de l'acharnement, la piété très sincère de beaucoup d'entre eux penche vers la superstition ; leur habileté dans le commerce passe pour être peu scrupuleuse. Mais je me plais à le répéter, ce sont les exagérations de qualités réelles, qui recouvrent souvent un grand fond de droiture. Qui les a vus de près ne saura s'empêcher de rendre hommage à leur sincérité dans l'amitié, et à la franchise de leur caractère.

Faisant la comparaison avec les Grecs d'autrefois, voici comme un moderne les apprécie. « Dans le fait, la différence entre les temps héroïques et les nôtres n'est pas si grande qu'on la pourrait supposer. Et d'abord ce caractère qui est bien toujours le même ; toujours folâtre, souple, enjoué ; toujours rusé et emphatique. Comme au temps d'Homère, c'est encore le même flux de paroles, la même exubérance d'images, le même coloris de pensées et d'expressions. Un sergent-instructeur à Athènes, avant de faire pivoter ses hommes,... ne manque jamais de leur rappeler leurs ancêtres dans des discours qui ne laissent rien à envier à ceux de l'*Iliade* (1). »

A peine êtes-vous à terre, que vingt mains se tendent vers vous. C'est à qui vous débarrassera de vos bagages, sera votre cicerone, votre pourvoyeur d'hôtel, etc. Dans ce conflit inévitable, il est rare que votre bourse ne reste assez sensiblement allégée. Mais ce n'est payer trop cher votre présence dans la terre hellé-

(1) P. V. Baudot. *Au pays des Turbans.*

nique; et du reste la vie étant assez bon marché dans cette terre du patriotisme et de l'abnégation, vous trou- verez assez facilement la compensation de cet échec initial.

VUE D'ATHÈNES

ATHÈNES

Une carte de l'agence Cook m'assurait un débarquement prompt et facile au Pirée, et une arrivée sans encombres dans la capitale du royaume hellénique. Ayant négligé cet aide très efficace, je suis obligé de m orienter moi-même ou plutôt de me livrer à des guides, dont je ne saisis qu'imparfaitement la langue.

Devant moi s'ouvrent les rues et places de la localité pleines de mouvement et éclairées par le plus beau soleil du monde. Cependant ce soleil n'a rien de rude et d'incommode ; ce n'est pas l'âpre rayon de certains climats qui semble darder d'intolérables ardeurs ; c'est cette atmosphère bénigne accompagnée de cette douce lumière qu'ont tant célébrée les poètes et surtout Euripide, dans ses tragédies.

Côtoyant les magasins, restaurants et autres établissement de la ville, où la vue des affiches et des enseignes écrites en grec réjouit mon regard, j'arrive au chemin de fer, où un train va me faire parcourir en quelques minutes les huit kilomètres qui séparent le Pirée d'Athènes. Dès l'abord, un accueil gracieux et des soins obligeants me rappellent la sympathie qui existe entre les Grecs et les Français. Un jeune Grec de très bonne apparence me sert d'interprète et me vient en aide pour les formalités inhérentes au trajet. Beaucoup de poussée, un peu de cohue, les costumes des îles mêlant leurs tons voyants et leur coupe archaïque au costume moderne, des voix dépassant un peu le diapason normal, avec cela de l'entrain et de l'enjoûment plus que dans nul autre lieu, voilà ce qui me frappa dès l'abord.

Étrange est la perspective de ces lignes ferrées péné-

trant jusqu'à l'intérieur de la ville de Périclès et de Phidias. Toutefois, comme souvent j'en ai fait la remarque,
la ville et les habitants se prêtent avec une merveilleuse
facilité à tout le mouvement moderne ; leur génie souple
et malléable sachant se plier à toutes les situations, embrasse tout le progrès matériel du jour et se l'assimile. Il
semble même qu'il voudrait poétiser ces innovations récentes, malgré leur raideur métallique, leurs arêtes angu-
leuses et inexorables par l'adjonction de mots harmonieux,
tirés de son vocabulaire. C'est ainsi qu'un chemin de fer
s'appelle σιδηροδρόμος, un bateau à vapeur, ἀτμόπλοιον, un
chef de gare σταθμάρχος, un lieutenant, τοποτηρητής, les sous-
officiers, ἔκτακτοι, etc., mots qui sonnent si doucement à
l'oreille !

Bref, après un peu de tumulte et de cohue, un peu
d'ahurissement, chose qui chez un étranger si peu familiarisé avec ce spectacle, ne paraîtra pas surprenante, j'arrive
en gare. Il faut savoir qu'à Athènes il y a trois gares ;
celle-ci est la tête de ligne du Pirée, arrivant à la place
de la Concorde, Πλατεία τῆς Ὁμονοίας.

Dans la confusion inévitable d'une arrivée en terre
étrangère, je cherche mes bagages, qui pour un moment
se trouvent égarés. J'aurai l'occasion de dire que presque
partout en Orient, le personnel des employés et des administrations parle le français. Athènes fait un peu excep-
tion à cette règle : la supériorité de la langue hellénique
ne la dispense-t-elle pas de se servir de celle qui est comme
le lien d'union et l'élément nécessaire des relations entre
les autres pays ? Ma situation se complique donc sensiblement de ce que je ne puis bien me faire comprendre des
casquettes galonnées. « Ποῦ ἐστί τά πράγματα ; Où sont mes
bagages ? » suis-je en train de répéter plusieurs fois, mais
sans bien saisir les réponses. On s'empresse pourtant
autour de moi. Je demande le chef de gare, espérant en
obtenir quelque meilleur renseignement. Ποῦ ἐστί ὁ Σταθμάρ-

χος ; « Où est le chef de gare ? » Je m'adressais à lui-même sans le connaître. Il me répond donc, avec l'accent d'une profonde conviction, la main sur la poitrine : Ἐγώ, ἐγώ ὅ Σταθμάρχος.. « C'est moi qui suis le chef de gare. » Mes bagages se retrouvent à l'instant ; nous sommes les meilleurs amis du monde. Je dois du reste rendre des hommages autant à l'intégrité qu'à la parfaite amabilité de ce haut employé.

Au sortir du débarcadère, la vue d'Athènes me saisit et me remue fortement. Je m'attendais à trouver une ville portant encore l'empreinte de la domination turque, selon les descriptions de l'*Itinéraire* de Chateaubriand et autres semblables, ville aux rues irrégulières et un peu malpropres. Je découvre dès le principe de belles places ombragées d'une verdure plantureuse, due presque exclusivement à l'arrosage artificiel ; des rues parfaitement alignées et bordées d'édifices construits dans le style de la bonne époque moderne. Ces édifices tendent manifestement à se rapprocher des types que l'esthétique a consacrés, et manifestent par leur architecture étudiée, une entente complète des règles de l'art. Frontons et métopes symétriquement agencés, colonnes cannelées, chapiteaux doriens ou à volutes, frises et architraves élégamment sculptées, tout a passé au niveau d'une rigoureuse méthode artistique. On voit que l'Athènes d'aujourd'hui veut imiter l'Athènes ancienne et a la prétention peu dissimulée de rivaliser avec elle, et surtout de ne pas forfaire à sa réputation de métropole des arts et de la civilisation.

De toutes les nations modernes du reste, celle qui paraît avoir influé le plus heureusement sur cette transformation, c'est à coup sûr la France. La présence en cette ville de notre École d'Athènes, qui naguère célébrait son demi-siècle d'existence, a eu sur la rénovation de la ville et du royaume une action indéniable. Cela se fait sentir jusque dans les plus simples et communs détails : employés, promeneurs, gens oisifs assis à la devanture des cafés, devisant ensemble ou lisant les journaux, magasins, hôtels, agences, tout paraît avoir subi l'ascendant de cette assimilation avec les mœurs et coutumes de la France.

La vieille ville existe encore dans certains quartiers reculés ; mais elle tend à s'effacer toujours davantage, pour disparaître complètement dans un avenir peu éloigné.

La voiture que je prends me conduit au travers de la grande rue du Stade, Ὁδὸς τοῦ Σταδίου, qui est comme le Corso de la ville, jusqu'à la place de la Constitution, Πλατεία τοῦ Συντάγματος, qui est l'artère principale de l'Athènes moderne. Quelques minutes après, je suis installé à l'hôtel d'Angleterre.

Mes premières visites sont pour Athènes ancienne. Tandis que mon regard erre sur le panorama, cherchant à découvrir ce qui doit servir de pâture à mon ardente curiosité, de toutes parts se présentent à ma vue ces collines aux noms retentissants, et répercutés par les échos des siècles, dont le souvenir est si intimement lié à l'histoire d'Athènes.

Vers le nord-est, c'est le *Lycabète*, rocher abrupte, sur lequel se trouve un monastère basilien ; on l'aperçoit parfaitement de la rue du Stade. Sur son flanc est bâtie l'École française d'Athènes, dont le directeur distingué, M. Homolle, me reçoit avec autant de courtoisie que de bienveillance. Il a très bien connu M. Thenon, et nous nous trouvons en pays de connaissance. Il me donne en outre sur l'Athos des renseignements qui me seront précieux.

Du côté du sud-est d'Athènes, c'est le mont *Hymette*, dont les poètes ont célébré l'excellent miel, et dont les carrières de marbre ont servi à bâtir la ville. C'est le *Pentélique*, dont le marbre blanc était sans égal pour l'architecture, comme celui de Paros pour la sculpture. Les carrières sont loin d'être épuisées et fournissent actuelle-

COLLINES D'ATHÈNES

ment de précieux matériaux pour la construction de la
ville moderne. On y trouve encore des tambours de colonne que les anciens ont laissés inachevés. Un monas-

OBSERVATOIRE D'ATHÈNES

tère, d'où l'on découvre admirablement l'Attique, a remplacé la statue de Minerve, qui le dominait.

C'est la colline des *Nymphes*, celle du *Musée*, et enfin,
au fond de l'horizon, la haute montagne du *Parnasse*,

consacrée à Apóllon et aux Muses, noms chers aux amants de la poésie de toutes les époques. Sur une de ces collines, on a installé l'*Observatoire*, construction récente, qui se marie à merveille avec les sommets qui l'entourent, et se découvre surtout avec grand charme des hauteurs de l'Acropole.

Ce qui donne le plus grand intérêt à la ville, c'est de présenter, sur une superficie assez restreinte, les plus beaux restes de l'art antique. Là, se trouvaient et se trouvent encore les modèles sur lesquels l'architecte et le sculpteur doivent se guider absolument, s'ils ne veulent pas tomber dans l'abîme de la barbarie ou le chaos du grotesque. Là, sont venus s'inspirer tous ceux qui ont quelque souci de l'art et qui comprennent que le plus haut point de l'esthétique ayant été atteint par les Grecs, vouloir innover est désormais une entreprise chimérique qui ne peut aboutir qu'aux plus ridicules déconvenues.

L'attraction principale est exercée par l'*Acropole* avec la série de monuments merveilleux dont cette colline était couverte, et dont les débris justifient l'admiration de l'antiquité. De magnifiques propylées et une suite de degrés dans des proportions grandioses en formaient l'entrée ; des temples et de nombreuses statues en ornaient le plateau, qu'enveloppait un mur d'enceinte. Tous ces monuments ont disparu, sauf des fragments de sculpture qui ornent les musées d'Athènes et des capitales de l'Europe. Ce qui reste de ces constructions est informe ; et le sol est jonché de leurs débris. Deux seulement de ces temples, le *Parthénon*, ou temple de Minerve, et l'*Erechthéion*, subsistent encore en quelques parties, qui donnent une idée assez complète de l'ensemble.

Le *Parthénon*, œuvre grandiose de Phidias, qui en avait tracé le plan et dessiné les principales parties, resta longtemps presqu'intact. La piété des chrétiens avait converti ce monument en un temple de la Mère de Dieu.

L'explosion d'une poudrière, lorsque Morosini, en 1687, assiégeait la ville, détruisit une portion considérable de l'édifice. Néanmoins, ce qui subsiste encore, environ trente-

LE PARTHÉNON

deux colonnes, avec des chapiteaux plus ou moins détériorés, des débris de corniches, de la frise, des métopes et du fronton, permettent d'en reconstruire la forme architecturale.

De ce point, on découvre la mer, Athènes et la plaine qui la sépare du Pirée ; il serait difficile de choisir un lieu plus propice à l'inspiration. Pendant qu'on travaillait à ce superbe monument, les ennemis de Périclès lui reprochèrent de dissiper les finances de l'État. — « Pensez-vous, dit-il un jour à l'assemblée générale, que la dépense soit trop forte ? — Beaucoup trop, répondit-on. — Eh bien, reprit-il, elle pèsera tout entière sur mon compte, et j'inscrirai mon nom sur ce monument. — Non, non, s'écria le peuple, qu'il soit construit aux dépens du trésor, et n'épargnez rien pour l'achever (1) ». Ajoutons que c'est la France qui, à ses deniers, a entrepris, sous la direction de l'École d'Athènes, l'œuvre difficile de la reconstruction du Parthénon qui, à cet effet, est maintenant entouré d'échafaudages.

Mon cicerone est un ancien habitant de Corfou, à la langue rude et difficile à saisir ; mais, en mêlant des mots italiens, grecs, français, et en accompagnant le tout de la pantomime naturelle, nous arrivons à nous entendre. Il paraît du reste assez bien outillé pour sa profession et passablement instruit de la légende courante. Certains de ces récits me remuent profondément, la présence des lieux donnant un relief bien plus puissant au pathétique des situation. Il me montre l'endroit où, haletant et épuisé, arriva le Grec qui apportait la nouvelle de la victoire de Salamine ; il prononça ces seuls mots : « Athènes a vaincu ! » et tomba mort d'épuisement. A ce trait, et autres semblables, les larmes jaillissent spontanément dès yeux. Je ne descends donc pas de la célèbre colline sans avoir satisfait mon ardente curiosité.

Au pied de la colline que couronne le Parthénon, près du temple de Jupiter Olympien, coulait l'Ilissus, ce ruisseau autrefois si renommé, au bord duquel Socrate discou-

(1) Thucydide. *Guerre du Péloponèse.*

rait avec ses disciples et où les vierges athéniennes
venaient puiser une onde pure. Ce ruisseau maintenant
est à sec, ainsi que la fontaine de Callirhoë.

Me tenant avec mon guide debout devant le fronton du
Parthénon, il me montre à peu de distance, vers la colline
du Musée, ce célèbre emplacement de l'*Agora*, où, groupé
autour de la tribune aux harangues, le peuple d'Athènes
jugeait et décidait en souverain. Non loin de là, des chambres taillées dans le roc font voir la prison où fut enfermé Socrate et où il mourut, après avoir bu la ciguë. C'est
là que furent prononcées les sublimes paroles du vieillard
sur le dogme de l'immortalité de l'âme. Après l'avoir
démontrée par une foule de preuves qui justifiaient ses
espérances, il termina ainsi : « Tout homme qui, renonçant aux voluptés, a pris soin d'embellir son âme, non
d'ornements étrangers, mais d'ornements qui lui sont
propres, tels que la justice, la tempérance et les autres
vertus, doit être plein d'une entière confiance, et attendre
paisiblement l'heure de son trépas ; vous me suivrez quand
la vôtre sera venue ; la mienne approche, j'entends déjà
sa voix qui m'appelle. »

Mon guide m'entraîne ensuite vers les *Propylées,*
œuvre de l'architecte Mnésiclès. C'était un vestibule ou
portique magnifique, d'ordre dorique, supporté par de
grosses colonnes, et dont les plafonds, en marbre blanc,
étaient composés de blocs énormes. En y comprenant le
grand escalier et les accessoires, il avait coûté une somme
qui équivaudrait à onze millions de la monnaie actuelle.
D'un côté se trouvait le sanctuaire de la *Victoire Aptère,*
et de l'autre une salle décorée de peintures dues au pinceau de Polygnote.

Il semble que l'ordonnance des édifices qui aboutissaient
au sommet de l'Acropole fut distribuée en vue de la
procession des célèbres Panathénées. Périclès, voulant
donner à l'Acropole une entrée digne de ce sanctuaire de

la religion et des arts, en commanda le travail. Beaucoup de débris intéressants des sculptures achevées qui ornaient ces monuments ont été réunis dans un petit musée atte-

LES CARIATIDES

nant au Parthénon, où je suis introduit par mon cicerone, qui semble avoir à cœur de ne rien négliger de ce qui intéresse si fortement en ces lieux l'amant des arts et de l'archéologie.

5

C'est à un Français, M. Beulé, que revient l'honneur d'avoir entrepris les fouilles qui ont mis au jour, en 1853, les magnifiques restes des Propylées. Vers les constructions qui signalent la porte de Valérien, se trouve sur une dalle l'inscription grecque dont voici la traduction : *La France a déblayé la porte de l'Acropole, les murs, les tours et l'escalier qui étaient ensevelis. Beulé a découvert. 1853.*

Mon guide me conduit ensuite à l'*Erechtéion*, qui enchérit sur l'élégance des précédents monuments; car, tandis que ceux du siècle de Périclès se recommandent par une noble simplicité, celui-ci accuse un raffinement d'art dénotant une époque postérieure. Il ne paraît construit que vers le temps d'Alexandre. En même temps que le Parthénon, il fut converti en église et consacré à la Mère de Dieu.

La partie la plus célèbre et la plus élevée de ce temple est la tribune des *Cariatides,* ainsi nommée, parce que son entablement et son toit sont supportés par des figures de femmes ou Cariatides, dont l'une a été enlevée et transportée en Angleterre par lord Elgin. L'exécution des ornements qui décorent ce temple est d'un fini achevé. Je ne puis mieux traduire l'admiration que me procura la vue de ces chefs-d'œuvre, où la pensée artistique est encore saisissable, après tant de siècles, qu'en empruntant les paroles de Chateaubriand.

« Les rosaces, les plinthes, les moulures, les astragales, tous les détails de l'édifice offrent la même perfection ; les lignes du chapiteau et de la cannelure des colonnes du Parthénon sont si déliées, qu'on serait tenté de croire que la colonne a passé au tour : des découpures en ivoire ne seraient pas plus délicates que les ornements ioniques du temple d'Érechtée : les cariatides du Pandroséum sont des modèles... J'étais au surplus tombé dans l'erreur commune touchant les monuments des Grecs : je les croyais parfaits dans leur ensemble, mais je pensais qu'ils manquaient de grandeur. J'ai fait voir que le génie des architectes a donné en grandeur proportionnelle à ces monuments ce qui peut leur manquer en étendue ; et d'ailleurs Athènes est remplie d'ouvrages prodigieux. Les Athéniens, peuple si peu riche, si peu nombreux, ont remué des pierres gigantesques : les pierres du Pnyx sont de véritables quartiers de rochers, les Propylées formaient un travail immense (1)... »

Au sud-est de l'Acropole est le *Théâtre de Bacchus*, qui pouvait contenir trente mille spectateurs, et où des fouilles conduites d'une façon très entendue ont naguère exhumé les gradins de marbre. Sur ces degrés on voit encore inscrits les noms des personnages qui devaient en occuper les stalles. Ces noms rappellent à ma mémoire les plus beaux jours de la Grèce classique.

A peu de distance vers le nord, mais sur une autre colline, est le *Temple de Thésée*, qui était devenu l'église de Saint-Georges. Subsistant presque dans son intégrité, il est un des plus beaux édifices que la Grèce ait élevés à ses dieux et à ses héros. Ses admirables bas-reliefs représentent le combat des Centaures et des Lapithes, qui serait l'œuvre des élèves de Phidias. Mais les peintures qui ornaient ce temple ont disparu (2). Peu d'édifices m'ont paru conçus en d'aussi harmonieuses proportions ; celui-ci a servi de modèle à l'église de la Madeleine, qui assurément forme un des plus beaux ornements de la capitale.

Ces hauts sommets de l'Acropole, avec les monuments qui l'environnent, dominent la ville et les environs ; et si, dès le sein de la mer, le voyageur aime à saluer ces gigantesques témoins de l'histoire des âges et de la civilisation, de là aussi mon regard embrasse la ville, les collines cé-

(1) *Itinéraire.*
(2) Ernest Breton, *Athènes.*

lèbres qui l'entourent et la plus grande partie de l'Attique.

Mon cicerone me montra bien d'autres restes mémorables de l'antiquité, que je pourrais énumérer ici, le monument de Lysistrate, celui d'Éole ou la Tour des Vents, et autres appartenant à l'époque de l'art ou de la décadence. Je préfère renvoyer aux ouvrages spéciaux pour ces édifices qui, pour la plupart, à l'époque chrétienne furent transformés en églises, ou dont les colonnes de marbre allèrent orner Sainte-Sophie et les basiliques de Byzance.

Avant de quitter l'Acropole, les grandes pierres, débris du *Pnyx*, me sont montrées par mon guide. C'est là que se firent entendre les voix de Démosthène et des orateurs attiques; c'est là que tonna Périclès, qui pour l'éloquence était comparé à Jupiter Olympien. O collines de l'Attique, que d'accents harmonieux et éloquents vous avez recueillis! Non loin est l'emplacement, sur une éminence, à l'occident de la citadelle, de l'*Aréopage*, dont les ruines jonchent le sommet de la colline. Là se fit entendre une autre voix qui devait, elle aussi, éveiller les échos du monde, la voix de saint Paul, l'Apôtre des Gentils qui dans la langue du Nouveau Testament sont appelés les Hellènes.

Athènes chrétienne et intellectuelle.

S'il était possible que quelque chose m'attirât plus fortement que l'Athènes de Périclès et de Phidias, de Sophocle et de Thucydide, c'était assurément l'Athènes chrétienne; elle qui vit fleurir de si nobles vertus et sut inspirer des accents si éloquents. Si l'art antique, en effet, a laissé des modèles qui ont atteint le beau idéal, la parole de saint Paul a ébranlé le monde et lui a communiqué le mouvement vers le surnaturel qui le remue encore aujourd'hui. Dans ce discours à l'Aréopage qui a converti le philosophe Denys, il a légué aux siècles postérieurs le canevas sur

TEMPLE DE LA VICTOIRE A ATHÈNES

lequel ils devaient broder leurs savantes Apologies, comparées à des tapisseries par Clément d'Alexandrie (1).

Le premier nom que nous trouvons donc ici, c'est celui de *Denys*, premier évêque d'Athènes, premier évêque de Paris. Il semble que ces deux capitales de la civilisation s'appelaient mutuellement, et que l'Athènes ancienne envoya dès le principe à celle qui devait être l'Athènes moderne le plus vertueux de ses fils, comme le plus savant de ses disciples.

A cette occasion, il me souvient d'un mot plein d'à-propos qui me fut cité par Mgr De Angelis, archevêque d'Athènes, au cours de la conversation que j'eus avec lui. Se trouvant chez l'archevêque de Paris, l'éminent prélat lui dit gracieusement : « Aussi longtemps que vous êtes au milieu de nous, vous êtes l'archevêque de Paris. »

Né d'une famille illustre, Denys cultiva les sciences et notamment l'astronomie. On lui reprocha plus tard d'avoir tourné contre les Grecs cette philosophie qu'il avait prise dans leurs écoles. Il voyageait en Égypte, avec son ami Apollophane, quand eut lieu la merveilleuse éclipse qui, couvrant l'Orient de ténèbres, annonça le déicide du Golgotha. Lui-même l'écrit dans une épître à saint Polycarpe de Smyrne. « Tous deux nous nous trouvions à Héliopolis, tous deux nous vîmes que la lune était venue se placer inopinément devant le soleil, et qu'ensuite, depuis la neuvième heure jusqu'au soir, elle revint miraculeusement en opposition directe avec le soleil. » De cet obscurcissement extraordinaire du soleil il tira cette conclusion : ou le Dieu de la nature souffre, ou la machine du monde se dissout (2)!

(1) Livre des *Stromates*.

(2) Michel Syngélus rapporte ces paroles un peu différemment. Le philosophe d'Athènes se serait écrié : « Le Dieu inconnu souffre dans la chair ; c'est à cause de lui que l'univers est obscurci et ébranlé. » Ὁ ἄγνωστος ἐν σαρκὶ πάσχει Θεός, δἰ ὅν τὸ πᾶν ἐξόφωταί τε καὶ σεσάλευται. — *Vie de saint Denys*.

Devenu évêque d'Athènes, après avoir évangélisé cette ville, il la quitta pour se rendre dans les Gaules, où l'appelait, avec la voix de Dieu, l'invitation du Pontife saint Clément. Son apostolat fut continué par *saint Narcisse*, glorieux martyr, et ensuite par *saint Quadrat*, le premier des apologistes.

L'historien doit enregistrer ce fait tout à l'honneur du dogme chrétien, que c'est la Grèce savante et lettrée qui embrassa avec le plus d'ardeur la religion nouvelle. Trouvant dans cette religion la synthèse de tous les systèmes cosmogoniques en apparence discordants, mais dont chacun possédait quelque lambeau de la vérité, y trouvant surtout la réponse à toutes les difficultés que jusqu'alors leur pensée n'avait su résoudre, ses philosophes mirent désormais toutes les ressources de leur génie et de leur dialectique au service de cette vérité révélée.

L'empereur Adrien se trouvant à Athènes, saint Quadrat lui adressa, en 126, cet éloquent plaidoyer qui éteignit le feu de la persécution.

En même temps le philosophe chrétien, saint Aristide, athénien de naissance, présentait une requête semblable à la puissance impériale, où il prouvait l'excellence de la religion, en la comparant aux plus sublimes théories de la sagesse antique. Il était juste que cette ville d'Athènes, qui, dans les vers de Sophocle, se vantait d'être la plus humaine et la plus hospitalière (1), élevât la première la voix en faveur du christianisme persécuté.

Il semblerait que, dès la moitié du IIe siècle, grâce à l'influence occulte du christianisme, qui commençait à pénétrer les esprits et les mœurs, il y eut comme un apaisement dans la farouche barbarie de la conquête romaine. Tandis que Néron avait voulu dépouiller la Grèce pour enrichir Rome, par un retour contraire, les empereurs

(1) *Œdipe à Colone.*

subséquents, jusqu'au IIIe siècle, subirent, d'une façon sans doute inconsciente, l'ascendant des mœurs plus policées de l'Orient. Adrien surtout, ancien élève de l'Académie et du Lycée, agrandit, embellit, enrichit Athènes. C'est comme un renouveau de son rayonnement intellectuel et littéraire.

Après Antonin le Pieux, Marc-Aurèle s'attacha à rendre à l'Académie son antique splendeur. Il multiplie les professeurs d'éloquence, de droit civil, de philosophie ; une quinzaine environ sont installés dans leurs chaires avec une rétribution proportionnée à leurs services : c'est une espèce d'université. Lucien, contemporain de cette époque de rénovation, dit que Athènes était remplie de longues barbes, de manteaux, de bâtons et de besaces, attirail obligé de la philosophie.

Et Rome subissait docilement cette influence. C'était la conquête de Rome par la Grèce, selon la parole d'Horace :

Græcia capta ferum cepit victorem (1).

La langue grecque avait repris telle faveur dans la capitale du monde, que l'on comptait cinq rhéteurs grecs contre trois latins, et ces cours étaient nombreux. Les orateurs dont plusieurs ne le cédaient pas aux meilleurs de l'antiquité, par la pureté de la langue, allaient de ville en ville répétant des harangues composées à plaisir. Il ne se donnait pas un spectacle ou un divertissement populaire, sans qu'un orateur ne procurât à la multitude grecque le charme, qu'elle prisait extrêmement, d'entendre sa belle langue mise en œuvre avec toutes les ressources de l'art.

Les jeunes gens et les enfants étaient soigneusement exercés à la composition méthodique de sujets de discours ou de plaidoyers, dont les modèles se trouvaient dans les orateurs vantés de la Grèce et les rhéteurs les plus en

(1) Epîtres, L. II, 1.

vogue, dont leurs maîtres leur enseignaient la mélodieuse diction. Il faut lire dans les auteurs le détail de cette péda-gogie, pour comprendre à quel point était poussé ce dilet-tantisme littéraire, que prisait tant le sens esthétique si délicat des anciens (1).

Ce mouvement partait principalement d'Athènes, qui possédait l'école la plus renommée pour la rhétorique, comme Alexandrie pour les sciences et Béryte pour l'étude de la loi et de la jurisprudence.

Faut-il s'étonner, si la pensée chrétienne trouvant, grâce à cette protection bienveillante, tout son dévelop-pement, commença dès lors à faire sentir au monde tous les bienfaits de son enseignement, et à employer désormais la langue grecque comme le véhicule préféré de son dogme régénérateur ?

Nous arrivons ici à un nom justement remarquable. Athénagoras, qui vivait au temps de l'empereur Com-mode, de philosophe païen qu'il était, devint un des plus zélés défenseurs de la religion chrétienne. Il enseignait publiquement le christianisme dans l'Académie. Philippe Sidétès, auteur du vᵉ siècle, assure qu'il fut le fondateur de l'École d'Alexandrie, et qu'il eut pour disciple Clément, un des plus célèbres directeurs du Didascalée chrétien. Il eut aussi la gloire d'ajouter son nom à celui des apo-logistes en présentant une éloquente requête aux empe-reurs.

« Il n'est pas de votre justice, s'écriait-il, dans son ardent plaidoyer, que, tandis que les autres, lorsqu'ils sont traduits en jugement, ne sont châtiés qu'après avoir été convaincus, le seul nom de chrétiens ait contre nous plus de poids que les arguments juridiques (2) ; et que les juges

(1) César Cantù. *Histoire Universelle.*

(2) Καὶ γὰρ οὐ πρὸς τῆς ὑμετέρας δικαιοσύνης, τοὺς μὲν ἄλλους, αἰτίαν λαβόντας ἀδικημάτων, μὴ πρότερον ἢ ἐλεγχθῆναι κολάζεσθαι· ἐφ' ἡμῶν δὲ μεῖζον ἰσχύειν τὸ ὄνομα τῶν ἐπὶ τῇ δίκῃ ἐλέγχων.

recherchent non pas si l'inculpé a commis quelque crime, mais se bornent à lui appliquer ce nom comme un titre de scélératesse ! ! »

Athènes devait avoir l'honneur de former les trois plus grands docteurs de l'Eglise grecque, saint Jean Chrysostome et les deux saints amis de la Cappadoce, Basile et Grégoire de Nazianze, qu'attirait la retentissante réputation du rhéteur Libanius.

Grégoire dit dans l'oraison funèbre de son ami : « Amenés à Athènes par Dieu et le désir de la science, comme deux fleuves qui se réunissent après un long cours, nous poursuivions avec une égale ardeur, un objet extrêmement envié de l'homme, le savoir. » Il montre ensuite Basile faisant de grands progrès dans la grammaire, l'éloquence, la philosophie spéculative et pratique, les finesses de la dialectique, ainsi qu'en astronomie, en géométrie, en arithmétique et en médecine.

Ainsi en fut-il du philosophe chrétien Boëce. Envoyé à Athènes par son père, sur le conseil du pape Simplicius, pour s'y perfectionner, il soumit son génie à une étude minutieuse des arts et des sciences de la Grèce. Sa plume infatigable traduisit et éclaircit la géométrie d'Euclide, la musique de Pythagore, l'arithmétique de Nicomaque, la mécanique d'Archimède, l'astronomie de Ptolémée, la théologie de Platon, la logique d'Aristote, avec les commentaires de Porphyre. Travaillant à montrer la concordance des deux grands philosophes, c'est à lui et à Cassiodore que le moyen âge fut redevable de la connaissance des œuvres du maître de l'Académie et du philosophe de Stagyre.

C'est grâce à ces efforts répétés que se produisit ce rayonnement harmonieux de la pensée chrétienne, s'incarnant dans la langue de Platon et d'Aristote, et destinée à éclairer l'univers jusqu'aux derniers jours de Byzance. « Docile à leur génie, dit M. Villemain en parlant des deux

saints Basile et Grégoire, la langue grecque exprima toutes les nouveautés de la foi, en paraissant encore l'idiome
antique de Lysias et de Platon... On reconnaît le génie
grec presque dans sa beauté native, doucement animé
d'une teinte orientale, plus abondant et moins attique,
mais toujours harmonieux et pur (1). »

Se succédèrent sur le siège d'Athènes beaucoup de
prélats joignant à la sainteté une remarquable érudition
sacrée et profane. Nous nous contenterons de mentionner
ici Léonidès, que les Ménées des Grecs qualifient de
saint et d'homme très éclatant pour la splendeur de la
vertu et de la doctrine. Il florissait vers le ve siècle.

A ces souvenirs se rattache celui de deux célèbres
Athéniennes, qui toutes deux montèrent sur le trône de
Byzance, et dont le passage sur le siège impérial fut pour
le monde hellénique une source de prospérité.

La première est la belle Eudoxie, épouse de Théodose II, princesse à la vie des plus romanesques. Appelée
Athénaïs dans sa jeunesse, elle était née à Athènes, de
Léontius, célèbre philosophe païen. Athénaïs ayant obtenu de la nature, avec une exquise beauté, les plus remarquables talents, reçut de son père une excellente éducation, qui développa les qualités supérieures de son esprit.
Aussi Léontius, en mourant, laissait ce testament singu-
lier, par lequel il la déshéritait presque complètement en
faveur de ses deux frères : « Athénaïs est tellement au-
dessus de son sexe, que son esprit et sa grâce lui serviront
plus que la fortune. » Étrange annonce de l'avenir qui
l'attendait !

Après la mort de son père, elle voulut rentrer dans ses
droits : mais ses frères les lui contestèrent ; elle se rendit
donc à Constantinople, où la princesse Pulchérie, la fille
du grand Théodose, était régente de l'Empire, pour y faire

_____

(1) *Tableau de l'éloquence chrétienne*

valoir ses justes réclamations. Aussi gracieuse que belle,
elle exposa sa plainte d'une manière si touchante, qu'elle
conquit toutes les sympathies de l'impératrice. Pulchérie
trouvant que la belle solliciteuse réunissait toutes les
qualités que son frère Théodose II pouvait souhaiter dans
une femme de son rang, la lui fit épouser en 421. L'empereur lui accorda toute sa confiance. Ainsi était réalisée
l'étrange prophétie du père : elle avait reçu un trône en
échange de l'héritage qu'on lui avait refusé.

Née comme la précédente à Athènes, et joignant à une
beauté parfaite les dons les plus précieux de l'esprit, Irène
vint à Constantinople, sous le règne de Constantin Copronyme. L'empereur, frappé des qualités de la jeune orphe-
line, la destina comme épouse à son fils Léon IV. Le mariage se célébra, en 769, au milieu de fêtes d'une splendeur inouïe. Ayant acquis la confiance et l'amour d'un
mari que la faiblesse de sa santé tenait éloigné des affaires, et devenue plus tard la tutrice de son fils Constant,
elle se servit de son ascendant pour la cause du bien, mit
fin aux persécutions, rappela les évêques exilés, et fit
célébrer le IIe concile de Nicée contre les Iconoclastes.
Ce n'est que plus tard qu'elle fut reléguée par ses ennemis
dans l'île de Lesbos. La liturgie grecque l'a insérée dans
son martyrologe.

La ville moderne.

On pourra se demander si Athènes moderne a conservé
quelque chose du cachet de l'ancienne ville. Assurément
la cité de Thésée et de Périclès présente encore beaucoup
d'intérêt ; elle a même, dans les nouveaux quartiers, un
aspect de coquetterie et de recherche qui enchante. Les
Athéniens d'autrefois n'auraient pas à rougir des monuments dont leurs descendants, depuis la guerre de l'Indépendance, ont doté leur capitale. Je parcours rapidement
ces monuments qui tous m'offrent l'intérêt le plus palpi-

tant, avec le seul regret de ne pouvoir m'attarder plus longtemps pour en faire une étude plus détaillée.

Sur la place de la Constitution est le palais du roi, Ἀνακτόριον, en marbre de Pentélique, correct de dessin et de forme, devant lequel se trouve un square, envahi à la nuit tombante, ainsi que la place voisine, par les oisifs et les promeneurs. Comme à l'époque de Démosthène et de Plutarque, ils semblent en quête de quelque nouvelle de nature à piquer la curiosité.

La rue du Stade, nouvelle et parfaitement alignée, est bordée de belles maisons et de monuments. Dans cette région se trouvent l'Académie, la Chambre Hellénique et diverses constructions d'un aspect à la fois gracieux et imposant. La statuaire est prodiguée ; ces statues, imitation de l'ancien, m'ont paru d'une excellente exécution. La plupart paraissent moulées en terre cuite.

Non loin de l'Académie est la Cathédrale catholique, précédée d'un portique en marbre et attendant une complète ornementation qui en fera un monument digne de figurer dans la capitale des arts. J'ajouterai que je fus reçu avec grande courtoisie et bienveillance par Mgr De Angelis, l'archevêque, qui me parla des liens de l'Église d'Athènes avec celle de Paris, par saint Denys l'Aréopagite.

L'Université, Πανεπιστήμιον, construite en 1837 par un architecte danois, M. Hansen, avec beaucoup de goût et de talent, se fait remarquer par le fronton, les colonnes et les statues de Minerve et d'Apollon élevées sur d'élégants pilastres. Le tout est d'une parfaite exécution.

Les églises se signalent par la grâce légère de leur architecture et leur décoration élégante. Je ne manquai de visiter la métropole actuelle, achevée depuis peu d'années. Bien qu'elle passe, aux yeux de certains critiques, pour un édifice incomplet, elle m'a favorablement impressionné. Ses colonnes de marbre et sa décoration un peu tapageuse, ressemblant à un décor d'opéra, produisent un effet agréable à l'œil. Aux abords de l'Iconostase, assis devant des pupitres chargés d'eucologes et de synaxaires volumineux, les papas exécutent la liturgie sur un mode criard, moins monotone que saccadé, que les fidèles paraissent suivre avec un recueillement digne et

L'UNIVERSITÉ

calme. Cette mélodie, un peu étrange à nos oreilles, saisit néanmoins avec facilité et intensité la fibre impressionnable. J'ajouterai que dans les églises grecques, on sent un parfum aromatique, mélange d'encens brûlé, de résine et de feuillage de laurier ou de cyprès froissé, beaucoup plus agréable que certaines émanations de nos églises occidentales.

On a souvent dit que la religion des Grecs paraît surtout se manifester à l'extérieur ; cependant cette religion, pour avoir persévéré à travers de si longs siècles de persécution et d'esclavage, doit avoir projeté des racines bien profondes dans le sol de la race humaine. Qu'on lise dans M. Villemain ces pages émouvantes où il montre les patriotes de l'Hellénisme, hommes et femmes, marchant au combat, précédés de l'étendard de la Croix, ou de l'image de la *Panagia*, ces femmes préférant égorger leurs enfants, plutôt que de les voir tomber aux mains des Ottomans, et on pourra voir que le vrai sentiment religieux n'est pas éteint dans ces populations ! N'est-ce pas l'archevêque de Patras, Germanos, qui a été un des principaux coryphées de l'Indépendance hellénique ?

Près de la métropole se trouve un édicule byzantin du VIe siècle, d'une très élégante construction, bien qu'en des proportions très restreintes. C'est l'ancienne cathédrale ; mais la construction de la nouvelle n'a pas détourné le courant de la dévotion. On y voit encore les fidèles, à toute heure du jour, y venir faire brûler des cierges et baiser pieusement les icônes.

Signalons en passant les églises de *Saint-Nicolas* et de *Saint-Georges* qui m'ont paru de construction récente. Là, le Papas, reconnaissant mon caractère d'étranger m'aborda avec une courtoisie tout athénienne et voulut, en dépit des difficultés provenant de la différence des langues, me donner des explications sur l'édifice.

Le Musée des Antiques, Ἔχθεσις, est construit vers le nord de la ville, à l'extrémité de la voie du Stade. D'une architecture à la fois noble et simple, il rappelle les beaux temps de la Grèce. Il est composé de salles nombreuses, mais disposées de manière à ce que le voyageur puisse les parcourir sans crainte d'omission. A l'entrée, des gardiens vous reçoivent avec empressement : ils semblent comprendre la valeur des trésors dont ils ont la garde et la juste émotion du visiteur.

Là, exposées sur des socles et des piédestaux en marbre, ou enfermées derrière les vitrines, se déroulent à l'œil enchanté de l'archéologue des œuvres de la plus grande valeur, la plupart frustes, il est vrai, mais présentant des détails intacts qui permettent de reconstituer par la

pensée et quelquefois par le dessin l'œuvre tout entière.
Là sont d'admirables fragments de statues antiques, des
détails de sculpture, des bas-reliefs, un de Praxitèle entre
autres, d'une magnifique exécution et absolument authentiques. De sobres inscriptions en bon grec moderne, per-

MUSÉE D'ATHÈNES

mettent d'apprécier la valeur de l'œuvre que l'on a sous
les yeux.

Je ne parle pas des monnaies, des bronzes, des petites
statues dites de *Tanagra* en terre cuite, admirables
d'expression et charmantes de détails, des fragments
d'armes et des débris d'inscriptions sur le marbre ou sur
l'airain. Ce sont là des curiosités de second ordre auprès
de certaines œuvres magistrales qu'il est permis d'étudier
en ce musée unique au monde.

La partie dite « Musée de Mycènes » mérite une attention particulière. Je devais plus tard, à Ghizéh, faire des
rapprochements pleins d'intérêt avec ces productions
d'un art venu de l'Orient. Je quittai ces salles si atta-
chantes, ainsi que celles du musée du Parthénon, qu'il

faut compléter par des chefs-d'œuvre déposés dans les
musées de Londres, de Paris ou de Rome, avec un ser-
rement de cœur de ne pouvoir m'arrêter plus longtemps
devant ces magistrales productions de l'art de la Grèce.

Athènes qui vous saisit par l'élégante correction de
ses édifices, impressionne aussi le visiteur par la bigarrure de sa population. La masse du peuple s'habille à la
française ; les fraîches toilettes, les modes de Paris sont

COSTUMES GRECS.

portées par la classe aisée. De nombreux militaires circulent dans la ville ; la rue du Stade, en particulier, est
sillonnée d'officiers, généralement vêtus de blanc, à la
démarche martiale, qui vous regardent d'un air crâne et
assuré ; on sent qu'ils ont derrière eux de longs siècles de
gloire. Des Albanais ou *skipétars* au justaucorps étincelant de broderies, de soie et de boutons dorés, se croisent avec l'habitant de la Thessalie, de Corfou et des
îles.

Quant au costume patronymique, la *fustanelle*, porté

encore par la garde du roi, il est surtout conservé à titre
de curiosité ; et bien que d'ardents patriotes s'obstinent
encore à en faire parade aux jours solennels, cette
mode, si pittoresque qu'elle soit, tend graduellement à
disparaître. Une dame, française de langage, fixée à
Médélin, avec laquelle j'eus l'avantage de voyager, me
montra des photographies de jeunes Grecs revêtus
de ce costume ; avec leur petit jupon aux mille plis et
leur veste bigarrée, ils produisent un effet charmant.

J'ai vu des groupes de Crétois, aux traits mâles et
brunis, à l'œil énergique et profond, à la stature vigoureuse. Revêtus de la veste bleue et du pantalon rouge
bouffant, et portant à la main de gros chapelets aux grains
noirs, ils semblaient recommander leur cause à la
Panagia. La population a en général un air actif et affairé :
on n'y flâne pas comme sur les boulevards de Paris ; et
on comprend vite que la nouvelle race hellénique est en
hâte de marcher à de nouvelles destinées.

Pour compléter cette étude sur Athènes, je crois devoir
insérer ici ces observations très justes que je puise auprès
d'un homme qui a beaucoup connu et apprécié la Grèce.
Pour avoir un peu vieilli, ces réflexions n'en auront qu'un
intérêt plus piquant. En dehors donc des classes impré-
gnées ou frottées de l'esprit occidental, viennent des
Grecs plus purement Grecs, qui n'ont jamais porté leurs
regards au delà du magnifique horizon de leurs montagnes et de leurs mers, qui n'ont jamais parlé que la langue
grecque, n'ont aimé et connu que les costumes, la religion,
la nationalité grecs. Les uns siègent au Conseil d'État, les
autres honorent la marine de leur pays. D'autres, dans
l'armée régulière ou dans le corps des phalangistes, sont
là comme des colonnes de la société antique et les plus
solides appuis de la société nouvelle.

Sous la bannière de ces chefs populaires vient se
classer le reste de la population grecque. Chacun autre-

6

fois avait ses rapsodes, comme les chefs écossais leurs bardes et leurs cornemuseurs. La race de ces vieux rapsodes n'est pas encore éteinte. On rencontrait naguère dans les rues d'Athènes deux vieillards aveugles, dont l'un vous chantait les cinquante et quelques chansons relatives au héros ou à la famille dont il est le chantre exclusif, pendant que l'autre l'accompagnait en râclant de son archet les cordes de laiton de sa guitare.

Mais aux rapsodes ont succédé les journaux, enrôlés sous la bannière de leur chef politique. Les casinos, comme les cafés, sont devenus l'Agora et le Pnyx, où on discute et décide les affaires. Les chants populaires ont cessé ; des premiers-Paris des journaux d'Athènes ont usurpé sur les vieilles chansons le gouvernement de l'opinion publique. Tous les jours, dans la rue d'Eole, les cafés sont pleins de jeunes gens qui discutent sur la politique de l'Europe avec les journaux français, et sur leur politique à eux avec leurs nombreux journaux.

A tous ces habitants réguliers d'Athènes et prenant part à la vie sociale et politique d'une manière active, il faut ajouter bon nombre des anciens militaires et clients qui arrivent des provinces, pour témoigner leur allégeance à leurs chefs ou solliciter leur appui. Pendant le jour, tous les anciens Palikars, revêtus de la fustanelle, drapés d'une blanche toison ou de l'épais talagani (1), qu'ils portent avec beaucoup de grâce sur une seule épaule, avec la ceinture bien garnie d'un bon couteau, la moustache bien fournie, et la longue pipe toujours en main, obstruent les rues d'Hermès, d'Éole, de Minerve et les trottoirs de l'Agora. Ils vivent complètement sur la voie publique ; la beauté constante du ciel et la clémence de

(1) Sorte de longue veste épaisse de poil de chèvre, imperméable et terminée par un capuchon. Il y en a de grandes fabriques à Salonique.

l'air, même pendant les plus rudes journées d'hiver, leur rendent cette vie facile.

Pour la nourriture et le coucher, la table et la maison du chef sont hospitalières ; et, si les moyens sont fort circonscrits, les besoins le sont aussi ; les carêmes, d'ailleurs, sont longs, sévères et nombreux, et il n'est pas de Grec qui ne les observe avec la plus grande rigueur. En dehors de ces jours d'une abstinence incroyable pour nous, un mouton rôti en entier, à la façon homérique, quelques œufs durs, des oignons crûs et du fromage de brebis, voilà le repas qu'ils partagent en commun, en faisant circuler à la ronde une dame-jeanne de bois remplie de vin raisiné. Il ne faut pas de grands frais d'ameublement et de vaisselles pour les recevoir. Une petite table ronde, haute d'un pied au plus, est placée au milieu d'eux ; et tous se rangent à l'entour, assis à l'orientale, sur leurs jambes croisées. Le pain sert d'assiette, et avec leur poignard, ils peuvent se passer de fourchette. Quelquefois en été, une immense jatte de *yaourd*, sorte de lait caillé, mais beaucoup meilleur que le nôtre, termine le repas, et tous à la gamelle y plongent tour à tour leurs cuillers de bois.

Pour la nuit, on étend un tapis fort mince sur le parquet, et chacun s'y couche enveloppé de son caban. Il n'est, en effet, presque personne sur le sol grec qui ait reçu de son père un ameublement, de la vaisselle, de l'argenterie, des tables, des chaises, du linge, un lit. Heureux qui a pu trouver une maison en ruine, qu'il lui fût possible de relever ! Aussi, les plus grands comme les plus petits supportent-ils avec la plus parfaite gaîté la privation de toutes les aisances de la vie. Un gouverneur, un général, un conseiller d'état, un ministre, s'étendront avec la plus complète impassibilité, pour passer la nuit, sur un parquet recouvert d'une simple natte ou d'un léger tapis en se drapant ainsi dans leur caban. Et ceux même qui ont connu les douceurs d'un lit de France, n'éprouvent pas la moindre difficulté à retourner à leurs premiers usages, à dormir en plein air sur un tapis.

Beaucoup appellent de tous leurs vœux les dangers et les chances de la guerre, et se trouvent trop à l'étroit dans le petit état qu'on leur a fait. Ils se sont élancés avec ardeur à l'affranchissement de Candie, ils s'élanceraient avec la même confiance à l'affranchissement de la Thessalie, de l'Épire, de la Macédoine ; et ils y réussiraient très certainement, si les puissances étrangères ne les contenaient et ne servaient de bouclier à la débile Turquie. Car un Grec est convaincu qu'il mettrait dix Turcs en fuite avec la plus grande facilité (1).

Sur ces réflexions, et autres semblables, j'achève mes promenades dans les rues et l'Agora d'Athènes. Mon attirail d'étranger m'ayant sans doute fait reconnaître, je suis abordé dans la rue du Stade par un jeune Albanais, porteur du fez, enveloppé d'une sorte de vaste pelisse dissimulant des vêtements délabrés. Il parlait le latin, avec une volubilité surprenante, m'appelant *Dominatio vestra*. Je compris qu'il était un ancien élève des Jésuites de Scutari, qu'il était à court d'argent et demandait à être rapatrié. Je l'aidai dans la mesure du possible.

La langue hellénique.

On me pardonnera d'inscrire ici le résultat de mes observations sur cette langue, qui a servi d'instrument à la diffusion de la civilisation et surtout de la pensée chrétienne, sachant merveilleusement s'assouplir sous l'action des Pères et des Docteurs. Douée d'une incroyable vitalité, elle subsiste encore, après tant de siècles d'étonnantes vicissitudes.

(1) Buchon, *Grèce continentale*.

Jusqu'à la chute de Byzance, la langue écrite fut conservée avec un soin qui tenait du purisme ; et cela malgré
l'introduction d'un dialecte populaire qui, depuis le
XIe siècle, marchait parallèlement avec la langue classique, tout en la laissant subsister. Avec la chute de l'empire, cette langue, si l'on excepte un petit nombre d'écrivains, semble avoir presque complètement disparu de
l'usage vulgaire.

Cependant Mahomet II, après la conquête, permit au
clergé de centraliser les connaissances littéraires et intellectuelles. Le patriarche Gennadios s'efforça de réunir les
précieuses épaves du désastre, fondant une école et une
bibliothèque. D'autres écoles prirent naissance dans différents centres, au mont Athos, à Athènes, à Janina, à
Smyrne, à Patmos et autres lieux. La lumière sans doute
n'était pas bien vive ; c'était plutôt un feu latent, concen-
tré en quelques points isolés, incapable de réchauffer la
nation entière, plongée sous le faix de la conquête et de
l'asservissement. Mais le réveil devait venir, et sur l'Acropole d'Athènes a pu luire enfin un premier rayon de liberté,
prélude d'un affranchissement plus complet de la race qui
a produit, après Thucydide et Xénophon, Anne Comnène
et Jean Cantacuzène.

C'était une de mes grandes préoccupations, en abordant aux rivages de l'Attique, de constater par mon expérience personnelle, à quelle distance se trouve la langue
moderne de celle qui a excellé, plus que toute autre, à
formuler la pensée humaine et à rendre les nuances les
plus délicates des conceptions intellectuelles. A mon avis,
on peut comparer le grec d'aujourd'hui à ces statues que
le temps a effritées et presque mutilées, mais sans leur faire
perdre la noblesse et l'élégance de leurs formes qu'on saisit
au travers des ravages du temps.

Lorsque j'arrivai à Constantinople, connaissant l'intérêt
que j'attachais à cette question, on me mit aussitôt en

rapports avec un excellent prêtre, originaire de Syra, qui
a composé un ouvrage classique sur l'étude du grec moderne. — « Il y a, me dit-il, quatre à cinq couches dans la
langue hellénique actuelle. Depuis la dernière, remplie de
mots étrangers et de déviations grammaticales, le grec va
s'épurant jusqu'à la couche supérieure, qui a les quatre
cinquièmes de la langue ancienne. — Serait-il possible de
ressusciter cette langue ancienne ? — On le pourrait par
le moyen des écoles, des publications, de sylloges, par un
travail assidu et persévérant, mais ce serait difficile. Les
familles détruisent le travail de l'école, et de fait, presque
personne ne songe à cette entreprise. On se contente
d'épurer la langue jusqu'à concurrence d'un certain
degré de correction. Cependant des esprits distingués,
soucieux du beau langage et des grandes traditions helléniques, s'en sont préoccupés, non sans succès. »

Nous en restâmes là. Il faudrait donc pour entreprendre
cette œuvre et la mener à bien, un gouvernement fort et
intelligent, capable de grouper tous les éléments de l'Hellénisme, agissant non seulement par les écoles, mais par les
dicastères et les Académies, les hétairies et les sylloges,
et poussant ainsi efficacement à la résurrection du beau
langage.

Quiconque connaît les noms de *Diamant Coray,* dont
le buste est devant l'Université d'Athènes, et de *Rizos
Néroulos,* sait avec quelle ardeur, sous leur impulsion, et
grâce à leur infatigable persévérance, on travailla à épurer la langue, qui, dès leur époque, eut ses poètes, ses historiens et ses savants, sous les doigts desquels on sentit
vibrer la corde d'un hellénisme rajeuni (1).

Nous faisons nôtres, en les transcrivant, ces réflexions
d'un homme qui, ayant étudié à fond la Grèce, ses hommes et sa langue, avait pleine compétence pour prononcer

(1) Alfred Bougeault. *Littérature contemporaine.*

son jugement sur une telle matière. La langue grecque, dit-il, était autrefois une sorte d'arche de Noé, dans laquelle venaient chercher asile les mots de toutes les autres langues. L'épuration s'est opérée de la façon la plus rapide. Jamais décret de souverain absolu ne fut plus ponctuellement obéi que ne l'a été, et sans appel, le vœu de quelques puristes ; et cela non pas seulement dans la conversation des savants, des avocats, des hommes éclairés, mais dans le langage des classes inférieures : tant ce peuple a de rapidité dans l'intelligence, de délicatesse dans la perception des sons. C'est encore ce même peuple de l'antique Athènes, parmi lequel une marchande d'herbes reconnaissait Anacharsis comme étranger, à sa prononciation que tous ses amis lui avaient cependant déclarée parfaite.

Les gens du barreau, qui dans tous les autres pays sont les corrupteurs de la langue, en ont été ici les réformateurs. Comme le peuple d'Athènes a été de tous temps et est encore fort ami de la chicane, et que ce goût est entretenu en lui par des difficultés inhérentes à la détermination de la propriété, les tribunaux dont les débats sont publics, selon les habitudes françaises importées ici, ne désemplissent pas d'acteurs et de spectateurs. Les avocats, qui ont suivi leurs cours dans les universités européennes et ont souvent professé la littérature de leur pays pour augmenter leurs modestes ressources pécuniaires, ont tous étudié avec amour la langue grecque ancienne, et fait une fréquente lecture de leurs grands prosateurs et du facile Isocrate en particulier. Leurs discours deviennent donc comme une école pour leurs clients et leurs auditeurs.

Le savant patriarche Coray avait commencé, dès avant l'affranchissement de la Grèce, la réforme de la langue. A leur rentrée dans leur pays, les jeunes Grecs, ses admirateurs et ses disciples, ont voulu la continuer ; et leurs efforts ont été encouragés par le goût général pour la *philologie* ; car la philologie est la passion de tous les étudiants grecs, non seulement de ceux qui se vouent au professorat, mais de ceux qui veulent se consacrer aux lois et à la médecine, à l'Église et à l'administration publique. Le beau parler grec est souvent là ce qu'est la faconde de la tribune chez nous ; tel médecin, avocat, professeur est devenu ministre parce qu'il maniait bien sa langue.

Ici, la grammaire grecque siège en maîtresse à la base et au faîte de tout enseignement. Aussi un étranger, en arrivant à Athènes, est-il étonné de la transformation qu'a subie la langue moderne, dans les discours familiers aussi bien que dans les livres. De là, un dédain beaucoup trop grand dans la génération actuelle pour tous les ouvrages en grec moderne imprimés avant la dernière révolution. De tous les livres imprimés à Trieste, à Venise et à Vienne dans le dernier siècle, à peine un seul, le roman d'*Eroto-critos*, pourrait-il se rencontrer dans les librairies et même dans les bibliothèques particulières d'Athènes, tant chacun est effrayé du danger de gâter son beau langage.

Non contents d'avoir éliminé tous les mots étrangers, les Athéniens cherchent à se rapprocher autant que possible de la langue ancienne par les mots, par leur forme et par la coupe de la phrase et ses inversions. Beaucoup de gens prétendent que, dépouillée ainsi de tout mélange étranger, la langue grecque actuelle se rapproche infiniment de celle que parlait le peuple des campagnes au beau siècle de la Grèce, et que beaucoup de mots alors usités, mais qui n'ont pas eu leur place dans les anciens auteurs, s'y trouvent conservés (1).

(1) Buchon. *La Grèce continentale*.

ILE D'EUBÉE ET COTES DE L'ATTIQUE

L'ATTIQUE

C'est à regret que je quitte Athènes, non sans avoir jeté un dernier regard sur les majestueuses ruines de l'Acropole, et les églises modernes qui me charment par l'élégance et la légèreté de leur construction. Je me promets bien d'être mieux avisé qu'au débarquement, et d'user pour mon départ de la carte de l'agence Cook, qui me permettra d'arriver au lieu d'embarquement dans les conditions les plus favorables.

Phalère, Munychie, le Pirée, noms célèbres dès avant l'ère de Sophocle et de Thucydide, tout cela va de nouveau paraître à mes yeux, pour fuir et disparaître sans retour ! Mais je suis encore sur le sol de l'Attique ; et cette pensée se traduit en moi par une intensité d'observation attentive, par une évocation des multiples souvenirs religieux et profanes, qui bourdonnent autour de moi comme les abeilles de l'Hymette.

L'Attique occupe cette large péninsule qui, comme un vaste rivage, d'où lui vient son nom, va se rétrécissant jusqu'au cap Sunium, actuellement cap *Colonna*. Au sud est le mont Laurion, qui renferme des mines d'argent encore exploitées aujourd'hui. C'est un pays d'une extrême sécheresse. Dès les premiers jours de mai, l'herbe des champs est jaunie et brûlée. Aucune source d'eau voisine, aucune pluie bienfaisante ne viennent lui redonner la vie. L'Ilyssus et le Céphise, et la fontaine de Callirrhoë n'ont pas une larme à répandre sur la désolation des campagnes dans lesquelles ils aimeraient à couler, et la triste feuille de l'olivier de Minerve offre la seule verdure qui puisse délasser l'œil.

Les routes par lesquelles on peut diriger les roues d'une

voiture quelconque ne sont pas nombreuses et elles s'étendent à une petite distance d'Athènes. L'une conduit au Pirée, à deux lieues de là. C'est la route que je suivis, avant de m'embarquer. Une commode voiture me fait franchir la distance. Je vois les campagnes telles que j'en ai lu la description dans les auteurs ; autour de moi beaucoup de poussière, à droite et à gauche des prairies qui ont dû être vertes et émaillées, il y a'huit mois, mais qui maintenant n'offrent que des touffes desséchées ; de temps en temps, de petits troupeaux de moutons, dont le pâtre agreste fait songer aux héros d'Homère. Au milieu de tout cela, des métairies qui n'annoncent ni le luxe, ni la misère, des pans de murailles qui percent ce sol, et font penser aux grands murs de Périclès, ou annoncent l'approche du Pirée et de Munychie.

Une autre route conduit aux gracieux villages de Marousi et de Céphisia, aux pieds du mont Pentélique, d'où l'on découvre l'île d'Eubée. Une troisième passe près de l'ancienne abbaye de Daphné, un des lieux les plus remarquables des environs d'Athènes, pour l'étude archéologique, près de la sainte Éleusis et au pied de la forteresse si bien conservée de l'antique Éleuthéra, et conduit jusqu'à Thèbes, et de là jusqu'à Livadia. La route carrossable qui mène à Daphné et à Éleusis passe devant les restes d'un aqueduc dans lequel les femmes d'Athènes viennent laver leur linge et se répéter, comme au bon temps d'Aristophane, tous les caquets de la plus bavarde des villes. Le jardin botanique actuel, qui, du temps des Turcs, était l'habitation de l'ancien vaïvode, est à quelques pas de là, sur la route (1).

De là, on peut faire une rapide excursion sur l'emplacement de l'ancien village de Colone, dont on n'est éloigné que de quelques pas. Arrivé sur la scène de la magnifique

(1) Buchon. *Grèce continentale.*

tragédie de Sophocle, on chercherait vainement le lieu
que décrit Antigone à son père le vieil Œdipe, comme
« parsemé de lauriers-roses, d'oliviers, de vignes abondantes », ainsi que « les nombreux rossignols, qui, sous le
feuillage épais, faisaient entendre leurs chants mélo-
dieux ». L'aspect de Colone est passablement changé
depuis le jour où un chœur d'Athéniens répétait, en petits
vers si élégants, à l'ancien roi de Thèbes : « O étranger,
tu es venu dans le séjour le plus délicieux de l'Attique, à
Colone fertile en coursiers. Là, au fond des vallées couvertes de verdure, de nombreux rossignols font retentir
l'air de leurs chants plaintifs, à l'ombre de lierres épais,
dans un bois sacré inaccessible aux rayons du soleil, où
les vents ne font point sentir leur brûlante haleine, où
Bacchus, toujours riant, marche escorté des nymphes ses
divines nourrices. Là, une éternelle rosée entretient le
safran doré et le narcisse brillant, antique couronne des
grandes déesses... (1). »

Ces lieux sont bien loin d'être aussi séduisants aujour-
d'hui. Le bocage sacré a disparu avec les eaux du Céphise,
insuffisantes à l'entretenir ; et avec les bosquets ont disparu les mille rossignols qui l'habitaient.

En dépit de la sécheresse, l'Attique jouit d'un climat
salubre, embaumé, au printemps, par le parfum des fleurs,
qui naissent dans les vallées et sur le penchant des montagnes. Grâce au Céphise, qui autrefois entourait Athènes,
et dont les eaux sont captées pour l'irrigation, elle produit
des fruits délicieux. Mais, étant trop peu productive pour
les besoins de ses habitants, ils durent, à toute époque,
tirer leurs céréales des pays étrangers, ce qui contribua
beaucoup à augmenter les forces navales et les ressources
coloniales des Athéniens.

Tout ce pays a donné de nombreux saints à Jésus-

---

(1) *Œdipe à Colone*, v. 668 et suiv.

Christ. *Saint Denys*, évêque de Corinthe, sous Marc-Aurèle, écrivit aux Athéniens et aux Lacédémoniens d'éloquentes lettres, pour raviver leur foi et leur courage.

Saint Martinien, ermite aux environs d'Athènes, tenté par une courtisane, mit ses pieds dans le feu en disant :

ILE D'ÉGINE

« Comment pourrai-je supporter le feu de l'enfer, si celui-ci n'en est que l'ombre ? »

Saint Gilles, dont le nom était si populaire en France, était né à Athènes d'une famille noble, sous le nom d'Egidius.

Mais ce qui pourra surprendre, c'est que cette race glorieuse de saints se propagea jusque dans des temps bien rapprochés des nôtres, longtemps après le schisme de Photius.

Dans l'île d'Egine, c'est *sainte Athanasie,* abbesse, et *sainte Théodora,* religieuse, à la fin du ixᵉ siècle.

Dans le désert de Sotérion, en Attique, c'est *saint Luc* le Jeune, d'abord moine de Saint-Joannice en Bithynie, à la fin du xᵉ siècle. Un siècle plus tard, c'est *saint Nicolas,* le Pèlerin, né près du même monastère de Sotérion.

Enfin, au xivᵉ siècle, c'est le bienheureux *Pierre Thomas,* légat du pape Urbain V, qui sacra Pierre de Lusignan, roi de Chypre, et procura le retour d'une quantité de schismatiques. Il était évêque de Coron. Ces noms sont glanés parmi bien d'autres.

Mais tandis que l'enivrement qu'exercent sur moi les mille effluves de l'Hellénisme, qui, comme un concert délicieux, viennent éveiller les échos de mon âme, occupe encore mes sens, l'heure inexorable du départ a sonné. Je dois prendre place à bord du vapeur italien *Stura* de la Compagnie Florio-Rubattino, beau navire, d'une structure à la fois solide et légère, fièrement installé dans le Pirée, en attendant le signal ; son long panache de fumée noirâtre annonce qu'il est temps de se hâter. En quelques instants je suis à bord, et le maître d'hôtel m'installe dans ma cabine. Sur le pont je trouve de gracieuses personnes avec qui je pourrai lier conversation. Exactitude, tenue très soignée, service irréprochable et presque luxueux, telle est la devise de ce vapeur.

Je retrouve en lui un arrière-descendant de ces belliqueuses galères des républiques d'Italie, au moyen âge, qui ont tant de fois sillonné les eaux de l'Orient et abordé à ses rivages.

Bientôt, nous allons trouver les îles de l'Archipel, Cyclades et Sporades ; tout sera plein du retentissant renom des grandes familles italiennes qui ont attaché d'une façon inoubliable leur mémoire à ces lieux, signalés cent fois par leur courage et leur foi plus encore que par leur habileté mercantile.

Sur ces navires, en effet, plus haut que l'étendard du lion de Saint-Marc et que le pavillon des doges, flottait l'étendard de la Croix. Ces hardis et intelligents marins, qui devaient former le Génois Christophe Colomb et le Florentin Améric Vespuce, devancèrent les Croisades, comme ils en furent le complément. Sans calculer la disproportion, ils couraient sus aux tartanes du faux-prophète, battaient les Musulmans, ou essuyaient des défaites plus glorieuses que des victoires. Ils couvraient les rivages où se parlait l'harmonieuse langue grecque, à peine altérée alors, de leurs établissements, de leurs tours crénelées, de leurs couvents, de leurs églises. Le doge de Venise, monté sur la galère à la proue dorée, le *Bucentaure,* avait le droit de se proclamer le *Seigneur d'un quart et demi de l'Empire grec ;* et de fait, partout sur ces rivages, on rencontre des dénominations et des restes d'édifices qui rappellent ces audacieux navigateurs.

Le nom des Dandolo se rattache à Gallipoli et à l'île de Corfou ; celui des Sanudo, à Naxos et à Santorin ; celui des Sommariva, à Andros et à Naxos. Qui n'a entendu parler des Justiniani et des Pisani ? Le nom de Morosini se retrouve partout dans la Morée et la Crète.

On ne saurait omettre le nom de ce héros, Marc-Antoine Bragadino, qui, tombé aux mains du cruel Mustapha, au siège de Famagouste, en 1571, et condamné à être écorché vif, après les plus cruels supplices, savait trouver encore dans son courage des paroles de prière et de pardon. La peau de son corps, peinte en écarlate et bourrée de foin, fut attachée au mât d'une galère turque, pour que ce cruel trophée fût montré aux côtes musulmanes d'Asie et de Syrie.

Au bout de deux heures environ de navigation, nous doublons le cap *Colonna,* ancien « Sunium », célèbre déjà au temps d'Homère. Il se dresse avec majesté au-dessus de la mer, qui vient parfois couvrir d'écume son rivage. Sur son sommet s'élèvent les ruines d'un célèbre temple

de l'ordre dorique, en marbre blanc, consacré à Minerve
au plus beau temps de l'art grec. Quatorze colonne
dressent encore leurs fûts harmonieux à plus de quatre
vingts mètres au-dessus du niveau de la mer, défiant l
cours des siècles et semblant inviter le navigateur
saluer en elles le génie artistique de la Grèce.

Aujourd'hui, le pays est désert; mais, autrefois, on

CAP SUNIUM

venait, au milieu des pompes religieuses, et des théories
sacrées, faire des joûtes navales, à l'époque des Panathénées. Longtemps je suivis du regard ces vestiges encore
grandioses d'un art que rien n'a surpassé; et c'est avec
attendrissement que je considère en cette construction un
des gigantesques témoins de ce génie des Grecs, qui a vu
passer devant lui toutes les transformations de l'art et de
la pensée, sans cesser d'y occuper la première place.

Sophocle, dans une de ses tragédies, se souvient de la
position vantée de Sunium.

« Puissé-je, dit le chœur des matelots dans *Ajax*, me

trouver là où est le promontoire boisé, battu par la mer, sous le plateau élevé de Sunium, afin de saluer Athènes révérée (1). ». Les vers sont en dialecte dorien.

Nous traversons avec rapidité le groupe si poétique des Cyclades, sortant tour à tour du sein des ondes azurées, comme sous la baguette magique d'une puissante enchanteresse. Bientôt à nos regards s'offre gracieusement le panorama de *Zéa,* dont les maisons blanches, étagées gaîment sur le bord de la mer, réjouissent vivement le regard. Zéa paraît ainsi de loin toute pimpante et ensoleillée, comme une luxuriante corbeille se balançant au sein des flots.

Chateaubriand, qui y aborda, en fait cette peinture peu flatteuse : « Zéa, bâti en amphithéâtre sur le penchant inégal d'une montagne, n'est qu'un village malpropre et désagréable, mais assez peuplé ; les ânes, les cochons, les poules, vous y disputent le passage des rues ; il y a une si grande multitude de coqs, et ces coqs chantent si souvent et si haut, qu'on en est véritablement étourdi... (2) »

Cependant cette île a donné naissance à des hommes célèbres, entre autres à Simonide, le poète lyrique, et à Bacchylides, son neveu, dont on vient de retrouver les remarquables poésies dans des papyrus égyptiens. On rencontre dans cette île quelques débris intéressants de l'antiquité.

Peu après se montre *Thermia,* située au sud-est de la précédente et qui, avec elle, forme un évêché grec. Près de la baie *Hagia-Irini* se trouvent trois sources thermales réputées, que fréquentent de nombreux égrotants, et auxquelles l'île doit sa dénomination.

(1)
$$\text{Γενοίμαν ἵν' ὑλᾶεν ἔπεστι πόντου}$$
$$\text{πρόβλημ' ἁλίκλυστον, ἄκραν}$$
$$\text{ὑπὸ πλάκα Σουνίου,}$$
$$\text{τὰς ἱερὰς ὅπως}$$
$$\text{προσείποιμεν Ἀθάνας.}$$

Ajax, V. 1217 et suiv.

(2) *Itinéraire.*

Après avoir admiré ces célèbres Cyclades, dont les croupes rocheuses mais charmantes émergent successivement de la mer autour de nous, je vois le soir qui commence à étendre son voile parsemé d'astres à la lueur à la fois douce et brillante, sur cette mer aux souvenirs si touchants et si pénétrants en même temps que souvent tragiques. Redescendu au salon pour l'heure du dîner, la cuisine me surprend par l'apprêt et la variété des mets. Partout on imite la France, sauf peut-être en Italie et dans le Royaume-Uni. Un excellent vin de Marsala termine le repas, où je lie conversation avec le maître d'hôtel, qui me répond en bon italien, dialecte de Naples. Après m'être recommandé à Dieu, je me livre au sommeil.

SALONIQUE

Demain, quand à l'aube du jour je me réveillerai, j'aurai passé dans une nouvelle sphère d'attraction. En effet, avec le progrès du navire, on sent qu'on s'éloigne des pays civilisés de la vieille Europe, et que l'on va faire son entrée dans un monde nouveau. Aux pays chrétiens va succéder la conquête de l'Islam.

« L'homme malade, a-t-on dit, puisque depuis un grand homme d'État on désigne par ce nom l'empire des Osmanlis, n'est que campé en Europe. » — Oui sans doute; mais son campement est une position retranchée qui a toutes les apparences d'une redoutable forteresse. On peut se souvenir que nous ne sommes guère à plus de deux siècles du temps où le nom des Koproli et des Kara-Mustapha faisait trembler les boulevards de l'Europe chrétienne, de ces temps où la délivrance de Vienne par les armes de Sobieski était saluée comme un événement miraculeux.

De bonne heure une ardente curiosité me pousse à quitter la couche sur laquelle, grâce aux oscillations du navire, j'ai goûté un paisible repos. Ne suis-je pas au sein de cette mer qui a vu passer les Argonautes, qui a porté les guerriers grecs qui se rendaient à Troie, et la flotte de Xerxès?

Sautant donc de mon lit aux premiers rayons du jour, et quittant l'élégante cabine, aux tentures de damas écarlate que j'occupais, je monte sur le pont que les hommes de l'équipage sont en train de laver. Là, après avoir élevé mon cœur à Dieu, je suis d'un œil attentif ces rivages, ces îles qui défilent devant mes yeux. Tous ces lieux ont porté des noms célèbres, et si la mythologie, ingénieuse en ses

SALONIQUE

fictions diaphanes, a peuplé ces rivages de ses fables men-
songères, l'histoire plus véridique a conservé le souvenir
des poètes, des artistes, des hommes d'Etat et de guerre
que le génie de la Grèce enfanta à profusion.

Depuis le matin nous voguons dans les eaux de la Turquie. De temps en temps nous apercevons des felouques
ou tartanes portant l'étendard du faux prophète ; il faut se
résigner à ce spectacle sur une terre où, depuis plus
de quatre siècles, le croissant a partout remplacé la
croix.

Mais nous voici en vue de Salonique, et plus nous approchons, plus nous apercevons distinctement le panorama que présentent le port et la ville, encadrés par les collines qui terminent l'horizon. Les objets, d'abord indécis
et de contours vaporeux, émergent plus distinctement du
sein des paysages, et enfin l'aspect imposant et diversifié
d'une grande ville se présente à nous dans son ensemble
et ses détails. Du pont du navire nous pouvons déjà apercevoir les véhicules circulant sur le large quai qui
entoure et circonscrit le port.

Cependant ce qui sollicite tout de suite mon attention,
c'est la vue de plusieurs cuirassés d'escadre turcs. Puissamment installés dans le port, imposants par leur masse
métallique, ils projettent leurs tourelles, montrent leurs
embrasures, leurs gros canons que meut un puissant mé-
canisme, des canons plus petits disposés sur les tillacs, les
hotchkiss des haubans ; et parmi tout cela les équipages
alertes et dispos manœuvrant avec insouciance au milieu
de ces engins redoutables. Ces cuirassés vont prochaine-
ment appareiller pour Constantinople à l'occasion de l'arrivée de Guillaume II.

La ville, vue de loin, fait un effet surprenant. Dispo-
sée par étages, elle présente une vaste enceinte autrefois
entièrement entourée de murailles et de tours crénelées.
La partie des murailles voisine de la mer a été détruite

il y a quelques années, pour construire les quais qui l
dent la mer, l'espace de plus de deux kilomètres, œu
d'une société française.

Ces murs, existant encore pour la plus grande par
sont couronnés par la vieille Acropole ou *Heptapyrg*
« Les Sept Tours », une des plus célèbres constructi
de ce genre, qui s'élève sur le mont Kortiah. Tous les l
ples qui ont passé dans cette ville y ont laissé leurs trac
les assises à fleur de terre sont macédoniennes ou rom
nes, les murs sont byzantins, les créneaux vénitiens ;
travaux plus récents sont l'œuvre des Turcs. La vue
cette Acropole me saisit : j'ai lu dans les auteurs byz
tins, Anne Comnène, Grégoras, Cantacuzène et aut
les sanglantes tragédies dont elle a été le théâtre o
spectatrice. Là les passions apportées par le vent de l'A
lon ou du Midi se sont heurtées, les ambitions se sont
surées, et cela d'une façon presque périodique. La v
devant mes yeux, se dressant dans la majesté sourcille
de ses vieux murs qui, des hauteurs de Kortiah, sembl
raconter aux générations actuelles l'histoire des vi
temps, comme le fait un bisaïeul à ses arrière-pet
enfants.

Minarets, légères coupoles, élégantes constructi
modernes du port et de la ville, voilà ce qui d'abord
chante les yeux. Certains édifices, comme la Banque o
mane, la Mission catholique, avec sa gracieuse coupole s
montée de la croix, et sa tour, où l'on peut voir l'heure
très loin, resplendissent au-dessus des autres. Contemp
à loisir, tandis que l'on attend la *pratique* nécessaire p
débarquer au quai, et que les embarcations s'approch
pour se disputer les passagers et les bagages : tou
l'heure l'enchantement disparaîtra, mais pour faire pl
à un autre genre d'intérêt.

Descendu à terre, j'ai expérimenté pour la premi
fois les ennuyeuses formalités de la douane et du *teské*

TOUR BLANCHE OU TOUR DU SANG

ou passe-port turc, que l'on vous donne en échange de votre passe-port français, et qui désormais exhibé à tous les ports et aux gares principales, ne vous reviendra généralement que couvert de timbres et de grimoires en langue turque.

Ma première visite est pour la Mission catholique. M. le curé Heudre, de la Société des Lazaristes, est en train d'achever son église, qui sera, dit-on, la plus belle de la Turquie. Son troupeau latin, qui augmente tous les jours, est considérable; on l'évalue à plusieurs milliers. Ses zélés collaborateurs donnent des soins à des catholiques de différentes langues et de différents rites.

Me voici donc dans cette fameuse Thessalonique, qui, depuis les généraux d'Aléxandre, a vu passer tant de générations et des événements si tragiques. Presque toutes les pages de son histoire ont une tache de sang : certains récits dépassent en horreur les plus sombres tragédies de l'histoire humaine.

Assise au fond du golfe du Vardar, un des plus sûrs du Levant, elle se trouve être, par sa situation maritime, le principal entrepôt commercial de ce pays. Son importance s'accroît journellement par son réseau de chemins de fer, qui se raccorde d'une part avec Belgrade et Vienne et de l'autre avec Sofia et Constantinople. Toutefois, les débordements périodiques du Vardar, convertissant de vastes terrains en marécages, font de Salonique une ville réputée assez insalubre.

Les quais de la ville s'étendent depuis la douane située au nord-ouest et formant la plus agréable promenade de la ville, ils aboutissent à la *Tour Blanche,* œuvre des Vénitiens, située au sud-est. Cette tour, menaçante encore, mais d'un aspect pittoresque, s'appelle aussi « Tour du sang », à cause du massacre des janissaires, sous le sultan Mahmoud.

A cette extrémité, les quais sont rejoints, à angle droit,

par le boulevard *Hamidié*, d'érection récente, et où des constructions neuves et régulières forment la demeure des consuls des différentes puissances, et les résidences de riches négociants. Des tramways sillonnent ces différentes voies, ainsi que la grande rue intérieure, ancienne *Via Egnatia,* dont nous parlerons plus loin. Le long des quais se trouvent des agences, et surtout des cafés, où une population pittoresquement bariolée, mais habituellement à l'air actif et affairé, se presse, donnant une grande animation à ces quartiers.

Après Athènes et Constantinople, Salonique est assurément la ville de l'Europe orientale qui renferme le plus grand nombre de monuments encore bien conservés, datant de l'antiquité ou du moyen âge. Ses mosquées, dont les principales sont d'anciennes églises transformées, forment un groupe de constructions byzantines, d'une richesse qui égale et surpasse même sous certains rapports les édifices de Constantinople. On reconnaît environ douze anciennes basiliques, appartenant au culte musulman, et transformées par l'adjonction de minarets et de portiques sarrasins.

La principale assurément, et celle qui m'attirait davantage à cause des merveilles qui s'y rattachent, est celle de Saint-Démétrius, actuellement *Kassoumihié-Djami.* Cette basilique a été rebâtie par Basile le Macédonien, au IXᵉ siècle, sur le tombeau du saint de ce nom, martyrisé en 304. « De ce tombeau, dit l'historien Nicétas, jaillissait une source d'huile sainte. » Au jour même de l'entrée d'Amurat dans la ville, cette source tarit. Les imans ont respecté le tombeau et le montrent aux étrangers, dans un des angles de la mosquée. C'est avec une émotion pleine de respect que j'en approche, me rappelant le nombre incalculable de miracles opérés grâce à l'intercession du saint.

L'église est précédée d'une petite cour carrée, ombragée de figuiers. Le *Narthex,* ou vestibule, a deux entrées.

C'est dans ce narthex que se tenaient les catéchumèn
et tous ceux qu'on ne jugeait pas dignes d'approcher
sanctuaire. La basilique elle-même est divisée en tro
nefs par deux rangs de colonnes, qui soutiennent les ga
ries latérales. La principale nef est formée par sei
colonnes de vert antique, et le sanctuaire par quatre c
lonnes de granit rouge d'Égypte. Les dalles sont
marbre blanc, les unes marquetées de porphyre ; la cha
pente apparente est en bois de chêne, sans peinture
sans ornement. Nous découvrons, vers les hauteurs
temple, quelques mosaïques que le temps a respecté
mais qui sont loin d'avoir l'éclat de celles de la Rotonde (

Le custode, Turc à l'air avisé et aux procédés obligean
ce qui indique clairement qu'il a souvent eu des rappo
avec des visiteurs chrétiens, nous introduit, mon comp
gnon et moi, dans la sacristie, où il nous montre le to
beau présumé de saint Démétrius. D'après les relatio
des historiens et hagiographes, c'est au centre de l'égli
que devait se trouver autrefois ce tombeau. Toutefo
c'est avec un respect plein d'émotion que je vénère ce so
venir encore vivant de la présence en ces lieux de cel
qui est appelé à si juste titre le Thaumaturge de Thess
lonique.

Notre guide, qui ignore le français, supplée à cet
ignorance par ses gestes, accompagnant sa pantomin
de quelques mots jetés au hasard, dont il paraît co
prendre la portée. *Jôli, jôli !* nous dit-il, au fur et à m
sure qu'il nous indique du doigt les détails les plus int
ressants qui signalent la basilique. Au départ, il m'exprin
qu'il désire avoir ma carte ; il fait ainsi, paraît-il, colle
tion des cartes des différents visiteurs.

A quelques jours de là, passant non loin de *Kasso*
mihié-Djami, et tout plein des émotions que cette visi

(1) A. Proust.

m'a fait éprouver, j'entends un bruit étrange et confus de voix humaines, se mariant dans un accord solennel, qui avait quelque chose de saisissant. Je me retourne avec vivacité; et j'aperçois, sous le vestibule ombragé de grands arbres qui précédait l'ancienne église chrétienne, un groupe d'environ trente Turcs mahométans, occupés à faire leurs prostrations, en récitant des versets du Coran. Coiffés du turban, enveloppés de leurs amples vêtements aux couleurs voyantes, ils se relevaient et se prosternaient alternativement, rendant leurs hommages religieux à Allah. Dans leurs physionomies impassibles et reflétant l'ossification du sentiment religieux, dans les intonations graves et sonores qui sortaient de ces poitrines, il n'était permis de découvrir autre chose qu'une conviction aussi profonde qu'elle est erronée, aussi intime qu'elle est peu raisonnée et illogique. Quel dommage, pensais-je, qu'un si éclatant sentiment de vénération pour la Divinité, soit capté par le culte de l'erreur! Quel contraste aussi, me disais-je intérieurement, avec le public de nos églises chrétiennes, où le faible lien de la bienséance parvient à peine à imposer à beaucoup de fidèles les plus élémentaires devoirs de la convenance!

Non loin de là se trouve *Ortadj-Effendi*, ancienne église de « Saint-Georges », dont on fait remonter la construction au règne de Constantin, et qui renferme le groupe de mosaïques antiques le plus considérable que cette haute antiquité nous ait léguées. Cette mosquée est connue dans la ville sous le nom de *la Rotonde*, à cause de sa forme circulaire. Les mosaïques couvrent la coupole de personnages, plus grands que nature, représentant des saints, avec leurs noms écrits en grec et la date du mois où on les vénère. Elles sont dans un remarquable état de conservation. Le distingué consul de Salonique me disait que c'est entre deux ou trois heures de l'après-midi qu'il faut visiter la Rotonde, les rayons du soleil donnant en ce

moment un éclat tout particulier à cette remarquable
création artistique. La visite de la Rotonde me laisse un
souvenir que n'ont pu effacer les merveilles que j'ai été
admis à admirer à Constantinople et ailleurs.

Un des vestiges du passage de saint Paul dans cette
ville est un bloc de vert antique, gisant non loin de là,
informe et en partie enterré. Ce serait sur ce piédestal
qu'aurait prêché l'Apôtre. Mais cette tradition, comme
plusieurs autres semblables, n'a rien que de très incertain.

Salonique avait aussi sa *Sainte-Sophie*, basilique élevée
par Justinien, et réduction de celle de Constantinople.
Malheureusement le grand incendie de 1890 l'a considérablement endommagée. Sa coupole était un des restes
les plus précieux de l'art du mosaïste. Quinze figures de
trois mètres d'élévation en occupaient le pourtour, représentant la Vierge entre deux anges et les douze Apôtres.
Au centre était le Christ planant dans un nimbe glorieux.
Ces figures se détachaient sur un fond d'or et étaient d'un
très grand effet. Depuis l'époque du désastre, l'accès de
la basilique est interdit; c'est par les ouvertures extérieures que je parviens à en saisir quelques détails.

Très remarquable aussi est la basilique des *Douze-
Apôtres*, située vers le haut de la ville. Ces monuments
religieux à eux seuls vaudraient le voyage de Salonique;
et cette ville ne mérite assurément pas l'espèce d'oubli et
d'abandon où on la laisse.

Parmi les restes de l'antiquité, signalons encore les
vestiges de l'ancienne *Voie Egnatia*, qui traverse la ville
dans toute sa largeur, et que coupaient autrefois deux
arcs de triomphe. Le premier, qui datait de Vespasien,
fut démoli, en 1867, par le caprice d'un particulier. L'autre
subsistant encore maintenant, est appelé Arc de triomphe
d'Adrien, mais il appartient plutôt à l'époque de Constantin ou de Théodose. Il consiste en trois arches de briques,

revêtues de plaques de marbre, encore garnies de bas-
reliefs, du plus grand mérite, mais très maltraités par le
temps.

Dans cette même rue, au-dessous d'une terrasse juive,
paraissent cinq colonnes d'ordre corinthien avec des
cariatides sculptées en bas-relief. On pense que c'était
l'emplacement de l'Hippodrome, théâtre du massacre
sanglant où périrent, dit-on, sept mille personnes, sur
l'ordre de Théodose, et que ces assises sont la tribune qui
formait le fond du cirque. Les Juifs appellent ces cariatides *las Incantadas* « les enchantées ».

Rien de curieux comme la bigarrure de la foule qui se
presse dans cette grande rue que je parcours plusieurs
fois, attiré par l'étrange spectacle qu'elle présente sans
cesse.

Là, le Grec coudoie le Juif, le Musulman et le Bulgare
sont confondus, l'Albanais se croise avec le Serbe, chacun
portant le signe distinctif de sa nationalité. Au milieu des
Bulgares et des Grecs signalés par un costume noir, on
reconnaît les Juifs à leur coiffure, faite d'un mouchoir de
coton roulé en turban, et à leur veste bordée de fourrure.
Les femmes surtout, à la toilette tapageuse, portant des
diadèmes de clinquant et des étoffes voyantes d'un effet
très pittoresque, sont facilement reconnues comme filles
d'Israël.

Les Juifs forment près de la moitié de la population de
Salonique ; des évaluations modérées les portent à 70.000.
Ce sont des descendants des Juifs chassés d'Espagne, à
l'époque de l'Inquisition ; venus chercher un asile dans
l'Orient de l'Europe, c'est ici que se trouve leur établissement le plus florissant. Ils parlent encore de nos jours
un espagnol corrompu.

Ajoutons que si les Israélites ont à Salonique une
trentaine de synagogues, les musulmans y ont un nombre
à peu près égal de mosquées. Les chrétiens du rite grec

et bulgare y possèdent une huitaine d'églises, dont une cathédrale, qui a un certain cachet.

Français et catholique, je ne pouvais me dispenser de faire une visite aux Frères de la Doctrine chrétienne, qui dirigent à Salonique une école des plus florissantes, comptant près de trois cents élèves. C'est une sorte d'institut polyglotte, où l'on enseigne le turc, le grec, l'italien, l'anglais, l'allemand, etc., mais sous la note dominante de la langue française, qui est le lien qui réunit les autres idiomes, comme elle est le centre qui rallie les différentes nationalités. Le Frère Directeur nous intéresse au plus haut point par le spectacle des classes nombreuses et variées, outillées du mobilier scolaire le plus en rapport avec le progrès du temps, et où sont traitées toutes les parties de l'enseignement par les meilleures méthodes pédagogiques.

Non content d'avoir vivement excité notre attention et notre sympathie pour ce spectacle si surprenant, dans une ville placée si loin de la France, les Frères nous invitèrent, selon la coutume de l'Orient, à nous rafraîchir, et s'acquittèrent à merveille de ces excellentes traditions de l'hospitalité qui ont cours dans le pays.

Il faut donc savoir qu'en général, dans la Turquie et autres pays orientaux, lorsqu'on se présente pour faire visite dans quelque maison convenable, on vous apporte sur un plateau quelques rafraîchissements. C'est la plupart du temps du café à la turque, dans des tasses un peu plus grandes que des coquilles de noix.

Dans certaines maisons, on fait le café devant vous : les fèves sont tirées de la boîte, triées, grillées, pilées, humectées d'eau bouillante, dans l'espace de quelques minutes. Si vous laissez un tiers de marc dans le fond de la tasse, le liquide qui surnage a conservé tout l'arôme naturel à cette plante précieuse. La plupart des Européens préfèrent le café ainsi préparé au café à la française.

Quelquefois on vous présente un verre de liqueur ou
de vin aromatisé. Dans le Liban on m'a offert un sirop
parfumé d'une jolie couleur hyacinthe, excellent pour
étancher la soif. Régulièrement, à côté de la liqueur ou
du café se trouve un grand verre d'eau fraîche. Et quel
régal que cette bonne eau, dans le pays brûlant du soleil !

Vous pouvez ainsi continuer vos courses frais et dispos,
jusqu'au soir, malgré le poids incommode de la chaleur
et le sable qui vous prend à la gorge. C'est enchanté de
tout ce que j'avais vu et entendu que je pris congé des
excellents Frères instituteurs de Salonique.

L'Église de Thessalonique.

Parmi mes courses et visites, je ne pus m'empêcher de
me rappeler avec un sentiment attendri l'histoire chrétienne de Thessalonique, aussi intéressante que celle des
grands sièges patriarcaux.

Depuis le jour où saint Paul, accompagné de Silas et
de Timothée, fit entendre à cette ville les échos de la
bonne nouvelle, cette histoire a d'admirables pages. La
population accepta avec une grande ardeur la parole du
salut et voulut y être fidèle, malgré tous les obstacles.
Les Épîtres de saint Paul aux Thessaloniciens en sont un
éclatant témoignage.

Lorsque saint Paul, suivi de ses compagnons, arriva
dans Thessalonique, cette ville, malgré les révolutions
qui avaient bouleversé le royaume de Macédoine, était
alors considérable ; le commerce y attirait une foule
d'étrangers et notamment de Juifs. Paul descendit dans la
maison de Jason, son compatriote et son parent, que
l'Église honore comme premier évêque de Tarse. Suivant
sa coutume, le grand apôtre vint à la synagogue (1) et

(1) On croit pouvoir reconnaître l'emplacement de cette synagogue.

s'adressa d'abord aux Israélites. Durant trois jours d
sabbat, il s'efforça de montrer aux Juifs, à l'aide de
divines Écritures, que le Christ devait souffrir et ressusciter d'entre les morts, et il ajoutait en terminant : « C'es
ce Jésus que je vous annonce. » Beaucoup de Juifs, qu
avaient du Messie une idée toute différente, refusèrent de
l'écouter davantage. Plusieurs cependant embrassèrent la
foi ; mais une multitude innombrable de gentils, qui voulaient trouver le vrai Dieu, et n'étaient pas imbus des
mêmes préjugés que les descendants d'Abraham, reçurent
avec empressement la prédication de l'Apôtre. Parmi les
néophytes on remarquait beaucoup de femmes de distinction.

Ainsi, après trois semaines de prédication, les éléments
d'une Église nombreuse se trouvèrent réunis. Les Juifs
opiniâtres en conçurent un vif sentiment de jalousie, et
recoururent à leurs moyens ordinaires pour en arrêter les
progrès. Ils employèrent la violence et la calomnie. Les
plus ardents ameutèrent des gens sans aveu, et excitèrent
une émeute. Ils se portèrent en tumulte dans la maison
de Jason, pour s'emparer de Paul et de Silas, et les traîner sur la place publique. Trompés dans leur espérance,
ils emmenèrent Jason et quelques fidèles, en l'absence
des deux Apôtres. Devant les magistrats, ils les accusè-
rent du crime de sédition, et les représentèrent comme
rebelles à l'autorité de l'empereur. Cette accusation perfide était aisément accueillie par les représentants d'un
pouvoir défiant.

On a même fait à ce sujet une remarque digne d'être
rapportée. Les Juifs de Thessalonique, en poursuivant les
chrétiens, emploient précisément les expressions portées
à Jérusalem contre Jésus devant le tribunal de Pilate. Ce
qui fait supposer avec vraisemblance qu'un mot d'ordre
avait été transmis, dans les villes où se trouvaient les
Juifs en nombre, par les chefs de la synagogue de Jérusa-

lem. « Ces hommes, disent-ils, violent les décrets de César ; ils reconnaissent un autre roi que lui, c'est-à-dire Jésus. » Il s'agissait ici d'un crime capital ; mais les Romains étaient partout assez au courant des affaires religieuses des Israélites pour ne pas attacher une grande importance aux clameurs des Juifs. Le magistrat de Thessalonique accepta les explications de Jason, et congédia ceux qui avaient été amenés devant son tribunal. La nuit venue, les fidèles conduisirent Paul et Silas hors de la ville. Ceux-ci laissèrent à droite Pella, berceau d'Alexandre le Grand, et ne tardèrent pas à entrer à Béroé (1).

L'Église de Thessalonique prospéra rapidement. La semence jetée par l'Apôtre, tombée dans une terre fertile, avait promptement germé et produisit des fruits au centuple. Les Thessaloniciens pouvaient être cités comme modèles aux chrétiens de la Macédoine et de l'Achaïe. Ils avaient bravé les persécutions et souffert avec courage les mauvais traitements auxquels ils s'étaient vus exposés. Plusieurs choses cependant excitaient de l'inquiétude dans les esprits. Quelques-uns éprouvaient une douleur trop vive de la mort de leurs proches ; d'autres avaient de fausses idées sur la résurrection, sur l'avènement de Jésus-Christ et sur le jugement dernier. Saint Paul leur adressa deux Épîtres, les premières qu'il ait écrites selon l'ordre du temps, en 53 et 54. L'Apôtre, dans la première, les loue de leur fermeté dans la foi, et leur exprime la plus vive affection. Il les exhorte à ne pas s'attrister outre mesure de la mort de leurs parents, et à ne pas imiter en cela les païens qui n'ont point d'espérance. La mort des chrétiens n'est qu'un sommeil. Jésus-Christ, notre chef, est ressuscité : *ceux qui se seront endormis dans le Christ* ressusciteront comme lui, pour rester ensemble éternellement dans le Seigneur.

(1) *Actes des Apôtres,* chap. XXII.

8

Plusieurs fidèles manifestant une extrême frayeur cau
sée par une fausse interprétation de quelques passages d
cette Épître, Paul en écrivit une seconde, dans le but d
les tranquilliser et de les éclairer. Il leur fait connaître
quels signes certains doivent précéder le second avéne
ment du Christ ; et il les exhorte à ne pas se laisser sur
prendre par de faux docteurs.

Fondée et affermie sur de telles bases, cette grande
Église devait, pendant de longs siècles, donner toute sa
tisfaction au Pasteur des âmes et produire d'admirables
fruits de sainteté. L'union avec le Siège de Rome, qui était
souvent précaire dans d'autres contrées de l'Orient, paraît
avoir eu des liens plus forts et plus persistants dans cette
cité, où les Papes, depuis saint Damase, avaient établi le
siège vicarial pour toute l'Illyrie.

Le nombre des martyrs fut assurément très considé
rable dans cette ville, qui, sous certains rapports, pouvait
lutter d'importance avec les grands patriarcats ; mais ces
saints paraissent tous se grouper autour de celui qui est
leur coryphée, le grand *saint Démétrius*, proconsul, mis à
mort sous Maximien, et qui non seulement guérissait
une multitude de malades par le baume qui découlait de
son tombeau, mais qui dans maintes circonstances procura
les secours les plus efficaces à ses concitoyens, en les déli
vrant d'une façon miraculeuse de leurs ennemis. Des livres
entiers ont été composés sur les miracles opérés par ce
saint.

Vers le même temps, ce sont les saintes femmes, *Irène,
Chionie, Agape* et leurs compagnes, qui, après d'admi
rables réponses aux tyrans, périrent presque toutes par le
supplice du feu.

Nombre de généreux athlètes imitèrent leur constance
et cueillirent la palme de la victoire.

Les hommes apostoliques qui, avec saint Paul, ont
évangélisé Thessalonique, et après eux, les glorieux mar

tyrs, entraînèrent sur leurs pas une généreuse cohorte.
Tel fut le retentissement de leur doctrine et de leurs exemples que, longtemps après le schisme de Photius, et même
la chute de l'Empire d'Orient, ils ont des imitateurs.

Parmi les saints qui ont illustré cette ville, il faut
mettre au premier rang les deux saints illustres frères
Cyrille et *Méthodius,* apôtres de la nation slave. Recevant
leur légitime mission du Saint-Siège de Rome et notamment du Souverain Pontife saint Nicolas Ier, ils évangé-
lisèrent les Moraves, les Bulgares, les Bohêmes et même
la Moscovie. Saint Cyrille passe pour être l'auteur de l'al-
phabet des Slaves. Ils florissaient au ixe siècle.

Les Ménées des Grecs rappellent le souvenir de *saint
Théonas,* qui, moine de l'Athos, au couvent Ibérien, puis
archevêque de la ville, honora d'une sépulture chrétienne,
à Galatz, les corps de trois saints moines mis à mort par
les Turcs, à Andrinople, en 1540. Galatz, où est le monastère de *Sainte-Anastasie,* dont le martyre a illustré la
ville, est située à 31 kilomètres sud-est de Salonique, au
pied du mont Kortiah (1).

Des légions de solitaires, d'ermites et de moines ont
peuplé et sanctifié ces contrées. Jean Cantacuzène, qui
écrivait au xive siècle, les signale encore en grand nombre, malgré les malheurs des différents âges.

Passant devant les anciennes églises de la ville devenues mosquées, au nombre d'une douzaine, je salue la
mémoire des grands évêques qui ont illustré ce siège. Les
noms de plus de quatre-vingts d'entre eux ont été sauvés
de l'oubli.

Après les disciples des Apôtres, dont les noms se retrouvent dans les pages du Livre Sacré, c'est *saint Aschole,* qui
baptisa le grand Théodose, et dont saint Ambroise fait le
plus bel éloge. C'est son disciple *saint Anysius,* qui reçut

_____

(1) Voir le *Calendrier Gréco-Slave* du P. Martinov.

des lettres des papes Damase et Innocent et de Docteu:
tels que Ambroise et Chrysostome.

A l'époque de Photius, c'est *saint Joseph II,* originai:
de l'île de Crète, et frère de saint Nicolas Studite, aute:
d'hymnes sacrées. C'est, après *saint Euthymius,* moine :
l'Olympe, *saint Basile,* athénien d'origine, qui souti:
contre Photius la cause de saint Ignace.

Eustathe, métropolitain, mort en 1192, fut un célèb:
commentateur d'Homère. Le cardinal Angelo Maï, qui
découvert et publié ses ouvrages, le place à côté des mei:
leurs écrivains de l'antiquité sacrée et profane. Mais voi:
ce qui fait mieux encore l'éloge d'Eustathe. En 1185, u
certain Alexis Comnène, excité par Andronic, fort d
l'appui de Guillaume de Sicile, s'empara de Thessaloniqu
qui subit en cette occasion toutes les horreurs d'un sièg
et d'un assaut. Eustathe qui, préférant son devoir à l
fuite, s'était enfermé avec son troupeau afin de le conso
ler et de le fortifier, sut inspirer du respect au vainqueu
et obtenir des édits favorables en faveur de son troupea:
affligé (1).

Quelques années auparavant, Basile d'Acride, arche:
vêque de ce siège, dans sa correspondance avec le Pap:
Adrien, au sujet des propositions d'union de l'empereu:
Manuel, lui écrivait : « Nous prêchons et nous enseignon:
les mêmes choses que vous, moi, et tous ceux qui sont su:
le siège de Constantinople. Nous n'avons avec vous qu'u:
même langage sur la foi. Si quelques petits sujets de scan:
dale nous ont éloignés les uns des autres, c'est à Votre
Sainteté de les faire disparaître et de rendre plus parfaite
l'union des Églises. »

C'est au xiiie siècle que s'érigea le royaume éphémère
de Thessalonique, au profit de Boniface de Montferrat,
dont l'empereur latin de Constantinople Henri, frère de

(1) Voir *Nicétas Choniatès. Vie d'Andronic Comnène Ier.*

Baudoin, épousa la fille Agnès. Bientôt, le roi meurt d'un coup de lance, en poursuivant une troupe de Bulgares.

A cette nouvelle, le terrible roi des Bulgares, Joannice, vient mettre le siège devant Thessalonique. Mais bientôt, couché dans son lit, une vision terrible lui fait apparaître un cavalier monté sur un cheval blanc, qui lui fait une blessure mortelle. Entraîné par ses officiers loin de ce lieu funeste, il meurt peu de temps après, et sa mort délivre les infortunés habitants. Les Grecs attribuent la mort tragique de Joannice à l'intervention de saint Démétrius.

En 1216, meurt dans cette ville l'empereur Henri. Il est loué par les Grecs eux-mêmes pour sa valeur et sa bonté. Sa mort fut un grand malheur pour l'empire des Latins en Orient. Cette même année, le Pape Honorius III écrivit qu'il prenait sous sa protection le jeune Démétrius, élu roi de Thessalonique.

Il nous serait facile de multiplier les faits, d'énumérer quantité de prélats, autant remarquables par l'intégrité de leur vie et leur science que par leur orthodoxie. C'est ainsi qu'en 1279, le Patriarche Veccus, à l'époque de l'envoi des légats de Nicolas III, se servit des ouvrages de Nicétas, métropolitain de ce siège, en 1201, sous Alexis l'Ange Comnène, pour la paix des Églises.

Ce sont ces prélats, à la fois saints et savants, qui maintinrent une partie de la Macédoine dans la saine doctrine, jusqu'à des temps bien rapprochés des nôtres. Ce n'est guère que depuis la farouche conquête de l'Islam, que des ténèbres épaisses ont recouvert ce beau pays et rompu en apparence le lien qui le rattachait au centre de l'Église.

UN COUVENT DES MÉTÉORES DE THESSALIE

EXCURSIONS EN MACÉDOINE

L'itinéraire dressé par l'Agence Cook me laissait un temps assez long à passer dans la capitale de la Macédoine. Comment n'en pas profiter pour visiter un peu ce pays qui provoque de si émouvantes sensations profanes et chrétiennes? On verra plus loin comment je devais avoir la bonne fortune de rencontrer le souvenir encore vibrant du grand conquérant macédonien, en visitant à Constantinople le musée du Sérail qui renferme, comme pièce principale, son cénotaphe d'une parfaite exécution.

Mais un attrait plus puissant que la mémoire de ces grands ravageurs de l'humanité, me sollicitait à parcourir ces lieux. Des légions de moines et de solitaires ont peuplé les montagnes abruptes de ce pays et y ont laissé une traînée séculaire d'édification et de vertu.

Combien il m'eût été agréable de voir, ne fût-ce que de loin, les couvents des Météores, appelés encore la *Thébaïde de Stagi*, sur les bords du golfe, au nord de Kalabaka, sur les contreforts de l'Olympe de Thessalie ! Réduction des monastères de l'Athos, ces couvents des Météores, placés sur la crête de falaises inaccessibles, sollicitent du sein de la mer l'attention du voyageur, tant par leur position hardie, d'où vient la dénomination de Μετέωρος qui en grec signifie *élevé*, que par l'étrange disposition de leur architecture monastique et guerrière. Malheureusement le navire se tenait trop au large pour qu'il me fût possible d'apercevoir, même de loin, les célèbres Météores.

Ayant eu l'avantage de recevoir à Salonique, avant mon départ, la visite du distingué consul, M. Sillière, qui venait à l'instant de recevoir sa nomination de Consul

Général, à Constantinople, accompagné de son chancelier
j'exprimai, devant ces Messieurs, le désir que j'aurai
éprouvé de visiter quelque couvent, surtout au point d
vue des richesses littéraires qui peut-être y sont encor
enfouies ou pourraient en être exhumées. « Vou
avez, me dirent-ils, proche de Salonique, un couven
qui vaut la peine d'être visité, tant par sa dispositio
matérielle, que par la richesse de sa Bibliothèque. » Il
me donnèrent en même temps le conseil de prendre u
kawas, avec une voiture, et de faire l'ascension du mon
Kortiah, sur les flancs duquel est bâti ce monastère
proche de la vieille Acropole. C'est *Giaour-Monastir*
sur qui rejaillit une partie de l'intérêt qui s'attache
l'histoire de Salonique. Il est fâcheux de dire que le
bornes étroites de mon temps qui touchait à sa fin, ne m
donnèrent pas le loisir d'explorer cette bibliothèque
comme je l'aurais désiré.

Une excursion mieux réussie que je fis vers le commencement de mon séjour en ce pays, ce fut celle vers le
séminaire bulgare de *Zeitenlik,* placé à peu de distance
de Salonique. On m'avait fait les honneurs de m'y invi
ter pour un déjeuner qui devait être pris dans l'expansion
d'une cordiale intimité. Une bonne voiture attelée de
deux forts chevaux me conduisait, dans la société d'aimables compagnons, dans cette direction. Et cette voiture
paraissait plus encore pour l'utilité que pour le luxe ; car
à partir de Salonique, la route paraissait à peine frayée, ou
ne l'était guère que par les ornières profondes qu'avaient
creusées les roues des voitures qui nous y avaient précédés.

A peu distance de la ville, mes compagnons commencèrent à raconter des histoires de brigandages, ce qui
n'est pas seulement de la légende en ce pays ; car le brigandage, paraît-il, s'épanouit jusqu'aux portes de Salonique, quand il ne pénètre pas plus loin. A moitié rassuré

CIMETIÈRE TURC

cependant, je me laissais entraîner au travers de campagnes d'un aspect triste et monotone, fertiles cependant, mais que la main de l'homme semble laisser incultes, par une incurie regrettable.

La tristesse de ces horizons était augmentée par le mélancolique spectacle de cimetières turcs que nous traversions, au milieu de cyprès et de tombes récentes ou anciennes qui bordaient les deux côtés de la route. Des pierres plates, taillées géométriquement, d'une hauteur d'environ un mètre, terminées à leur sommet par un ornement sculpté en forme de turban, signalaient la présence de la dépouille mortelle de quelques fils de Mahomet. Un peu plus de luxe pour les tombes des riches faisait la seule différence appréciable, au milieu de ce farouche et sombre champ de carnage, où avait impitoyablement et sans distinction entassé générations sur générations la faux acérée de la Mort. Dans un cimetière chrétien, au moins, il y a l'espérance. La croix y couvre de ses bras protecteurs les fidèles qui se sont endormis dans la paix du Seigneur et attendent la bienheureuse résurrection. Mais ici, rien ! rien que le funèbre amas de ces victimes, qui ont vécu sans espoir, sont tombées sans consolation, pour sans doute aussi se relever sans béatitude !

Enfin, nous arrivons et la charmante réception des directeurs du séminaire, jointe à l'aspect récréatif des campagnes et collines environnantes, épongea rapidement la mélancolie qui avait accompagné le trajet. La situation, en effet, du séminaire est joyeuse et riante ; les terres qui l'entourent paraissent bien cultivées ; les élèves qui nous voient arriver, avec un sourire accueillant, portent sur leurs traits l'empreinte de la gaîté, de la tranquillité et de la santé ; car l'endroit paraît très bien choisi pour la salubrité.

Ce séminaire est dirigé sagement et habilement par les Messieurs de Saint-Lazare, et forme de jeunes lévites,

dans les meilleures doctrines, pour le clergé bulgare-uni,
sous l'administration de Mgr Chanoff, vicaire apostolique
de la région. On nous sert un gracieux déjeuner pris au
réfectoire des élèves, pendant lequel mes regards se promènent curieusement sur ces figures animées et épanouies,
mais tirant fortement sur l'élément slave. De ces jeunes
séminaristes, les uns sont déjà revêtus de robe ecclésiastique, les autres sont encore en costume séculier. A l'issue
du repas, on veut me faire honneur ; la musique s'assemble
et on exécute en l'honneur du visiteur l'hymne qui fait
palpiter les cœurs français.

Cette maison est comme le refuge du clergé bulgare-
uni, qui, sauf la langue, a absolument la même liturgie et
les mêmes usages que les Grecs. On me fait voir des portraits de Mgr Chanoff, de sa famille, de son clergé. Une
photographie collective réunit les portraits d'une vingtaine
de bons curés bulgares qui y ont résidé lors de la dernière
retraite pastorale. Ces ecclésiastiques ont un air digne et
paternel avec une physionomie ouverte, qu'éclaire un œil
plein de pénétration.

Cependant on est pour le moment sous le coup d'une
émotion assez intense. Une scène qui a failli tourner au
tragique, vient de se passer au village de *Koucouch*, à
quelque 35 kilomètres de là, gare de Sari-gueul, où les
catholiques bulgares possèdent une église. Des *exarquistes*,
ainsi désigne-t-on les schismatiques, après être retournés
au schime, ont réclamé une église qu'ils avaient donnée
aux catholiques en revenant à l'unité. Sur le refus des catholiques, motivé sur le petit nombre de ceux qui s'étaient
retirés, des coups ont été donnés, des Filles de Saint-Vincent de Paul ont été frappées et meurtries. J'apprends plus
tard, avec grande satisfaction, que M. le consul de France
a arrangé le différend au profit des catholiques. Ce pauvre
peuple bulgare paraît bien travaillé maintenant !

Puisque j'ai parlé des Filles de la Charité, je ne saurais

omettre ici de faire mention de leurs personnes, de leur dévouement, de leurs œuvres. Je le dis à l'avance, je les ai vues dans tout mon parcours de l'Orient, de Salonique à Alexandrie, toujours animées du même esprit, partout anges de bienfaisance et de charité, joignant dans un double ou plutôt dans un seul amour, l'Église et la France. A Salonique, elles ont plusieurs établissements, dont le principal, datant déjà d'assez loin, couvre le terrain sur lequel se trouve bâtie l'église, j'allais dire la cathédrale catholique. Élever des enfants, soigner des malades et des pauvres à l'hôpital et à domicile, voilà leur œuvre principale et reproduite partout. On me fit voir l'hospice italien, desservi par leurs Sœurs, et dans les salles duquel se montraient les portraits d'Humbert et de Marguerite. Mais Dieu châtie ceux qu'il aime. Peu de temps après mon départ, un ouragan a ravagé leur communauté. Cependant on s'en console. Pauvres chères Sœurs! Elles en ont essuyé bien d'autres!

Une excursion bien intéressante est, dans la direction du nord-ouest, la visite de *Vodéna,* l'ancienne « Edesse », première capitale de la Macédoine et antique sépulture de ses rois. Ville commerçante et industrielle, située sur un tributaire du Vardar, elle doit sa richesse à son heureuse situation. Elle est située au bord d'un plateau de forme circulaire, qui atteint une hauteur de 75 mètres, coupé à pic sur trois côtés, et adossé au contrefort de deux hautes montagnes, dont les pentes, en s'abaissant, livrent passage aux eaux réunies de plusieurs sources. Ces eaux circulent partout claires et limpides dans la ville ; puis rencontrant l'extrémité du plateau, elles se précipitent par cinq grandes cascades dans le ravin qui les borde. Rien n'égale le charme de ces cascades, descendant le long d'un rocher de vingt-cinq mètres, taillé à pic dans la pierre rouge et les stalactites.

Il est facile de voir, tant par la situation de cette ville, que par celle de la plupart de la région, que le peuple bulgare cherchait de préférence à se cantonner dans les pays de montagnes, afin d'y défier plus facilement la poursuite des armées grecques.

Strabon mentionne Bodina, et Cantacuzène en parle comme d'une petite ville bien fortifiée... « Elle est défendue, dit-il, par la nature et l'art des hommes ; elle est plus qu'à moitié entourée par l'eau, et est inaccessible aux ennemis, à cause d'un lac ; et pour le reste très fortifiée par des murs et de hautes tours, elle est protégée aussi en d'autres endroits par des précipices et des vallées infranchissables (1). »

Cependant les lieux à jamais inscrits dans le souvenir des générations chrétiennes, qui ont vu saint Paul et entendu sa voix, m'attiraient plus fortement. Je reprenais donc à rebours le chemin suivi par l'Apôtre, depuis son débarquement à Neapolis, en Macédoine, actuellement *Kavalla*. Pour tous ces pays, on peut consulter avec intérêt l'ouvrage de M. l'abbé Le Camus, souvent cité par le guide Joanne (2), actuellement évêque de la Rochelle.

Le chemin de fer suit une direction presque parallèle à celle de la voie romaine, qui se termine aux arcs de triomphe de la voie *Egnatia*, au pied de la chaîne du Vroundi-Balkan, un des contre-forts de Rhodope.

Le train part à une heure assez matinale, et sauf la lueur douteuse des réverbères, la ville et les environs sont encore plongés dans d'épaisses ténèbres. Pour me conduire à la gare, dont l'abord me prépare d'inévitables ennuis, tant à cause de l'ignorance de la langue et des coutumes, que des formalités policières du *Teskéré*, du change de la

_____

(1) Ὑπὲρ ἥμισυ γὰρ ὕδασι περικλυζομένη, ἀπρόσιτός ἐστι πολεμίοις διὰ τὴν λίμνην, τὸ δὲ ἐπίλοιπον, τείχεσιν ὀχυρωτάτοις καὶ πύργοις μεγάλοις, ἔστι δ'ὅπου καὶ κρημνοῖς καὶ φάραγξιν ἀβάτοις περιέχεται. — *Histoires*, liv. IV, 19.

(2) *Visite aux Eglises de l'Apocalypse.*

monnaie, et mille autres accidents ou incidents qui peuvent surgir, on m'a donné un *kawas*.

En Orient, toute maison qui se respecte doit avoir son kawas. Homme du pays, Grec, Albanais, quelquefois même Turc et Arabe, portant la veste aux broderies sou-

UN KAWAS

tachées, aux galons et boutons dorés, la culotte bouffante, le fez écarlate, mais surtout ayant la ceinture chargée de poignards, de pistolets de forme antique, mais d'aspect redoutable, il paraît armé jusqu'aux dents. C'est l'intermédiaire obligé entre les étrangers et les autorités du pays.

Assermenté, d'une fidélité à toute épreuve, comme jadis les Suisses des maisons princières, il est appelé à rendre les plus grands services. Celui qui m'accompagne est un Grec converti au catholicisme, homme superbe, parlant plusieurs langues, autant capable d'adoucir les autorités par ses explications pertinentes, que de terrifier les mauvais drôles par l'aspect de ses armes et la vigueur de son bras.

Les chemins de fer de Turquie ont un cachet tout spécial : d'abord, comme tout ce qui est d'importation européenne, ils ont un aspect français ; ce sont des ingénieurs français qui les ont créés ; la plupart des employés parlent notre langue avec correction.

Seulement, n'attendez pas la multiplicité des trains, la rapidité des trajets : contentez-vous de choisir commodément votre place, assuré que sauf accident imprévu, le train partant le matin vous déposera le soir au terme de votre voyage.

Au reste, les employés et voyageurs, en général, sont polis et prévenants, et on s'empresse autour de l'étranger. Il faut dire que la plupart des stations sont gardées militairement. Au départ, les soldats du poste, coiffés du fez, vêtus de tuniques et de pantalons assez dépenaillés, mais la tenue martiale, chaussés de bonnes bottes, la ceinture garnie de cartouches Mauser, présentent les armes et rassurent le voyageur.

Ces précautions sont loin d'être inutiles dans un pays où le brigandage n'est nullement une fiction, et pourrait d'un moment à l'autre occasionner de graves inconvénients, sans l'intervention de la force armée, comme l'expérience ne l'a que trop souvent démontré.

Puisque je parle de l'armée turque, je ferai part ici de mon impression. Permis à d'autres d'entrer dans des détails techniques qui sont au-dessus de ma compétence. Quant à moi, elle m'a fait l'effet d'être une armée solide et assez

bien instruite, capable d'être assouplie sous le joug de l
discipline.

Les officiers ont une tenue correcte et soignée, un
finesse de taille et de physionomie à faire envie à no
jeunes Saint-Cyriens. Sans doute ce ne sont pas des algé-
bristes, comme nos élèves des écoles d'application ; mai
ils paraissent avoir un ensemble très suffisant de connais
sances professionnelles.

Parmi les soldats, on n'en trouve plus maintenant
même vers le Sud et aux confins de l'Arabie, à l'aspec
farouche du noir habitant du Maghreb, et renâclant le ven
du désert comme le Bédouin de Syrie et de Palestine
ainsi que les histoires plus anciennes nous les montrent.
C'est une remarque que j'ai pu faire depuis la Macédoine
jusqu'à Damas et aux confins du Haourân. Leur tenue, i
est vrai, laisse à désirer : mais que voulez-vous ? les finances turques sont en désarroi, et ils sont mal payés. Cependant, sous leurs vêtements en délabre, on sent le guerrier
qui sait obéir, vivre de privations, et se sacrifier s'il le faut.

Lorsqu'ils sont bien vêtus, ainsi que je les ai rencontrés dans les villes placées sur l'itinéraire de Guillaume II,
ils ont très bon air. Alors, leur teint bronzé, leurs membres vigoureux et souples les font paraître redoutables. Ils
ne sont cependant pas méchants, adoucissant le feu de
leurs regards, et rendant volontiers service à l'étranger.
Ajoutons que parmi eux beaucoup sont chrétiens, surtout
parmi les officiers.

Autre détail curieux. Quand Lamoricière et Bugeaud
ont dessiné le costume de nos troupes d'Afrique, zouaves,
turcos et autres troupes indigènes, ils ont imité le costume
ottoman. Maintenant, dans le sens inverse, certaines troupes ottomanes ont pris complètement le costume de nos
zouaves, sauf le fez ou *tarbouche*, qu'ils continuent à porter droit, tandis que nos soldats africains le portent renversé à la fanfaronne.

SOLDATS TURCS

9

Les casernes sont en général bien ét solidement bâtie
en différentes grandes villes, notamment Constantinop.
Beyrouth, Damas, Jérusalem, souvent murées et crénelé
comme des citadelles, elles présentent un aspect imposa
et pourraient soutenir un siège contre des troupes dépou
vues d'artillerie. En résumé c'est cette armée qui mai
tient encore l'empire Ottoman ; commandée par des che
habiles et convenablement encadrée, elle pourrait sout
nir la comparaison avec les meilleurs troupes d'Euroj
ainsi qu'elle l'a si bien montré à Plevna.

Au départ de Salonique, la plaine s'abaisse ; mais apr
Sari-gueul, la pente s'élève vers le nord-est et présente l
aspects les plus pittoresques. Des rideaux d'arbres, à dif
rentes distances, coupent et diversifient ce paysage, q
baignent les eaux fécondes de la montagne. Les champ
les prairies disposés par étages, et d'un aspect réguliè
montrent ce que pourrait devenir ce pays si l'agricultu
y prenait son entier développement.

Bientôt nous rencontrons la jolie petite ville de *Doïra*
dont les minarets et les maisons se mirent coquetteme
dans les eaux du lac qui porte le même nom. Ce lac, ain
que celui de *Takinos*, dont les bords sont peuplés (
Grecs, est alimenté par les eaux qui descendent (
Vroundi-Balkan.

La ville de *Sérès* ne tarde pas à s'offrir à la vue. l
plus grande et la plus importante de toute la Macédoi
Orientale, elle est entourée d'une muraille haute
épaisse, flanquée de tours carrées et crénelées ; la vil
nouvelle s'étend au pied de la colline que couronnent l
ruines d'une ancienne forteresse. La vieille ville, appel
Varoch par les Serbes, contient la cathédrale, l'arch
vêché orthodoxe, quelques mosquées et églises ancienne
Entrepôt d'une plaine fertile, Sérès doit son importan
au commerce du coton et du tabac.

Vers 1077, siégeait le métropolite Nicètas, à qui l'(

attribue de savants commentaires sur saint Grégoire le Théologien. Cette ville embrassa la communion romaine à plusieurs reprises, notamment sous Innocent III qui la prit sous sa haute protection.

En 1451, le roi Étienne Douchan fit construire près de Sérès un monastère en l'honneur de saint Jean-Baptiste, *Svéta Jovan Prétetcha* en langue serbe.

Joannice, roi des Bulgares, en 1205, assiégea et prit par capitulation la ville de Sérès, qui se trouvait dans le domaine du marquis de Montferrat. Infidèle à sa parole, il fit trancher la tête aux officiers, et conduire les soldats dans le fond de la Hongrie.

Ce voyage si intéressant pour moi par les souvenirs historiques, le fut encore par quelques incidents assez suggestifs. Au départ de Salonique, je me trouve dans le train avec des Juifs, d'une apparence aisée ; marchands ou brocanteurs, ils vont porter les articles de leur commerce par les villes et les bourgs du pays. Ils parlent entre eux l'espagnol altéré, transporté de la péninsule Ibérique, lors de l'expulsion de leurs pères au xvᵉ siècle. Ils lisent, comme on le fait partout dans le Levant, des journaux français. Un dialogue s'engage entre ces fils de l'Orient et celui qu'ils reconnaissent pour Français. — « Monsieur, voulez-vous des journaux ? — Je ne suis pas venu en Macédoine pour apprendre le français ; si c'était des journaux grecs !... — C'est pour lire les nouvelles. — Elles sont toujours mauvaises. — Que pense-t-on en France de l'affaire Dreyfus ? — Une tempête dans un verre d'eau, etc. » Ils déjeunent de bon appétit et me laissent considérer le paysage à mon aise.

Cette rencontre ne laissait pas que d'être très instructive pour moi. J'ai rencontré en France de riches Juifs. Naguère, sur une ligne ferrée très fréquentée, qui traverse un pays ondoyant, pays de châteaux luxueux et de grandes chasses, je me trouvais près d'une célèbre

baronne, portant un nom israélite des plus en vogue,
poitrine couverte de brillants et de pierres fines, fro
sant de ses doigts délicats un journal qu'elle ne lis
assurément pas. Ces Juifs de Salonique m'offrent
autre genre d'intérêt; à leurs traits je reconnais
même race et ce caractère indestructible et persév
rant des fils d'Israël, qui leur a valu de conquéi
dans tous les pays du monde une place des plus rema
quées.

Un peu plus loin, survient un autre incident qui exci
au plus haut point mon attention, et fait affluer à m
cœur tout un monde de sentiments jusqu'alors ignoré
Un riche Turc, grisonnant, trapu et vigoureux, en hab
de voyage, coiffé du turban, une courbache à la mai
amène au chemin de fer son harem; c'est sans doute u
déplacement dû à la saison. Ces femmes, au nombi
d'une vingtaine, sont toutes vêtues à la turque, ma
à la manière des personnes aisées; elles sont cou
vertes de tissus élégants de soie, unis ou brochés, o
le noir domine et qui paraissent de fabrique otto
mane. Complètement voilées, elles sont chaussées tré
délicatement de petits souliers décolletés qui laissen
apercevoir le bas blanc, recouvrant la partie infé
rieure de la jambe, généralement assez replète. De
montures, ânes ou chevaux, couvertes d'une capote
les ont amenées à la gare, emprisonnées chacune
comme dans une chapelle. Il semble que l'on tienne
à les soustraire complètement à la curiosité d'un œil
indiscret.

Au bout de quelques stations, elles descendent des
compartiments qui leur ont été exclusivement réservés ;
le riche Turc les aide, avec une sorte de courtoisie, à
quitter les voitures qu'elles ont occupées; et des lan-
daus les prenant à la destination les conduisent, avec
leur capricieux despote, à leur nouveau domicile. La

vue de ces pauvres. créatures laisse à mon âme un souvenir mélancolique et profond; il me semble les entendre me dire : « Ah! que ne donnerions-nous pas pour avoir la liberté des femmes chrétiennes ! »

FEMMES TURQUES

Drama, Philippes, Kavalla.

Après environ une demi-journée de trajet, j'arrive
Drama. Placée au pied du Vroundi-Balkan, elle reçoit le
eaux de la montagne qui la fertilisent. J'admire cett
petite ville coquette, mais tout à fait orientale. Dram
est surtout agréable par sa position au pied de la chaîn
qui l'abrite contre les vents du Nord, ses jardins, se
ombrages touffus et les sources qui l'arrosent. On trouv
beaucoup d'inscriptions grecques dans les églises, e
même encastrées dans les murs des maisons. Il en es
question dans Thucydide; maintenant, c'est un arche
vêché grec ortodoxe.

Avant de trouver un hôtel, j'erre longtemps dans le
rues sinueuses de la ville, frappé de la physionomi
étrange et toute nouvelle pour moi d'une localité que l
progrès moderne a à peine effleurée. Quelques façade
d'églises assez correctes, des minarets, des mosquées
émergent au-dessus des maisons, en général asse
commodes et construites avec les débris du passé. Le
petites industries s'étalent sous des auvents; des Grec
fument en cigarettes l'excellent tabac du pays; des Turcs
fumant le chibouk, me regardent curieusement, en gen
peu habitués à recevoir la visite d'étrangers.

Arrivé enfin à l'hôtel de Turquie, je suis accueilli pa
les hôteliers, qui s'empressent autour de moi; le mari, em
ployé au chemin de fer, est catholique, la dame; quoiqu
orthodoxe, penche sensiblement du côté de la religion de
son mari. L'un et l'autre m'ont laissé un excellent sou
venir.

Nicéphore Grégoras dit que c'est en cet endroit que
l'impératrice Irène, ennuyée du séjour de Salonique, se
retira et mourut, contrairement à la tradition qui veut
qu'elle ait terminé ses jours à Lesbos.

Parmi les évêques qui y ont siégé, on cite le nom de

Dosithée, qui se trouva aux conciles de Ferrare et de Florence, et embrassa le parti de l'Union, et celui de Joachim, qui devint plus tard patriarche de Constantinople ; c'était, paraît-il, un bon vieillard, beaucoup plus humble que savant.

Après le repas, je parcours de nouveau les sinuosités de la localité, n'osant pas trop m'aventurer dans la campagne, où, paraît-il, le brigandage a choisi son site de prédilection. Naguères, à 3 kilomètres de Salonique, un Frère Lazariste ayant eu l'audace de lutter contre un de ces détrousseurs, en a reçu un coup qui mit ses jours en danger. M. le consul de France a dû hautement réclamer la protection de la loi. On comprend facilement que, devant semblable perspective, la prudence me fit un devoir d'être sur mes gardes, d'autant plus que nous sommes au pied de la montagne, qui toujours fut le refuge et la protection assurée du brigandage.

C'est donc avec une certaine émotion que je questionnai dans ma course les personnes qui me paraissaient offrir le plus de garanties. « Οὐκ ἔστι κίνδυνος ἐν τῇ χώρᾳ ἀπὸ τῶν λῃστῶν, ἢ κακούργων ; — N'y a-t-il pas de danger dans le pays de la part des brigands ou des malfaiteurs ? » Mes interlocuteurs parmi lesquels je dois signaler un Grec des mieux stylés, diminuèrent mes craintes, en m'assurant qu'il n'en était rien ; et en effet cette réputation de brigandage discrédite singulièrement le pays. « Ὑπάρχει ἡσυχία μεγίστη. — Il y a une tranquillité parfaite », m'est-il répondu en très bon grec.

Il est important de constater ici que les Grecs forment le fond de la population ; si leur langage peut paraître dégénéré, on sent qu'ils sont les vrais maîtres du sol. Ils tiennent en général à se présenter sous une tenue très correcte ; le type est encore mieux conservé que la langue. Tous ceux qui ont fait des études s'expriment facilement en français. Ils continuent à se désigner sous le nom de

Romaioi (prononcez *Roméi*). Ce sont eux qui forment le principal personnel de l'administration du chemin de fer, et je dois à la vérité de déclarer que je n'ai eu qu'à me louer de leur bienveillance et de leur probité.

Pendant que j'erre dans les rues de Drama, deux jeunes gens vêtus selon la tenue du pays, m'accostent. — « Monsieur, que cherchez-vous ? » — A cette question, réminiscence d'un manuel de conversation, je réponds : « Je voudrais trouver mon hôtel. — Quel hôtel ? — L'hôtel de Turquie. — Nous voulons vous conduire. — Vous êtes Grecs ? — Osmanlis. » Et, avec une complaisance qui ne se démentit pas, ils me reconduisirent à mon hôtel, qui de fait m'échappait de plus en plus. N'était-ce pas une manifeste protection contre quelque agression subite ? Errant ainsi sans guide et sans moyen de défense, aux abords d'une ville, dont la campagne passe pour être infestée par le brigandage, la moindre malencontre suffisait pour me faire tomber entre les mains d'une bande de malfaiteurs qui m'auraient impitoyablement rançonné. J'ai la conviction presqu'entière que je dois cette rencontre à une attention providentielle.

Nous voici en plein pays évangélisé par saint Paul. Une voiture, que l'on prend à Drama, conduit en quelques heures à Philippes, et de là à Kavalla. Longtemps la voiture roule au travers de ruines informes et défigurées, mais dont quelques-unes ont conservé jusqu'ici une apparence de monuments. Philippes, qui fut autrefois une ville florissante et très belle, n'est plus qu'un endroit désolé, encore connu sous le nom de *Filibedschik*.

Elle est surtout célèbre par la dernière et solennelle bataille de la république romaine, où le parti d'Antoine et d'Octave remporta la victoire sur Brutus et Cassius. Quand Brutus était encore aux plaines de l'Asie, un spectre s'était nuitamment montré à lui sous sa tente, en lui disant : « Je suis ton mauvais génie ; tu me reverras bientôt à Philippes ! » C'est à Philippes, en effet, que se termina la carrière du dernier des Romains.

La description des lieux faite par Jean Cantacuzène, est encore très exacte. « La ville de Philippes, dit-il, s'étendant au pied de la montagne, ce qui est au-dessus est d'une âpreté infranchissable, étant rempli de vallées abruptes, de précipices et de rochers. Ce qui est au-dessous est un marécage épais et fangeux créé par de nombreux cours d'eau (1). »

Saint Paul y annonça l'Évangile, accompagné de Silas et de Timothée, comme aussi de saint Luc, qui fut le narrateur de cette mission. Pleine de mouvement et d'un

RUINES DE PHILIPPES.

pathétique tout divin est l'histoire de cette première prédication de l'Évangile sur le sol de l'Europe. C'est tragique, non à la façon des histoires des hommes, mais de celles où Dieu lui-même met la main.

A Troade, en Phrygie, Paul eut une vision où le Seigneur lui montra le champ où il devait aller faire la moisson. Pendant la nuit, un homme lui apparut, vêtu comme les Macédoniens, lui disant d'un ton suppliant : « Passez en Macédoine, et venez à notre secours. » Aussitôt, avec ses trois compagnons, l'Apôtre s'embarqua à

----

(1) Ἐπὶ τίνος ὑπωρείας τῆς Φιλιππησίων πόλεως κειμένης, τὸ μὲν ὑπὲρ τὴν πόλιν ἄβατον ἐστι διὰ σκληρότητα, φάραγσι βαθείαις, καὶ κρημνοῖς καὶ πέτραις περιειλημμένον· τὸ δ'ὑπὸ τὴν πόλιν, λεῖον ὂν τέναγός ἐστι, καὶ τέλμα, βαθύ ἐλῶδες, καὶ ὕδασι πολλοῖς κατάῤῥυτον. — *Histoires*, livre IV, chap. 45.

Troade et fit voile pour l'île de Samothrace, autremer appelée Samos ou Leucosie, jadis célèbre par ses oracle et les mystères des Cabires. Il débarqua bientôt à Néa polis, et prit pied sur le sol de l'Europe. Néapoli était située non loin des frontières de l'ancienne Thrace

De là, il se dirigea sur la ville de Philippes, colonisé par Octave et peuplée des soldats du parti d'Antoine. Il : avait quelques Juifs, et ils y avaient élevé une synagogu en dehors de la ville. Le jour du sabbat, Paul se rendit l'oratoire des Juifs, et sa première prédication converti une prosélyte nommée Lydie et originaire de Thyatire e Lydie. Cette dernière ville était renommée dès la plu haute antiquité pour ses teintures de pourpre, et le com merce transportait au loin les riches étoffes teintes d cette couleur, réservée aux grands personnages, et enviée de tout le monde. En souvenir sans doute de son pay natal, cette femme avait pris le nom de Lydie. Après avoi reçu le baptême, devenue une ardente prosélyte, elle pri l'Apôtre et ses compagnons d'accepter l'hospitalité dan sa maison. Il paraît donc qu'elle était dès lors assez favo risée des dons de la fortune.

Un jour qu'ils allaient ensemble à l'oratoire, ils se viren poursuivis par une jeune fille esclave, possédée du démon et qui, par l'exercice du métier de devineresse, procurai à ses maîtres un gain considérable. Cette espèce de python nisse criait à haute voix : « Ces hommes sont des servi teurs du Dieu Très-Haut ; ils sont venus ouvrir devan vous la voie du salut. » Importuné de ce témoignage ins piré par l'esprit du mensonge, saint Paul s'arrêta et dit a démon : « Je te le commande, au nom de Jésus-Christ sors de cette femme. » A l'instant même, la jeune esclav fut délivrée.

Irrités d'un prodige qui produisit une vive impressio sur l'esprit de toute la population, mais qui tarissait pou eux une source abondante de revenus, les maîtres de l jeune fille se précipitèrent sur les Apôtres, ameutant la populace contre eux, et les conduisirent devant le magistrat. Ils les accusaient d'enseigner une doctrine qu'il n'était pas permis aux Romains de professer. Ce prétexte paraissant trop vague pour émouvoir le juge, à une époque où régnait la plus complète indifférence ou la plus effrénée licence pour les matières théologiques et philosophiques; ils ajoutaient que les Apôtres excitaient des séditions dans la ville, et que c'étaient des Juifs récemment chassés de Rome.

A ces mots, le peuple se rua sur les accusés. Sans égard aux règles de la jurisprudence, qui n'appliquent les châtiments qu'après les informations juridiques, les juges les laissèrent outrager et battre de verges. Ils ordonnèrent ensuite de les jeter en prison et de les tenir sous bonne garde. Le geôlier, obéissant à leurs injonctions, les enferma dans les cachots les plus obscurs et leur mit les entraves aux pieds.

L'injustice était manifeste. Dieu n'oublie pas ses serviteurs. Tandis que Paul et Silas, au milieu de la nuit, chantaient les louanges de Dieu, un tremblement de terre subit ébranla les fondements de la prison et en ouvrit toutes les portes. Les chaînes des prisonniers tombèrent d'elles-mêmes. Éveillé par le bruit et dans un trouble extrême, le geôlier tire son épée, et veut se donner la mort. Suivant le droit romain, lorsque le geôlier avait laissé échapper un coupable, il était condamné au supplice que le prisonnier devait subir.

Au milieu du tumulte et oubliant son propre danger, l'Apôtre s'écrie à haute voix : « Ne vous faites pas de mal; nous sommes tous ici. » A cet appel, le geôlier demande un flambeau et parcourt les cachots. Trouvant toutes choses dans un ordre auquel il était loin de s'attendre, il change subitement de sentiments. A la vue du prodige qui vient de s'opérer, et touché de la grâce, il se jette aux

pieds des Apôtres et leur demande humblement ce qu'il
doit faire pour obtenir le salut. « Croyez en Jésus-Christ,
répondirent-ils ; vous serez sauvé ainsi que tous ceux de
votre maison. » Sans attendre plus longtemps, les Apôtres
se mirent à lui annoncer la parole de Dieu, à lui expliquer, de même qu'aux membres de sa famille, en quoi
consiste la foi en Jésus-Christ. Cet homme, préparé sans
doute par un mouvement intérieur, se convertit sur-le-
champ. Il fit sortir les Apôtres du sombre cachot où ils
étaient enfermés, et fit laver leurs blessures. En même
temps, il fut lavé lui-même dans l'eau du baptême, ainsi
que ses proches. Il offrit de la nourriture aux deux ministres de Dieu, et se réjouit avec eux de la miséricorde
que le Seigneur avait fait éclater en sa faveur.

La ville avait été plongée dans l'effroi durant cette
nuit, où le plus terrible des phénomènes avait menacé
d'ensevelir tout vivants les habitants sous les débris de
leurs maisons. Au point du jour, en outre, la renommée
porta à la connaissance de tous, les faits extraordinaires
qui s'étaient passés dans la prison. Aussi les magistrats
n'eurent-ils rien de plus pressé que d'envoyer les licteurs
donner ordre au geôlier d'élargir les prisonniers. Accoutumé aux procédures sommaires et trop souvent arbi-
traires des gouverneurs romains, le geôlier dit à Paul :
« Allez en paix ; éloignez-vous. »

Mais Paul refusa fièrement, voulant en sa personne
assurer aux messagers de la foi la liberté à laquelle ils
avaient droit. Il répondit : « On a frappé injustement et
publiquement un citoyen romain ; on l'a jeté en prison
sans forme de justice ; maintenant on me rend la liberté
comme en cachette. Il n'en sera pas ainsi. Que les magistrats viennent eux-mêmes ouvrir les portes de la prison. »
Le titre de citoyen romain exerçait alors une sorte de
prestige dans le monde. En vertu de plusieurs lois, les
citoyens romains étaient exempts de la verge et du fouet.

A cette révélation inattendue, les magistrats craignant les justes rigueurs du Sénat, qui n'eût pas manqué de les destituer, vinrent modestement remettre les prisonniers en liberté, et les prièrent de quitter leur ville. Paul, jugeant la satisfaction suffisante pour l'honneur du ministère apostolique, sans rien perdre de son assurance et sans se hâter, alla, avant de quitter la ville, visiter Lydie et consoler les fidèles (1). Plus tard, écrivant aux Philippiens, il les appelle sa joie et sa couronne, et leur donne les signes de la plus vive tendresse.

Lorsque saint Paul fut plongé à Rome dans une pénible captivité, les chrétiens de Philippes furent les premiers à donner à leur père spirituel des marques généreuses de leur reconnaissance et de leur libéralité. Ils députèrent Epaphrodite, leur évêque, pour lui porter des secours en argent, et l'assister en leur nom, dans ces tristes circonstances. Epaphrodite, homme de zèle et de charité, se mit aussitôt en marche vers la capitale de l'empire. Son voyage fut contrarié par des incidents fâcheux ; à la fin il tomba gravement malade, au point qu'on désespéra de lui. Quand ses forces furent rétablies, saint Paul lui remit son Épître aux Philippiens, monument touchant de sollicitude pastorale et de noble reconnaissance d'un chef de famille à l'égard de ses enfants. Elle est écrite en l'an 62.

Il les exhorte à se montrer constamment au milieu du monde, comme de vrais enfants de lumière. Qu'ils brillent comme des étoiles au milieu des païens qui les environnent. Il les fortifie contre les docteurs du mensonge, qu'il appelle les ennemis de la croix de Jésus-Christ.

Les premiers évêques de Philippes furent donc des disciples des Apôtres, *Epaphrodite, Eraste,* dont les noms se retrouvent dans le Livre sacré ; auxquels succéda *Olympas,* établi aussi par les Apôtres, suivant les Bollandistes.

_____

(1) *Actes des Apôtres,* chap. xvi.

Saint Zozime, qui subit le martyre sous Trajan, étai
disciple de saint Ignace d'Antioche. Saint Polycarpe, dan
sa lettre aux Philippiens, loue son zèle et son courage.

On mentionne ainsi environ vingt évêques de Phi
lippes.

Le port de *Kavalla* marquait le terme de mon excur
sion. C'est l'ancienne « Neapolis » nommée depuis « Chris
topolis », le premier endroit où saint Paul aborda en Eu
rope. C'est actuellement une des échelles les plus fréquen
tées de la côte ; le Lloyd autrichien, nos Messageries
d'autres Compagnies y ont des agences.   \

Comme j'y arrive par un soleil radieux, cette petite
ville me paraît coquette et riante, comme les villes de la
Thessalie et de la Macédoine. Cependant en général les
rues y sont tortueuses, mal pavées et peu débarrassées
d'immondices ; mais la toilette pimpante et soignée des
habitants contraste avec cette négligence de l'édilité
Nous traversons des places, des marchés, où les diverses
denrées sont entassées ; dans les boutiques des rues, sous
des auvents s'étalent les petits commerces ; des ânes
pesamment chargés vous heurtent au passage ; des femmes
turques voilées vous suivent du noir éclair de leurs yeux
qu'on aperçoit à travers l'étamine, ou par l'ouverture du
voile. Les femmes grecques au visage découvert montrent
plus de laisser-aller.

Kavalla située dans une position bien choisie, est bâtie
sur une petite presqu'île rocheuse qui se détache de la
côte. La citadelle et les fortifications sont des constructions byzantines relevées par les Vénitiens et remaniées
par les Turcs. On me montre sur les collines voisines une
suite de tours presque intactes, établies, dit-on, à l'époque
des Vénitiens pour transmettre les signaux. De même
construction est le bel aqueduc sur double rang d'arcades
qui conduit l'eau de la montagne voisine dans les citernes
de la place.

Les anciens bâtissaient la plupart du temps leurs villes au pied d'une élévation afin de se protéger par une Acropole. Ici la convexité du terrain laisse paraître au sein des vieilles murailles les maisons turques, les mosquées blanches et les autres édifices qui composent la ville, se mirant dans la mer par-dessus les créneaux. Le long de la plage viennent s'aligner les bateaux du pays. Un bon Frère Lazariste m'accompagne dans cette visite que je fais de la ville, et me signale les endroits importants, édifices publics, mosquées et églises chrétiennes.

Kavalla a donné naissance à Méhémet-Ali, le fondateur de la puissance égyptienne. Cet homme, généreux quoique barbare, a doté sa ville natale d'une mosquée et d'un collège d'imans et d'ulémas. Mon guide me montre les étudiants du grand Médrissié, reconnaissables par leur tenue uniforme. Emprisonnés dans leurs ample stamboulon, sorte de grande pelisse, coiffés d'un turban écarlate, ils ont un air mystique et grave qui contraste avec la pétulance d'une population bruyante et bariolée. Ils considèrent le voyageur en gens habitués à voir les pays d'Occident leur payer un large tribut de curieux et de trafiquants. Je trouve de bonnes photographies du pays chez le pharmacien de Kavalla, lequel est un Grec, cumulant plusieurs professions.

C'est enchanté des renseignements et études de mœurs que m'avait procurés cette excursion, que je regagnai Salonique.

LE MONT ATHOS

J'avais passé une grande semaine dans la capitale de la Macédoine et ses environs. Le bateau des Messageries ne tarda pas à se montrer en rade ; pourtant il avait éprouvé du retard par suite du mauvais temps. Sur le *Douro*, je retrouvai la patrie, j'allais dire la famille. Cependant la composition des passagers est très variée. Il y a de charmantes dames grecques offrant le type le plus pur de la race. Ce caractère d'expansion propre à la descendance de Japhet s'est particulièrement incarné dans les Grecs, qui en offrent l'expression la plus complète ; de Marseille à Alexandrie, on les trouve sur tous les chemins du Levant, doués du plus complet cosmopolitisme, se pliant à toutes les exigences des situations, mais sachant rester eux-mêmes, malgré vents et marées. Le consul anglais d'Erzeroum, M. Massy, est à bord avec sa famille et son service. Une institutrice, française de langue et belge de naissance, qu'il emmène, nous enchante par sa jolie voix : elle est accompagnée par M. le commissaire du bord, sur le piano ou la mandoline. M. le consul n'a rien de la raideur britannique ; c'est l'homme du monde dans sa meilleure acception.

Deux miss anglaises, à la fois charmantes et intrépides, sont de la traversée : l'une d'elles va porter en Anatolie des secours aux Arméniens affamés. Que Dieu bénisse cette charité !

Un périple en Orient serait essentiellement incomplet, sans la visite de l'Athos. En approchant de la célèbre montagne, il me semble entendre Xerxès lui adresser sa sommation insensée : « Superbe Athos, toi qui portes ta tête jusqu'au ciel, ne soit pas si hardi que d'opposer à mes travailleurs des pierres et des roches qu'ils ne puissent couper, etc... » C'est Xerxès qui a disparu de la scène du monde, et l'Athos continue à porter au sein des nues ses sommets paisibles et à montrer ses flancs couverts de tranquilles retraites de moines et de solitaires.

La visite de l'Athos n'est pas chose aussi facile qu'on pourrait se l'imaginer. Le port de Karyès qui est la partie la plus abordable de la péninsule pour les grands navires, n'est guère visité régulièrement que par une compagnie russe et un petit vapeur grec qui fait le trajet de Salonique à la presqu'île, pour le commerce des fruits et autres denrées. Aussi ne dois-je qu'à l'obligeance exceptionnelle du commandant du *Douro*, à bord duquel je me trouvais, d'avoir pu contempler la quasi-totalité des monastères de l'Athos.

C'est par le côté occidental que nous commençons l'inspection de la célèbre péninsule. Longue environ de 50 kilomètres et large en moyenne de 8 à 10, elle est très découpée sur les bords et très montueuse.

L'Athos se présente sous la forme d'une suite d'élévations de calcaire blanchâtre, dont la plus grande hauteur est d'à peu près 2.200 mètres. C'est le couvent de *Saint-Elie* qui occupe ce point culminant ; on l'aperçoit très distinctement de la mer, attirant le regard par la blancheur rayonnante de ses constructions. Il faut dire qu'à cette hauteur il ne paraît guère plus grand que la paume de la main, bien que d'assises larges et puissantes et de bâtiments diversifiés. En Orient, beaucoup de couvents portent le vocable de saint Elie, dont le nom semble synonyme des hautes et sublimes contemplations de l'Être divin.

L'Athos compte actuellement une vingtaine de grands couvents ; mais chacun de ces monastères, fortifié et crénelé comme une citadelle, a autour de lui une foule de dépendances, ermitages, *Skytes*, cellules, métairies, grottes, aménagées pour l'habitation et la pénitence. Cela crée autour d'eux comme un village, dont on peut évaluer superficiellement la population à quatre cents personnes, ce qui donnerait un total d'environ huit mille habitants à la Sainte Montagne.

L'aspect que présente l'ensemble et le détail de ces monastères, lorsqu'on les voit de la mer, est des plus fascinateurs, la transparence de l'air permettant d'en saisir les détails, je dirais les plus minutieux. Mais il n'en est pas absolument ainsi, lorsqu'on est descendu à terre. « Il est évident, dit M. Antonin Proust, que celui que n'attire là aucun intérêt artistique, ne doit pas tarder d'être atteint d'un spleen précoce. Le régime monacal est mauvais, les appartements pratiqués dans les galeries extérieures sont intolérables dans le jour, à cause de la chaleur ; la propreté est douteuse, et les sentiers de la montagne sont peu praticables. Il resterait donc, outre l'accueil gracieux qu'on reçoit et le charme assez rare de la conversation des moines, le spectacle de la nature, splendide dans ses effets les plus gigantesques, si la règle des moines ne faisait fermer les portes au coucher du soleil, et ne vous réduisait à la contemplation de l'horizon immense, du haut d'un balcon accroché sous le toit comme un nid d'hirondelle(1).»

Un auteur du dix-septième siècle donnait de ces monastères une description assez exacte.

« Il n'y a proprement que les églises qui puissent plaire ; aussi sont-elles d'une magnificence et d'une beauté qui surpasse tout ce que l'on doit attendre. Elles sont pavées de marbre, avec quelques mosaïques ; elles sont couvertes de plomb que le soleil fait briller comme de l'argent. Les murailles sont ornées de fort jolies peintures. Il y a dans plusieurs de ces églises des coupoles, jusqu'au nombre de cinq, soutenues par de très belles colonnes....

(1) *Voyage au mont Athos.*

« Pour la grandeur, la plupart ne sont pas vastes. O
les a néanmoins distinguées en quatre parties. La premièr
est une espèce de portique ou d'*Atrium*. La seconde fai
le *Vestibule*. La troisième, qui est la plus grande, sert d
chœur, et renferme les bancs où les prêtres et les particuliers se mettent. Enfin, dans la quatrième ou *Sanctuaire,* est l'autel où l'on dit la messe ; personne que le
prêtre n'y peut entrer. Tout cela est fait d'une manière
solide, et peint depuis le haut jusqu'en bas (1). »

Quiconque a visité les églises grecques, peut reconnaître combien est encore exacte la description de cet
auteur, après plus de deux siècles écoulés.

Pour la peinture, en certains endroits, elle est prodiguée,
témoin le couvent russe de Pantéléimon. L'église d'un
autre de ces couvents, le couvent roumain, si je ne me
trompe, peint à neuf blanc et rose, nous apparaissait sortant des eaux, exactement comme un immense fromage à
la glace.

Ce qui ajoute au charme, c'est la disposition irrégulière
des bâtiments dont les diverses parties semblent avoir été
ajoutées au noyau central, au fur et à mesure que les circonstances le réclamaient. De là, de grandes divergences
de style, des bâtisses plus récentes qui contrastent avec
le plan primitif du couvent. Et tout cela noyé habituellement dans les plus belles verdures, et rachetant les défauts
d'ensemble par un grand luxe de détails, et l'attrait le
plus complet du pittoresque.

« Il y a outre cela, continue le savant auteur, plusieurs
beaux tableaux venus la plupart de Moscovie... Tous ces
monastères n'ont pas été bâtis par des Grecs. Il en a quatre
qui reconnaissent les Bulgares comme leurs fondateurs et
qui ne sont habités que par des moines Bulgares. Deux
autres ont été bâtis et rentés par les princes d'Ibérie et de

(1) Le P. Hélyot. *Histoire des Ordres Monastiques.*

Mingrélie ; il y a à présent peu de religieux de ces deux nations. Enfin il y en a un qui doit son établissement

ABBÉ OU ARCHIMANDRITE

aux Moscovites et aux Cosaques, où l'on ne reçoit aucun religieux d'autre nation. Ce dernier est pauvre. Tous les autres font remonter leur origine au temps de

Constantin ou de ses enfants ; mais il y a dans leur prétention une exagération manifeste. Les inscriptions que
l'on voit dans leurs églises ne parlent pour la plupart que
de quelques empereurs beaucoup plus récents (1). »

On évalue environ à neuf cents la totalité des églises
et chapelles qui se rencontrent sur l'Athos.

Les moines regardent tous saint Basile comme leur
fondateur et leur père. Ils sont divisés en Cœnobites, Anachorètes et Reclus. Les *Reclus* s'enferment dans les
grottes ou cavernes, au sommet des montagnes, d'où ils
ne sortent jamais, s'abandonnant entièrement à la Providence. Ils ne vivent que des aumônes que leur envoient
les monastères voisins. Ils ne mangent qu'une fois le jour
des légumes bouillis et des fruits secs. De temps en temps
les prêtres vont leur administrer les sacrements.

Les *Anachorètes* se retirent du commerce du monde et
habitent aux environs du monastère les ermitages où il y
a quelques petits enclos qu'ils cultivent ; ils n'en sortent
que pour aller, dimanches et fêtes, au monastère voisin.
Ne vivant que du travail de leurs mains, ils s'occupent le
reste du temps à la prière et pratiquent de grandes absti-
nences. Ils ont un directeur général, nommé *Dicaios*, qui
lui-même dépend de l'abbé de Sainte-Laure.

Les *Cœnobites*, qui vivent en communauté, ont toutes
les heures de l'office réglées, depuis l'office de minuit, ou
Mésonyction, jusqu'à celui de complies, après le coucher
du soleil. Cet office, contenu dans les livres liturgiques, est
très long. Outre la prière publique et les jeûnes rigoureux,
ils ne tolèrent dans leur montagne aucune femme, pas
même les femelles des animaux domestiques.

Chacun de ces couvents a dans son territoire quelques
petites églises, accompagnées chacune d'une habitation.
Ce sont des fermes ou des métairies, servant de demeure

(1) Le P. Hélyot. *Histoire des Ordres Monastiques.*

à quelques frères convers qui cultivent la terre et rapportent au monastère une certaine somme par an. On cultive sur l'Athos surtout les arbres fruitiers, l'olivier, la vigne, le figuier, les arbres qui portent des fruits à noyau.

Cette culture de la terre est donc, outre les aumônes que leur fournit la charité des fidèles et le produit de leurs petites industries, la principale source de la subsistance des bons moines. La nécessité du trafic qu'engendre la culture les a fait devenir navigateurs ; un vaisseau monté et dirigé par les moines, sert à l'exportation des denrées. Comme nous côtoyions le rivage occidental de la presqu'île, une embarcation à voiles manœuvrée avec dextérité par les moines, filant avec une grande vitesse, passe derrière le navire, dont elle traverse le sillage. Doucement ballottés dans leur esquif, ces moines matelots semblaient prendre en pitié des étrangers que la curiosité amenait de si loin, eux qui se trouvent si heureux au sein de leurs retraites séculaires.

Un autre voyageur du dix-septième siècle parle ainsi de la Sainte Montagne. « Ma curiosité n'aurait pas été satisfaite si je n'avais vu de mes propres yeux toutes les choses que l'on m'en contait. Je parcourus donc pendant plusieurs jours ce séjour si renommé. Je puis dire qu'il n'y a pas d'endroits que je n'aie visité, jusqu'à une chapelle qui est au sommet de la montagne, et où l'on ne va presque jamais (*Saint-Élie*). Lorsque j'y montai, il y avait encore beaucoup de neige ; mais comme c'était dans le plus beau temps de l'année, le soleil l'avait fondue presque partout, et il n'y avait plus que le côté du nord qui fût inaccessible. Pour le sommet, c'est un roc vif et sans arbre, où la neige ne reste pas tant que dans les vallons. Après en avoir passé plusieurs à mi-côte, la plupart fort ombragés, nous arrivâmes enfin à la chapelle. Comme elle est sur une montagne fort élevée, les Religieux qui l'habitent l'ont consacrée à la mémoire de la Transfiguration, et je sus qu'on y chantait la messe et qu'on y passait la nuit le 6 août, avec un concours de monde extraordinaire. Au reste, pour un lieu que l'on ne fréquente presque que dans le grand été, il me parut bien entretenu. Le bâtiment n'a pourtant rien de fort extraordinaire, que la situation dans un lieu où il est surprenant que l'on ait pu élever une chapelle, puisque l'on n'y saurait demeurer un quart d'heure, sans un grand feu (1). »

L'Athos, vu de la mer, offre un spectacle merveilleux. La beauté du jour, la pureté de l'air, l'intensité de la lumière, tout ajoutait pour nous à l'intérêt du spectacle. Au fur et à mesure que nous avancions, la scène devenait plus saisissante. C'était l'Athos tout entier qui se déroulait à nos yeux, avec sa chaîne imposante de cîmes et de contreforts, venant des plus hauts sommets baigner leurs pieds dans la mer, sa succession de promontoires et de criques bizarrement dentelés, le tout recouvert de monastères, d'églises et d'habitations de toutes formes, de différentes constructions et de différents âges.

Le couvent de l'Athos est généralement défendu comme une forteresse. Au dedans de l'enceinte fortifiée s'élèvent des bâtisses de forme irrégulière, mais disposées pour la plus grande commodité des habitants. Au centre est l'église, dont la coupole byzantine, avec ses accessoires, domine, par la hauteur et la perfection de sa construction, les autres bâtiments. Dédiée à la Sainte Vierge, elle s'appelle le *Catholicon*.

Pénétrez à l'intérieur, souvent c'est un mélange incroyable de tours, tourillons, arcs-boutants, galeries en saillie, le tout, lézardé, ébréché et jauni par le temps. On peut faire dans ces couvents des études du plus haut intérêt. Il s'y rencontre une mine des plus riches de monuments byzantins, de sceaux, de chartes, de manuscrits

(1) Relation du P. Lorédan, de Naxos, 1658.

enluminés, de reliquaires curieusement fouillés. On visite
les bibliothèques, qui reposent en paix dans une épaisse
couche de poussière. Les manuscrits au nombre de 13.000
passent pour avoir été explorés, mais il reste peut-être des
découvertes à faire ; car autrefois ces bibliothèques soigneusement rassemblées étaient riches en chefs-d'œuvre
classiques. Ce n'est pas pourtant l'avis des hommes les
plus compétents. D'après eux, l'Athos a depuis longtemps
révélé ses trésors. Il ne possède guère plus que des livres
liturgiques, synaxaires, eucologes, et autres semblables,
avec quelques écrits des saints Pères depuis longtemps
édités. Cependant dans un si grand nombre d'habitations
et de cellules, il n'y aurait rien de surprenant à ce que
l'on pût faire encore quelque heureuse trouvaille. Et
puis qui sait si les bons religieux, émules de ceux du
désert de Scété, n'ont pas quelque pieuse cachette ?

Pour en revenir à leurs richesses artistiques, partout
ailleurs, dit un écrivain distingué, dans ce qui fut l'empire
grec, la truelle de l'*iman* a enseveli dans un linceul de
chaux les œuvres des vieux maîtres : on en est réduit à
chercher dans Sainte-Sophie les vagues contours qui trans-
paraissent sous le crépi délité. Seul, l'Athos a été épargné ; la bienheureuse procession se déroule depuis huit
siècles dans ses églises et ses réfectoires, occupant des centaines de mètres carrés. Le plus grand nombre de ces
compositions, il est vrai, celles d'aujourd'hui et celles
d'hier, n'offrent qu'une triste reproduction des enlumi-
nures chères aux peintres grecs contemporains ; mais celles
de leurs ancêtres, qu'ils ont daigné respecter, nous ména-
gent de bien joyeuses surprises. Nous sommes arrivés à
la Montagne Sainte avec un certain scepticisme, pensant
n'y retrouver que les roides et hiératiques squelettes entrevus dans quelques vieux monastères de Grèce et de Palestine ; au lieu de cela, une école nous est apparue, pour le
moins aussi vigoureuse que sa sœur cadette d'Italie, maî-

tresse du rayon sacré et en illuminant des œuvres savantes et vivantes. Les vices inhérents au canon byzantin,
le formalisme, la gaucherie, les incorrections de dessin,
la déparent et l'entravent ; mais malgré tout il émane de
ses productions une flamme de vie réelle et intelligente
qu'on dirait survécue aux aïeux grecs et pieusement en-
trenue par ces ouvriers de la dernière heure. Ils savent
que pour porter un nimbe et se mouvoir dans un fond
d'or, un saint souffre néanmoins et adore comme un autre
homme : ils le lui font dire. Leurs Christ, leurs Nicolas,
leurs André sont mal pris parfois : qu'importe ? Ils ont
une âme sous leur chair, et l'on aura beau chercher, le
dernier secret de l'art sera encore et toujours de mettre
son âme dans son œuvre.

Les sujets de ces peintures sont distribués dans un
ordre constant, selon les prescriptions liturgiques, dans
toutes les églises. Au centre de la coupole, la figure gigantesque du Pantacrator ouvre sur les fidèles ses grands
yeux immobiles : une couronne d'anges et d'apôtres l'entoure. Sur les pendentifs, les quatre évangélistes se font
vis-à-vis : dans le tympan de la porte du narthex qui regarde le chœur, la *Kîmisis* ou sépulture de la Vierge est
invariablement reproduite. Sur les autres parois, sur les
voussoirs et les entre-colonnements, se déroulent dans un
fond d'outremer des scènes de l'Écriture, des figures de
saints et de vierges. Le narthex et le vestibule sont réservés aux représentations des conciles, de la vie ascétique,
aux jugements derniers, aux apocalypses et aux scènes
allégoriques. Les empereurs et les voïvodes, bienfai-
teurs du couvent, attendent modestement des deux
côtés de la porte ou se dissimulent au bas des piliers.

C'est dans la petite et sombre église de Karyès que ces
fresques atteignent le plus haut degré de perfection ; des
restaurations bâtardes ont défiguré le plus grand nombre,
mais les trois ou quatre tableaux qui attestent la main du

maître primitif suffiraient à sa gloire : il y a là un Christ enfant, douce et charmante tête qu'eût enviée Fra Angelico ; une Visitation de la Vierge qui nous montre des personnages savamment conçus et groupés. Après Karyès, c'est à Vatopédi, à Lavra, à Saint-Denys et à Dochareion qu'il faut chercher les meilleures productions de l'art athonite. Déjà le sentiment moins prime-sautier, l'agencement des figures moins naturel, l'emploi des couleurs moins judicieux dénotent une autre génération d'artistes. Que de charme et de vérité pourtant dans les histoires évangéliques de l'église de Lavra, Jésus prêchant dans le Temple, pardonnant à la femme adultère, les Disciples d'Emmaüs, la pendaison de Judas ! A Vatopédi, une femme couchée, en robe verte, nous donne l'illusion d'un André del Sarte.

Ces trésors dont les grands couvents sont si fiers, le cèdent néanmoins, suivant nous, aux peintures moins connues du petit monastère de Dochareion, le dernier de la côte occidentale. Quelle entente simple et vigoureuse dans la composition de ces scènes, les Noces de Cana, la guérison du paralytique, le Christ dans la barque ! Trois têtes de madones nous arrêtent longtemps par leur indicible expression de tristesse ; une autre Panagia assise, à demi-tournée sur elle-même, s'enlève avec un galbe exquis : une sibylle de la Sixtine, un peu paralysée et roidie (1).

Les Monastères.

C'est maintenant le lieu de parler en détail des principaux monastères qui ont peuplé cette solitude, et dont les plus anciens, dans l'état où nous les trouvons, peuvent remonter au vi⁰ ou au vii⁰ siècle. Un nom s'impose avant

(1) Melchior de Vogüé. *Le Mont Athos.*

tous les autres, c'est celui de la *Grande-Lavra* qui est comme le centre d'où procède la vie religieuse de l'Athos. Les moines, dans leur légende, font remonter au temps du grand Constantin la fondation de Lavra, construite cependant par saint Athanase l'Athonite, au vi[e] siècle.

MONT ATHOS. — ENTRÉE DE LA GRANDE-LAVRA

C'est par le fait de ce point que se répandit l'observance de la règle de saint Basile dans la sainte Montagne, et si une autre obédience plus mitigée rallie à elle une partie des couvents, Lavra reste toujours comme la souche incontestée d'où sont sortis les autres rejetons qui la reconnaissent comme leur aïeule. C'est effectivement le plus grand et le plus remarquable monastère. Cet édifice, solitaire et imposant, est situé sur un plateau qui domine le cap Smyrna. On y arrive de Karyès par un sentier détestable, taillé en corniche au-dessus de la mer. A mesure que l'on s'avance, les montagnes s'élèvent et deviennent plus sauvages, tandis que de sombres forêts de pins grimpent sur leurs flancs escarpés.

A chaque instant, au milieu de ces imposantes solitudes, se montrent des chapelles, des grottes consacrées, ou des réduits pour la prière. On arrive à Lavra par un long passage voûté, fermé par une porte de fer massif. C'est le couvent le plus riche en ornements de tout l'Athos. « On peut même assurer qu'il porte à plus juste titre que les autres le nom de *saint* qui est commun à tous, puisque c'est de là que les autres apprennent leur devoir et ont reçu les règles de la vie monastique (1). »

La petite ville de Karyès, située au centre Est du promontoire, à 2.000 pieds au-dessus de la mer, est la capitale de l'*Hagion-Oros*, et le siège du Saint-Synode. Ce conseil est composé de vingt *Epistates*, représentant les vingt monastères. Le gouvernement turc reconnaît cette petite république monacale, et permet à une garde de vingt à trente Albanais chrétiens de faire la police de la Sainte Montagne.

Les maisons de Karyès sont basses, faites en bois, enduites d'un crépi rose ou blanc, alignées sur les côtés d'une rue unique. Dans cette rue se tiennent au fond de petites boutiques des moines qui vendent des chapelets, des icônes, des objets de dévotion et des ustensiles de ménage sculptés en bois ou en os par les ermites. Comme son nom l'indique, Karyès est entourée partout de noyers et de noisetiers.

J'ai déjà eu l'occasion de dire que je n'eus qu'à me louer des rapports avec les Grecs, hommes et dames, que je rencontrai dans le cours de mon voyage. Près de moi à table, à bord du *Douro*, pendant que nous faisions le trajet qui

---

(1) La Martinière.

nous conduisait en vue de l'Athos, se trouvaient deux Hellènes, à l'air bienveillant et avisé. Souvent je m'étais
efforcé de me mettre en rapport avec eux, en lançant
quelques mots de grec ancien, affublés d'une manière telle
quelle, à l'iôtacisme. Mais je dois reconnaître que ce
n'était pas chose facile, surtout pour les réponses. Car
les mots, même ceux que l'on connaît bien, passant par la
bouche d'un Grec, vous arrivent presque méconnaissables, à moins qu'un temps assez considérable d'exercice
oral ne vous ait familiarisé avec leur prononciation moderne et avec l'accent.

Au moins avais-je réussi à leur faire comprendre combien j'étais sympathique à la cause de leur patrie, de leur
nationalité, de leurs traditions et de leurs espérances.
Aussi quand nous arrivâmes en vue de l'Athos, l'un d'eux,
porteur d'un Guide de voyageur en langue grecque, voulut-
il me transcrire tous les noms des monastères de la Sainte
Montagne, en cette même langue, sur un billet que j'ai
depuis conservé comme un précieux souvenir de mes
sympathiques compagnons de voyage et de la si intéressante excursion que nous accomplissions en ce moment.

Tout le monde du reste était fortement captivé par la
majestueuse beauté du spectacle, nous découvrant sans
cesse les mystérieuses richesses que recèle la Sainte Montagne. Les deux jeunes miss trahissaient leur émotion par
un plus vif incarnat qui colorait leurs joues. Les autres
passagers tenaient leurs regards avidement attachés sur
la succession des monastères de l'Athos qui se déroulait
à nos regards.

Un des officiers du *Douro*, à l'aide d'un appareil, prenait des instantanés du paysage ; j'enviais le bonheur
qu'il avait de pouvoir ainsi conserver des souvenirs gra-
phiques de cette excursion unique au monde. Il n'obtenait
du reste des monastères qu'une image excédant à peine
un centimètre carré. Il me consola en m'indiquant, à

Constantinople, un magasin où je pourrais me renseigner sur les moyens de me procurer un Album de l'Athos. C'est au couvent Russe de cette ville, à Galata, que je suis parvenu à le trouver. Il est composé de trente-deux vues photographiques très bien exécutées. On y trouve des Albums de plusieurs formats différents.

Voici quelle était la situation de ces monastères, il y a à peu près deux siècles. On comptait vingt-quatre de ces couvents répandus sur les hauteurs et dans les gorges de la montagne, et remplis chacun de deux ou trois cents religieux, sans parler de beaucoup d'anachorètes qui vivaient solitaires, et que les Grecs nommaient *philérèmes*. Le voisinage de la mer faisant craindre les invasions des pirates, la plupart des monastères étaient fortifiés de hautes murailles. Quelques-uns avaient été entretenus dans l'origine, par les fondations de la Russie et de la Moldavie ; mais les guerres et la conquête musulmane avaient interrompu ces secours ; aussi plusieurs religieux allaient-ils chaque année faire des quêtes dans toute la Grèce et jusqu'à Constantinople.

Leur principale ressource était d'ailleurs le travail des mains, la culture des champs et la pêche dans la Méditerranée qui baigne le pied de la montagne. Ils avaient pour ce dernier usage de petits bateaux creusés dans un seul tronc d'arbre, κορμός, et qui n'étaient pas supérieurs à ces canots dont se sert l'industrie des peuples sauvages. Le poisson et les fruits de la terre étaient leur seule nourriture, d'après l'abstinence prescrite par la règle de saint Basile. Ils cultivaient le blé, les oliviers, et couvraient la montagne de riches vergers, n'élevant d'ailleurs aucun troupeau domestique.

Tous n'étaient pas prêtres ; mais les prêtres parmi eux n'étaient pas plus exempts que les autres du travail matériel. Du reste, tous les rites de l'Église grecque étaient mieux pratiqués et plus fidèlement conservés dans ces

monastères qu'en aucun autre lieu du monde. Les divers
travaux de la journée, les exercices religieux commencés
dès le point du jour, étaient marqués par le retentissement d'une plaque de bois ou d'airain, sur laquelle on
frappait à la porte des monastères ; car les Turcs avaien
interdit le son des cloches, usité dans les églises d'Occident. A ce bruit répété d'un couvent à l'autre, tout le
peuple de la montagne passait de la prière au travail
allait aux champs ou descendait vers les écueils de la
mer.

La vie purement contemplative n'était le partage que
de quelques ermites qui vivaient dans une retraite plus
grande, sur les plus rudes sommets, et dont la sainteté
devenait célèbre dans tout l'Orient. La langue parlée sur
le mont Athos était généralement ce grec ecclésiastique
qui tient le milieu entre la langue ancienne et l'idiome
vulgaire. La tradition des antiques prières et des chants
religieux de l'Église entretenait cette langue ; mais il ne
restait presque plus aucune trace de l'ancienne érudition
Les lettres profanes étaient entièrement négligées par les
religieux ; et ils ne conservaient que quelques manuscrits
des Pères de la primitive Église. C'est cependant là que
dans des temps postérieurs, on a fait des trouvailles assez
importantes pour la littérature.

Tel était le tableau de ces couvents du mont Athos
vers le XVIIe siècle. Cette espèce de république monacale
était, comme toutes les autres, agitée par des guerres
civiles. On n'en devine pas les motifs. Il semble qu'en
renonçant au monde, les religieux de l'Athos auraient dû
perdre les occasions de guerre et d'inimitié. Mais les passions de la terre arrivaient sur les sommets escarpés de
la Sainte Montagne. En vain les Turcs étaient, par ordre
du sultan, exclus de ce lieu ; la discorde et la violence
venaient en troubler la paix. Peut-être une jalousie de
prééminence entre les supérieurs, dont l'élection se renou

velait chaque année, peut-être quelque dispute théo-
logique était-elle le prétexte de ces hostilités. Mais il
est certain qu'elles n'étaient pas fort rares. La vie rude
des cénobites les disposait à l'action autant qu'à la prière.

On voit par des monuments du xvie siècle, que le couvent de *Philothée* au pied de l'Athos, en face de l'île de
Thaso, fit éprouver une dure persécution au monastère de
Sainte-Laure. C'est encore un exemple de cette vie barbare
du moyen âge, qui s'est perpétuée dans la Grèce moderne.
Un moine de Sainte-Laure écrivait au protonotaire de l'É-
glise de Constantinople : « La plaie que nous ont faite, il y a
quelques années, les moines de Philothée, loin d'être guérie,
saigne encore. Que dis-je, ils nous affligent d'une calamité
plus grande que la première. Notre lit même, que tout le
monde sait nous appartenir de droit, ils nous le disputent,
ils viennent attaquer notre monastère de Sainte-Laure la
flamme à la main. Le feu consume l'intérieur du couvent et les lieux qui l'entourent ; ils chassent nos frères de
leur asile ; et leur persécution n'a pas de terme. Nous
écrivons aussi à ce sujet au vénérable Patriarche pour
qu'il réprime leurs fureurs. Pour toi, secours le monastère
de Sainte-Laure ; deviens son défenseur, afin de mériter
la couronne et d'empêcher que le mal s'étende plus
loin (1). »

Depuis lors les choses ont peu changé, et si la paix
paraît moins troublée, les tranquilles monastères continuent leur vie de contemplation, de culture et de travail.

Partant donc de l'extrémité de la côte occidentale, dans
la direction du sud, on nous signale d'abord le couvent
de *Zographos*, « le Peintre », qui se dresse sur un cône
aigu, à une hauteur prodigieuse. Ce nom est dû, d'après
la pieuse légende, à une image miraculeuse de saint Georges, qui se montra au peintre que l'empereur Léon le

(1) Villemain. *Essai sur l'état des Grecs*, etc.

11

Sage avait chargé de décorer l'église du monastère, afin qu'il fût mieux renseigné sur son travail.

Nous voyons ensuite, en poursuivant dans la même direction, les monastères de *Dokiarios*, ce qui signifie « l'Hospitalier », et celui de *Saint-Xénophon*. Les Ménées des Grecs assignent à la plupart de ces monastères un certain nombre de saints (1). Sans me prononcer absolument sur la valeur de ces béatifications, je serais porté à croire que beaucoup sont de bon aloi. J'inclinerais même à penser que peut-être la plupart de ces moines vécurent à une époque où leur bonne foi n'avait point été troublée dans sa sérénité. Les ouvrages que plusieurs d'entre eux nous ont laissés, témoignent d'une connaissance étonnante de l'ascétisme et de la contemplation, et semblent concorder avec les théories ascensionnelles des grands mystiques du xvıe siècle. Ajoutons aussi que ces moines mènent une vie très austère, qu'ils furent les derniers à se retirer de l'Union, comme les plus empressés à s'y rattacher, comme on peut le voir dans la vie du patriarche Arsène, sous Michel Paléologue.

Un chemin difficilement praticable conduit au premier de ces monastères, construit irrégulièrement, étageant par degrés jusqu'à la mer ses coupoles et ses toits superposés, dominés par une haute tour. Le second offre de belles mosaïques représentant saint Georges et saint Démétrius; et un ostensoir émaillé, décoré de têtes de saints sur un fond d'entrelacs et d'arabesques.

Le couvent russe de *Saint-Pantéléimon*, ou « le Miséricordieux », nous apparaît comme une vaste forteresse. Les couleurs voyantes, chères aux Russes, y sont prodiguées. Les murs blancs, hauts, massifs et percés de fenêtres, ressemblant à des meurtrières, et supportant des détails d'architecture peints en vert et d'une teinte très

(1) Voir le *Calendrier Gréco-Slave* du P. Martinov.

saillante, contrastent avec les tons mats et les nuances
douces du paysage qui avoisine. Le bruit public veut que
la Russie envoie régulièrement en ce monastère soldats et

MONT ATHOS. — COUVENT PANTÉLEIMON

officiers, munitions et artillerie ; mais le bruit public est-
il bien exact ? Le fait est que ce couvent a tout à fait l'air
d'une citadelle.

En continuant la direction vers le sud on arrive à

Xéropotamos, « le Fleuve sec », non loin du petit fort de Daphné. Là, l'industrie des moines prend tout son développement. Ils fabriquent de pieuses icônes, des chapelets, des cuillers de bois et autres articles qu'ils vendent à Karyès, avec des bouteilles de résine clissées ou entourées d'un treillis d'osier. Xéropotamos, placé sur la déclivité de la montagne, est entouré de terrasses disposées par étages, pour la culture. Les terrasses, cultivées avec soin, donnent un bon revenu.

Un de ceux qu'on aperçoit de plus loin, grâce à sa disposition hardie et à la hauteur de ses murailles, est *Simon-Pétros*, rappelant le nom du prince des Apôtres. Sourcilleux dans la masse épaisse et élevée de ses vieux murs, garni de créneaux et de mâchicoulis, il ressemble absolument à un château fort du moyen âge. Nous le suivons des yeux pendant longtemps.

Les monastères de la côte orientale paraissent plus imposants et ont une apparence plus soignée que ceux du versant opposé. Immédiatement au-dessus de Lavra, on trouve *Karakalli*, « le Château noir », selon l'étymologie turque (1). L'art grec a couvert de peintures l'iconostase de ce monastère. Beaucoup des peintures que l'on trouve dans ces églises, comme dans le Catholicon de Karyès, sont dues à l'école de *Manuel Pansélinos*, né à Salonique au xiiᵉ siècle, et chef non seulement de l'école athonite, mais de l'école byzantine tout entière. Il est clair pour quiconque considère ces icônes grecques, bien qu'immobilisées dans leurs poses empreintes de raideur, et reproduites par une tradition invariable, que c'est là le point de départ du mouvement artistique communiqué à l'Italie aux xivᵉ et xvᵉ siècles.

Le monastère de *Philothéos*, très riche en orfèvrerie,

(1) Pour cette étymologie, comme pour les autres, nous laissons à chacun la plus complète liberté de se prononcer.

COUVENT ESPHIGMÉNON

montre rangés autour du Catholicon, ses nombreux bâtiments où furent installés des ateliers pour la mosaïque,
la sculpture, l'orfèvrerie, l'émaillerie. La sculpture sur
bois s'y est encore maintenue avec un rare degré de perfection.

Dans ces monastères de la côte orientale règnent encore les discussions théologiques de l'époque de Veccus
et du concile de Florence. On sent qu'il y a du malaise au
fond de ces consciences, qui cherchent à assurer sur le
roc ferme de la vérité leur acte de foi. Les canonistes
grecs d'aujourd'hui, comme l'ont manifesté les récentes
controverses, vont jusqu'à reconnaître la Primauté d'honneur du successeur de Pierre ; qu'ils s'y tiennent ferme,
le reste viendra bientôt.

Ivéron, le couvent « Ibère-Géorgien », et *Stavronikita*,
« la Victoire de la Croix », font suite en remontant la
côte. Le premier a été élevé par trois Géorgiens, en l'honneur du Précurseur. Cet établissement est immense et ne
compte pas moins de trente chapelles rangées autour du
Catholicon. Le second, situé à deux kilomètres environ
d'Ivéron, près d'une plage fleurie de myrtes et de lauriers,
présente une construction surmontée d'un donjon carré,
flanqué de tourillons. Elle offre un appareil militaire
complet. L'église, qui est décorée de peintures renommées, possède aussi une image de saint Nicolas dite
miraculeuse. Elle le fut peut-être aux beaux temps de
l'Union (1).

Je ne saurais terminer sans dire un mot de *Vatopédi*,
qui signifie « le Pré du buisson », et *Esphigménon*, « l'Endroit resserré ». Longtemps Vatopédi a reçu des secours de
Rome. Au siècle dernier, on y avait installé une école de
théologie qui donna une grande importance au monastère ;
les églises y sont nombreuses et le Catholicon y est enri-.

(1) L'un de ces monastères possède une portion considérable du
bois de la Vraie Croix, environ 878.360 millim. cubes.

chi de fresques de Pansélinos (1). Le second monastère, placé dans une vallée étroite, est presque entièrement rebâti. Il remonte cependant au temps de sainte Pulchérie et de son frère Théodose II dont les Grecs ont fait un saint. Anthymos, un des derniers patriarches de Constantinople, s'était retiré en ce monastère ; son aspect est grandiose.

Il faudrait, pour être complet, citer bien d'autres noms. Qu'il me suffise de nommer *Kiliandari,* dont le nom veut dire « mille hommes », parce que devant ses portes on massacra mille moines.

Les Dardanelles.

Les bornes rigoureuses du temps et la course du navire nous obligent à terminer notre inspection de l'Athos. Nous perdons de vue les rivages charmants et les dernières cîmes, emportant dans la pensée un souvenir palpitant de ces lieux où vit encore, avec une incroyable persistance, la tradition religieuse et littéraire de l'ancien monde hellénique, non sans des aspirations à l'unité, qui apporterait le complément nécessaire à toutes les richesses matérielles et intellectuelles que recèle la Sainte Montagne.

Nous allons bientôt nous engager dans les *Dardanelles.* Le détroit des Dardanelles, « l'Hellespont » des anciens, s'ouvre entre le cap des Janissaires, en Asie, et celui de Crité-Kevi, qui forme en Europe la pointe sud de la presqu'île de Gallipoli. Il forme un canal sinueux, de 68 kilomètres de longueur, et dont la largeur moyenne est de quatre mille mètres.

Sous nos yeux se déroulent ses rivages, élevés en terrasses, capitonnés de verdure, du côté de l'Asie. Nous voyons du côté de l'Europe la forteresse de *Koum-Kalé,*

(1) Le Louvre possède des copies de ces peintures, recueillies en 1844, par Papéty.

ou des Sables, ainsi nommée de la belle grève sur laquelle elle s'élève ; les deux villes des Dardanelles et plusieurs

—LES DARDANELLES

forteresses garnies d'artillerie nous apparaissent successivement.

Plusieurs cuirassés, qui se trouvaient à Salonique, lors de mon arrivée, viennent de passer par les Dardanelles, pour faire honneur à Guillaume II, l'hôte que reçoit en ce moment le sultan Abdul-Hamid, ce qui fait l'objet de toutes les conversations. Pour peu que le vapeur prenne de l'avance, nous pourrions arriver au moment du débarquement de la flottille allemande.

Nous allons avoir dépassé Gallipoli, « les Dardanelles, les lourds châteaux aux murailles ventrues, où les vieux canons bâillent d'ennui sur les piles de boulets de marbre ».

Ce nom de Gallipoli me rappelle des souvenirs de mon jeune âge, et qui déjà commencent à devenir légendaires. N'est-ce pas dans cette ville, occupée lors de la guerre de Crimée par les troupes alliées, que se trouvaient les ambulances françaises ? Beaucoup de nos généreux compatriotes, mutilés par le feu et le fer des batailles, ont laissé sur ces plages une partie d'eux-mêmes, ou bien, succombant aux fléaux réunis de la guerre et de la maladie, ont dressé un funèbre trophée en l'honneur de leur patrie et des principes légitimes et chevaleresques que cette expédition représentait.

Un de nos compagnons de voyage est l'attaché militaire de l'ambassade de Constantinople, M. le colonel ***, rappelé sans doute au poste du devoir par la gravité des événements. Il est accompagné de sa famille ; et, posté sur le pont, une forte jumelle à la main, il signale à son entourage les points principaux d'un littoral qu'il a eu plusieurs fois l'occasion de parcourir et d'inspecter. C'est lui qui est chargé de la garde des restes funèbres de nos frères tombés là-bas, au champ du devoir et de l'honneur. Il nous indique bientôt, enclos par des murs de construction récente, le cimetière qu'il a la haute mission de soigner et de protéger contre toute démonstration hostile. C'est avec respect que nous nous découvrons, en passant devant ce champ des morts, ou plutôt cette terre consacrée par la dépouille de héros, dont la renommée sera immortelle.

Ce spectacle funèbre me rappelle un autre spectacle semblable dont j'ai été témoin en passant le détroit de Bonifacio.

C'est le monument élevé par la France à l'infortuné navire-transport la *Sémillante,* qui se perdit corps et biens en ces parages, vers le principe de la guerre de Crimée. On aperçoit très distinctement ce monument, lorsque l'on passe le détroit de Bonifacio. Ici encore saluons ces héroïques victimes de l'amour de la patrie. Au moins, à bord de la *Sémillante,* il y avait un prêtre !

En face de Gallipoli, se présente le village de *Tchar-Dag,* sur l'emplacement de l'antique « Lampsaque », dont on aperçoit les vignobles encore renommés de nos jours. La patrie d'Anaximènes était célèbre autrefois par ses jardins et ses temples. Aujourd'hui, pauvre bourgade, elle vit des souvenirs de son église archiépiscopale, qui donna à la foi chrétienne plusieurs martyrs et saints, parmi lesquels *saint Euschémon,* évêque au viiie siècle, illustre par ses miracles.

Sur les deux côtés de la mer de Marmara, ancienne *Propontide,* on voit de loin s'échelonner de nombreux villages qui remplacent les cités antiques. Le paysage qui offre des plaines marécageuses et une chaîne de collines, est agrémenté par de fréquents groupes de verdure, qui annoncent la culture et la richesse.

Mais nous voici enfin à l'entrée du Bosphore. Mot magique ! Qui ne l'a vu ne saurait s'en faire une idée ; qui l'a vu désire le voir encore, pour remplir son âme des fortes et profondes sensations qu'il provoque.

LE BOSPHORE

CONSTANTINOPLE

Au nord-est de la mer de Marmara, s'ouvre entre l'E
rope et l'Asie, un second canal qui serpente entre cet
mer et la mer Noire, et découpe avec ces deux mers
presqu'île au sein de laquelle trône la Sultane de l'Orien
portant à son front le diadème de deux mondes, celui c
l'Orient et de l'Occident, diadème aux émeraudes q
annoncent le pouvoir de la mer, aux escarboucles et au
grenats qui proclament les richesses de la terre, au
brillants qui scintillent comme les étoiles du firmamen
Elle y est assise avec un luxe éclatant et une incompa
rable majesté.

Vous passez devant les *Iles des Princes*, autrefois pa
sible abri de moines contemplatifs, et vous franchisse
l'entrée du canal qui s'ouvre entre la pointe de Scutari e
celle du Sérail : c'est le port du Bosphore. Sur la riv
européenne, devant vous se déroulent les faubourgs indu
triels de la grande cité. Laissons pour un moment l
Corne d'Or avec ses nombreux navires et son horizo
découpé de coupoles et de minarets, et bosselé par le
maisons de ses quartiers francs : remontons le Bosphore

Représentez-vous une large vallée sinueuse. Les col
lines élevées, qui l'enserrent, viennent pour la plupart des
cendre par des pentes raides, dans les flots du canal. A
sommet et sur leurs flancs jaunâtres, des bois de cyprè
des bosquets de platanes et de térébinthes révèlent l'em
placement de cimetières turcs ou une terrasse au frai
ombrage. A leur pied s'étendent en amphithéâtre des vil
lages pittoresques, les kiosques impériaux, les konaks de
pachas, les villas des ambassadeurs des différentes puis
sances européennes.

Quand nous pénétrâmes dans le Bosphore, il était nuit. Les règlements de la police turque défendant de débarquer avant le lever du soleil, force nous est de passer la nuit à bord. Mais cette nuit a bien ses charmes. Vient d'arriver dans la journée la flottille qui amenait Guillaume II, et Yildiz-Kiosk, palais du sultan récemment terminé, où il est descendu, est illuminé pour la circonstance. A l'instant nous apercevons les fusées du feu d'artifice tiré en l'honneur du souverain allemand. Des édifices publics, des gondoles et autres bâtiments scintillent de cordons lumineux et de lanternes vénitieuses, et donnent de la gaîté aux horizons sombres, dont la vue incertaine ne peut suivre qu'imparfaitement les sinuosités. On me montre la tour de Léandre avec son fanal, la rive asiatique de Scutari, la pointe du Sérail, les rivages allant se rejoindre à la Corne d'Or, et qui maintenant étincellent de mille feux ; à la faveur de ces lumières, je me fais une idée quelconque de ces lieux qui, dans quelques heures, m'apparaîtront dans toute leur réalité.

Le lendemain matin, le ciel est pur, le soleil radieux : tout se dore autour de moi ; et c'est là que j'aperçois le Bosphore dans toute sa magnificence. Encore quelques tours de l'hélice, et je suis à terre. Tous les sentiments se pressent dans mon âme, lorsque je me trouve à Constantinople, la ville destinée providentiellement à servir de trait d'union entre deux continents, les deux grandes races de Sem et de Japhet, entre deux grandes civilisations ; ou plutôt le phare le plus élevé que les générations intellectuelles et chrétiennes aient lancé dans les hauteurs du ciel de la pensée, pour guider les différentes nationalités humaines à leurs destinées. C'est là, en effet, ce qu'était cette ville, unique dans son genre, ce qu'elle est restée en partie jusqu'au jour où Constantin Dracosès succomba hors de la porte de Saint-Romain, emportant avec lui le dernier espoir d'un empire agonisant, mais qui désire renaître,

et ce qu'elle est appelée à redevenir dans un avenir q[
j'aime à croire peu éloigné !

Rien ne saurait mieux exprimer les sentiments qui [
pressent dans mon âme devant le spectacle grandiose q[
se déroule sous mes yeux, lorsque, tourné vers la Cor[
d'Or, j'aperçois le panorama de la grande ville, que c[
paroles d'un grand écrivain que je transcris :

« Je veux esquisser pour moi quelques traits de cet[
nature enchantée. Je ne croyais pas que le ciel, la terr[
la mer et l'homme puissent enfanter de concert d'aus[
ravissants paysages. Le miroir transparent du ciel ou d[
la mer peut seul les voir ou les réfléchir tout entiers. Mo[
imagination les voit ou les conserve ainsi ; mais mon sou[
venir ne peut les garder et les peindre que par des détail[
successifs... Il faudrait des années à un peintre pour rendr[
une seule rive du Bosphore. Le pays change à chaqu[
regard, et toujours, il se renouvelle aussi beau en s[
variant (1). »

Telles furent mes impressions ; et durant tout le temp[
de mon séjour, mon admiration ne cessa de grandir, pou[
arriver au diapason d'un enthousiasme intraduisible.

L'Empire grec.

S'il est vrai que Rome fit la conquête de la Grèce[
l'empire grec devait survivre de plus de dix siècles à l[
chûte de l'empire romain. Les Grecs de Byzance s'appelaient jusqu'à la fin Ῥωμαῖοι, les Romains ; mais de fait, tout
passait chez eux sous le niveau de l'Hellénisme. Ils en ont
tenu très fermement les enseignes jusqu'en 1453.

Je sais que depuis longtemps en parlant de cet empire,
et c'est là un terme de convention qui a conquis le droit
de cité, on dit le Bas-Empire ; et c'est pour ceux qui se
paient de la monnaie courante des jugements stéréotypés,

_____
(1) Lamartine.

le synonyme dédaigneux de décadence irrémédiable et
d'abâtardissement progressif. Mais, je crois qu'il est temps
d'interjeter appel près du tribunal plus impartial d'une
conscience éclairée et débarrassée de préjugés séculaires,
de conclusions où la passion et l'ignorance semblent la
plupart du temps avoir dicté la libellé du jugement.

Considérons les choses plus justement : l'Empire grec
fut longtemps le grand Empire chrétien. Tout en lui, les
lois, les coutumes, les pratiques de la vie journalière, tant
pour les particuliers que pour ceux qui étaient à la tête
des choses, était imprégné de christianisme ; et tandis que l'Italie devenait la proie des Ostrogoths, l'Empire
de Byzance montait à son apogée. Je veux surtout parler
du règne de Justinien.

Dussé-je heurter de front des préjugés qui avant tout
s'alimentent de préventions, j'appellerai ce monarque le
Charlemagne de l'Orient. Le petit-fils de Pépin devait
réunir sous son sceptre la plus grande partie de l'Occident ; Justinien reconquit les deux tiers de l'Empire
romain, agrandi vers les mobiles frontières des Parthes.
Charlemagne triompha des Lombards ; Justinien, par les
généraux Bélisaire et Narsès, conquit la totalité de l'Italie avec une partie de l'Illyrie, de l'Afrique, de l'Espagne.
Célèbres sont les *Capitulaires* du grand Empereur ; le
Code Justinien est encore à l'heure qu'il est la base de la
législation des peuples policés. Charlemagne bâtit beaucoup, construisit églises et monastères ; l'historien Pro-
cope a composé en deux livres le traité *De Ædificiis,* où
il montre que, pour l'architecture profane et sacrée, le
neveu de Justin fut le plus grand bâtisseur du monde. On
vante les vertus de Charlemagne et son attachement à la
personne des Papes ; Justinien vivait de la vie d'un ana-
chorète, buvant de l'eau, mangeant quelques herbes
fades ; il racheta quelques moments d'égarement par
quatre-vingts ans d'orthodoxie ; et si sa conduite à l'égard

de saint Silvère et du pape Vigile paraît trop autoritaire, presque toujours il entoura du plus grand respect leur personne sacrée. En un mot, Charlemagne fut le plus grand des Germains ; Justinien, sur le trône, fut le premier des Empereurs grecs.

A cette époque, c'est-à-dire à partir du pontificat de saint Jean Ier, sous Théodoric, les Papes venaient en personne à Byzance périodiquement, ou y entretenaient des apocrisiaires ; et c'est par cette union des deux capitales que se prépara le règne immortel de saint Grégoire le Grand, de celui qui a peut-être atteint le point le plus élevé de l'influence des papes.

Après la séparation politique, Constantinople continuait à tenir le sceptre de la civilisation en Europe ; le culte des lettres antiques y était maintenu avec un soin qui semblerait affecté, comme en peuvent témoigner maints écrits, entre autres ceux de l'empereur Léon le Sage, et d'Anne Comnène, la Sévigné byzantine. Les arts de l'Orient servaient de modèles aux essais naïfs de l'Occident, sauf pour les Vénitiens qui, dès l'origine, transportèrent chez eux les procédés de l'industrie des Grecs. Enfin, jusqu'au jour de sa chûte, la seconde Rome restait sans contestation la maîtresse des plus hautes conceptions de l'esprit humain.

Je sais que trop souvent l'hérésie et le schisme sont venus faire des ombres à ce tableau ; ils y ont même déposé des taches sanglantes. Mais aussi, à côté de ces récits lugubres, que l'histoire voudrait oublier et anéantir, que de belles pages ! On nous parle à satiété de fauteurs de discordes et de rébellions. Qu'on nous montre aussi toute une série de faits glorieux et à la louange de l'Église, la conversion des Ibères et des Géorgiens, des Bulgares, des Moraves, des Bohêmes, des Russes, des Polonais, des Sères et des peuples situés des bords de la mer Caspienne aux rives de l'Indus et du Gange. Qui a oublié les noms de sainte Christine, de saint Sabas, des saints Cyrille et Méthodius? Que dis-je? On peut voir par l'histoire des Perses, des Arméniens, des Géorgiens, et surtout par celle des Arabes et des Turcs, que grec était synonyme de catholique, et que, aux yeux des peuples barbares qui les entouraient, les souverains de Byzance passaient pour les vrais défenseurs de l'orthodoxie (1).

Le siège de Constantinople, à lui seul, présente une série de saints évêques et patriarches, depuis la prédication de saint André jusqu'à saint Polyeucte et saint Nicolas Chrysoberge, les grands convertisseurs des Russes, à la fin du xᵉ siècle. Les Bollandistes en citent plus de trente, auxquels ils accordent les honneurs de l'auréole qui couronne les saints.

Quelle légion de saints moines, abbés ou archimandrites, dans les monastères de Stude ou des Acémètes, sur les montagnes de la Bithynie et de la Thessalie, dans les îles ; et cela jusqu'à l'aurore des Croisades, et peut-être même plus avant !

Les hérésies ont fait beaucoup d'apostats, il est vrai ; mais elles ont enrichi les annales de l'Église de noms du plus grand éclat, et de la sainteté la plus incontestée. C'est entre autres ce saint Lazare, moine et peintre, qui, les mains mutilées par le fer des iconoclastes, peignait miraculeusement des images que tout l'empire vénérait.

Enfin, sur le trône impérial ou sur les marches du trône, je trouve les noms les plus éclatants. Après sainte *Hélène* et la bienheureuse *Ælia Flaccilla*, l'épouse du grand Théodose, c'est l'immortelle sainte *Pulchérie*, sainte *Sopatra*, fille de l'empereur Maurice, sainte *Anthuse*, la fille de Constantin Copronyme, sainte *Théodora*, impératrice, sainte *Théophanie*, épouse de Léon le Sage. Les Grecs ont fait des saints de Constantin, Marcien, les

(1) Voir *Mathieu d'Edesse*, etc. Traduct. Dulaurier. Paris, 1858.

12

deux Théodose, et de l'infortunée impératrice Irène. Une
quantité de personnages quittèrent la pourpre impériale
pour revêtir l'habit monastique, sous lequel ils voulurent mourir saintement, comme Théodose III, l'Adramytain, dont le nom est porté sur certaines listes des
saints.

Mais l'union avec Rome, dira-t-on, elle était sans cesse
interrompue. Oui, elle était sans cesse interrompue, parce
qu'elle voulait renaître sans cesse. Ce n'est pas seulement
aux conciles de Lyon et de Florence qu'il y eut des tentatives de rapprochement, en apparence avortées. L'histoire
a conservé le souvenir de maintes relations des Empereurs avec le Souverain Pontife, témoignant clairement
que, dans leur esprit et leur volonté, les deux Églises
restaient toujours unies, au moins suffisamment pour
rassurer la conscience de ceux qui prétendaient persé-
vérer dans le giron de la vérité. C'est, au milieu de plusieurs autres, Alexis Comnène, qui envoyait des présents à l'abbaye du Mont-Cassin ; Jean Cantacuzène, qui
recevait les envoyés de Rome, et enfin, Manuel Comnène
qui, à la fin du xive siècle, fit une profession de foi
entièrement orthodoxe entre les mains du pape Grégoire XI.

Si le parti de la dissidence était nombreux, après le
Concile de Florence, nous savons aussi par l'historien
Ducas, témoin oculaire des événements, que, jusqu'
pendant le siège de la ville, par Mahomet II, en 1453, tout
un parti d'uniates sincères célébrait la liturgie catholique dans l'église de Sainte-Sophie. Les expressions
dont se sert cet historien ne sont nullement ambi-
guës.

« Ceux qui manifestaient, dit-il, l'intention d'adhérer
au décret d'union, entrant dans la grande Église, à savoir
les prêtres et les diacres, parmi le clergé, l'Empereur
avec le Sénat, voulurent, dans une entente commune,

accomplir la divine liturgie et offrir leurs prières dans la sincérité de leurs âmes (1). »

Stamboul.

Cependant, que reste-t-il de l'empire de Byzance? Comme ensembles matériels, il faut l'avouer, au premier abord, il ne reste presque plus rien, la ville ayant un aspect tout moderne. Toutefois, qui prendra le temps de parcourir attentivement Stamboul et les environs, y trouvera de magnifiques restes de l'antiquité. Un auteur porte à quatre-vingts environ le nombre des églises byzantines converties en mosquées.

Georges Codinos, Curopalate, nous a conservé le souvenir des monuments de Constantinople avant sa chute. On voit par cette exposition, qu'il s'y trouvait une quantité presque innombrable de palais, d'églises, de monastères; ces derniers dus surtout à la munificence de pieux fondateurs. Voici comme s'exprime, au sujet de cette capitale, un auteur contemporain du grand désastre, Andronic Calliste, dans une *Monodie,* ou Lamentation :

« Hélas, ô la reine des villes !... O beauté et grandeur des Temples! O murailles dépassant toutes les autres par leur hauteur et leur largeur! O salles de l'Académie et du Portique, l'emportant, il est vrai, sur ces écoles, par la beauté, mais non par la sagesse ! O port agréable et naguère si favorable aux navires !... O Rome nouvelle, mais maintenant vieillie sous le poids des infortunes ! Que sont donc devenues tes

---

(1) Ἐλθόντες οἱ φαινόμενοι κατὰ τὸ δοκοῦν τῆς ἑνώσεως ἐν τῇ μεγάλῃ Ἐκκλησίᾳ ἱερεῖς τε καὶ διάκονοι τῶν τοῦ κλήρου, καὶ ὁ βασιλεὺς σὺν τῇ συγκλήτῳ ἐβούλοντο κοινῇ ὁμονοίᾳ λειτουργῆσαι Θεῷ, καὶ ἀπόδοσαι τὰς εὐχὰς ἀδόλῳ γνώμῃ. — *Histoire Byzantine,* ch. 30.

splendeurs ! (1) » Tout le passage mériterait d'être cité.

La nouvelle Rome avait été divisée par Constantin, ainsi que la première l'était, en quatorze régions.

La forteresse qui commandait l'entrée du port, appelée *Acropolis*, était dans le premier quartier, à l'endroit même où est aujourd'hui le Sérail. On y voyait encore le Phare, l'Arsenal, les Thermes d'Arcadius, la galerie de Justinien, etc. Le temple de Sainte-Sophie, la merveille du monde, le palais du Sénat et les bains de Zeuxippe, rétablis par Justinien, étaient dans le second. — L'Hippodrome ou grand Cirque, l'église de Sainte-Euphémie et le palais de sainte Pulchérie étaient dans le troisième. — Le quatrième comprenait la place Impériale, entourée d'un double rang de galeries, sur des colonnes, le grand Palais de Constantin et le Milliaire d'or, où commençaient les chemins, etc.

Dans le cinquième et le sixième se trouvait la place de Théodose, avec le grand obélisque de Thèbes, en Egypte ; et celle du grand Constantin, au milieu de laquelle il fit ériger cette célèbre colonne de porphyre, sur laquelle était une statue faite d'un colosse d'Apollon transporté à Constantinople d'Athènes, etc.

Ainsi que nous le disions, Georges Codinos, qui écrivait au xv⁰ siècle, peu de temps avant la prise de la ville, nous a laissé la description complète et minutieuse de cette capitale, avec ses palais, ses bains, ses thermes, ses cirques, ses églises, couvents et sanctuaires. L'œuvre serait parfaite, si un plan graphique l'accompagnant permettait de préciser la situation des édifices et de les identifier avec les bâtisses actuellement existantes.

(1) Φεῦ ὦ βασιλὶς τῶν πόλεων... ὦ κάλλη καὶ μεγέθη ναῶν, ὦ τείχη καὶ μήκει καὶ πλάτει τῶν ἄλλων ἐξηρημένα, ὦ μουσεῖα τῆς Ἀκαδημίας, τῆς Στοᾶς, κάλλει μὲν ὑπερφέροντα, τῇ σοφίᾳ δὲ μηδὲν ὑπερφέροντα· ὦ λιμὴν ἡδὺς μὲν πρώην καὶ εὐτυχὴς ταῖς ναυσί... ὦ Ῥώμη νέα, γεγηρακυῖα δὲ τῷ βαρεῖ καὶ πλήθει τῶν συμφορῶν, ποῦ σου νῦν τὰ καλά ; κ. τ. λ.

De toutes ces merveilles, qu'est-ce qui subsiste encore ?
Pour ce qui remonte à la plus haute période, aux premiers
siècles de l'empire grec, quelques traces fugitives, quelques antiquités comme celles qu'on signale au voyageur
sur la place de l'Atméïdan, que le temps mutile chaque
jour davantage, voilà ce que le ravage des siècles et de la
main des hommes nous a laissé comme témoins du passé.

Mais en revanche, l'ensemble des monuments de la moderne Constantinople, et en particulier la réunion des
grandes mosquées de Stamboul, éclipse non seulement tout
groupe de monuments actuellement existants, mais même
oserais-je dire, ce que l'imagination oserait enfanter.
Rendons cette justice au génie des Grecs qu'il transpire
sous l'enveloppe de convention dont l'Islam charge les
principaux monuments de son culte. Mettez en regard les
mosquées construites depuis Mahomet II et Sélim, avec
les édifices de fabrique grecque que le Turc s'est appro-
priés. Que pouvez-vous constater ? Pour l'ensemble, une
disposition absolument analogue. Ce qui fait le principal
attrait de ces mosquées, c'est la coupole, hardie et légère,
à la courbe harmonieuse, nullement guindée, autour de
laquelle viennent se grouper sans effort les autres parties
de l'édifice, qui en sont comme les accessoires. Or l'on sait
que c'était le triomphe de l'architecture byzantine que de
savoir lancer dans les airs, avec une légèreté et une grâce
incomparable, ces coupoles aériennes. L'art est venu d'Italie,
c'est la voûte romaine, dont le ciment mêlé de pouzzolane
lui assurait une persistance qui a défié les siècles, témoin
le Panthéon d'Agrippa. Mais que depuis ce point de départ
elle a changé ! Si Sainte-Sophie nous montre le plein essor
de cet art, la mosquée Bayazid nous en fait voir la perfection. L'histoire du reste rend souvent témoignage que,
ainsi que cela s'est passé pour la mosquée d'Omar, c'est
sur les dessins et sous la direction des maîtres grecs que
ces édifices se sont élevés. D'importation orientale se-

raient exclusivement les légers minarets, les céramiques,
les arabesques.; le reste est manifestement dû aux productions de l'art hellénique.

Comme c'est là la principale attraction de Constantinople, dès le jour de mon arrivée, traversant le pont de
Kara-Kévy, je m'élance dans la direction de Stamboul.
Mais n'oublions pas pourtant que nous sommes au lendemain de l'arrivée de la flottille allemande dans les eaux du
Bosphore. C'est un grand événement pour la capitale des
Osmanlis que la visite de ce souverain en casque et en
bottes. Les désœuvrés, les curieux, les oisifs, les reporters
de journaux, ceux qui tiennent à suivre les oscillations de
la politique, se portaient en assez grand nombre sur son
passage. Généralement accompagné de son épouse, c'était
par de franches chevauchées dans la ville et au dehors,
qu'il signalait sa présence dans la ville à l'étendard
d'Eyoub. Mais il n'était pas facile de le saisir au vol.

Si les programmes de ses sorties et excursions paraissaient dans les journaux, souvent ils n'étaient pas suivis,
ou les renseignements arrivaient en retard. Dérangés par
cet imprévu, les curieux devaient souvent s'en remettre
au hasard pour le rencontrer. Pour ma part, ce n'est guère
que le vendredi, jour du *Sélamlik*, que je fis de sérieux efforts pour être témoin de ce que je comparais plutôt en
moi-même à une fête foraine, et si je fus témoin du passage
des carrosses qui composèrent son cortège pour la revue
de Top-Hané, l'impression qui m'en est restée n'en fut
guère plus attrayante.

Disons-le toutefois, beaucoup de personnes, et même
des personnes estimables, considéraient cette visite comme
un événement qui pouvait avoir un contre-coup important dans les secrets ressorts de la politique générale, dont
la ville de Constantin est comme le centre vital. Mais le
personnage était-il bien choisi pour cette œuvre de rénovation destinée à atteindre les entrailles mêmes du monde

TYPES DE CONSTANTINOPLE

religieux et civilisateur ? Pour moi, souriant sous cape à
l'aspect de ces démonstrations et de ce déploiement de
luxe, je me sentais tenté de dire avec notre bon fabuliste :

« Mais qu'en sort-il souvent ?... »

Toutefois, le sultan semblait avoir pris tout à fait au
sérieux la réception de son ancien auxiliaire pour la
guerre des Grecs. Rien ne fut épargné pour lui procurer
quelque satisfaction. Son voyage, dit-on, n'a pas coûté
moins de douze à quatorze millions aux finances turques,
qui depuis longtemps déjà sont sucées à blanc.

Après cette petite digression, j'en reviens à mon excursion à Stamboul. Sous la conduite d'un guide bienveillant
et instruit, bien au courant des agréments de la ville, je
cours inspecter ces merveilles. La circulation paraît
intense, car l'on se dit que le Kaiser passera peut-être dans
ces quartiers. Turcs graves et à la démarche altière, se faisant un devoir de montrer le turban d'Allah, militaires au
pas alerte et empressés, se rendant à quelqu'une des
grandes casernes, à la Sublime-Porte, ou *vice versa*, population moitié grecque, moitié européenne, tout ensoleillée
et bourdonnant aux abords des principaux monuments,
voilà ce qui nous annonce qu'il y a quelque chose d'insolite dans la situation. Les imans ont ouvert toutes grandes
les portes de la magnifique mosquée d'Yéni-Djami, et se
tiennent sur les degrés, comme prêts à recevoir le visiteur
annoncé, et à lui faire les honneurs de ce temple, qui est,
par le fait, un des plus dignes d'être signalés. Sans avoir
la prétention d'être aussi haut placé dans l'échelle sociale,
je profite de cette facilité, et commence par inspecter
d'un curieux et admiratif coup d'œil cette mosquée,
ancienne basilique byzantine.

Nous nous engageons dans les rues de Stamboul, dont
certaines ont une déclivité assez prononcée, serpentant sur
les flancs de la colline que couronnaient les Blaquernes.

SAINTE-SOPHIE DE CONSTANTINOPLE

Mon guide me fait remarquer à certains endroits de ces
rues les places où se trouvèrent les mares de sang, qui
souillèrent ces quartiers habituellement paisibles, lors du
dernier massacre des Arméniens. Cependant la situation
est redevenue ce qu'elle était auparavant ; les petits commerces s'étalent comme précédemment sous les auvents ou
derrière les devantures vitrées ; tout le monde passe insou-
ciant, foulant cette terre qui a bu le sang de tant d'inno-
centes victimes. Chrétiens et Osmanlis, Turcs, Grecs, Arméniens, Asiatiques et noirs Africains au regard sauvage,
se croisent et se coudoient dans la plus parfaite indifférence. Qu'il faudrait pourtant peu de chose pour provo-
quer les éruptions de ce volcan, qu'on peut croire n'être
qu'endormi !

Rendons toutefois cette justice au voyage de Guillaume II, que la police est mieux faite, que l'édilité paraît
plus soucieuse de la propreté et de l'ajustement. La plupart des monuments que le fanatisme ou l'amour du lucre
tient habituellement fermés, sauf quelque fort *bakchish*,
sont aujourd'hui ouverts ou s'ouvrent facilement aux
étrangers.

C'est ainsi que je pénètre dans *Sainte-Sophie*, dans la
compagnie des marins du *Hohenzollern*, en tenant mes
bottines à la main, foulant avec précaution les tapis et les
nattes dont le sol est partout recouvert et qui étouffent,
absolument le bruit des pas.

Voilà donc ce superbe monument, après la construction
duquel Justinien, dit-on, s'écria : « Salomon, je t'ai
vaincu ! » De loin, il fait montagne et domine le sérail
tout entier ; et si dès le premier abord, il se présente
avec un aspect un peu lourd et dénué d'élégance, je
ne crains pas de le proclamer le premier produit
de l'architecture sacrée, après Saint-Pierre de Rome.
Et de fait, celui qui s'intitule le Patriarche œcuménique n'est-il pas à la tête du groupe chrétien le plus

considérable, après le successeur de saint Pierre ?
--Sainte-Sophie, comme toutes les églises grecques, commence par un vestibule ; c'est par là que nous pénétrons. D'après une certaine tradition, sa porte extérieure contiendrait du bois de l'arche de Noé. Là, sur la muraille intérieure de la façade, on remarque quatre magnifiques plaques de marbre noir, aux rubans blancs, en zig-zag, aussi réguliers que s'ils avaient été fabriqués de la main d'un artiste. Le reste de la galerie est couvert de beaux marbres, d'amygdaloïdes et de porphyres admirables.

Passons dans la nef : aux deux flancs règnent des bas-côtés séparés d'elle par des arcades, qui soutiennent les galeries bordées de parapets ornés de balustrades grecques. Les voûtes, les arceaux sont couverts de riches mosaïques, un peu défigurées par un badigeon grossier. Au centre, huit colonnes, dont quatre de marbre rouge et quatre de marbre vert soutiennent la coupole. Elles sont d'un seul fût, et auraient été enlevées aux ruines de l'ancienne Troie.

A chaque angle de la coupole, vous apercevez les ailes de quatre chérubins, dont les Musulmans ont caché la tête derrière des globes dorés. Au fond on voit l'hémicycle, où jadis se trouvait le maître-autel. Si l'on regarde attentivement la partie supérieure de la demi-voûte, on voit s'estomper vaguement sur le badigeon brillant les ombres de trois figures. Ce sont les trois Personnes de la Sainte-Trinité, et la sainte Vierge à leurs pieds, qui caractérisent la Sagesse divine, à la gloire de laquelle Justinien réédifia cette basilique, avec les marbres les plus précieux trouvés dans les temples païens de l'antiquité. Les dévots musulmans sont peu nombreux dans l'édifice ; seuls, les aveugles élèvent la voix, en nazillant des versets du Coran. Quelques femmes voilées glissent dans l'ombre comme des apparitions.

Ebloui du spectacle unique de cette admirable cons-

truction, je me lance, avec mon guide, vers les autres
belles mosquées que l'on admire dans cette région orientale de Stamboul, jusqu'à la Pointe du Sérail, lesquelles,
si elles ne sont pas directement l'œuvre d'artistes grecs,
assurément, ce sont eux qui en ont tracé le modèle. Nul
n'excellait, comme ces artistes, à lancer dans les airs la
coupole byzantine, avec une légèreté, une élégance et une
justesse de proportions, qui défient toute imitation. Les
Musulmans ont copié ces types, les entourant de colonnes
élevées, sveltes, gracieuses et couronnées de galeries de
dentelles, qui s'élèvent autour de la plupart des mosquées.

La mosquée d'*Achmed* est située sur la place de l'Hippodrome ; son extérieur est vraiment gigantesque ; elle
s'élève au milieu d'une cour ombragée de vieux platanes.
A l'extérieur s'étendent de petites galeries soutenues par
un rang de colonnes extrêmement gracieuses. Sur la façade principale s'ouvre un portail d'une hauteur colos-
sale, orné de colonnades en marbre. Les piliers sont
de fort belles colonnes en marbre, de toute nuance et
d'un seul jet. Leur ensemble produit un effet délicieux.

Celle de *Soulémanyéh* lui est supérieure sous le rapport
de l'art. Elle s'élève au milieu d'une esplanade environnée de petits bâtiments réguliers. Entourée de quatre
minarets d'une rare élégance, elle présente une coupole
centrale du plus grand effet, aux faïences agencées d'une
façon symétrique, avec un grand nombre de demi-dômes
d'un aspect merveilleux.

Près de là est le *Turbéh,* ou tombeau de Soliman le Magnifique. Celui de Mahmoud est le plus élégant de Constantinople. Sa forme est ronde et de beaux marbres en
revêtent l'intérieur. Sur la partie supérieure du tombeau
du sultan est fixé un fez, avec une aigrette et un soleil
en diamants. A beaucoup de mosquées sont annexés ces
sortes de tombeaux de personnages remarquables.

La mosquée de *Bayazid,* ou des *Pigeons,* petite, mais
d'une exquise beauté, est incontestablement d'origine chré-

MOSQUÉE BAYAZID OU DES PIGEONS

tienne ; il en est de même de celle de Mahomet II, qui est
l'ancienne basilique des Douze-Apôtres.

Toutes ces mosquées sont précédées de parvis, ombragés

souvent par des platanes, et au milieu desquels jaillissent
des fontaines pour les ablutions prescrites par le culte musulman. Au nord-est de Stamboul, en face de Sainte-
Sophie, nous voyons le palais du Sultan ; il occupe toute
la Pointe du Sérail, cet endroit où s'élève la Tour qui,
pour les chrétiens, porte encore le nom de Sainte-Irène (1).
Il la recouvre de ses vastes jardins, aux ombrages touffus,
et de ses édifices nombreux. Là est le harem ou gynécée
dans lequel aucun étranger ne peut pénétrer sous peine
de mort. Les huit cents bayadères, almées, esclaves de
toutes nations et de toute couleur, chargées de récréer les
sultans ennuyés, y sont renfermées sous la garde d'eunuques noirs. « Là sont des remises pour les caïques et
des bains pour les sultanes, qui peuvent nager dans la mer,
à l'abri des persiennes de leurs salons. Derrière ces cours
maritimes, les jardins d'arbustes, de lilas et de roses,
s'élèvent en gradins successifs, portant des terrasses et
des kiosques, grillés et dorés. Ces pelouses de fleurs vont
se perdre dans de grands bois de chênes, de lauriers et de
platanes qui couvrent les pentes, et s'élèvent avec les rochers jusqu'au sommet de la colline. Les appartements
du sultan sont ouverts, et je vois à travers les fenêtres les
riches moulures dorées des plafonds, les lustres de cristal, les divans et les rideaux de soie. Ceux du harem sont
fermés par d'épais grillages de bois élégamment sculptés (2). »

Avant de quitter la Pointe du Sérail, j'eus la chance
assez rare d'en visiter le musée où se trouvent de nombreuses antiquités d'un haut intérêt. La pièce que j'y
admirai surtout est le sarcophage d'Alexandre le Grand,
plus artistique qu'authentique, mais d'une magistrale exécution. Deux faces représentent les travaux de la Guerre ;
les deux autres, les loisirs de la Paix.

(1) Voir le frontispice.
(2) Lamartine.

Non loin de Sainte-Sophie est le Palais de la « Sublime-Porte », *Baba-Houmayoun*, construit par Mahomet II, situé à côté du Sérail, et dont l'immense façade produit un

PLACE DE L'AT-MÉÏDAN

assez bel effet. C'est là que se trouvent centralisées les grandes administrations publiques.

A droite du palais de la Sublime-Porte, vis-à-vis du Sérail, s'étend la place fameuse de l'*At-Méïdan*, dont la façade de la mosquée d'Achmed occupe un des côtés.

Cette place est un ancien hippodrome, où se donnaient les grands spectacles publics. Elle est célèbre dans l'histoire byzantine par les rivalités sanglantes des *Bleus* et des *Verts*, qui amenèrent, sous Justinien, la terrible rébellion réprimée par Bélisaire, accompagnée de l'incendie qui consuma la Sainte-Sophie de Constantin. Des monuments qui l'ornaient autrefois, il reste encore l'Obélisque de Théodose, enlevé à l'Égypte, et la Colonne Serpentine, formée de trois serpents enlacés, apportée, dit-on, du Temple d'Apollon Delphien.

Sur le côté sud de la place, on peut visiter la *Citerne aux mille colonnes*, qui de fait possède 365 colonnes de granit ; mais des précautions prises par la police en rendent l'accès difficile. On y voit enfin les ruines du Palais des Empereurs byzantins, appelé *Magnaura*.

Le Bosphore.

Il y a sur la terre trois ou quatre sites, qui, d'après l'accord commun des voyageurs et touristes, passent pour exciter des transports d'enthousiasme. On dit : la baie de Naples, la rade de Rio-Janeiro, les bords du Saint-Laurent aux environs de Québec ; le Bosphore de Constantinople tient assurément un des premiers rangs parmi les situations préférées des artistes.

Deux ponts sont jetés sur la Corne d'Or, reliant Stamboul à Galata. C'est au premier de ces ponts, celui de *Kara-Kevy*, à peu près en face de la grande tour de Galata, que commence l'excursion. Le Bosphore a 30 kilomètres de longueur, et mesure mille mètres de largeur en moyenne. A son débouché dans la mer Noire, il en a 3.700. Ses eaux bleues et rarement houleuses sont empaquetées entre ces deux points extrêmes.

Le panorama du Bosphore est féerique ; s'allongeant comme un vaste fleuve, il enserre dans ses circonvolutions les anses, sur les bords desquelles sont nonchalamment couchés les jolis villages et les riches palais ottomans. De nombreux navires le sillonnent à chaque instant. Agitant leur blanc panache de vapeur, ils courent des bords du Nil et des plages de Syrie, à la Corne d'Or, aux rivages de la Colchide, aux falaises de la Crimée, ou bien se dirigent vers les ports de l'Occident. Vers tous les points de l'horizon apparaissent les dômes élégants, les légers minarets, les somptueuses constructions : la vue en est comme éblouie.

Rappelons-nous pourtant que c'est en ce moment que le souverain allemand prend à Constantinople le principal point de relâche de sa fantastique excursion. Une circulation un peu plus intense, des édifices publics et quelques maisons pavoisées aux couleurs de l'Allemagne et de la Turquie et quelques mouvements de troupes, habillées de neuf pour la circonstance, voilà ce qui annonce à Constantinople la présence de Guillaume II. C'est loin de l'enthousiasme ; c'est à peine le succès de la curiosité. Je croise sur le grand pont de Kara-Kevy un beau régiment de ligne dont les officiers, montés sur des chevaux fringants, ont une tournure des mieux réussies. La musique, qui défile devant moi, jette aux échos du Bosphore ses notes vibrantes, dont les accords étranges et l'agencement savamment barbare, me font songer aux vieilles batailles de l'étendard aux queues de cheval.

En général, pour faire connaissance avec le Bosphore, on prend le vapeur qui conduit régulièrement jusqu'aux Eaux douces d'Asie. Mieux fortuné, je suis invité à prendre place à bord d'un remorqueur qui conduit à leur maison de campagne les élèves des collèges de Saint-Benoît et de Sainte-Pulchérie, dirigés par les Pères Lazaristes. Un kawas, à la tenue éclatante et galonnée, aux armes étincelantes, précède le personnel des élèves qui aussitôt envahit le remorqueur.

13

PONT DE KARA-KEVY

Nous saluons au départ *Yéni-Djami*, la belle mosquée située presque au pied du pont, que je visitai hier avec enthousiasme : sa coupe architecturale est nette, sa coupole d'une légèreté extrême. Les colonnes de marbre qui la décorent ont été enlevées, dit-on, au temple d'Ephèse.

Tandis que le vapeur fraie son chemin entre les quais, au travers des caïques et des navires de tout tonnage et de toute destination, on me signale *Top-Hané*, ancienne résidence des sultans, d'admirable construction. Ses lignes symétriques frappent tout d'abord le regard, quand les yeux, quittant le lointain horizon, se reportent sur le détail du Bosphore. Là se trouve une fontaine monumentale, aux innombrables arabesques, aux dessins chimériques ; là, près de la mosquée de Mahmoud, on voit la fonderie de canons et le parc d'artillerie, où vont et viennent ouvriers et soldats, dans une agitation et un empressement qui contrastent avec la nonchalance proverbiale des Ottomans.

Plus haut s'aperçoivent les hauteurs de *Yildiz-Kiosk*, ravissante position, où se trouve la résidence habituelle de Sa Hautesse, mais que par courtoisie Elle abandonne, pour quelques jours, à son hôte et allié, Guillaume II.

Un palais de construction récente, dont les luxueux bâtiments ont coûté, dit-on, plus de vingt millions à un pays dont les finances sont dans le plus complet désarroi, s'élève sur le sommet de la colline et est affecté au César germain et à sa suite. Plusieurs milliers de becs électriques éclairent cette somptueuse demeure. Le public dit que ce palais a été bâti en vue du voyage de Guillaume II ; le public se trompe ; on le bâtissait longtemps avant qu'il fût question de ce voyage ; mais le palais a été orné et achevé pour la circonstance. Il faut reconnaître, du reste, que Abdul-Hamid a été de la plus parfaite délicatesse pour celui qu'il recevait.

GRANDE RUE DE PÉRA

Vendredi, pour la solennité du *Sélamlik*, jour où le sultan se fait voir entouré de son escorte et va prier à quelqu'une des grandes mosquées, une grande revue sera donnée à Top-Hané, en l'honneur du souverain visiteur, qui descendra pour la circonstance de Yildiz-Kiosk, accompagné de sa suite. Ce jour-là, voyant défiler les carrosses de gala, dans la grande rue de Péra, c'est avec surprise que j'ai constaté la présence d'un seul et unique casque à pointe, au milieu de ce gala. Où est donc le grand État-major Prussien?

Emportés par la vapeur, nous frôlons le *Hohenzollern*, beau yacht, peint en blanc et jaune. Un cuirassé de second rang l'accompagne, avec un torpilleur de haute mer, voilà la composition de la flottille de Guillaume II, ce qui peut représenter un total de quatre à cinq cents personnes.

Plus loin c'est *Dolma-Bagtché*, palais d'été du Sultan, dont les régulières et élégantes constructions viennent se mirer dans les ondes claires du Bosphore.

Nous voici à *Bebek*, charmant village, dans une ravissante position. On peut lui appliquer les lignes suivantes de cet illustre écrivain, dont la prose enchanteresse a quelque chose du rythme harmonieux des vers : « Un village s'étend sur les bords aplanis de ces golfes, avec ses belles fontaines moresques, sa mosquée à coupole d'or et d'azur, et son léger minaret qui confond sa cîme avec celle des hauts platanes. Les maisonnettes peintes s'élèvent en amphithéâtre des deux côtés et au fond de ces petits golfes, avec leurs façades et leurs kiosques à mille couleurs ; sur la cîme des collines de grandes villas s'étendent, flanquées de jardins suspendus et de groupes de sapins à larges têtes et terminant les horizons. Au pied de ces villages est une grève ou un quai de granit de quelques pieds seulement de large ; ces grèves sont plantées de sycomores, de vignes, de jasmins, et forment des berceaux jusque sur la mer, où les caïques s'abritent (1). »

Quand nous mettons pied à terre, on nous avertit que ce jour-là même, vers midi, le souverain allemand est attendu, devant faire visite à un orphelinat placé sous le protectorat germanique. De fait, les allées sont sablées avec soin ; des drapeaux arborés, des groupes en mouvement, annoncent que ce n'est pas une vaine rumeur. Toutefois la visite annoncée fit défaut, et ce n'était pas la seule déconvenue de ce genre que Guillaume préparait aux curieux qu'attirait son voyage.

On s'en consola aisément. Un charmant déjeuner, servi dans une ravissante position, réunit de joyeux convives. J'ai l'honneur d'être aux côtés de Mgr Bonetti, archevêque et délégué apostolique. La veille, occupant le premier rang dans le cortège des ambassadeurs, il a assisté, au palais de Yildiz-Kiosk à la réception du corps diplomatique, par le souverain allemand, accompagné de son épouse. Le prélat pour lequel on a eu des égards tout spéciaux, imposés par les circonstances, nous intéresse beaucoup par les détails piquants et pleins d'intérêt qu'il nous donne sur cette cérémonie. Chose inusitée jusque là, les dames des ambassadeurs ont assisté à la réception. Nous nous séparons au milieu de la plus franche hilarité.

Je me promets bien de ne pas manquer de faire ma visite au distingué prélat, dans son palais, modeste sans doute, mais convenable, qui est attenant à la jolie cathédrale du Saint-Esprit, à peu de distance des couvents et autres établissements latins de Péra.

Mais il faut achever l'excursion du Bosphore. Bientôt le vapeur nous emporte sur son aile légère et rapide, effleurant les plus séduisants rivages. Série non interrompue de localités gracieuses, de constructions belles, quoique

(1) Lamartine.

légères, des plus ondoyants ombrages. Ces palais, ces maisons sont tout en bois, mais très richement travail-

BÉBEK-HISSAR

lés, avec des avant-toits, des galeries, des balustrades sans nombre et tout noyés dans l'ombre des grands arbres, dans des bosquets de jasmins et de roses.

Le bateau frôle de très près la côte de *Thérapia,* qu'il nous est permis de considérer aussi distinctement que si nous étions à terre. C'est l'endroit préféré de villégiature pour le corps diplomatique. M. Cambon y est maintenant; l'ambassade de France à Péra a portes et volets fermés, comme une maison à louer. M. Cambon est-il chagrin? J'eusse bien voulu faire ma visite au représentant de la France. C'est un homme si perspicace, si au courant de tout ce qui concerne sa haute situation (1)! Assurément je verrai ces messieurs du consulat, de la bonne réception desquels je suis assuré.

Mais la vapeur nous entraîne. Voici *Bouyouk-Déré,* « la grande vallée », naguère lieu de divertissement par excellence. « Bouyouk-Déré, charmante ville au fond du golfe que forme le Bosphore au moment où il se coude pour aller se jeter dans la mer Noire, s'étend comme un rideau de palais et de villas sur le flanc de deux sombres montagnes. Un beau quai sépare les jardins et les maisons de la mer... les magnifiques forêts des palais de Russie et d'Autriche qui dentellent la cîme de la colline, une foule de maisons élégantes et décorées de balcons qui bordent les quais, et dont les roses et les lilas pendent en festons du bord des terrasses ; des Arméniens avec leurs enfants, arrivant ou partant sans cesse dans leurs caïques pleins de branchages et de fleurs...voilà le coup d'œil de Bouyouk-Déré. » Hélas ce qui était vrai, il y a quelque temps, ne l'est plus aujourd'hui, depuis qu'un de ces accidents si fréquents et si désastreux en Orient, un affreux incendie, a ravagé cette charmante localité, ne laissant que des monceaux de décombres comme trace de son passage. Il s'est arrêté providentiellement à l'église des Franciscains, que les flammes ont léchée, mais qu'elles ont respectée, avec quelques maisons hors de leurs atteintes. On peut aller

_____

(1) On sait que depuis cette époque des changements ont eu lieu dans le corps diplomatique.

VUE DE SCUTARI

s'asseoir, proche de là, à l'ombre du vieux platane, sous lequel Godefroy de Bouillon est venu se reposer.

En reprenant le bateau, je me croise avec les deux miss anglaises du *Douro,* plus fraîches et plus souriantes encore que lorsque nous inspections l'Athos, et se préparant à passer en Asie.

Le terme du Bosphore et de l'excursion est marqué par les *Eaux douces d'Asie,* à l'extrémité du cap qui sépare le canal d'Europe des eaux de la mer Noire. Le coup d'œil est ravissant. Les Eaux douces d'Asie sont le rendez-vous des femmes turques pendant les chaleurs de l'été. « Du pied au sommet de ces deux caps de rochers, revêtus d'arbres et de touffes épaisses de végétation, montent des fortifications à demi-ruinées, et s'élancent d'énormes tours blanches crénelées, avec des ponts-levis et des donjons, de la forme des belles constructions du moyen âge. Ce sont les fameux châteaux d'Europe et d'Asie, d'où Mahomet II assiégea et menaça si longtemps Constantinople avant d'y pénétrer. Ils s'élèvent comme deux fantômes blancs, du sein noir des pins et des cyprès, comme pour fermer l'accès de ces deux mers... (1) »

Après avoir frôlé les élégants rivages de Scutari sur la côte asiatique, je rentre à Galata, étourdi du tourbillon des sensations diverses qui ont frappé mes sens ; et sous l'impérieux besoin de prendre quelque repos, je remets à un autre jour mon excursion à la Corne d'Or et au Phanar.

Le Phanar.

Le quartier où la population grecque se concentra après la conquête de Mahomet II, au côté occidental de la Corne d'Or, reçut le nom de Phanar, du fanal qui s'y élevait. Au-

(1) Lamartine.

dessus du Phanar actuel s'étendent le quartier et le palais
des Blaquernes, où l'empereur Marcien avait fait élever
cette église dans laquelle on conservait la robe de la
Très Sainte Vierge.

Autrefois le Phanar était un des meilleurs quartiers
de la ville ; vinrent s'y fixer une foule de familles grecques
aristocratiques, qui ont fourni à la Turquie beaucoup
d'hommes d'État. Là se sont perpétuées les traditions du
beau langage, des belles manières et de la vie opulente,
soutenues souvent par des fortunes considérables. Les
noms des Ypsilanti, des Mavrocordato, des Soutzos, avec
les Juliani et les Contaradi sont dans toutes les mémoires.
Si aucun de ces noms ne rappelle les anciennes maisons
de l'Empire grec, des familles portant encore les appellations de Comnène, de Paléologue et de Cantacuzène, nous
ramènent vers le passé. Il paraît pourtant que presque
toute la noblesse phanariote est de date récente, venue soit
d'Asie Mineure, ou de l'île de Chio, et mêlée de sang
italien.

Assurément, ce qui a valu au Phanar son indiscutable
ascendant, c'est d'avoir été aux mains de la Porte un
docile et souple instrument pour son gouvernement. Que
pouvaient auprès des cours européennes, ou vis-à-vis de
provinces qui demandaient à être gouvernées savamment
et prudemment, des Turcs farouches et illettrés, ne connaissant que le Coran et leur cimeterre ? On leur adjoignit
donc ou on leur substitua des membres du Phanar ; et c'est
ainsi que de cette souche plantureuse sortirent nombre de
woïvodes et de hospodars de Moldavie et de Valachie,
nombre d'ambassadeurs et de drogmans, sans parler des
ministres, des gouverneurs de provinces et de villes, etc.
La charge de drogman, en particulier, ou d'interprète
devint une haute fonction qui donnait part à tous les secrets
de la Porte et dominait son ignorante diplomatie.

Un résultat très appréciable du crédit dont jouirent

auprès de la Porte ces anciennes familles grecques, fut
de conserver les lettres et de répandre quelque instruction
parmi leurs compatriotes. Le xvii siècle et l'âge suivant
virent s'élever parmi le haut clergé et les riches familles
de la Grèce, un assez grand nombre d'hommes instruits
dans les arts et dans les langues antiques et modernes. Le
célèbre Cantemir, moldave par sa naissance, mais phanariote par son éducation, son séjour à Constantinople et
son mariage avec une princesse Cantacuzène, a comparé
les savants grecs de son temps aux plus célèbres génies
de l'antiquité.

C'est là sans doute une hyperbole grecque assez forte ;
mais il est certain qu'à cette époque parurent en Grèce
des hommes qu'on aurait remarqués en d'autres pays. Un
Grec nommé Monolaki, enrichi par le commerce, fonda
près de l'Église de Byzance une Académie, où l'ancienne
langue, les diverses philosophies de l'antiquité et les sciences naturelles étaient enseignées par des maîtres expé-
rimentés. Ce fut là qu'Alexandre Mavrocordato, interprète
et médecin du sérail, fit connaître le principe de la circulation du sang, dont la découverte récente était encore
contestée dans l'Europe. Les principales familles du
Phanar faisaient instruire leurs enfants avec soin dans
les langues de l'Europe, pour les mettre au service du
divan.

Mais c'est surtout dans la question religieuse qu'il faut
signaler le haut ascendant du Phanar. Ce nom est devenu
synonyme de patriarcat de Constantinople, mais patriarcat considéré dans sa vaste influence, dans son pouvoir,
dans ses privilèges et ses immunités. Et si l'on se donne la
peine de réfléchir que, d'après certaines estimations, cent
vingt ou cent trente millions de chrétiens, se disant Grecs
orthodoxes, se réclament à un titre plus ou moins
éloigné du Patriarcat de Constantinople, on comprendra
que cette question mérite d'être prise en considération.

Tout d'abord disons que, sauf de rares exceptions, les Grecs maintinrent avec une fermeté très digne leurs droits et leurs devoirs religieux à l'encontre de la tyrannie des sectateurs du Coran. Obligés par leur position d'être souvent les instruments d'une politique asservissante, les Grecs du Phanar conservaient un zèle religieux qui faisait tout leur patriotisme. Sujets fidèles, ils s'unirent toujours au Patriarcat de Byzance, et firent à leur situation, quelquefois à leur ambition, toute espèce de sacrifices, hormis celui de leur culte. On peut lire dans l'historien Ducas une relation de la noble fermeté qui fit d'un père, le grand-duc Notaras, et de son fils, de glorieux martyrs de la chasteté, en même temps que de la religion.

On nous a parlé à satiété des mutations fréquentes, de l'espèce de vénalité, de la flagrante simonie, de la basse servilité, de la capricieuse et arbitraire domination de ces patriarches byzantins. Quoi qu'il en soit de ces imputations et autres semblables, une chose est certaine, c'est qu'ils ont réussi à se maintenir avec dignité, presque avec honneur, au milieu de bouleversements qui auraient dû déraciner et disperser leur Église. Dans leur discipline, je sais que tout est loin d'être parfait; mais les choses, vues à la distance raisonnable, prennent vite des proportions nouvelles et ramènent souvent l'observateur à une appréciation plus exacte des faits et des personnes.

Sous Sélim, parut inopinément un décret tyrannique qui ordonnait de détruire les églises chrétiennes, et révoquait les privilèges octroyés par Mahomet II. C'est une habileté du patriarche qui sauva la situation, en produisant de sûrs garants de ces concessions.

Pour cette nation grecque, disséminée sur tant de lieux et mêlée partout à ses conquérants, il existait un pouvoir invisible qui s'étendait de l'Asie Mineure jusqu'aux îles les plus rapprochées de Venise. C'était la puissance spirituelle des patriarches, sorte de police civile

PATRIARCHE PHANARIOTE

et religieuse, exercée par les évêques et aboutissant à la chancellerie du Phanar. C'était là une protection salutaire qui conservait un peuple que tout semblait conjuré à détruire.

La présence du trône impérial donnait au siège de Constantinople une suprématie, dont les chrétiens s'applaudissaient, et que la Porte favorisait, par esprit de domination. Le vainqueur musulman lui-même parut le reconnaître en établissant le premier patriarche, après la conquête, et en l'installant dans sa puissance, avec un cérémonial copié sur celui des Empereurs de Byzance, comme par une sorte d'investiture rappelant la remise solennelle de la crosse et de l'anneau.

Mahomet II respecta l'Église grecque, ordonna à ses membres de se réunir sans crainte, et de procéder aux élections par lesquelles on désignait les dignitaires de cette Église. Mais ces dignitaires durent obtenir à un haut prix le *bérat* du Grand Seigneur, lettres patentes où étaient énumérés les droits et les obligations de l'impétrant, comme aussi les redevances qu'il pouvait exiger des Grecs. Le Sultan donnait l'investiture au patriarche de Constantinople, en lui remettant le diplôme, le bâton pastoral, le chapeau violet, la cape noire, le manteau, la soutane à fleurs et un cheval blanc.

Le Patriarche œcuménique, ainsi était-il appelé, présidait le *Saint-Synode* permanent, qui résidait dans cette ville, et dont faisaient partie, outre dix ou douze évêques des métropoles les plus voisines, *le grand logothète*, ou archichancelier du trône patriarcal, ainsi que les *archontes*, c'est-à-dire les Grecs revêtus de hautes dignités par le gouvernement. Ce Saint-Synode, tribunal suprême du clergé, recevait l'appel des jugements des évêques, élisait et même déposait le patriarche, nommait aux autres dignités et répartissait les impôts ecclésiastiques. Mais il fallait le bérat du sultan, pour donner force à ses décisions.

Au patriarche, en général, appartenait le soin de pr(
téger les Grecs, près de la Sublime-Porte ; en outre,
avait la juridiction sur tous ceux qui résidaient dans s(
diocèse, ce qui comprend sans doute toutes les églis(
placées sous son autorité. Il présidait un tribunal compo(
de juges choisis dans le clergé séculier, et statuait sur l(
cas criminels ecclésiastiques et mixtes, relatifs aux Gre(
et aux Arméniens. Il pouvait condamner à la prison (
aux galères, sans que le souverain eût besoin de co(
firmer la sentence ou pût faire grâce, à moins que l
coupable n'embrassât l'Islamisme.

La *caisse commune* du patriarcat (c'est ainsi qu'c
nomme une espèce de banque où les Grecs et même l(
Turcs mettent leurs fonds en dépôt) fait don au fisc (
25.000 piastres par an ; moyennant cette somme, le ha(
clergé est exempt de la capitation imposée à tous l(
sujets du Sultan. Sortirent fréquemment des famill(
phanariotes, outre le grand *logothète*, le *scévophylax* (
gardien du mobilier sacré, le *cartophylax* ou archivist(
le *grand ecclésiarque* et le *grand orateur ;* ainsi que l
grand *économe,* le *protonotaire,* etc., qui sont les vra(
dignitaires de cette Église.

Depuis Mahomet, ses successeurs ont fidèlement gard(
ces traditions. Les priviléges continuèrent à se mair
tenir ; mais la succession au patriarcat devint souven
aussi variable et aussi précipitée que les caprice
du despotisme. Bientôt même cette dignité put s'acheter
et dès lors, elle fut souvent vacante. La triste série d
ces mutations forma les annales du peuple grec.

Ces fréquentes mutations du patriarcat de Byzanc
étaient liées invariablement aux intrigues que formaien
quelques familles établies dans le Phanar et dont la for
tune s'était augmentée par un négoce lucratif et quel
quefois par la faveur des grands de la Porte. Presqu
toujours le patriarche était un instrument docile dan

la main de quelques-uns de ces Grecs, en qui la finesse
naturelle à leur nation était aiguisée par les périls d'une
cour ombrageuse et sanguinaire. Les grandes familles du
Phanar composaient ainsi une sorte d'aristocratie, mi-
partie libre, mi-partie asservie, distinguée du reste de la
nation par ses lumières et dont les prétentions n'allaient
à rien moins qu'à maintenir le patriarcat dans une espèce
de charte privée.

Sous cette tutelle, le patriarche fut considéré par les
Turcs comme le chef, et en quelque sorte, le garant de sa
nation. Les patriarches ne furent souvent que les serviteurs du divan. L'un d'eux, suivant les récits des Grecs,
avait été frappé par Mahomet. Presque tous étaient déposés et souvent exilés, sur la plus légère défiance d'un
vizir. Mais le caractère sacré dont ils étaient revêtus les
rendait chers à la nation, et faisait de leur avènement une
des joies de cette Église affligée.

Lorsqu'un nouveau patriarche était élu, toutes les
églises patriarcales lui écrivaient avec cette magnificence
de style, employée si souvent chez les peuples du Midi à
cacher leur misère et à parer leur sujétion. « Semblable, lui disait-on, à l'étoile de lumière qui resplendit à
l'orient, tu as ébloui, tu as illuminé l'Église. La grâce est
répandue sur tes lèvres, rejeton précieux des pontifes,
gardien de notre foi, précepteur de Constantinople, de
cette nouvelle Rome, placée par le Seigneur sous ta protection sainte ! » Avec ces belles paroles, le patriarche
recevait les tributs modestes des Églises. Dans le xvi⁰ siècle, c'étaient quelques produits des divers pays, les olives
et le miel de l'Attique, le mastic de Chio, les laines grossièrement travaillées du mont Athos, quelques étoffes
plus précieuses de l'Asie Mineure (1).

Me trouvant pour le moment dans la célèbre Byzance,

(1) Villemain. *Essai sur l'état des Grecs, depuis la conquête
musulmane.*

14

à quelques pas du Phanar, en qui se personnifie pour mo
la survivance religieuse, littéraire et patriotique de ce

UNE RUE DU PHANAR

peuple, qui en fut plus de dix siècles le maître incontesté,
comment pouvais-je m'empêcher de compléter mon voyage
en y faisant une excursion? L'Hellénisme historique et
sacré exerçait sur moi une trop forte fascination pour que

je pusse renoncer au plaisir de visiter ce lieu qui en est comme l'Acropole préférée. J'eusse accompli volontiers le voyage rien que pour m'accorder la satisfaction de pouvoir me dire que j'avais vu le Phanar. Aussi, par une belle matinée, prenant un des vapeurs qui partent du pont de Kara-Kevy pour la Corne d'Or, avec différentes escales, je me dirigeai vers ce lieu.

Actuellement, si les riches familles grecques émigrent de préférence vers Péra, le Phanar présente toujours un aspect aristocratique. Des maisons anciennes, construites en pierres de taille, dont les fenêtres un peu en saillie sont garnies d'un treillis serré, en forment le principal ornement. Ces fenêtres, alors que tentures et jalousies ont été un peu entre-bâillés, laissent apercevoir des figures grecques d'une pureté remarquable, respirant l'air pur du matin, au sein de leur gynécée ; et les ameublements ainsi entrevus annoncent l'opulence et le goût délicat. Ne sachant bien comment orienter ma route au travers d'un dédale de rues enchevêtrées, montant par une rampe assez forte jusqu'aux anciennes Blaquernes, je demande mon chemin à un pharmacien apothicaire, qui déjeunait du meilleur appétit sur la porte de son magasin, et qui me donne son aide pour me servir de guide.

Les édifices du quartier sont tous sous la directe domination du patriarche, dont ils forment une mense patriarcale aux immunités presque toujours respectées. Ces édifices sont, entre autres, l'église Patriarcale, l'École du Patriarcat et le palais de Sa Béatitude. Je n'aborde ces lieux qu'avec une certaine crainte révérencieuse, en songeant aux millions de chrétiens qui considèrent en lui le chef de leur religion et le directeur de leurs consciences. Je sais qu'entre les différentes parties qui composent la totalité des Grecs-Orthodoxes, empire Ottoman, Égypte, Russie, Serbie, Monténégro, Roumanie, etc., la cohésion n'est pas parfaite : plusieurs Églises aiment à se dire auto-

céphales. Mais c'est en définitive à ce centre que viennér
aboutir les différents parties qui, bien qu'un peu fractioi
nées, ont de près ou de loin suivi les vicissitudes d
Patriarcat de Constantinople.

Je suis introduit dans l'église Patriarcale, où la liturgi
du matin vient de s'achever, et où les employés subal
ternes s'occupent à ranger le mobilier sacré et à veiller
la propreté de l'édifice. J'ai vu nombre d'églises grecques
je parle surtout d'Athènes, de Smyrne, de Beyroutʰ
d'Alexandrie, etc., qui, comme architecture et richesse
peuvent se placer avant le Patriarcat phanariote ; mai
celle-ci, qui leur est supérieure par la domination et l
juridiction, a grand air, un air de noblesse et de dignité
qui sied bien à un siège aussi renommé et aussi important
On m'y montre, avec un légitime orgueil, la chaire d
saint Jean Chrysostome. Je ne parle pas des peintures
chacun sait que les églises grecques en sont remplies
Mais c'est ici sans doute un des principaux points de départ
je dirais le berceau ou le centre générateur de cet ar
sacré. Les mêmes mystères sont généralement reproduit:
partout, baptême de Notre-Seigneur, Visitation, Nativité
et autres semblables ; l'iconostase est également couver
de représentations de saints, d'apôtres et de martyrs
tout cela invariablement reproduit, mais avec une perfec
tion plus ou moins grande. Il me semble me rappeler qui
c'est à Smyrne que j'aurais rencontré une plus grande
habileté de pinceau. Enfin je sors de la Patriarcale, enchanté de ce que j'y ai vu et attendant plus encore poui
la suite de mon excursion.

L'École Patriarcale, placée sur une éminence, dont le:
pentes sont assez raides, est une sorte d'Institut polytech-
nique, aux teintes voyantes, aux pierres en saillie, mais
dont l'air imposant contraste avec les habitations un peu
déprimées qui l'entourent. La colline sur laquelle cet Institut s'élève, domine le groupe qui renferme l'Église et le

Palais du Patriarche, avec quelques établissements de moindre importance, entre autres, un établissement de charité, sur la façade duquel je déchiffre l'inscription grecque, qui assigne la pieuse destination.

Cette école me rappelle l'Académie fondée par la bienfaisance du célèbre Monolaki. Peut-être n'en est-elle que la succession, quoique d'une bâtisse qui paraît toute récente. Les salles y sont vastes et bien aménagées, le mobilier scolaire en rapport avec les progrès du jour ; mais je dois me borner à recueillir les indications sommaires qui me sont fournies par le concierge, le personnel des maîtres et des disciples étant pour le moment absent. Près d'eux, sans doute, j'eusse été mieux renseigné.

Déjà dès longtemps, il y avait près de l'église de Constantinople une école où l'on instruisait de jeunes Grecs dans la religion et les lettres anciennes. « Jeunes élèves, écrivait l'évêque d'Andrinople au savant Zygomâta, qui était chargé de leur formation, appliquez-vous à l'étude ; je vous enverrai bientôt de beaux livres. » C'est ainsi que, sous la domination turque, au milieu de l'ignorance générale, il y eut toujours des hommes qui se dévouèrent avec passion à l'étude. Au xviiie siècle, plusieurs Grecs ayant été forcés, par le manque de tous moyens d'instruction, d'aller étudier dans les universités étrangères, une fois de retour dans leur patrie, cherchèrent à suppléer à ce défaut d'instruction de leurs compatriotes par leurs fondations généreuses, leurs leçons et la création de plusieurs écoles. C'est aussi par ce moyen qu'ils arrivèrent à conserver et sur le sol grec et dans les cœurs grecs le culte de la patrie antique.

Ne confondons pas cet Institut de Constantinople avec l'école cléricale ou Séminaire de Sa Béatitude. A l'instar des séminaires des pays latins, le Patriarcat a songé à se doter d'une institution semblable. Mais les jeunes lévites sont élevés en dehors de Constantinople, dans une pieuse

retraite, où on leur enseigne, avec les fonctions liturgiques, l'Écriture sainte et les éléments de la théologie.

DIGNITAIRE DE L'ÉGLISE ORIENTALE

Qui dira quelle influence ont exercé sur ces pays orientaux nos fondations de l'Europe occidentale, alors que
détournés en apparence de cette préoccupation, ils suivent
néanmoins d'un œil qui ne se laisse pas distraire, la cons-

tante persistance des usages que Rome a implantés chez
nous, par l'immuable uniformité de son dogme et de sa
discipline ?

Ce palais m'attirait trop fortement pour que je puisse
me soustraire au désir d'y pénétrer. L'abord, du reste, en
est facile et montre que fréquentes sont les visites que
reçoit celui qui s'intitule le Patriarche œcuménique.

Introduit immédiatement par un drogman, je suis reçu
dans un large et commode vestibule, où siègent trois ecclésiastiques d'un air très distingué, s'exprimant avec aisance
en français, et qui m'accueillent avec une grande courtoisie. L'un d'eux est désigné comme le vicaire général de
Sa Béatitude. Sur ma demande de lui être présenté, ils
m'expriment tous leurs regrets de ne pouvoir me donner
satisfaction pour le moment. « *Sa Sainteté* (c'est par
cette appellation qu'ils désignent leur chef hiérarchique)
tient malheureusement en ce moment son Saint-Synode :
trop occupée pour recevoir, Elle ne sera libre qu'à
une heure de l'après-midi. » Son nom est *Germanos*, successeur d'Anthymos, qui vit retiré dans une maison de
Péra. Mes préparatifs de départ ne me permettent pas de
m'attarder aussi longtemps ; je prends donc congé de ces
dignitaires du Phanar, enchanté de leur amabilité et
regrettant vivement de manquer cette occasion de voir le
successeur de tant d'illustres patriarches, non sans avoir
laissé toutefois par écrit mes salutations sur un registre.
Venant de Paris, on m'avait aussitôt questionné avec
intérêt sur l'éminent archevêque de cette ville.

Pleine d'intérêt est la promenade qui se fait autour des
vieux murs byzantins, subsistant encore en partie, et qui
vont de la *Corne d'Or* au *Château des Sept-Tours*, bâti
par le conquérant Jean Zimiscès, au x⁰ siècle. Que
de tragédies guerrières, que d'épisodes sanglants ont vus
ces vénérables témoins du passé ! C'est près de la porte de
Saint-Romain, que l'on montre encore, que le dernier des

Empereurs grecs, Constantin Dracosès, trouva une mort
glorieuse, après avoir communié le matin à Sainte-Sophie,
le 29 mai 1453.

CHATEAU DES SEPT-TOURS

Un des points principaux de l'excursion vers cette partie de la ville, qui représente réellement l'emplacement
de l'ancienne Byzance, est la *Porte d'Andrinople*. Mas-

sive, sombre, entourée de pierres éboulées, elle m'apparaît telle qu'elle devait être aux derniers jours de l'Empire grec, sauf l'inévitable ravage des ans. Sortant de cette porte, je contemple par un long regard, à la fois mélancolique et curieux, les vieilles murailles tombant en ruines, mais si éloquentes dans leur majestueuse succession de tours ébréchées, de créneaux effrités, qui suivent les ondulations du terrain, jonchant le sol de leurs matériaux que recouvre déjà la mousse des siècles.

Ces murs forment une série de brèches qui disparaissent pour la plupart sous des enveloppes de lierres ou de plantes parasites, absolument dans l'état où la conquête les a laissés. Cette vétusté imposante, silencieuse à la fois et déserte, ramène à ma pensée mille souvenirs d'un passé où toutes les extrémités des choses humaines se sont mêlées et confondues. On s'explique difficilement l'état d'abandon de ces murs, qui pourraient encore être utilisés. Ils offrent une assez grande ressemblance avec la portion des remparts de Rome, construite, dit-on, par Bélisaire. Cette portion de l'enceinte se terminait au château des Sept-Tours. Rien de plus triste, de plus sévère que cette bastille, où l'on compte sept tours reliées entre elles par de longues et épaisses murailles surmontées de terrasses. Que de drames sinistres se sont déroulés ici !

Non loin de cette porte est une des plus curieuses constructions byzantines que le temps nous ait conservées. C'est la mosquée *Karyès,* appelée sans doute ainsi à cause du voisinage des noyers. Autrefois église chrétienne, la légende porte qu'elle remonte aux temps de Constantin et de Théodose, et serait ainsi de l'âge de la Rotonde de Salonique. Quoi qu'il en soit de cette question, elle présente, et ceci est le point principal, la série des plus belles mosaïques et des plus fraîches peintures qu'il m'ait été donné d'admirer, même à Sainte-Sophie et à Salonique. Ce que je dis est un appel aux amis de l'art. Pour moi, les sujets religieux qui y sont traités, offrent une place à part dans l'histoire de l'art graphique. Si l'on veut, c'est la pein-

UN SOIR A GALATA

ture animée et vivante, avant de s'immobiliser dans les froides et compassées reproductions des âges postérieurs.

C'est l'inspiration chrétienne, dans toute sa fraîcheur primitive, sans altération par la barbarie ou les styles de convention. Ces peintures devraient donc être soigneusement protégées contre toute espèce de détérioration.

Lorsque je regagne le quartier de Péra, le bruit du canon, roulant entre les rives du Bosphore, m'avertit du départ de la flottille allemande. Je devais retrouver bientôt aux rivages syriens les fils de la Germanie.

Les derniers moments de mon séjour sont consacrés à la visite des établissements latins de Péra et de Galata, églises de Franciscains et de Capucins, autrefois placées sous la protection de nos rois, et souvent à cette époque, la seule ressource des catholiques. Le collège de *Sainte-Pulchérie*, l'église de *Hagia-Trias* « La Sainte-Trinité », la plus belle sans contredit des églises grecques de Constantinople, m'attirent vivement aussi et me captivent.

Cependant, malgré le monde d'attractions qui refluent à ma pensée, et voudraient m'immobiliser dans la capitale de l'Empire grec, qui fut longtemps un des centres préférés de l'orthodoxie, le cours de mon voyage m'entraîne vers d'autres lieux. Avant mon départ, je gravis en hâte le sommet de la grande *Tour de Galata*, qu'on aperçoit de partout, et qui permet ainsi d'embrasser d'un rapide coup d'œil l'ensemble panoramique de la grande capitale. Ma dernière après-midi se passe à régler les formalités de mon départ. Mon drogman, qui est un Arménien catholique, semble m'avoir oublié. C'est bien explicable au milieu de la confusion des derniers jours. Enfin je suis nanti des coupons qui assurent la continuation de mon voyage. Rentrant à la tombée de la nuit, il m'est donné de voir Constantinople à cette heure. C'est bien Stamboul; on chante, on joue de la guitare, on folâtre. Vivement illuminées, les maisons qui avoisinent la mer laissent voir une foule avide de divertissement et de plaisir.

La mer Égée.

Le lendemain matin, je suis à bord de l'*Euterpe*, navire du Lloyd autrichien. Grande propreté et élégance, marche prompte et régulière, gens de service prévenants et bien stylés, desquels on peut se faire comprendre en parlant l'italien, car la plupart viennent de Trieste, voilà ce qui me plaît sur le navire de cette Compagnie. Les cabines sont confortablement installées. Le salon est splendide ; le pourtour est en marbre blanc, agrémenté d'arabesques dorées ; des colonnettes aussi en marbre, mais d'une teinte où le rouge domine, séparent les différents panneaux ; des tentures en damas écarlate règnent tout autour de la salle.

Comme j'étais au milieu de mes préparatifs de départ, surgit un incident curieux, comme on est en droit d'en attendre au milieu d'événements mêlés et un peu burlesques, tels que ceux que nous traversons. Le drogman, agent de la Société Cook, qui a la mission de m'accompagner de ma résidence au bateau du Lloyd amarré dans le port, me confie en grand mystère qu'il est chargé de conduire au même vapeur un personnage d'une haute importance, initié aux agissements de la politique du moment, et dont il me montre les nombreux et luxueux colis attendant dans l'embarcation l'arrivée de leur possesseur. Installé sur le pont de l'*Euterpe* avant lui, je parviens bientôt à dévisager le personnage à la mission intime et confidentielle. C'est un jeune israélite allemand, bien mis, l'air assez avisé, paraissant bien en fonds, s'exprimant avec facilité en français. D'un air protecteur, il s'efforce de lier connaissance avec les différents passagers. Plus favorisé que les autres, j'obtiens même de lui de surprenantes ouvertures : « Ne pensez-vous pas, me dit-il avec une sorte

d'abandon, que les événements actuels recouvrent
un fécond avenir ? N'y aurait-il pas lieu, dans une
entente commune, de favoriser...? » Ces tendancieu-
ses confidences m'avaient fait deviner le secret : le mystérieux personnage n'était autre qu'un émissaire de l'hé-
gémonie, dont la turbulente agitation battait en ce moment à grand fracas les échos du rivage oriental. Heureux
d'avoir si vite éventé la mèche, je tournai les talons et tout
fut dit.

A table, dès le commencement, on entend parler différentes langues ; mais bientôt cette diversité se fond dans
l'union de la langue française qui finalement rallie toutes
les adhésions. Cependant, il se trouve à bord des musulmans, qui, à certains moments de la journée, étendent
sur le pont un tapis, et font solennellement les prostrations
et invocations prescrites par le Coran. Les dames sont
peu nombreuses ; je me trouve placé à table entre le docteur du bord et un major de l'armée ottomane. Bonne
garantie pour la traversée ! Je dois ajouter que j'obtins du
major ottoman des renseignements d'une haute importance
sur l'armée du sultan.

Je ne saurais oublier ici un excellent compagnon de
voyage, avec lequel je nouai dès le principe les plus
agréables rapports : c'est un dignitaire de la société des
Mékhitaristes arméniens, portant un anneau orné d'une
améthyste, indice de prélature ; ce respectable personnage se rend à Smyrne. Il était tout naturel que la
conversation s'engageât sur la nation arménienne,
que cette illustre société a entrepris de régénérer.
Je ne lui marchandai pas mes sympathies pour la
noble et antique race dont il est sorti, ni pour les
œuvres que cette société poursuit avec un zèle infatigable.
D'un air humble et résigné, il rappelle les longues souffrances, l'état de dispersion de cette nation, non sans faire
allusion aux derniers événements où la persécution contre

ce pauvre peuple s'est réveillée plus odieuse et plus stupidement ignorante encore que dans les temps antérieurs. Honte, mille fois honte à ces mains lâchement atroces, qui sont venues arracher ce peuple des tranquilles loisirs de son commerce et de cette vie de famille qu'il aime tant, pour le vouer à une extermination que rien ne saurait ni expliquer ni excuser! Voilà le sentiment spontané qui bondit dans mon cœur.

A Smyrne, deux Mékhitaristes de la congrégation du révérend voyageur, viendront le prendre à bord avec leur *Kawas.*

Lentement le navire contourne la pointe du Sérail; j'admire une dernière fois ces horizons qui s'enfuient, les coupoles, les tours, les jardins, la verdure, les colonnes du Sérail; et bientôt prenant sa course, le vapeur sillonne la mer de Marmara.

Non loin de nous se montre *Cyzique,* à cheval sur l'isthme bas et sablonneux, qui unit sa presqu'île au continent; son port est ensablé; il n'en reste que des ruines couvertes de végétation. Ancienne métropole de l'Hellespont, elle a joué un rôle considérable dans l'histoire profane et sacrée. Prise par Alcibiade après une victoire sur la flotte de Sparte, attaquée par Mithridate, occupée par Lucullus, réunie à l'Empire par Tibère, elle devait son importance à son commerce et à sa position militaire. Dès le début de l'Islam, les Arabes venus pour l'attaquer virent leur flotte anéantie par le feu grégeois; Byzance en avait encore pour huit siècles de survivance. Près de *Péramo,* on voit les ruines d'un amphithéâtre, d'une naumachie, d'un vaste théâtre, au milieu des jardins et des grands bois.

Cyzique, qui signala sa foi par de nombreux martyrs, a conservé le souvenir d'une cinquantaine d'évêques, dont plusieurs renommés par la sainteté et la doctrine, comme *saint Emilien,* mort en 820, qui eut beaucoup à souffrir

RIVAGES DE LA MER DE MARMARA

pour la cause des saintes Images. Beaucoup de ces prélats furent attachés à l'Union, témoin Métrophane, qui souscrivit au concile de Florence, et devenu patriarche de Constantinople, fit tout ce qui dépendait de lui pour maintenir l'Union, nommant, de l'aveu du pape, des évêques orthodoxes dans tout l'Orient. Il mourut en 1443.

Cette ville rappelle le souvenir de *sainte Olympiade*, l'illustre amie de saint Jean Chrysostome, honorée de nombreuses lettres du grand Docteur.

Laissant loin de nous *Ilion* et ses souvenirs mythologiques empreints de cette poésie qu'ont répercutée les échos de tous les âges, mais qui sont comme la vaine fantasmagorie d'une exhibition théâtrale, nous longeons cette côte autrefois fameuse et aux appellations retentissantes, maintenant désolée et dénudée, chère néanmoins au souvenir par tant d'illustrations qui y ont signalé le passage de l'activité humaine.

Nous sommes en face d'*Assos*, aujourd'hui « Beïram-Kalessi »; Saint Paul y passa avec ses compagnons. Actuellement devenu simple village du golfe d'Adramyte, ses ruines pourtant sont des plus remarquables. On n'en voit pas qui puissent donner une idée plus complète d'une ville grecque. L'Acropole domine la ville et la mer, en face de la grande île de Mytilène ; au pied sont des murailles en granit. On y trouve les débris de plusieurs temples, et un théâtre conservé presqu'en entier. « On peut étudier dans ses murailles le plus bel exemple de construction hellénique que les siècles nous aient conservé (1). »

Assos fut célèbre par son école de philosophie, qui produisit Cléanthe le Stoïcien. Aristote y séjourna. Elle fut aussi une des premières à accepter le Christianisme.

Vers cet endroit, la côte tourne brusquement et décrit le golfe d'Adramitti. Après la chaîne boisée au pied de

---

(1) M. Texier. *Description de l'Asie Mineure.*

laquelle s'étendent les restes d'Assos, au fond de la baie, se montrent les blanches maisons d'*Adramyte,* ou « Edrémid ». Cette ville n'est pas sans avoir joué un rôle important dans l'histoire de l'Empire grec jusqu'à des temps assez rapprochés des nôtres. Située au milieu de superbes

PERGAME

jardins d'oliviers, et centre d'un commerce actif, elle ne compte pas moins de six mille habitants. Elle donna naissance à l'empereur Théodose III, dit l'Adramytain, qui de collecteur des impôts publics, fut proclamé empereur. Son premier soin fut de remettre en vigueur les six premiers conciles généraux. Mais bientôt, voyant qu'il ne pouvait régner sans l'effusion du sang, il se démit de la pourpre impériale et entra, avec son fils, dans un couvent d'Éphèse où il mourut saintement, vers 750, honoré, dit son historien, de la gloire des miracles.

À la quatrième croisade, Henri, frère de Baudoin, s'empara d'Adramyte, où il trouva une place de sûreté et des magasins abondants. Les Français, après avoir triomphé de l'armée de Théodore Lascaris, purent se dire les maîtres de la Propontide, des côtes du Bosphore, de l'Hellespont et de toute l'ancienne Elide, en 1205.

Pendant le Carême de l'année 1284, l'Empereur Andronic II Paléologue qui travaillait de toutes ses forces à rétablir et à fortifier l'union des Églises, fit venir à Adramyte Grégoire de Chypre et les prélats du parti dissident. Là, conférant avec eux chaque jour et les défrayant, il s'efforçait, tant par ses exhortations que par ses raisonnements, de les ramener à l'unité catholique. Bel exemple de la fidélité de maints empereurs à conserver intacte la fidélité à l'Eglise romaine !

Plus bas, au pied de son roc, couronné par une menaçante Acropole, s'étalait *Pergame*, qui eut l'honneur d'être assez longtemps la capitale d'un des fragments de l'empire d'Alexandre.

Mitylène (1).

Mais voici que l'*Euterpe*, frayant son chemin entre les promontoires avancés et les îles aux contours sinueux, qui sèment la mer Egée, et se glissant comme une naïade au travers des flots azurés d'une placidité parfaite, arrive en vue de Médélin. Je devais une visite toute spéciale à cette île célèbre, la fameuse *Lesbos*, qui a donné naissance à la reine des poétesses, la lyrique Sapho, ainsi qu'à Alcée, Théophraste, et dans des temps plus récents, au redoutable écumeur de la mer, le farouche Barberousse.

L'île se présente avec un aspect des plus gracieux. Ici c'est une terre presque exclusivement grecque. Le climat y est si salubre que les anciens appelaient Lesbos « une

(1) On sait que dernièrement l'attention publique a été attirée du côté de cette île, avec vivacité.

MITYLÈNE (MÉDÉLIN)

île fortunée ». Encore maintenant, de nombreux habitants
de Smyrne et du littoral viennent chaque année animer
de leur présence les jolies villas et habitations répandues
sur le rivage et aux abords de la ville.

Depuis longtemps nous apercevions les cîmes dont Médélin est hérissée. Ces montagnes, célèbres dès l'antiquité
pour leurs bois de construction, ainsi qu'en témoigne
Thucydide, fournissent encore en abondance, avec les
pins et les sapins de grande dimension, des chênes, des
lentisques, des arbousiers et autres essences. C'est cependant l'olivier qui est, avec la vigne et les mûriers, l'objet
de la principale culture et la source de la richesse des
habitants.

Assurément, pour la fertilité de son sol et la douceur
de ses vins, Lesbos peut encore lutter avec l'antiquité.
Les montagnes recèlent en outre des carrières de marbre,
des mines d'agate, et d'autres richesses minérales.

Comme le vapeur devait stationner durant plusieurs
heures devant le port de Médélin, je profitai de cette
bonne fortune pour visiter la ville. Le temps était splendide ; l'embarcation qui me portait glissait comme un
alcyon des mers sur les eaux paisibles, reflétant en leur
profondeur sans mesure le tranquille azur des cieux.

En abordant au port, je suis frappé de l'air de bien-être
des habitants et du bon aménagement des habitations. La
ville, dont les maisons sont peintes en couleurs claires,
s'étend en amphithéâtre sur les pentes d'une colline peu
élevée, dont la crête est couverte de fortifications du
moyen âge. Une population bourdonnante et joyeuse se
presse sur les quais et dans les rues adjacentes, où tout
annonce la prospérité et l'urbanité des habitants. La langue habituelle des Lesbiens est le Grec, bien que tous
connaissent suffisamment le Turc.

Les bâtiments me paraissent symétriques et réguliers.
Il y a sept églises, dont la métropole, dédiée à saint Atha-

nase, qu'on me fait voir dès mon arrivée. Une nouvelle
cathédrale grecque, entreprise dans des conditions plus
somptueuses, reste inachevée jusqu'ici, faute de ressources,
projetant sur un vaste périmètre ses échafaudages inoc-
cupés. Construite avec une belle pierre du pays, d'une
teinte rougeâtre, elle promet d'être un très attrayant édifice.

Les bons Pères Franciscains qui occupent l'église
latine, me reçurent avec une grande amabilité. Le zélé
curé m'a parlé de son petit troupeau, m'apprenant que
bon nombre de familles catholiques d'Ionie y terminent
encore leur saison de villégiature et de changement d'air.
C'est un Frère Franciscain qui m'accompagne dans mon
excursion au milieu de la ville, et me reconduit au bateau.

De nombreux évêques, grecs et latins, occupèrent le
siège de cette ville, qui donna à la religion d'illustres
martyrs. Saint Paul y avait passé en revenant de Corinthe.

Parmi les évêques, *saint Georges*, étant issu d'une
illustre famille, embrassa la vie monastique et distingué
par sa charité envers les pauvres, il défendit courageuse-
ment la cause des Saintes Images, contre Léon l'Arménien. Il mourut en exil, l'an 816.

Le pieux et érudit Siméon Métaphraste, honoré d'em-
plois publics à la cour de l'empereur Léon le Sage, écrivit,
sur les instances d'un saint ermite, la vie de *saint Théoc-
tiste,* de Lesbos ; et ce sont les travaux et les recherches
qu'il entreprit à ce sujet, qui le mirent sur la voie de la
composition du grand ouvrage qui porte son nom, lequel
a sauvé de l'oubli tant de faits dignes de passer à la connaissance de la postérité.

L'empereur Théodore Lascaris, un des monarques de
l'éphémère empire de Nicée, se voyant près de mourir, se
revêtit de l'habit monastique. Ayant fait venir l'évêque
de Mitylène, il lui fit sa confession, et se jetant à ses pieds,

il les arrosa de ses larmes, s'écriant à plusieurs reprises :
« Jésus-Christ, je vous ai abandonné !... » Puis il distri-
bua de sa main de grandes aumônes aux pauvres, et mourut pieusement dans la 36e année de son âge, sans avoir
achevé la quatrième de son règne, en 1258. Il fut enterré
à Magnésie.

En 1355, Jean Paléologue donna cette île au génois
François Gatteluzzi, dont les successeurs le gardèrent jusqu'en 1462, époque de la conquête ottomane.

Voici les exploits d'une Jeanne d'Arc Lesbienne. L'an
1457, Calixte III procura des secours importants à Scan-
derbeg, le héros de l'Albanie, qui, de concert avec le cardinal d'Aquilée, battit en toute rencontre la flotte turque, et
enleva aux mécréants plusieurs îles, notamment Lesbos.
Dans cette dernière, les Turcs assiégeaient un des ports
de l'île ; déjà ils entraient par la brèche, et les chrétiens
parlaient de se rendre ou de s'enfuir, lorsqu'une jeune
fille, armée de pied en cap, encourage ses concitoyens,
les ramène au combat, se porte elle-même sur la brèche,
tue de sa main plusieurs musulmans et contraint les
autres à s'enfuir sur leurs vaisseaux, où ils furent attaqués et défaits par la flotte chrétienne. Le Pape Calixte III s'empressa de faire connaître en Occident les
hauts faits de cette héroïne. Pareils exploits méritent
d'être sauvés de l'oubli.

Léonard de Chio, archevêque de Mitylène, qui avait
été envoyé par Eugène IV à Constantin Paléologue, au
sujet de l'Union, écrivit au pape Nicolas V une relation
de la prise de Constantinople par les Ottomans.

C'est dans l'île de Lesbos que la célèbre impératrice
Irène fut reléguée par Nicéphore ; et là, cette princesse
autrefois si fière et si magnifique, fut réduite à filer du
lin pour vivre. Elle mourut en cette solitude, en 803. Les
Grecs, touchés de ses infortunes et de sa pénitence, en ont
fait une sainte.

Aujourd'hui comme autrefois les habitants de Lesbos
sont très commerçants ; leurs navires portent à Constantinople, du vin, des figues, des olives et autres denrées.
Un cabotage actif se fait aussi entre cette ville et Smyrne.

Les écoles y sont bien tenues. Naguère j'avais fait
route avec une dame de nationalité helvétique, chargée
d'enseigner la langue française dans une pension tenue
par des institutrices protestantes. Depuis longtemps ac-
climatée en ce pays, elle m'avait fourni les détails les
plus intéressants sur la population grecque qui compose
la majorité de l'île.

Tandis que je circule au travers des plantations qui
avoisinent la ville, où mon attention est attirée par les
groupes animés des promeneurs, vêtus de fraîches toilettes européennes, qu'attire la brise embaumée du soir,
le soleil sur son déclin m'annonce qu'il est temps de rega-
gner l'*Euterpe*. Je reprends la légère embarcation qui
doit me ramener au navire, en compagnie d'un jeune
Anglais de distinction. Pendant ce temps, le son strident
de la sirène, répercuté par les collines du voisinage, et
traversant l'air d'une placidité parfaite, nous avertit de
hâter le retour.

Au bout de quelques minutes, je me trouve à bord, et
du haut du navire, je salue une dernière fois les gracieux
rivages de Lesbos qu'empourprent les derniers rayons de
l'astre qui va disparaître, pour me diriger vers Smyrne.

Le navire se mettant presque aussitôt en marche, fraie
son chemin au travers des flots de cette mer si belle, que
l'imagination des poètes avait peuplée de divinités terrestres et maritimes, et que l'industrie des hommes avait
couverte de cités opulentes et de merveilles artistiques.

Bientôt un groupe d'îles, les *Péristérides,* ou Colombes,
annonce le voisinage d'une cité moderne, avec des monuments en ruines. C'est *Karadja-Fokia,* la fameuse « Phocée », qui a eu l'honneur de fonder Marseille.

Voici les réflexions de Chateaubriand au sujet de ces îles de l'archipel : « ...Mais toutes ces îles si riantes autrefois, ou peut-être si embellies par l'imagination des poètes, n'offrent aujourd'hui que des côtes désolées et arides. De tristes villages s'élèvent en pain de sucre sur les rochers ; ils sont dominés par des châteaux plus tristes encore, et quelquefois environnés d'une double ou triple enceinte de murailles : on y vit dans la frayeur perpétuelle des Turcs et des pirates. » Ce qui pouvait être vrai à l'époque du grand écrivain, l'est moins aujourd'hui. Depuis surtout le temps de l'indépendance hellénique, les peuples se sont rapprochés, grâce aux progrès de la navigation, et le bien-être commence à faire refleurir ces rivages, en attendant le renouveau de la civilisation et de la religion.

La vieille Phocée n'est pas inférieure à Marseille pour la beauté du site et l'étendue de son port. Un promontoire occupé par une citadelle ruinée, défendait l'entrée du port. Le quartier moderne, habité presque exclusivement par les Grecs, s'arrondit autour de la grève. Cette ville, célèbre dans les annales des chevaliers de Rhodes, est comme la citadelle avancée de Smyrne.

On sait que c'est cette même année (1), que Marseille, fêtant le 25e anniversaire séculaire de sa fondation, a invité les Hellènes, et parmi eux le premier magistrat de Karadja-Fokia, à honorer de leur présence les fêtes qu'elle donne à cette intention.

Avant d'arriver à Smyrne, on aperçoit le village de *Nymphi,* ou Nif, qui fut l'apanage d'un prince latin au xiiie siècle. Près de là on a découvert, en 1840, sur un rocher, un bas-relief où les antiquaires croient reconnaître le portrait de Sésostris, sculpté par ordre de ce prince, suivant Hérodote.

(1) 1899.

SMYRNE

C'est au milieu de ces réminiscences historiques que nous nous dirigeons vers Smyrne, l'Athènes de l'Asie. Nous avons dépassé l'embouchure du Kara-Bournou, ou golfe Noir, qui nous envoie les brises embaumées de la molle Ionie. Sur les deux rives, au milieu de bosquets verdoyants, on aperçoit à travers le feuillage des arbres les maisons blanches de villages coquettement installés. Le golfe peut avoir 50 kilomètres de profondeur, il forme, vers le fond, comme une magnifique avenue de végétation, qui nous introduit dans le port de Smyrne, assise au fond de ce golfe.

Smyrne est à juste titre fière de sa beauté ; c'est une ville régulière, ondoyante, se parant des atours et se donnant les airs de la civilisation européenne. Le cadre qui l'entoure est grandiose. Approchant par l'angle méridional, on voit se dessiner en entier l'amphithéâtre du quartier turc, avec ses coupoles, ses minarets et le bois de cyprès qui ombrage les morts.

Avant d'être descendu à terre, mon regard a déjà embrassé toute la ville, avec le cadre majestueux qui l'entoure ; les montagnes qui bornent les environs montrent au-dessus de leurs contours langoureusement dessinés, la verdure des pâturages et des maquis qui recouvrent leurs pentes. Les *Deux-Frères,* qui dominent la rade, la chaîne du Sipyle, qui s'élève par degrés jusqu'à la croupe pyramidale du Trône de Pélops, la masse puissante du Tmolus, avec les villages que portent ses contreforts, voilà le cercle immense qui se déroule à mes yeux.

Le paysage est dominé par le vieux château qui couronne la ville, j'en fis l'ascension dès le matin de mon

arrivée ; on le dit remanié par les Gênois ; mais il paraît
beaucoup plus ancien, puisqu'on y montre la prison où

L'ACROPOLE DE SMYRNE ET LE MONT PAGUS

aurait été enfermé saint Polycarpe. Il est certain
qu'Alexandre avait bâti une forteresse sur le Pagus.
Un peu plus bas était un amphithéâtre, lieu du martyre

.du saint évêque, puis un temple d'Esculape, des fondements duquel on enlève tous les jours de magnifiques
blocs de marbre.

QUAIS DE SMYRNE

Dès mon arrivée, je me rendis dans le quartier franc,
où m'attendait la plus cordiale hospitalité. Ce quartier, le
plus proche de la mer qu'il tend toujours à rejoindre, est
bordé par une ligne de quais, d'environ 4 kilomètres de

développement, œuvre d'une société française. Ces quais présentent la plus puissante attraction de Smyrne. Là se trouvent les principaux hôtels, munis de tout le confort européen, les cafés, les agences, une foule de constructions neuves et correctement alignées, qui donnent à cette partie de Smyrne un aspect tout européen.

Les jardins du consulat de France font façade à ces quais, bien que l'entrée principale soit dans l'intérieur de la ville. On donna grand bal dans ces jardins, lorsque l'escadre Française, forte d'environ vingt mille hommes, vint visiter ce littoral, en 1895. Malheureusement la cause qui l'amenait était la sauvage agression contre la nation arménienne. Je devais bientôt, par une circonstance exceptionnelle, me trouver dans la société de M. le Consul et de sa dame, qui, pour le moment, habitent dans les bâtiments des Filles de la Charité de Saint-Vincent de Paul.

Mon principal délassement, pendant que je réside dans cette ville, la reine de la mer d'Ionie, est de parcourir le quai, qui, par le fait, est l'attraction principale de la cité. De nombreux navires de tous pavillons mouillent sans cesse dans la rade et en font un des principaux entrepôts de l'Orient, ce qui donne à tout le parcours un aspect des plus animés, dû principalement à la bigarrure et à la diversité des costumes. La population aisée circule toute la journée sur ces quais, mais s'y réunit surtout à la tombée de la nuit. Cavaliers, piétons, riches équipages, toilettes variées, européennes ou levantines, tout s'y rencontre et s'y croise, mais tout y paraît à la française, le français étant comme le lien commun et la langue parlée par toutes les personnes de bon ton, comme aussi la principale qui est enseignée dans les écoles.

Un soir, à la nuit tombante, j'y achevais ma promenade. Le bord du quai étant peu élevé au-dessus de l'eau, pour peu que la mer soit agitée, elle vient battre les roues des tramways et les sabots des chevaux qui les traînent, ajoutant un attrait nouveau à cette scène déjà si variée. J'eus le plaisir de contempler l'élément liquide, semblable à un géant, dont le front plissé menace l'explosion de soudaines fureurs. On entendait au loin ses puissants mugissements, et ses sombres profondeurs prenaient une teinte bleuâtre des plus accentuées, faisant ainsi mieux ressortir la tranquille placidité du port et des blanches constructions qui l'avoisinent, encore éclairées par les derniers rayons de l'astre qui va disparaître. Témoin émotionné de cette scène grandiose, je sentais instinctivement le besoin de me dérober à ces menaces du monstre mugissant, en regagnant le lieu de mon repos.

Maintes fois je traversai les ruelles étroites qui, du port et du quai, mènent à l'intérieur de la ville ancienne. C'est dans l'une d'elles que je trouvai, chez le photographe Athanasiadès, nom grec par excellence, des clichés fraîchement tirés des principaux monuments d'Athènes moderne ; ce qui montre la fraternité des villes helléniques.

Pour compléter ce tableau, j'ajoute que c'est derrière ce rideau de constructions que s'étend l'ancienne ville, plus ou moins bien remaniée à l'européenne, mais qui a conservé en partie ce cachet des cités de l'Orient : rues nombreuses, quelquefois étroites et mal alignées, souvent assez sales et mal pavées. Ajoutons que les accès du port sont encore fermés par de fortes grilles, qui autrefois avaient leur utilité, à cause des descentes des pirates et des agressions imprévues, mais qui maintenant sont presque hors d'usage.

Après les quais, ma promenade favorite fut la rue Franque, qui est le boulevard et le bazar de la cité. S'étendant parallèlement à la mer, jusqu'à l'église de Saint-Photin, elle offre une animation continuelle ; là, en effet, sont les principaux magasins, plusieurs grands établissements et la maison qui sert de demeure à

Mgr l'Archevêque. N'étaient les costumes étrangers, je
me serais cru transporté dans une rue de quelqu'une de
nos villes modernes.

ENTRÉE DES BAZARS A SMYRNE

Toutefois, ceci est pour le dehors ; au-dedans le Levant
tient à conserver ses coutumes traditionnelles, qu'on ne
peut bien saisir qu'à l'intérieur des familles. Pénétrez, si
vous en avez une favorable occasion, dans l'intérieur

d'une maison aisée ; vous y trouverez des cours pavées
de marbre et de petits cailloux, des coquillages rangés
symétriquement et formant mosaïque, des fontaines et
des charmilles qui y entretiennent la fraîcheur ; tout
autour, sous des portiques de construction mauresque,
sont des sofas, où la famille vient se reposer à la faveur
du soir.

Il y a à Smyrne beaucoup de fortune, car le commerce
y est considérable. Elle exporte de la soie grège, des
poils de chèvre d'Angora et de chameaux, des toiles de
coton, des mousselines brodées, de riches tapis, dits *de
Smyrne*, des laines, de la cire, de la noix de galle, des
matières tinctoriales, des petits raisins, et surtout des
figues sèches très renommées, des denrées pharmaceuti-
ques, de l'huile, de l'opium, des éponges et des céréales.
La vie de ses bazars est très mouvementée ; une multitude,
en apparence plus soucieuse du négoce que de l'urbanité,
s'y pousse et s'y coudoie, remplissant l'air de cris
assourdissants. Malheur aux fraîches toilettes, aux vêtement éclatants de propreté et de blancheur que le fashionable européen veut montrer aux habitants de l'Asie !
C'est une bonne fortune si quelqu'avarie ne vient pas
en ternir promptement l'éclat présomptueux.

Quelques monuments offrent de l'intérêt. Mes visites
les plus empressées furent pour les églises. La cathédrale
grecque, dédiée à saint Photin, régulière, présentant de
belles colonnes et des icônes intéressantes, lance sa tour
élevée plus haut que les édifices du faux prophète.

La cathédrale catholique, que je visitai en compagnie
de M. Poulin, l'aimable supérieur des Lazaristes, d'architecture italienne, au plafond orné de caissons à haut-
relief et dorés, présente un bel aspect. Elle possède un
maître-autel, en marbre précieux, don de Pie IX. Là, aux
grands jours de fête, un nombreux clergé, séculier et
régulier, se presse aux côtés de l'archevêque. Je dois dire

à ce propos que je tins, dès l'abord, à payer à Mgr Timoni ma dette de politesse, et que je me retirai enchanté
du bon accueil de cet excellent prélat.

Les églises des Capucins, des Franciscains et autres,
sont placées sous le protectorat de la France ou de
l'Autriche. A la manière des églises d'Italie, elles rivalisent d'ornementations et de peintures, dont les tons
voyants et les moulures enluminées, en dépit de la
sobriété et du bon goût, sollicitent le regard ; il paraît
pourtant que cette coloration hyperbolique est assez dans
le goût du pays, car ces églises sont en général très fréquentées. Il se trouve, en effet, à Smyrne, une population
catholique de plus de vingt mille personnes, réparties en
quatre paroisses principales.

Les Pères Lazaristes y ont un collège florissant, avec
l'église du Saint-Esprit, dont l'ornementation est d'un goût
plus sobre que les précédentes. Là, une jeunesse aimable
et souriante, mais se sentant de l'influence du climat de
la molle Ionie, est élevée par eux, selon la méthode française et dans la langue de notre patrie. Le cabinet de phy-
sique dirigé par M. Iung, ancien officier du génie, qui a
fait la guerre de 1870, peut rivaliser avec les plus beaux
de l'Europe. Il y a installé un observatoire astronomique
et météorologique, en correspondance avec le Bureau des
Longitudes. Le collège renferme au moins trois cents
élèves et compte quinze à seize professeurs ecclésiastiques, et douze professeurs laïques.

L'archevêché latin de Smyrne comprend tous les catholiques latins de l'Asie Mineure, dont les principaux centres
sont Trébizonde, Samsoun et Sinope, où sont établis des
missionnaires principalement tirés de l'Ordre des Capucins.

Les Frères des Écoles chrétiennes ont à Smyrne
plusieurs écoles fréquentées par plus de cinq cents enfants.

Un collège considérable, pour les Arméniens, est dirigé par la Société arménienne des Mékhistaristes.

Les Filles de Saint-Vincent de Paul, que l'on rencontre partout en Orient, au poste du dévouement, ont rempli Smyrne de leurs établissements. Hôpitaux, dispensaires, écoles gratuites et payantes, orphelinats, pensionnats, etc., tel est le bilan de leurs œuvres distribuées en plusieurs communautés, où elles donnent l'éducation à plus de cinq cents enfants. A la tête d'une des principales maisons est la sœur de Mandat-Grancey, du meilleur monde, avec laquelle je me suis trouvé en pays de connaissance. Chez elle j'ai eu l'avantage de rencontrer Mgr Cannavô, l'évêque exilé de la Crète, ancien curé de Saint-Polycarpe, à Smyrne.

Smyrne dans l'histoire.

Reconstruite par Lysimaque, cette ville, déjà ancienne cité de l'opulente Ionie, fut choisie comme la capitale d'Antigone. Devenue ville romaine, elle conserva le droit de frapper les monnaies, dont on retrouve encore un grand nombre de spécimens. Elle figure dans l'*Apocalypse*, au nombre des sept Églises d'Asie. Si les restes de l'antiquité ont presque complètement disparu du sol de Smyrne, que de souvenirs l'histoire a consacrés à cette ville ! Sous l'empire de Byzance, elle devint la proie des Seldjoukides, en 1084. Reprise successivement par les Grecs, par les Ottomans, en 1322 par les Chevaliers de Rhodes, par les Vénitiens, elle fut encore détruite par Tamerlan, en 1402, et resta définitivement aux Turcs.

Avant tout, c'était une ville hellénique. « Tout concourait à faire de Smyrne une ville splendide. Assise sur le bord de la mer, dans un climat doux, sous un ciel délicieux, entourée d'une nature fertile et souriante, elle se trouvait dans une position incomparable. La plupart de ses rues se coupaient à angle droit, régularité qui ne dégé-

nérait pas en sécheresse, comme dans nos villes modernes,
relevée qu'elle était par les statues, par les monuments
civils et religieux, où le style ionien déployait l'harmonie
de ses lignes architecturales sur le marbre blanc, ou bien
sur les trachytes aux tons rouges, comme les porphyres...
Sur la déclivité du mont, qui descendait en pente douce,
s'étalaient les temples des dieux, avec leurs bouquets
d'arbres, le théâtre aux colonnes de marbre, de vastes portiques, des rues bordées de maisons opulentes.

« Plus bas, à la racine de la montagne, un cirque ou
amphithéâtre, celui-là même où saint Polycarpe fut brûlé
pour Jésus-Christ, dévelopait du levant au couchant son
immense ellipse, dont le grand axe mesurait 250 pas... Le
quartier de la plaine, d'une physionomie différente, n'avait
pas été moins bien doté que l'autre. Dans cette région
s'élevait le temple de Cybèle, divinité protectrice de
Smyrne, le gymnase avec ses nombreuses dépendances,
la bibliothèque, un portique pareil à celui du mont,
l'Odéon qui renfermait un des chefs-d'œuvre d'Apelle, un
tableau où cet artiste avait représenté les Trois Grâces.
Les écoles, les bains publics, les fontaines et autres établissements avaient été distribués de toute part avec une
juste entente de l'utile et de l'agréable (1). »

Malgré de cruelles vicissitudes, nous voyons toujours
Smyrne se relever de ses ruines. Sa position centrale, au
fond d'un des plus beaux golfes d'Anatolie, dans la région
la plus fertile et la plus vantée de la péninsule, en a fait
un phénix qui paraît perpétuellement renaissant de ses
cendres, privilège que n'ont point partagé les villes dont
elle a été sans cesse la reine. Attirant toujours un concours prodigieux de commerçants de toute nation, elle
est demeurée l'entrepôt de cette partie de l'Orient.

De bonne heure cette ville, évangélisée par les ouvriers

(1) P. Gouilloud, S. J. *Smyrne au IIe siècle.*

16

apostoliques, donna à Jésus-Christ un nombre considérable de fidèles et de martyrs. Sous Marc-Aurèle, en 166,
souffrit *saint Germanicus,* dont les Actes rapportent d'admirables réponses au proconsul.

Illustres sont les combats de *saint Pionius,* apologiste
de la foi, qui périt avec ceux dont il avait été le maître
dans la doctrine sacrée, *saint Asclépiade* et *sainte Sabine,*
esclave, qui déploya un courage au-dessus de son sexe,
sous Dèce, en 250.

Smyrne offre une remarquable série d'évêques, à com-
mencer par les hommes de l'ère apostolique, Ariston,
Apelle, Stratéas, qui rappellent le souvenir de saint Paul.
Leur proche successeur est saint Polycarpe, disciple de
saint Jean l'Évangéliste. Ayant gouverné cette Église
pendant soixante-dix ans, et formé des disciples qu'il
envoya dans les Gaules, considéré comme le chef des
Églises d'Asie et le Docteur de cette région, il reçut la
couronne du martyre sous Marc-Aurèle. On montre encore
l'emplacement de son tombeau.

Après Métrophane, zélé défenseur de saint Ignace
contre l'intrus Photius, nous trouvons, vers le xᵉ siècle,
Théodose, que les Grecs rangent parmi les Saints; on
voyait à Pergame une église dédiée sous le vocable
du saint évêque.

Vivement et fréquemment disputée entre les Grecs,
les Turcs et les chrétiens d'Occident, cette ville fut
souvent le théâtre de sanglantes tragédies.

En 1343, les vaisseaux du pape Clément VI, unis aux
galères de Venise et de Chypre, avec l'aide des Chevaliers
de Rhodes, envoyés par le grand-maître Hélion de Villeneuve, entreprirent le siège de Smyrne. Les Croisés s'emparèrent d'abord du port, après un premier engagement,
et repoussèrent dans la citadelle le prince turc Marbassan.
La citadelle elle-même ne tarda pas à capituler; le Croissant fut encore refoulé pour quelques années.

En 1346, les Génois qui occupaient l'île de Chio, se présentèrent avec des galères, pour occuper de nouveau Smyrne. Ils avaient avec eux Étienne, patriarche latin de Constantinople. Celui-ci voulut, en grande pompe, prendre possession de la cathédrale et y célébrer les divins offices. Mais pendant ce temps, les Turcs, sous la conduite de leur chef Amir, forcèrent l'entrée du saint lieu, et mirent à mort Étienne, revêtu de ses ornements pontificaux, avec Martin Zaccaria, chef des Génois et quelques autres personnages (1). Les autres purent se réfugier dans la citadelle.

Plusieurs tentatives furent encore faites par les chrétiens pour reprendre Smyrne. Sous Innocent XI, les Chevaliers de Rhodes s'en rendirent maîtres et la gardèrent jusqu'à l'époque de Tamerlan. Enfin plus heureux que Calixte III, Sixte IV envoya une flotte pour s'en emparer en 1472; mais bientôt reprise et saccagée par les Turcs, désormais on put la considérer comme perdue sans retour.

En tout cas, les épreuves de cette cité, à la fois si belle et si intéressante, étaient loin de toucher à leur terme. Quelques années avant la bataille de Lépante, l'amiral vénitien Mocénigo, qui devait plus tard prendre une part si glorieuse à cette bataille, avec les galères vénitiennes dont il avait le commandement, fit la guerre aux Turcs sur le continent asiatique, mais cette guerre, par laquelle il espérait sans doute opérer une diversion et diviser les forces du Croissant, ne fut pas moins funeste à la population grecque des villes maritimes, qu'aux Turcs qui les avaient conquises. Mocénigo, à la tête d'une flotte nombreuse, qu'avaient grossie les escadres du pape et du roi de Naples, ravagea les campagnes d'Éphèse avec une

---

(1) Πατριάρχης δὲ τὴν ἱερὰν στολὴν ἐνδεδυμένος, ἀπεσφάγη ὑπὸ τῶν Περσῶν, καὶ Μαρτῖνος, καὶ ἄλλοι τῶν ἐπιφανῶν ὀλίγοι. — Cantacuzène. *Histoires*, liv. III, 95.

barbarie toute musulmane, et vint saccager la ville d
Smyrne, presqu'entièrement habitée par les Grecs. Le
soldats pillèrent également les églises et les mosquée
Une foule de chrétiens périrent ; d'autres furent emmené
comme esclaves. Smyrne fut incendiée, et l'amiral ramen
dans Modon sa flotte chargée d'un immense butin enlev
sur les Grecs d'Asie.

Si au xviie et au xviiie siècle, il y eut quelque relâch
dans la situation douloureuse d'une ville exposée à êtr
attaquée tour à tour par les mécréants et les chrétiens, s
grâce au concours de nombreux négociants Européens
les missionnaires, sans exciter la suspicion du clerg
schismatique, arrivèrent à élever un grand nombre d'en
fants et à prodiguer les ressources que leur fournissai
leur dévouement, la célèbre bataille de *Tchesmé*, en 1770
fut encore l'occasion de nouvelles infortunes pour cett
malheureuse cité. Les flottes combinées de l'amiral russ
Alexis Orloff et de l'anglais Elphinstone vinrent cerner l
flotte turque dans le petit golfe de Tchesmé, situé en fac
de Chio, et de l'autre côté de la petite péninsule, au rever
de laquelle s'abrite contre les vents contraires le port s
heureusement placé de Smyrne. Ce furent des Grecs, insu
laires de l'archipel, qui lancèrent contre la flotte turqu
ces redoutables brûlots, dont ils devaient faire un si terrible usage pendant la guerre de l'Indépendance. Un vais
seau turc touché par l'engin funeste s'embrase ; la flamm
en jaillit, et se communiquant aux autres navires, ferme
le passage du golfe par une chaîne et une barrière de feux
Bientôt la flotte turque n'est plus qu'un brasier. Le territoire de Smyrne trembla de l'explosion épouvantable de
tant de navires sautant presque tous à la fois, et dont le
bruit formidable fut entendu jusqu'à Athènes.

Beaucoup de Turcs s'étaient sauvés dans des chaloupes
et avaient gagné la côte. Dans leur première fureur,
réunis aux milices indisciplinées de Smyrne, ils massa-

crèrent une foule de Grecs. Cette malheureuse ville nagea
dans le sang. Quelques-uns des Grecs qui l'habitaient se
jetèrent dans des barques, et vinrent demander secours
au général russe Orloff resté sur le théâtre de la victoire,
près de la baie de Tchesmé. Mais les consuls européens,
effrayés peut-être également des Russes et des Turcs, envoyèrent une députation à Orloff, pour le supplier de ne
pas exposer par une attaque sur la ville, les chrétiens et les
Européens de Smyrne à la fureur des Barbares. Et en
même temps ces étrangers s'employaient aux travaux pour
la défense des Turcs dans cette place. Orloff donna bientôt
une autre direction à la guerre, en envoyant les flottes
alliées dans les Dardanelles et l'Archipel.

Lorsque retentit, avant 1820, le cri de l'affranchissement, lorsque se propagea le mouvement de l'Indépendance,
Smyrne, ville grecque par les entrailles, se sentit profondément remuée. Le divan s'en effraya, et chassa de son
sein un homme éloquent, qui excitait au plus haut degré
dans le cœur de la jeunesse la religion du Christ et de la
patrie. Cependant ce n'était pas de Smyrne, ville de plaisir et d'opulence, asiatique par les mœurs, et marchande
à la façon de l'Europe, que devait partir le premier essor
de liberté. Puisse au moins désormais cette ville se per-
suader que sa vraie gloire est d'unir en un seul faisceau
l'amour de la patrie et de la religion ! Puisse-t-elle comprendre ses véritables intérêts, en se tournant du côté du
catholicisme, dont tant de représentants l'édifient journellement par un dévouement qui ne se dément jamais,
et ainsi asseoir les bases de la plus grande prospérité que
l'avenir puisse lui réserver !

Les environs.

Les campagnes qui avoisinent la plantureuse cité, sont
loin d'être stériles et dénudées comme dans d'autres

lieux. Dès la première matinée de mon arrivée, la prome
nade sensationnelle que je fis, sous la conduite d'un bo
guide, suffit pour m'en convaincre. La ville a changé d
place : elle s'avance toujours vers la mer et s'éloigne de
hauteurs, où l'on trouve un grand nombre de ruines. Lé
campagnes environnantes sont cultivées avec soin ; et ul
coup d'œil superficiel a suffi pour me démontrer combiel

CHAMEAUX ET CHAMELIERS

riche et fertile serait cette terre d'Ionie, si on se donnait
la peine de la soigner.

Le *Pont des Caravanes* est célèbre à Smyrne, comme
le cours d'eau qu'il couvre, le Mélès, est renommé dans
l'histoire. Ce pont met en communication la ville avec la
campagne ; aussi est-il très fréquenté ; chameaux, ânes,
chevaux s'y rencontrent et s'y heurtent sans cesse. A
droite du pont, au sortir de la ville, est une assez jolie
promenade. On y voit les ruines de grandes arcades ; les
feuilles d'acanthe semées parmi les ronces nous disent où
les Corinthiens ont pris le type de leurs chapiteaux.

A quelque distance dans l'intérieur est le village de
Boudja, où se trouvent de riches et jolies maisons de
campagne ; on admire dans les environs d'immenses jardins, une horticulture avancée, une végétation puissante,
une verdure perpétuelle, tout cela grâce à la facilité et à
l'abondance de l'irrigation.

Plus au nord est *Bournabat,* village plus important,
composé de luxueuses villas, qui ont des jardins délicieux.
Une paroisse latine y est dirigée par les Pères Franciscains, eu égard au grand nombre des catholiques de la
localité. C'est à Bournabat que j'ai pu conclure d'une façon décisive une observation qui est comme le résumé
et la résultante de mes voyages dans le Levant.

Un des clichés qu'une presse frivole ou ignorante col-
porte aujourd'hui à profusion, est que l'influence française est aujourd'hui en baisse dans l'Orient. Pour juger
sainement de la question, il faudrait savoir au juste où
nous en étions, il y a quelque cinquante ans, un peu avant
la guerre de Crimée. Ce que je puis affirmer, c'est que
cette influence est encore considérable, et c'est à Bournabat que j'ai touché du doigt le nerf de la question, à
l'occasion des établissements des Filles de la Charité qui,
à Smyrne, comme à Beyrouth, ont une position absolument
supérieure. J'ajouterai de suite que, depuis un demi-
siècle, surtout par l'établissement de l'œuvre des Écoles
d'Orient, nos établissements religieux ont peut-être quin-
tuplé.

Ce voyage eut pour moi des chances exceptionnelles,
dont je ne saurais assez remercier la Providence. Tout en
me faisant les honneurs de l'Athènes de l'Asie, le digne
supérieur des Lazaristes me dit : « Vous arrivez bien à-
propos : une fête de famille va réunir les membres de la
colonie française. » Cette fête, à laquelle il me conviait
par ces aimables paroles, était la célébration du cinquan-
tenaire, ou noces d'or, des œuvres de l'excellente Sœur

Philomène Dumay, fondatrice de Bournabat. Dès le matin, chemin de fer ou voitures particulières avaient amené au couvent des Sœurs Mgr Timoni, l'archevêque de Smyrne et sa chancellerie, M. Guillois, consul de France et sa dame, divers personnages du commerce et de l'administration, l'élite du clergé séculier et régulier de la ville.

Après avoir pris un excellent apéritif, on se réunit dans une salle, un peu étroite pour le nombre des personnes qui s'y pressaient, où des sièges d'honneur étaient disposés pour Mgr l'Archevêque, M. le Consul et les différents invités. Puis, quand tout le monde est réuni, M. le Consul Guillois, dans un petit discours plein d'à-propos et de délicatesse, après avoir brièvement retracé les travaux et les succès de la vénérable fondatrice, l'en remercie, au nom de la ville, de l'Église et de la France. Ensuite il lui annonce, qu'en récompense de ses services, il était chargé de lui remettre, au nom de M. le Président de la République, une médaille d'or qu'il avait fait graver et frapper à cette intention. Ce fut Mme la *Consulesse* qui, s'avançant alors, attacha avec une délicatesse toute féminine la médaille sur la poitrine de la sœur profondément émue, et l'embrassa sur les deux joues.

Des applaudissements éclatèrent incontinent ; des larmes étaient dans tous les yeux ; et c'est sous le coup de l'émotion la plus vive, que l'on entendit l'exécution d'une cantate de circonstance par les enfants qu'élèvent les Sœurs, dans le double amour de la religion et de la France. Pour terminer, un banquet distingué, suivi d'une petite pièce de théâtre, réunissait les invités qui se séparèrent remplis des douces sensations que faisait naître en eux cette excellente journée.

C'est là qu'il est permis de saisir l'action de la France. Quel est donc le mérite de cette bonne religieuse, comme de toutes ses compagnes de Smyrne et de l'Orient ? Au prix de mille sacrifices, elles ont élevé de nombreux enfants, en leur apprenant notre langue, comme elles leur ont appris à aimer la France et l'Église. Ce mouvement rayonne puissamment autour d'elles, et désormais tous les rivages du Levant sont les échos de notre patrie. Honneur donc aux Sœurs et aux Frères, aux différentes Congrégations, qui, avec un zèle que rien ne lasse et ne ralentit, poursuivent cette œuvre si éminemment civilisatrice ! Honneur aussi aux membres du gouvernement qui, sur ces terres lointaines, savent comprendre quels sont les vrais intérêts de la France et des populations qui placent en elle leur espoir ! Honneur au grand cardinal Lavigerie qui a su si bien lancer l'œuvre si éminemment française et chrétienne des Écoles d'Orient !

Débutant par un chiffre modeste, cette Œuvre, d'après les derniers rapports de son zélé directeur, Mgr Charmetant, compte aujourd'hui un total de cinq mille écoles, qui, comme les mailles serrées d'un réseau invincible, semble annoncer la capture pacifique de l'Orient tout entier !

Une note fausse ou burlesque vient cependant faire désaccord à ce concert d'émotions patriotiques et religieuses. L'enclos des Sœurs de Bournabat est contigu au terrain d'une mosquée, dont le minaret domine leur maison tout entière. Comme nous sortions pour prendre l'air, voilà le muezzin, juché sur le balcon de son minaret, qui envoie aux quatre vents le nom d'Allah et de Mahomet son prophète, accompagnant des notes plaintives et maintes fois répétées : «*La illah ila Allah* — *Il n'y a de Dieu que Allah*,» les derniers échos de cette fête de famille.

Je fais rapidement le tour de la localité dans la société de l'excellent abbé Merkaki, secrétaire de Mgr Timoni. C'est une réunion de villas opulentes et gracieuses ; au milieu est le lit desséché d'un torrent, qui, à la crue des eaux, devenu impétueux, roule des quartiers de rocs, et quelquefois des blocs de marbre encore couverts de caractères antiques. Dans notre promenade, nous rencontrons un prêtre grec qui porte le viatique à un malade ; il est revêtu d'une large étole ; un sacristain porte un fanal et agite une clochette. Tous deux ont l'air digne et grave. Qu'elle paraît petite la distance qui nous sépare de nos frères dissidents !

Mais le temps me presse ; je me hâte de me retirer pour arrêter les préparatifs de mon départ. Cependant, je ne rentre pas au logis, sans avoir parcouru encore une fois les quais, dont les grandes ombres du soir, qui descendent derrière les puissantes croupes du Tmolus, rendent le spectacle plus animé encore et plus saisissant. Au milieu de cette nature grandiose, on entend les sourds murmures de la mer et les gémissements des vagues qui viennent expirer contre la paroi du quai, et se mêler aux éclats bruyants des sociétés joyeuses qui folâtrent sur les bords de l'Océan. Il est nuit close quand, l'âme pleine des émotions que j'ai ressenties, je regagne ma chambre.

Les ruines d'Ephèse.

A peine étais-je arrivé à Smyrne, que j'énonçai le désir de visiter les ruines d'Éphèse. Tirant aussitôt sa montre, le digne supérieur des Lazaristes me répond : « C'est en ce moment-ci même que le train part pour Ephèse. » Il était exactement huit heures du matin. Si j'étais fort désappointé de ce contre-temps, je comptais bien prendre ma revanche de l'incident fâcheux.

Ma curiosité, il faut le dire, était aiguillonnée au plus haut point. Une vieille connaissance, en effet, m'a précédé à Smyrne et à Ephèse. Très versé dans l'érudition grecque et l'archéologie, mais plus versé encore dans la dévotion, qui du reste chez lui est du meilleur aloi, ce vrai type d'homme pieux et savant a vivement pris part à la controverse dont je parlerai plus loin, si tant est que ce ne soit pas lui qui l'ait fait surgir toute vivante et armée de toutes pièces.

Ce qui est indiscutable, c'est que dans plusieurs excursions aux rivages de l'Ionie, il a réussi à rallier à son sentiment, tant par ses paroles que par ses écrits, un certain nombre d'esprits sérieux et éclairés, parmi lesquels il faut placer au premier rang les Pères Lazaristes de Smyrne et Mgr Timoni lui-même.

Mais dans les meilleures choses il faut de la réserve. Le gouvernement turc, habituellement tolérant et presque paternel, est assez chatouilleux pour la question des fouilles. S'en aller donc, un vaste chapeau sur la tête, une pioche à la main, sans firman ou permission quelconque, interroger les ruines et les débris du passé, comme pour obtenir l'explication de l'énigme indéchiffrable du sphinx qui garde ces trésors, c'est manifestement s'exposer à des désagréments. Et c'est ce qui est arrivé.

Bref, quoi qu'il en soit de cette question toute personnelle, dont je fais volontiers abstraction, pour ne me souvenir que de l'intérêt de la controverse, avec les devoirs qu'impose l'amitié, j'étais désireux d'être renseigné. Voici donc sur Ephèse et les ruines informes qui jonchent le sol sur un vaste périmètre, les notices substantielles que j'ai pu recueillir. Celles-ci sont suivies par l'inspection du terrain se rapportant à la prétendue découverte de la maison habitée par la Mère de Dieu, ce qui est le point principal en litige.

« Dans cette belle Ionie, riche de son commerce, de ses souvenirs et de ses arts, merveilleusement placée entre le vieil Orient et l'Europe devenue alors la maîtresse des choses, Ephèse était le centre le plus florissant de ce temps et de cette contrée. C'était l'Athènes du Levant. Ruinée successivement par les tremblements de terre, par les incendies, rebâtie aux frais communs de la Grèce

entière, favorisée par Alexandre, affranchie par Auguste,
fière de sa pléiade de poètes, de savants, de rhéteurs, de
peintres et de jurisconsultes qu'elle avait vus naître, Hip-
ponax, Artémidore, Parrhasius, Appelles, elle méritait
bien d'être appelée par Pline le « flambeau de l'Asie ».

RUINES D'ÉPHÈSE

« Cinq cents villes semées sur ce fortuné rivage rayon-
naient autour d'elle, raconte Philostrate. Entre toutes ces
villes, Ephèse était la reine. De ses collines de Pirone,
dont Pausanias a loué le sol fertile, elle descendait par
gradins au bord de la mer Égée, en suivant les rives
rafraîchies du Caïstre, dont le lit s'élargissait près d'Ephèse
et soulevait des îles de verdure. Dans l'enceinte de la
cité, le petit lac de Pégase, le cours du Phrinyte, la fontaine de Callipie entretenaient dans l'été de cet ardent
climat une température d'une extrême douceur. Philostrate parle aussi du Xyste, où l'on avait coutume de faire
les courses, et où on allait voir s'égorger les gladiateurs.

Enfin, au-dessus de la ville, les collines Cilbiennes inon-
dées de lumière ; au-dessous les deux promontoires du
golfe de Colophon, le port semé de voiles et la mer semée

COTES DE L'IONIE

d'îles, donnaient à ce tableau le grand cadre qui seul était
digne de lui, l'infini des montagnes, de la mer et du ciel...

« Aujourd'hui, c'est en vain qu'on voudrait retrouver

quelque chose de la grande métropole de l'Ionie, au sein
des marécages où fut l'ancienne Ephèse. Ephèse est une
ville morte. Une rivière noirâtre appelée le Kara-Sou,
baigne un méchant village nommé *Aïa-Solouk*, où campent
une cinquantaine de familles turques en guenilles. Au-
dessous, plus près de la mer, un grand amas de décombres,
de briques, de murailles écroulées et de blocs gisants,
indique l'emplacement d'un ancien édifice. On dit que
c'est la place du temple de la grande Diane. Au centre du
village, s'élève sur une colline une construction antique
dont les Musulmans ont fait une mosquée. C'était jadis
l'église de l'Apôtre Saint-Jean, et c'est le seul souvenir que
l'Ange d'Ephèse ait laissé de son passage en ces lieux (1). »

Je n'ai pu résister au charme de citer ces belles lignes
d'un écrivain distingué. Les tristes ruines d'Ephèse sont
donc dispersées près du village d'Aïa-Solouk, mot qui
paraît une corruption de *Agios-Theologos*, « Le Saint Théologien », ainsi que les Grecs appellent saint Jean l'Évangéliste. Ce bourg, que l'on croit bâti avec les ruines de
l'antique Ephèse, occupe le penchant d'une colline et est
défendu par une vieille forteresse. On y voit les colonnes
du portique d'une mosquée assez bien conservée et un
aqueduc en ruines. Il est probable que les marbres, les
inscriptions grecques furent transportées d'Ephèse dans
la petite ville qui se trouvait un peu plus bas, près de la
mer (2). Ce qu'on sait de positif, c'est que Tamerlan campa
avec son armée à Aïa-Solouk, en 1402, après le siège de
Smyrne.

Cette ville était encore très importante et très peuplée
au moyen âge. On n'a que des conjectures sur l'église
consacrée à la Mère de Dieu, où se tint le mémorable
concile d'Ephèse, et sur celle qui était dédiée à l'apôtre

(1) Mgr Baunard. *L'Apôtre Saint Jean.*

(2) Actuellement *Scala-Nova.*

SMYRNE (VUE PRISE DE LA BAIE)

saint Jean. Des travaux récents ont fait connaître l'emplacement du Théâtre et du Gymnase.

Je n'ai pas la prétention de présenter même un rapide résumé de l'histoire d'Ephèse, où les différentes invasions ont multiplié les ruines, mais où fleurirent tant d'illustres évêques et de saints personnages. Je ne puis pourtant me dérober à la tentation de dire un mot de la curieuse légende des *Sept Dormants,* dont le martyre honore cette Église.

Ce sont sept frères, qui, en 250, pendant la persécution de Dèce, périrent dans une caverne du mont Cœlius, proche de la ville, dont on avait muré l'entrée. Siméon Métaphraste rapporte que sous Théodose II, on les retrouva vivants, après un sommeil miraculeux de près de deux cents ans, qu'ils rendirent témoignage de leur martyre, et s'endormirent de nouveau, pour ne plus se réveiller. Leurs corps furent transportés à Marseille, dans l'église de Saint-Victor. Outre la Liturgie des Grecs et des Latins, les Sept Dormants sont inscrits dans le calendrier des Syriens, des Russes et des Abyssins. Leur légende est rapportée par le Coran, et d'après Paul Diacre, elle passa jusqu'en Scandinavie.

La tradition des Grecs qui rapporte que sainte Marie-Madeleine s'était retirée près de saint Jean à Ephèse, veut que le corps de la sainte ait été déposé à l'entrée de la caverne où s'est accomplie la merveille racontée au sujet des Sept Dormants (1).

Anne Comnène dit que les Turcs, s'étant rendus maîtres de la ville, son père Alexis envoya Jean Ducas pour combattre les infidèles. La bataille se donna dans la plaine, un peu au-dessous de la citadelle. Les chrétiens eurent

---

(1) Καὶ ἐτέθη πρὸς τὴν εἴσοδον τοῦ σπηλαίου, ἐν ᾧ οἱ ἅγιοι καὶ μακάριοι ἑπτὰ κεκοίμηνται παῖδες. — *Ménologe de l'Empereur Basile.* — 22 juillet.

tout l'avantage (1). La citadelle, dont parle Anne Comnène, était sans doute l'ancien château de Marbre abandonné.

Théodore Lascaris s'empara de la ville d'Ephèse en 1206. Après Tamerlan, cette ville étant retombée au pouvoir des Turcs, son commerce fut transporté à Smyrne et à Scala-Nova.

Une récente controverse dont je reçus à Smyrne et ailleurs les échos passionnés, attire l'attention avec une certaine vivacité, sur ces solitudes autrefois si tranquilles et désertes. Il s'agit de savoir si la Très Sainte Mère de Dieu est venue avec saint Jean à Ephèse et est morte en ces lieux ; ou bien si, comme une tradition en apparence plus constante le comporte, elle a terminé ses jours à Jérusalem, où aurait eu lieu la merveille de son Assomption.

Placé entre les deux camps, ayant reçu les confidences des deux partis, dans les différentes localités respectives, j'ai reconnu la question assez importante de fond et de raisons, pour qu'il soit permis à un esprit impartial de suspendre pour quelque temps son jugement.

Sans donc vouloir donc me prononcer absolument dans une aussi grave question, je me contenterai de suivre pas à pas un des défenseurs de l'opinion avantageuse à Ephèse, la configuration des lieux, rapprochée de certaines traditions, étant en effet l'argument le plus favorable à cette cause. Composée par des personnes résidant dans le pays, cette description peut être considérée comme très exacte.

En conséquence, lorsqu'on sort de la gare d'Aïa-Solouk, pour aller aux ruines d'Ephèse, on passe sous un aqueduc antique, et on tombe immédiatement sur le chemin de Scala-Nova. Passant de là entre une fontaine et une petite mosquée en ruines, on se trouve sur la route de Tralles,

_____

(1) *Alexiade*. Livre XI.

...rapolis et la Syrie. Un sentier qu'on rencontre sur ...droite, passe non loin du gymnase, grimpe sur la monta- ...et y rencontre le chemin de *Panaya-Capouli* « Porte ... Vierge » Panaya-Capouli est le lieu que la tradition ... assigne à la résidence de la Vierge Marie. Environ ...quarts d'heure de marche sont parcourir le chemin ... conduit au but. On pourrait décrire les lacets que trace ... chemin, les croupes qu'il faut gravir, descendre ou ...tourner, les vues splendides que l'on a presque tout le ...ps, de ce côté-ci, sur la plaine d'Éphèse, le Pinon la ...squée de Sélim, le vieux château, Ak-Soloul, d'autre ... le chemin de fer, les montagnes; — de l'autre, au ...ir sur le Caystre, les lacs se limisient, la mer et l'antique ... de Panormos, plus près, sur l'extrémité du Corassus, ... champs d'Aryala, et toute la région fameuse jadis par ... ...tons d'Ortygie et de Latone. Nous arrivons au terme; ...uelque distance vers la gauche, on aperçoit un peuplier ...is élancé fièrement vers le ciel. Près du peuplier un bou- ...uet d'arbres, en avant une maison : c'est Panaya-Capouli.

...e qui frappe d'abord à Panaya-Capouli c'est le charme, ...anquille du paysage. A l'ombre de beaux platanes, pa- ... la maison présumée de la Sainte Vierge, d'aspect ...ple et vénérable. Tout autour, ce sont des rochers et ... collines, un ravin avec quelques jardins en culture, ...un seul côté, vers le sud-ouest, une échappée de vue ...la mer, avec Samos en face. Samos, dont les mille ...ontes donnent, à certaines heures du jour, par un effet ...marticulier de lumière, l'illusion d'une traînée d'îles re- ...es sur les flots.

...tte description des lieux, ou suivie des principaux ...es de preuves par lesquels le respectable auteur s'ef- ...de démontrer que c'est là qu'a résidé la Sainte Vierge, et ...es lieux-mêmes desquels, je le répète encore, il n'est pas ...e notre dessein d'autoriser d'une plus haute autorité de ...andre et de la prononcer.

A bord du « Naximoff ».

Au moment où je quitte Smyrne, une grande animation règne sur le quai. De nombreux navires sont dans le port ; ils ont presque accosté, tant la mer est splendide et le temps à souhait. De nationalités diverses, ils attirent autour d'eux une foule des plus bigarrées, des Levantins, invariablement coiffés du fez, et vêtus les uns à la turque, les autres à l'européenne, des étrangers, venus soit de l'Égypte ou des nations occidentales, commerçants ou membres de diverses agences. On va voir ce qui donnait à cette animation un élan plus vif et plus spontané.

Mon regard fait encore une fois le tour de l'horizon, pour dire un dernier adieu à cette nature enchanteresse. Les montagnes, l'Acropole, les cultures verdoyantes, les hauts sommets des édifices religieux, chrétiens ou mahométans, tout cela, prêt à disparaître, se colore à mes yeux des teintes les plus riches, et se pare de contours plus séduisants, dans ce rapide coup d'œil panoramique, que lorsque j'en voyais le détail de plus près.

C'est le *Naximoff*, beau navire de la Compagnie Russe, opérant le trajet d'Odessa à Alexandrie, qui doit m'emmener en Syrie, mais après plusieurs haltes, ménagées à souhait pour satisfaire la curiosité du voyageur. L'animation aussi est grande à bord. Le pont est envahi par les membres des autorités turques civiles et militaires, bien reconnaissables les uns à leur uniforme, les autres à leurs décorations et à l'obséquiosité des subordonnés. Quelques moments avant le départ, on signale un caïque cinglant vers nous avec rapidité ; il est poussé par six rameurs vêtus de soie, et dépose à notre bord un grand personnage, membre du gouvernement ottoman. J'apprends que c'est Djévad-Pacha, ancien gouverneur de Crète, actuellement attaché par Sa Hautesse à la personne de Guillaume II, pendant son sé-

jour en Syrie. Il se rend à Beyrouth et Damas, pour préparer sa réception. Grand échange de salutations et de com-
pliments entre lui et les autorités turques, qui s'étaient

PACHA TURC

rendues à bord pour lui faire honneur, et qui, après avoir
pris congé de lui, regagnent aussitôt la terre sur leurs
caïques. Les Turcs, d'après ce que j'ai pu constater ici,
sont plus cérémonieux que je ne le pensais.

Le Pacha, homme puissant et replet, comme le sont

en général les membres du haut gouvernement turc, a du
reste un aspect doux et bienveillant. Il s'exprime avec
assez de facilité en français et a toutes les manières d'un
homme de la meilleure société. Placé devant lui à table,
j'échange quelques paroles de conversation. Par mala-
dresse, je lui offre du vin, qu'il refuse en bon musulman.
J'ai du reste plusieurs occasions d'admirer sa sobriété, sa
politesse et ses excellents procédés.

Malheureusement, il paraît peu au salon, et se fait
plutôt servir dans sa cabine. Il souffre de la podagre, et
ses gens de service viennent fréquemment le soigner et
pratiquer des massages sur les parties souffrantes. Étant
voisin de cabine, j'entends fréquemment le tumulte produit par la réunion des personnes qui lui apportent le
concours de leurs soins empressés.

Sur le pont, un certain groupe de personnages m'in-
trigue assez vivement. Ils sont vêtus à l'européenne,
sauf le fez ; d'une tenue irréprochable, ils portent tous à
la boutonnière une rosette, rouge et vert, qui est, si je ne
me trompe, l'insigne d'officier de l'ordre du *Medjidié*. Ils
paraissent faire bande à part, et tiennent les autres passagers à distance, comme gens d'une importance supérieure. Tout cela aiguillonne ma curiosité. Voulant pénétrer le mystère, je m'approche de l'un d'eux, et indiquant
du doigt, après une révérence courtoise, cette décoration,
je lui dis : « Qu'est-ce que ceci ? » Il me répond brusque-
ment : « Kaïmakan. » Ce sont donc de hauts fonctionnaires de la Turquie ; cependant je fais la réflexion qu'ils
ne paraissent pas au salon des premières.

Le lendemain, entendant, ce me semble, qu'on échan-
geait dans ce groupe quelques mots d'allemand, j'aborde
celui qui, à sa désinvolture et à son entrain, me paraissait
être le coryphée de la bande, et le prie de satisfaire ma
curiosité. Il me répond en bon français qu'ils sont sur le
navire trois *chefs,* lui en étant le premier, détachés des

cuisines de Sa Hautesse le Sultan, emmenant avec eux
plusieurs gens de service ou *begs*, et qu'ils se rendent, sous
la conduite du Pacha, à Damas et en Syrie, préparer les
repas offerts à Guillaume II par le gouvernement turc.
Tout le mystère se trouvait donc éclairci. Un lieutenant-
colonel de l'armée ottomane faisait escorte à cette
équipe culinaire. En bon musulman, il accomplissait
dévotement sur le pont les prostrations de son culte et
les invocations prescrites par le Coran, homme du reste
très abordable et liant de faciles rapports avec les passagers chrétiens.

Au salon et à table, je me trouve en compagnie de
deux officiers russes de la Garde Impériale. Ils sont très
aimables et parlent avec aisance le français, dont ils ont
des ouvrages entre les mains. Nous nouons dès l'abord
des relations très cordiales qui doivent se continuer jusqu'à
notre séparation. L'un d'eux, chargé, paraît-il, d'une mission de son gouvernement, se rend en Abyssinie, visiter
le Tigré et s'entoure de documents relatifs à son expédition ; l'autre projette un grand voyage en Palestine. Le
capitaine, qui préside la table, porte la tête moscovite
fortement accentuée, à la chevelure grisonnante, touffue
et vigoureusement plantée, ainsi que sa barbe.

Les menus sont très réussis à bord du *Naximoff*. Deux
fois par jour, le service nous présente des plats gargan-
tuesques, arrosés de vin de Crimée et d'Odessa, avec des
liqueurs du pays. La Providence permet que pendant tout
le temps, je puisse faire honneur à ce pantagruélisme
moscovite, sans l'ombre d'un malaise. Je dois remarquer
que là, comme partout, les menus sont écrits en français,
sauf pourtant à bord des navires italiens, dont la cuisine
paraît plus autonome.

Mon passage à bord d'un navire de Compagnie russe
m'a laissé un excellent souvenir. A Paris, j'ai vu, en
1896, du balcon d'un hôtel du boulevard Saint-Germain,

le Czar de Russie et l'Impératrice dans leur train de gala ;
mais le cortège passait comme un tourbillon. Ici, j'ai
l'occasion de voir des Russes de plus près et de faire à ce
sujet les remarques les plus intéressantes. Outre les officiers de terre et de mer, de la courtoisie desquels je n'ai
eu qu'à me louer, le *Naximoff,* ainsi que les autres vapeurs
de cette ligne, emporte de nombreux pèlerins de Terre-
Sainte, qui doivent débarquer à Jaffa. On leur fait des
conditions exceptionnellement favorables, dont beaucoup
s'empressent de profiter. Ce sont en général des personnes
du petit peuple et qui occupent les classes inférieures,
mais dont la tenue est fort convenable. Groupés par
familles, abrités par une vaste toile, ils s'arrangent à leur
gré pour la nourriture et le repos.

Arrivés à Jérusalem, ils sont reçus dans un hospice de
leur nation, et de là ils se répandent dans les pieux sanctuaires, qu'ils remplissent des démonstrations d'une dévotion des plus sincères et nullement fardée. A leur arrivée,
m'a-t-on dit, ils doivent remettre leur argent entre les
mains de l'économe ; sans quoi ils le dépenseraient en
aumônes et pieuses libéralités.

Le samedi soir, un mouvement insolite se produit
à bord. Comme nous terminions le dîner, nombre de passagers grecs et russes se transportent à l'arrière du navire,
où l'aménagement des cabines forme une saillie, dont
l'élévation permet de tenir des cierges allumés, malgré
l'agitation de l'air. Quittant la table avec précipitation,
je suis ce mouvement, et je vois les pèlerins groupés,
dans l'attitude de la prière et de la dévotion, autour d'une
chapelle improvisée, où se trouvaient quelques pieuses
icônes.

Un Pope russe, à la figure digne et imposante, revêtu
d'une étole, exécutait les chants de la liturgie slave ; son
front était découvert, mais la longue barbe qui descendait
sur sa poitrine annonçait un homme dans la vigueur de

C'étaient principalement les femmes qui répon-
daient aux chants russes. Elles le faisaient sur un mode
lent et harmonieux, d'une mélodie grave et mélancolique, qui se terminait sans effort par un accord à
tierce. Pas une figure ne s'émouvait, pas un œil ne
se levait pour interroger la physionomie anxieuse du
voyageur que ce spectacle nouveau étonnait. Dans l'attitude et sur tous les visages était peinte l'expression
de la dévotion la plus sincère et la plus spontanée.

Le dimanche matin, ce fut la répétition de la même
scène, mais sur un cadre plus agrandi. Un Papas grec,
qu'il la veille nous égayait par sa bonhomie, se conver...
avec elle, et qui avait eu la bonté parfaite de me faire
passer en grec, réformant lui-même la prononciation et
l'accent défectueux. Le Papas, homme d'intérieur composé,
ses épaules supportaient une belle et large étole brodée,
sur le genre de celles que portent les titulaires des paroisses de nos grandes villes, il se tenait aux côtés du Pape
usuel, et de concert, ils accomplissaient les fonctions de
la liturgie, avec une importante gravité, mais sans toutefois offrir le sacrifice, à cause sans doute du manque des
choses nécessaires.

Comme il y avait là des Grecs en bon nombre, venant
de Medelin, Chio et autres lieux, on improvisa un cours
de... ou lecture, jeune garçon ayant quinze ans d'années,
qui lut à voix haute, selon la coutume oblige, avec quelques attentions de voix aux différentes pauses, un chapitre de
leur Bible. Tout le monde écoutait avec le... dans
le plus grand recueillement. Moi-même, quoique témoin
... je ne puis constater qu'à ce sentiment religieux
... peut être des hommes que nous allons devons approcher et
... me demande qu'elle différence y a... nous sépare.

Les biens... ne sont pas dans
... de la vendre. Je la te...
...

penser que parmi des personnes si dévotes et si sincères, il n'y en ait point d'agréables au Seigneur. Je devais du reste retrouver ces pieux pèlerins aux Saints-Lieux de Jérusalem, et faire au sujet de leur dévotion les mêmes réflexions que j'avais déjà faites à bord du *Naximoff*.

J'ajouterai que dans ce long trajet sur la côte hellénique, partout où j'ai trouvé des Grecs de nationalité et appartenant à la religion orthodoxe, j'ai rencontré le plus parfait accueil et la sympathie la moins dissimulée. On sent qu'entre la France et l'élément hellénique il y a une attraction réciproque et des plus caractérisées.

Pendant ce temps, les *begs* ou gens de service qui s'intitulaient Kaïmakans, paraissent beaucoup plus préoccupés de la préparation des menus à l'intention de Sa Majesté germanique, que de l'office divin. J'ajouterai qu'ils étaient d'une parfaite convenance, qu'ils mangeaient à part et paraissaient traités comme les personnages les plus importants de la traversée.

Nous seuls, aux premières, avions l'honneur de posséder le distingué Pacha que le gouvernement de Sa Hautesse avait préposé à leur tête.

La côte d'Asie.

Nous longions encore les côtes de l'Asie proconsulaire. Ici commence l'Eyalet des *Djezzaïrs*, ou les Sporades, dont les habitants sont en grande majorité Grecs. En 1207, le vénitien Marc Sanudo conquit la plus grande partie de l'archipel, qui resta en possession de la république de Saint-Marc, jusqu'à Crispo, dernier duc de Naxos, fait prisonnier par Sélim II. Chaque détour de terrain, chaque île, chaque promontoire recèle un nom cher aux amants de l'histoire, préludant aux grands souvenirs de Chio.

La presqu'île méridionale du golfe de Smyrne est reliée au continent par un isthme que traverse du nord au sud une délicieuse vallée de 8 kilomètres de longueur, qui se termine à Téos. Au centre, à 4 kilomètres du golfe et à 32 de Smyrne, vous voyez *Vourla,* signalée par de nombreux moulins à vent qui battent de l'aile sur la hauteur voisine.

La petite île de Saint-Jean, qui gît près de cette côte, est l'ancienne *Clazomène,* jadis reliée au continent par une digue aujourd'hui ruinée. Strabon assure que cette digue était l'œuvre d'Alexandre le Grand. La baie de Vourla est une des plus belles de la mer Égée. La ville possède deux églises grecques et plusieurs mosquées. Clazomène est la patrie d'Anaxagore.

A l'ouest des monts Minias et Coricus, qui forment le noyau central de la presqu'île, le petit village de Ritri, assis au fond d'une large échancrure, vous révèle le site de l'ancienne *Erythrée.* C'est la patrie de la célèbre sibylle d'Érythrée, représentée par Raphaël à la chapelle Sixtine, avec la sibylle de Cumes, dont le site se trouve au nord et à peu de distance de Phocée. Le temple d'Érythrée était considéré comme un des plus beaux temples de l'Asie. On découvre en ce lieu des ruines de l'enceinte, d'un théâtre et de l'Acropole.

Nommons de suite Sighadjik, l'ancienne *Téos,* située au sud de la presqu'île. C'était une des douze cités de la Confédération Ionienne, et la patrie d'Anacréon. Des fouilles, pratiquées en 1873, par M. Pullan, ont donné des résultats satisfaisants. L'enceinte des murailles a 6 kilomètres de tour, et parmi les débris, on distingue des restes de temples, un théâtre dont la vue s'étendait jusqu'aux montagnes de Samos, et le sanctuaire de Dionysios ; c'est ainsi que tout ce littoral asiatique est parsemé de ruines, dont quelques-unes offrent un état surprenant de conservation.

En cette ville, *saint Sisinnius,* natif de Smyrne, mou-

rut de la mort des justes, après vingt-quatre ans d'épiscopat, vers le x° siècle.

La grande transparence de l'air, favorisée par le soleil
le plus radieux, permet, moyennant un Guide bien exact
et précis dans ses indications, ou une personne connaissant à fond le pays, de saisir, comme au vol, chacun des
points qui méritent d'être signalés. Ils se manifestent, en
général, vus de la mer, par un amas de blanches maisons,
groupées autour de quelque crique, ou disposées par étage
sur le penchant d'une colline, couronnée à son sommet
par les ruines d'un vieux château, ou entourées d'un
massif de verdure, qui font contraste avec l'aspect dénudé
des environs. De temps en temps, quelques monuments,
minarets ou édifices du culte, faisant saillie, servent de
point de repère et permettent de préciser l'observation.

Pendant que le vapeur nous entraînait au travers des
eaux tranquilles de cette mer, dont le saisissant intérêt
n'a pas été surpassé, mon attention était fréquemment
captivée par le spectacle que présentait l'intérieur de
notre navire, offrant à tout instant la plus distrayante
bigarrure. Si d'une part les officiers russes se tenaient
dans le salon, plongés dans la lecture de leurs auteurs
favoris, si d'autre part notre distingué Pacha, emprisonné
dans sa dignité et se renfermant presqu'exclusivement
dans sa cabine, y était l'objet des soins de son escorte
officielle et des attentions des garçons de service, moi,
seul passager des premières, je me trouvais habituellement sur le pont, fasciné par cette mer de l'Archipel et
les souvenirs palpitants qu'elle évoque. Inutile de dire
que cet espace, régulièrement réservé aux premières,
était sans cesse envahi par les passagers des autres
classes, à tel point que souvent, malgré mon droit
exclusif, je trouvais à peine où m'y loger. Cependant les
passagers de la dernière classe, pèlerins russes et musulmans, respectaient davantage la distinction et res-

taient habituellement dans l'espace qui leur était assigné.

La personne qui m'attirait le plus, était le Papas grec, dont j'ai déjà parlé, homme approchant de la soixantaine, d'un commerce très facile et très abordable, ayant assez voyagé, et dont la barbe, d'un blanc immaculé, contrastait avec son teint vermeil et coloré. Il se rendait au Caire, où ses coreligionnaires sont nombreux et où il était dignitaire d'une église annexée à un couvent. Malgré les difficultés de nous comprendre réciproquement, nous commençâmes par lier conversation. Je hasardais quelques mots de grec ; souvent il me répondait soit en français, soit en grec, mais réformant avec soin l'accent défectueux et la prononciation. C'est par ces efforts répétés, mais souvent peu rémunérés que je pouvais me convaincre de la difficulté qu'oppose le grec pour être parlé correctement à celui qu'un temps assez prolongé de séjour dans le pays n'a pas familiarisé avec les délicatesses et les surprises de cette prononciation.

Sur les mêmes bancs venaient s'asseoir des jeunes gens, grecs pour la plupart, se rendant des côtes de l'Asie ou des îles, aux côtes de la Syrie ou de l'Égypte, surtout pour le commerce des fruits, du vin et autres denrées. On causait gaîment, on m'interrogeait sur la France, on me signalait les points les plus en vue du pays qui se déroulait à nos regards.

La chaleur devenait accablante, grâce à une parfaite placidité de l'atmosphère. Le bon Papas me demanda de lui faire apporter un verre d'eau fraîche par un des servants de notre table. Refuser un verre d'eau fraîche à un homme honoré du sacerdoce, peut-être archimandrite, un de ces Grecs desquels nous désirons tant nous rapprocher, quand nous traversons les mers qui ont porté saint Paul et les autres ouvriers apostoliques, quand nous approchons des lieux où Jésus-Christ lui-même a dit :

« Quiconque donnera un verre d'eau froide en mon nom, ne perdra pas sa récompense (1) ! » cela me semblait anormal, impossible, absurde !

Aussi, sans distraire les gens de service, je me mis en devoir de satisfaire cette légitime demande ; et après avoir exprimé le jus d'un citron dans un verre d'eau, je le portai à mon excellent compagnon de voyage, un peu en trébuchant, mais en m'efforçant de garder l'équilibre, pour ne pas épancher une goutte de cette liqueur salutaire, liqueur bien plus précieuse en ce moment que les vins les plus estimés. Un peu rafraîchi, il me faisait lire dans un de ses livres liturgiques, l'*Horologion,* si ma mémoire est fidèle, sorte de martyrologe, un passage se rapportant aux lieux que nous traversions.

Mais n'oublions pas que nous sommes entourés de musulmans ; tandis que nous devisons, un grave mahométan étend un tapis sur le plancher : il a l'air de s'adresser à la mer, qui, par son immensité, représente Allah. Il se touche la barbe, les coudes, fait ses prostrations, s'inclinant et se relevant alternativement, en marmottant quelques versets du Coran.

Cependant, rien n'était aussi curieux que l'emplacement des passagers de la dernière classe. C'étaient en général des Russes, que la véhémence des convictions religieuses attire à Jérusalem. Ne cherchez pas dans leurs traits la distinction ; vous n'y trouverez que l'expression d'une foi sincère et sans dissimulation. Ne demandez pas la recherche à leurs vêtements ; se conformant pour la plupart à la coutume traditionnelle, ils sont vêtus de la façon la plus simple, d'étoffes communes et bon marché ; ils sont coiffés de bonnets d'astrakan. La barbe et les cheveux, assez mal peignés, ont poussé généralement selon les simples lois de la nature. Mais ils sont

(1) Saint Marc, ix, 40.

nimés d'une foi profonde ; et si leur regard est un
u fauve, ces *moujiks* savent en adoucir l'expression
n un étranger, surtout devant un ministre du culte.

Groupés au centre du navire, non loin des chaudières,
ont abrités par une vaste tente, en forte toile rayée,
dement amarrée à toutes ses extrémités, et qui les ga-
t autant contre les rayons du soleil, que contre les
naces de la pluie et la fraîcheur des nuits. Entourés de
s, ou enveloppés dans des couvertures, couchés sur un
it matelas, qu'ils roulent pendant la journée, ils parais-
t prendre parfaitement en patience l'ennui de la tra-
sée. Il y a beaucoup de femmes au milieu d'eux ; on vit
famille, on fait sa cuisine ou sa *toilette*, s'adressant
ur les objets de première nécessité à l'économe du bord,
ec lequel on traite de gré à gré. En résumé, ces bons
usses m'ont laissé une impression très favorable. J'ai dû
verser leurs rangs serrés pour aller, à l'avant du navire,
server un rivage auquel nous abordions ; ils se déran-
ient peu et lançaient des regards plus étonnés que sym-
thiques sur l'étranger qui se hasardait au travers de leurs
stallations ménagères, au risque de les bousculer un peu.

Tout autre est l'attitude des musulmans de la classe
me. Leurs vêtements sont plus voyants et plus bario-
; leur cuisine est différente ; la femme est tenue plus
l'écart et n'a pas l'allure dégagée de la femme chré-
enne. En général, l'usage, ce sont de plus beaux hommes ;
mélange avec la race grecque n'a pas été sans influer
siblement sur les caractères ethnographiques qui les
tinguent. Il n'en est respect par la crainte séculaire du
bre ou du fouet, on sent une leur nature farouche et
ière ne demanderait qu'une occasion pour se révolter et
porter à des actes de violence et de sauvagerie. Les faits
s dernières années ne sont-ils pas là pour donner une
rire confirmation à ce qui est plus qu'une hypothèse et
une conjecture ?

CHIO

Mais bientôt, des montagnes coupées irrégulièrement, et dont le sommet dépasse quelquefois 1.200 mètres, des côtes couvertes d'une végétation artificielle nous annoncent que nous abordons à Chio.

« J'étais couché sur le pont : quand je vins à ouvrir les yeux, je me crus transporté dans le pays des fées ; je me trouvais au milieu d'un port plein de vaisseaux, ayant devant moi une ville charmante, terminée par des monts, dont les crêtes étaient couvertes d'oliviers, de palmiers, de lentisques et de térebinthes. Une foule de Grecs, de Francs, de Turcs étaient répandus sur les quais, et l'on entendait le son des cloches (1). »

Telle est l'impression que produit l'arrivée à Chio. Située en face de la presqu'île de Clazomène, dont la sépare un canal d'une quinzaine de kilomètres de largeur, elle présente environ onze cents kilomètres de superficie. Quoique en partie montagneuse et rocheuse, Chio a de fort jolies plaines et des vallées charmantes ; le sol y est plus productif qu'en aucune autre île de l'archipel. Elle exporte chaque année pour des sommes considérables des olives, citrons et oranges. Les habitants passent pour très industrieux dans l'art de la culture. Le climat en est doux et agréable.

« Pour du vin, dit un auteur du siècle dernier, Scio en fournit aux îles voisines : il est agréable et stomacal... Pline parle très souvent des vins de Scio, et cite Varron, le plus savant des Romains, pour prouver qu'on l'ordonnait à Rome, dans les maladies d'estomac... César, ajoute Pline, en régalait ses amis dans ses triomphes, et dans les festins qu'il donnait en l'honneur du grand Jupiter et des

_____

(1) Chateaubriand.

ILE DE CHIO

autres divinités. Athénée dans son livre sur les *Soupers des Savants*, entre dans un grand détail sur la nature et les qualités des vins de Scio : « Ils aident, dit-il, à la « digestion, ils engraissent, ils sont bienfaisants, et « l'on n'en trouve point de si agréables, etc. (1). »

Avant 1822, les Chiotes jouissaient d'une liberté presque complète au point de vue religieux et civil. Mais un soulèvement, à l'occasion de l'Indépendance, amena de terribles représailles.

« L'exercice public de la religion catholique était le plus beau privilège que les rois de France eussent fait conserver aux Sciotes : ils en furent privés à la fin du dernier siècle, sous ombre de rébellion. On y faisait l'office divin, avec les mêmes cérémonies que dans le centre de la chrétienté. Les prêtres portaient le Saint Sacrement aux malades, en plein jour, avec des fanaux... Les Turcs appelaient cette île la *Petite Rome*. Outre les églises de la campagne, les Latins en avaient sept dans la ville. Le Dôme ou la cathédrale est devenu mosquée, de même que l'église des Dominicains ; de l'église des Jésuites dédiée à saint Antoine on a fait une hôtellerie ; celles des Capucins, des Récollets, de Notre-Dame-de-Lorette et de Sainte-Anne ont été abattues.... Les prêtres latins y avaient aussi la liberté de dire la messe dans dix ou douze églises grecques, et quelques gentilshommes avaient des chapelles dans leurs maisons de campagne (2). »

Cette île qui, de droit et de fait, appartenait à l'empire de Byzance, fut très disputée au XIVᵉ siècle, entre les Grecs, les Vénitiens, les Génois et les Turcs. Les deux frères Benoît et Martin Zaccaria, génois, avaient, dès 1326, tâché d'obtenir, de gré ou de force, de l'empereur la souveraineté de l'île, en payant tribut. Cantacuzène, qui était alors Grand Domestique d'Andronic le Jeune, par politique conseilla à

(1) La Martinière.
(2) *Ibid.*

Martin de fortifier la citadelle de Chio, de peur que, s'il venait à mourir, « les Romains (Byzantins) ne vinssent à perdre cette île, que beaucoup convoitaient tant de loin que de près, et surtout les Hospitaliers de Délos (1). »

C'est en 1346 que les Génois s'emparèrent définitivement de l'île. Trente-deux nobles Génois, forcés de quitter leur patrie pour se soustraire aux fureurs de la faction adverse, équipèrent à leurs frais une flotte de trente-deux bâtiments, dans l'intention de s'emparer de Chio. Les Grecs, après avoir fait la plus belle défense, furent forcés de se rendre.

Les Génois gardèrent cette île jusqu'à ce que les Turcs la leur enlevassent, en 1566.

La population, qui avant les massacres était de plus de cent mille, est descendue à soixante-deux mille, mais presque tous Grecs. Chaque jour, Chio tend à retrouver sa première prospérité, grâce au commerce, dont les produits sont la soie, le coton, l'huile, les amandes. Elle ne produit plus de vin qu'en petite quantité, mais assez pour justifier la réputation qu'il avait dans l'antiquité.

Un des plus célèbres produits de Chio consiste dans le *mastic*, qui découle du lentisque, par le moyen d'une incision, et que les dames turques et grecques aiment tant à mâcher pour se parfumer la bouche. Telle était la réputation de ce produit, que les Génois, possesseurs de l'île, avaient fait de chaque « village à mastic », une forteresse, entourée de murailles et ne communiquant à l'extérieur que par une porte en fer. A l'intérieur, les maisons étaient serrées les unes contre les autres, autour d'un donjon, auquel on accédait par le moyen d'une échelle de cordes.

La ville de Chio s'étend sur plusieurs kilomètres de lon-

(1) Μὴ τὴν Χίον Ῥωμαίους ἀποστερεσθῆναι, πολλοὺς ἔχουσαν οὐ πόῤῥωθεν μόνον, ἀλλὰ καὶ ἐγγύθεν ἐπιβούλους, καὶ μάλιστα τοὺς ἐν Δήλῳ Σπιταλιώτας. — *Histoires.* Lib, 11-12.

gueur, entre des bosquets d'orangers et des plantations d'oliviers. Les maisons construites au temps des Vénitiens et des Génois, ont une élégance et des agréments qu'on chercherait vainement ailleurs en ces pays. Cette ville m'apparut mieux bâtie et plus sûrement abritée que les autres villes du Levant.

On montre à Chio un rocher calcaire de sept mètres environ de diamètre, dont chacune des faces présente un sphinx en sculpture. Il y a tout autour des sièges taillés dans le roc. Les Chiotes appellent cet endroit l'École d'Homère ; et de fait, c'est ce littoral de l'Ionie qui semble produire les meilleurs titres pour revendiquer l'honneur d'avoir donné naissance au grand poète qui a su si noblement faire vibrer la corde épique.

Un château fort ou citadelle, œuvre des Génois, avec une tour en saillie, garnit l'angle qui s'avance dans la mer. Les autres tours, encore imposantes d'aspect, étaient autrefois munies de pièces d'artillerie ; sur les murs étaient de belles couleuvrines en bronze, aux armes de Venise, qui ont été expédiées à Constantinople, sans doute pour être fondues.

Le *Konak*, ou hôtel de ville, situé près de la grande mosquée, grâce à sa pierre de taille, a une apparence assez grandiose. La rue principale de l'*Aplotaria* court jusqu'à la cathédrale grecque des *Saints-Victors*. On compte dans l'île environ trois cents églises ou chapelles.

On ne saurait omettre de mentionner ici le couvent basilien de *Kallimaki,* dont l'église, dédiée à la Sainte Vierge, possède une image miraculeuse peinte sur bois. Constantin Monomaque, en vertu d'un vœu qu'il avait fait, fit bâtir cette église qu'il enrichit de colonnes de marbre, de porphyre et de précieuses mosaïques. L'image miraculeuse est derrière le grand autel. « Quoique l'église soit mal percée, elle passe pourtant pour une des plus belles qui soient dans le Levant. Tout y est gothique, excepté les

cintres et les voûtes. Les peintures y sont grossières, malgré les dorures qu'on n'y a pas épargnées : aussi le nom
de chaque saint est-il écrit au bas de sa figure, de peur
qu'on ne le confonde avec son voisin. L'empereur Constantin Monomaque, qui a fait bâtir cette église, comme

TYPES ET COSTUMES DE CHIOTES

l'assurent les moines, y est peint et nommé. Les colonnes
et les chapiteaux sont de jaspe du pays (1). »

Saint Paul vit cette île, en allant d'Illyrie à Jérusalem.
Outre les martyrs qui scellèrent leur foi de leur sang, on
cite le B. André de Chio, qui fut mis à mort pour la même
cause, en 1465. Son corps est à Galata.

Les Dominicains y eurent un couvent florissant, qui
était une pépinière d'apôtres pour le Levant. Depuis
l'époque de la domination génoise, il y eut à Chio des
évêques latins, dont plusieurs appartenant aux grandes

(1) La Martinière.

familles italiennes, les Pallavicini, Justiniani, Fieschi, etc.

Parmi les hommes remarquables appartenant aux temps modernes, on peut citer les membres des familles Fanariotes, les Mavrocordato, Pangotaki et autres, qui se sont fait un nom justement apprécié, surtout dans la carrière diplomatique.

Remarquons en passant que les femmes de Chio sont particulièrement renommées pour la beauté et la régularité de leurs traits.

Je terminerai par cette remarque d'un écrivain de valeur : « Ce qui distingue particulièrement les habitants de Chio, c'est un goût décidé pour le commerce, le goût des arts et l'esprit d'entreprise ; — la nature, dit-on, les a faits négociants et banquiers ; ils deviennent riches sans efforts ; c'est aussi une humeur enjouée, plaisante, épigrammatique, tournant parfois à la gaîté folle et burlesque, d'où est venu l'adage de l'Archipel : — Il est aussi rare de trouver un Khiote sage, qu'un cheval vert (1). »

La nuit est avancée quand le navire appareille pour quitter Chio ; on a embarqué des marchandises avec des Grecs en quantité. Cela ne se fait pas sans un vacarme assourdissant, qui me laisse quelque inquiétude pour la tranquillité du repos nocturne. Mais bientôt le cordon de lumières qui signale la ville se perd dans l'éloignement ; la lueur scintillante des étoiles qui se mirent dans les flots moëlleux de la mer d'Ionie, leur succède. Tout rentre enfin dans l'ordre, et je m'endors en rêvant aux fantastiques images qu'évoque à mon cerveau ma présence en ces lieux.

A travers les Sporades.

Si les Cyclades sont plus gracieuses, les Sporades sont plus imposantes. C'est désormais au travers de ce groupe

(1) Fustel de Coulanges.

que notre navire va frayer sa voie. Ici, chaque rocher a son histoire, chaque île a eu son beau siècle, ses héros et ses génies.

SAMOS

Dès le matin, on signale les côtes découpées et le sol montueux de *Samos*. Comment passer à Samos sans se

rappeler un des plus savants mathématiciens et philosophes de l'antiquité, Pythagore, qui y naquit?

Vers le sud, se dresse bientôt une autre île montagneuse, dont les broussailles dissimulent mal la nudité;
c'est la fameuse *Pathmos*, dont toute la réputation prend
son origine dans l'Apôtre saint Jean, qui y fut exilé sous
Domitien, en 95. « La gloire de cette pauvre et misérable
petite île, égarée au milieu de la Méditerranée, est tout
entière dans cet Apôtre (1). » C'est là que, suivant l'invariable tradition des Églises, il composa son Apocalypse, et
l'on montre encore sur la route de la Scala, qui est le
port de l'île, la grotte, dite de l'Apocalypse, où il eut ses
grandioses et redoutables visions.

« L'Hermitage de l'Apocalypse est à mi-côte d'une montagne située entre le couvent et le port de la Scala. On y
entre par une allée fort étroite, taillée à moitié dans le
roc, et qui conduit dans la chapelle : cette chapelle n'a
que huit ou neuf pas de long, sur cinq pas de large ; la
voûte en est belle, quoique d'un cintre un peu gothique.
A droite est la grotte de saint Jean, dont l'entrée, haute
d'environ sept pieds, est partagée en deux par un pilier
carré. On fait remarquer aux étrangers, tout au haut de
cette entrée, une fente dans la roche vive ; on croit que
ce fut par là que la voix du Saint-Esprit se fit entendre à
saint Jean : la grotte est basse et n'a rien de particulier. »

Au moyen âge, l'île paraît avoir été entièrement
déserte, sans doute à cause de la crainte qu'inspiraient
les pirates. En l'an 1082, l'empereur Alexis Comnène donna
Pathmos, par une Bulle d'or, au moine *Christodule*, réfor-
mateur de la discipline monastique en Orient, pour y
fonder un monastère. Ce monastère, devenu centre de

(1) Victor Guérin. *Description de l'île de Samos et de l'île de
Pathmos.*

réforme, conserve embaumé le corps du saint fondateur (1).

L'école annexée au monastère eut jadis une grande
réputation dans tout l'Orient. Là, on enseignait le grec

PATHMOS

ancien. C'est autour de ce monastère que se construisit la
ville, dont le noyau fut formé au xv⁰ siècle par des Grecs
réfugiés de Constantinople.

La ville est dominée par le monastère de Saint-Jean,
qui ressemble à une forteresse, et dont la bibliothèque
est riche en manuscrits anciens. L'abbé a rang d'évêque

(1) Le Barbier. *Saint Christodule.*

et dépend immédiatement du Patriarche. Ce monastère a de grandes propriétés dans les îles et pays voisins. Trois cents chapelles sont disséminées, paraît-il, sur la surface de l'île.

Dépourvue d'eau de source, bâtie sur le penchant escarpé d'une colline, présentant des rues raides et étroites, la ville de Pathmos est divisée en quartiers des Byzantins et des Crétois. Les habitants, grecs de langage, sont les marins les plus réputés de l'Archipel.

En quittant les abords de cette île, dont le spectacle saisissant vaut bien la peine d'y faire une excursion, et qu'a eu soin de ne pas omettre l'itinéraire de la société Cook, nous apercevons les côtes de la Carie, province fameuse par le souvenir de Mausole et d'Artémise, qui, au quatrième siècle avant notre ère, conquirent la réputation de souverains puissants et magnifiques.

Leur capitale était *Halicarnasse*, cité maritime, riche et florissante, patrie d'Hérodote. Peu de villes de l'Ionie pouvaient rivaliser avec celle-ci. Elle était bâtie en amphithéâtre ; son port était excellent et très favorable pour le commerce. Il s'y trouvait une vaste place publique ; à droite était un temple de Mercure et de Vénus, auprès duquel coulait la célèbre source de Salmacis, dont les eaux rendaient fou d'amour, dit-on, ceux qui en buvaient; à gauche était le palais construit par le roi Mausole. Dans une vaste rue qui partait de la place et qui coupait la ville, on trouvait le fameux monument élevé par la reine Artémise, pour y déposer les cendres de son époux, et qui fut placé par les anciens au nombre des sept merveilles du monde.

Actuellement c'est *Boudroun*, située au fond d'une baie profonde, bourg aux maisons irrégulières entremêlées de jardins. Les ruines des environs ont été explorées en 1839, par l'anglais Brock, qui a retrouvé l'emplacement et des bas-reliefs du mausolée.

Un fort construit par les Chevaliers de Rhodes, en
1402, existe encore sur une saillie, du côté occidental du
port, il a pour base un roc énorme, qui supporte les
deux murs, a l'aspect toujours menaçant.

La Carie, que nous côtoyons, est une région fraîche,
élevée et pittoresque, aux montagnes couronnées de sapins. Deux chaînes de montagnes se projettent en deux
presqu'îles, vers la mer Égée, et circonscrivent les deux
golfes de Stanko et de Kéramo, aux côtes creusées de
baies, d'anses et de criques. Le dernier golfe est parsemé
d'un nombre infini d'îlots, qui « ressemblent à des rochers
lancés par la main puissante des géants et retombés dans
la mer ».

Cos, la principale de ces îles, nous est bientôt signalée
par ses arêtes saillantes ; les gens du pays nous la désignent sous le nom de *Stanko* ; elle passe à juste titre pour
la reine des Sporades. Elle fut la patrie d'hommes célèbres ; Hippocrate, le médecin, Apelles, le peintre, Polybe,
l'historien, Philétas, le poète lyrique, précepteur de Ptolémée Philadelphe.

Consacrées à Esculape, les tables d'airain placées
dans le temple du dieu, et portant les noms des maladies, avec les remèdes, furent consultées par Hippocrate, qui en composa ses *Aphorismes*. C'était le
début de la médecine rationnelle, sans doute à cause
des plantes médicinales que le sol de l'île produisait en
quantité.

Cos était aussi renommée par ses gazes de soie et ses
teintures de pourpre. Terrain fertile en orangers, citronniers, figuiers et vignes qui produisaient un vin parfumé,
le sol fut souvent disputé. A la fin du moyen âge, elle
appartenait aux Chevaliers de Rhodes, à qui les Ottomans
l'enlevèrent.

Au v⁰ siècle, Julien de Cos fut d'abord légat à Constantinople. Au concile de Chalcédoine, saint Léon dit « qu'il

a établi Julien, en sentinelle, pour veiller à la conservation de la foi ».

Des eaux de Cos, le regard suit les sinuosités de la côte de Carie. Autrefois, ce littoral rendait un culte à Vénus, dont la capitale de la Carie portait le nom. On admirait à Gnide une statue de la déesse, chef-d'œuvre de Praxitèle. Actuellement, cette côte, d'un difficile accès et bordée d'alluvions marécageuses, est à peu près déserte.

Malgré le culte des faux dieux et la mollesse inhérente au climat, les vertus chrétiennes n'y furent pas infructueuses. On signale, au ixᵉ siècle, *saint Athanase* le Thaumaturge, célèbre par ses austérités et ses nombreux miracles, dans une île du fleuve Sangari.

Toute cette côte, jusqu'aux confins de la Cilicie, a été occupée par les Chevaliers de Rhodes, comme le révèlent les débris des vieilles forteresses, dont le voyageur peut encore admirer les puissantes assises, qui semblent prendre en pitié les bâtisses modernes si vite croulantes et emportées par le cours des ans.

RHODES.

RHODES

C'est par la plus belle journée, enchantée de la pureté du ciel et de la complète placidité des éléments, que le navire nous amène en vue de la ville de Rhodes. De bonne heure, nous apercevions les sommets élevés de l'île, couverte de forêts, où les sapins et les cyprès, s'étageant sur leurs flancs, forment le cadre imposant du paysage.

Bientôt nous voyons distinctement les monuments de la ville, ces tours, ces remparts dentelés de créneaux, qui ont conservé leur aspect sourcilleux et redoutable. Il est environ quatre heures quand nous sommes en face du port ; la ville nous apparaît dans toute sa beauté, encadrée dans une riche végétation, se dressant, au sein de l'océan azuré, avec des charmes suffisants pour justifier l'admiration des anciens et des modernes.

Appelée *Macaria*, « la Bienheureuse », elle doit son nom plus récent aux roses sauvages qui la couvrent. Douée d'un climat d'une douceur et d'une salubrité remarquables, elle était en outre d'une fertilité sans égale.

Envoyant jusqu'en Italie ses navigateurs et ses colons, elle subit maintes vicissitudes. Après la mort d'Alexandre, Rhodes étonna le monde par sa magnificence ; et déployant l'étendard de l'indépendance, elle s'illustra par ses exploits guerriers. Démétrius Poliorcète essaya de s'en emparer ; mais après un siège inutile, il perdit sa réputation de *preneur de villes.*

La capitale de l'île était alors renommée pour la grandeur de ses ports, la somptuosité de ses édifices, la belle disposition de ses rues. Elle était ornée de temples, d'obélisques, de théâtres, de statues au nombre de plus de trois mille, enfin de chefs-d'œuvre de peinture et de sculpture, dont le temps a dispersé les restes.

Mais ce qui la signalait surtout à l'admiration était le fameux *Colosse* d'Apollon, en bronze, œuvre de Chariès de Lyndos, une des sept merveilles du monde. Haut d'environ 32 mètres, il avait coûté douze ans de travail et pesait plus de 360.000 kilos. Elevé à l'entrée du port, les vaisseaux passaient entre ses jambes. Il fut renversé 56 ans après son élévation ; mais les débris n'en furent enlevés que neuf siècles plus tard par les Arabes qui en chargèrent neuf cents chameaux.

Les sciences furent cultivées à Rhodes avec soin et succès. Du temps de César et de Cicéron, son école d'éloquence était fréquentée par ceux qui voulaient se distinguer dans l'art de bien dire : Eschine et Milon y avaient enseigné. Cette ville avait donné naissance à Cléobule, un des sept sages de la Grèce, à l'astronome Hipparque, aux poètes Anaxandride et Timoléon.

Saint Paul y ayant prêché la foi de Jésus-Christ, Rhodes se convertit et devint la Métropole des dix-sept évêchés des Cyclades. Elle suivit désormais les phases de l'empire de Byzance, et passa ensuite aux mains des Génois, puis des Sarrasins.

Vers le xive siècle, elle était partagée entre des seigneurs grecs et turcs, sous la suzeraineté nominale d'Andronic II. C'est alors que les Chevaliers de Saint-Jean de Jérusalem ayant été forcés de quitter la Terre Sainte, s'en emparèrent en 1309 et prirent le nom de Chevaliers de Rhodes. Cela eut lieu sous Foulques de Villaret, dont le frère, Guillaume de Villaret s'était retiré en Chypre. Othman, sultan des Turcs, vint, en 1315, attaquer Rhodes avec une armée formidable ; mais il fut repoussé.

A partir de cette époque les Chevaliers firent une guerre implacable aux Ottomans, couvrirent les rivages et les îles de leurs forteresses, et repoussèrent toutes les attaques, jusqu'en 1444. Mahomet II, en 1480, fit une première tentative contre Rhodes.

Le grand-maître Pierre d'Aubusson, prévoyant que Mahomet tournerait infailliblement ses armes contre l'île de Rhodes, pour n'être pas surpris, fit remplir les magasins de munitions de guerre et de bouche ; et l'île de Rhodes se trouvant destituée pour la défense d'un nombre suffisant de Chevaliers, il convoqua le chapitre général, et par une citation adressée aux grands Prieurs, il ordonna à tous les Chevaliers de se rendre incessamment à Rhodes, avec leurs armes, dans l'équipage conforme à leur profession.

Cette citation répandue dans toute l'Europe excita le zèle et l'ardeur des Chevaliers. Pour avoir plus promptement de l'argent, on vend ses meubles, on loue et on afferme à vil prix les Commanderies. Quelques souverains y envoyèrent différents secours ; le plus considérable vint de France. Louis XI, qui régnait alors, obtint du pape Sixte IV des indulgences et un jubilé en faveur de ceux qui assisteraient les Chevaliers. Ce jubilé produisit des sommes considérables, qui furent envoyées en Orient ; et le Grand-Maître construisit de nouvelles fortifications qu'on ajouta au château et aux boulevards de la ville de Rhodes.

De part et d'autre, on déploya toutes les ressources de l'art de la guerre. Après six mois de tentatives sans résultats, Mahomet se vit obligé de se retirer, sans avoir pu triompher de l'invincible résistance de Pierre d'Aubusson. « ...Enfin, le 27 juillet, l'armée ottomane attaqua la ville de tous côtés. Les Turcs eurent ordre du pacha de choisir le Grand-Maître dans la mêlée, et de ne le pas manquer. Ces gens frais se jetèrent comme des bêtes féroces sur les chrétiens, et les plus hardis avancèrent contre le grand-maître, qui reçut cinq blessures à la fois. Ils furent néanmoins contraints de prendre la fuite (1)... »

(1) P. Bouhours. *Histoire de d'Aubusson.*

Le Grand-Maître, rentré dans son palais, couvert de son sang et de celui des ennemis, fit élever en actions de grâces la magnifique église de Notre-Dame-de-la-Victoire.

Après plus de quarante ans, sous Soliman II, les Turcs assiégèrent de nouveau la ville. Elle fit encore une fois une défense héroïque, sous les ordres de Villers de l'Isle-Adam ; mais enfin elle capitula, en 1522, après un siège des plus mémorables. Les Turcs, malgré la foi jurée, s'y livrèrent à d'odieux excès. En partie détruite par les boulets, elle ne s'est jamais relevée de ses ruines.

La ville moderne de *Kastro* ne conserve plus rien de l'antiquité. Bâtie en amphithéâtre sur un coteau, elle produit un effet des plus saisissants. Elle est encore entourée des anciens remparts construits par les Chevaliers, garnis de tours imposantes qu'on aperçoit de loin. L'une d'elles, haute de 40 mètres, sert de fanal au port qui est large et commode. L'entrée en est resserrée entre deux rochers surmontés de deux forts, qui, d'après la tradition, servaient de bases à l'ancien Colosse.

Les quatre chevaux de bronze qui figurent au-dessus de la grande porte de la basilique de Saint-Marc, à Venise, ont été transportés de Rhodes. Ils passent pour être l'œuvre du sculpteur Lysippe.

Les rues sont larges, propres et garnies de trottoirs formés de petites pierres artistement rangées ; elles sont bordées de maisons régulières et élégamment bâties ; mais ces rues sont désertes, quelques-unes presque dépourvues d'habitants, et beaucoup de maisons tombent en ruines. C'est encore une ville tout entière du moyen âge, aux fortifications à créneaux, murailles à meurtrières, maisons à tourelles percées d'ogives et ornées d'armoiries. A chaque pas, on trouve des traces du séjour des Chevaliers : ce sont des écussons, des fleurs de lys, gravés sur les portes et les fenêtres, des ogives, des voûtes, des arceaux dominant les rues, et au milieu de tout cela,

PALAIS DES GRANDS MAITRES

personne ; la solitude la plus complète. L'ombre des Chevaliers semble encore planer sur ces antiques demeures et en éloigner leurs indignes possesseurs.

Parmi les blasons de la *rue des Chevaliers,* on remarque ceux des grands-maîtres de l'Isle-Adam, Aubusson, Amboise, Roger des Pins, Jean de Lastic, etc. « Elle est bordée de maisons gothiques ; les murs de ces maisons sont parsemés de devises gauloises et des armoiries de nos familles historiques. Je remarquai les lis de France couronnés, aussi frais que s'ils sortaient de la main du sculpteur. Les Turcs qui ont mutilé partout les monuments de la Grèce, ont épargné ceux de la Chevalerie : l'honneur chrétien a étonné la bravoure infidèle, et les Saladin ont respecté les Couci (1). »

L'ancien palais, où réside le Pacha actuellement, témoigne de la magnificence des anciens possesseurs. Un écusson sculpté au-dessus de la grande porte rappelle Hélion de Villeneuve. La cathédrale de *Saint-Jean,* édifice monumental, placé au point culminant de la ville, a été détruite en 1856 par l'explosion d'une poudrière. Plusieurs églises anciennes, Sainte-Catherine, Saint-Marc et autres, ont été converties en mosquées.

Les autres édifices, le *Couvent* entouré d'un rang d'arcades, le *Châtelet* aux fenêtres encadrées de feuilles d'achante, la *Tour Saint-Nicolas,* supportant l'écusson de Philippe le Bon, duc de Bourgogne, la *Caserne des Chevaliers,* le *Grand hôpital* transformé en grenier d'abondance, ont été plus ou moins maltraités par le temps.

Tous les souvenirs chrétiens de cette île ou se fondent dans l'histoire des Chevaliers qui en portent le nom, ou s'éclipsent devant elle.

(1) Chateaubriand.

LA COTE MÉRIDIONALE

J'avais peine à m'arracher au spectacle que présente cette île célèbre, et aux souvenirs qu'elle évoque. Mais la marche du navire est inexorable. On est à la tombée de la nuit, quand nous nous éloignons du port de Rhodes. Avec plusieurs arrêts, la traversée de Smyrne à Beyrouth est longue ; je m'en félicite : elle n'en sera que plus intéressante. Au milieu d'une population aussi cosmopolite, les incidents abondent.

Il y a une jeune et charmante dame de Chio qui se rend à Tripoli avec sa petite famille. Connaissant mon amour de l'Hellénisme, on me parle grec. Rencontrons-nous une île aux contours gracieux « Ὡραία! me dit un jeune Grec. Elle est bien jolie ! »

A partir du moment où nous quittons Rhodes, la côte opposée se découpe en de nombreux promontoires, ou elle est dentelée d'une infinité de petites baies. Elle sert de déversoir à de fréquents cours d'eau.

La voilà donc cette côte méridionale de l'Asie, autrefois si riche, si peuplée, où s'échelonnaient les ports opulents et les plantureuses cités, et dont les rivages renommés ont reçu le contre-coup de tous les événements religieux et politiques qui ont ébranlé le monde depuis l'époque de Xerxès et d'Alexandre le Grand jusque par delà les Croisades!

A ce spectacle, les souvenirs surgissent comme spontanément à l'esprit. Dussé-je créer des ennuis à quelques lecteurs, je ne saurais résister à la tentation de faire part ici de quelqu'une de ces réminiscences historiques ou archéologiques que ramène à ma mémoire la succession des lieux que nous voyons dérouler devant nos yeux.

Depuis le Talaman, qui est le plus grand cours d'eau de la Lycie, jusqu'à Satalièh, la côte s'avance dans la mer en une vaste demi-lune très découpée et accidentée. Cette contrée est formée par la chaîne granitique du *Cragus,* qui s'épanouit en un éventail à sept nervures jusqu'à la mer, et forme la Lycie. Sur son plateau élevé serpentent quelques rivières, qui disparaissent dans le sol, ou se jettent dans des lacs sans écoulement apparent, eu égard à la nature du terrain jurassique, qui est celle du sol avoisinant.

Sur cette côte, depuis la Carie jusqu'à la Cilicie, patrie de saint Paul, s'étalaient au soleil d'Orient de nombreuses et florissantes cités, dont quelques-unes ont laissé des ruines considérables, mais qui n'ont plus guère d'autre renom que celui qu'une histoire éloignée leur a conservé.

A l'extrémité orientale du golfe de *Makri* se trouve la ville de ce nom, près des ruines de *Telmessus,* où est son port. Ce n'est plus qu'une bourgade de quelques centaines d'habitants. La ville de Makri, abandonnée pendant les chaleurs, est très commerçante en hiver. De Telmessus, « la ville des devins », il reste les ruines assez bien conservées d'un théâtre et de tombeaux d'époques différentes, quelques-uns en forme de temple.

Non loin de là, en 1840, M. Fellow a retrouvé et signalé les ruines intéressantes de l'ancienne *Calyanda.*

Côtoyant ces rivages par le plus beau soleil du monde, nous voyons se déployer à nos yeux le splendide panorama du littoral, où les eaux bleues de la mer viennent baigner le pied des collines couvertes de forêts, au-dessus desquelles nous apparaissent les superbes cîmes des montagnes de Lycie ou les lointains contreforts du Taurus que la neige vient recouvrir en hiver.

Partout en ces contrées a résonné l'écho des Croisades. Dans une petite île se trouve *Meïs,* ou Castellazzo, forteresse longtemps occupée par les Chevaliers de Rhodes, auxquels on attribue le fort et les ouvrages de défense.

A quelques kilomètres de l'embouchure du Xanthus, « l'Eschen-Tchaï », se présentent les ruines de *Patara*, ville importante de Lycie. On y voit des débris de murailles, les restes d'un théâtre creusé dans le roc et d'églises chrétiennes, avec un grand nombre d'inscriptions grecques. C'est un amas confus, que l'œil ne saisit pas distinctement dès l'abord.

Patara, autrefois cité maritime considérable, fondée par les Doriens, avait un sanctuaire d'Apollon, qui rivalisait avec celui de Delphes. Devenue chrétienne, elle se signala par sa foi, et produisit d'admirables saints, entre autres les saints amis *Parégoire* et *Léon*, martyrs sous la persécution de Dèce, dont les actes sont si touchants.

Mais voici la métropole de Lycie, *Myre*, à laquelle s'attache indissolublement le nom de saint *Nicolas*, son grand évêque. Ce n'est plus qu'un village, nommé *Dembré*, sur les dernières pentes du Sousas-Dagh, massif du Taurus de Lycie.

Avant son célèbre patron, Myre avait signalé son attachement à la foi, notamment sous l'empereur Dèce. On conserve la mémoire de saint *Thémistocle*, berger et martyr. Saint Nicolas, surnommé le Grand et le Thaumaturge, assista au concile de Nicée. Une piété extraordinaire, un zèle et une charité immense à l'égard des malheureux, surtout le don des miracles, ont rendu son nom célèbre chez les Grecs et les Latins.

En 1087, des marchands de Bari, en Italie, vinrent nuitamment enlever le corps du saint, qui se trouvait dans une église isolée, entre Myre et la mer ; ce n'est que trop tard que les moines chargés de veiller à la garde du tombeau, s'aperçurent de ce pieux larcin. Depuis ce temps, son tombeau, à Bari, est l'objet de fréquents pèlerinages.

Karamanie.

L'eyalet de Koniéh, ancien royaume Seldjoukide de Karamanie, est coupé et divisé par la chaîne du

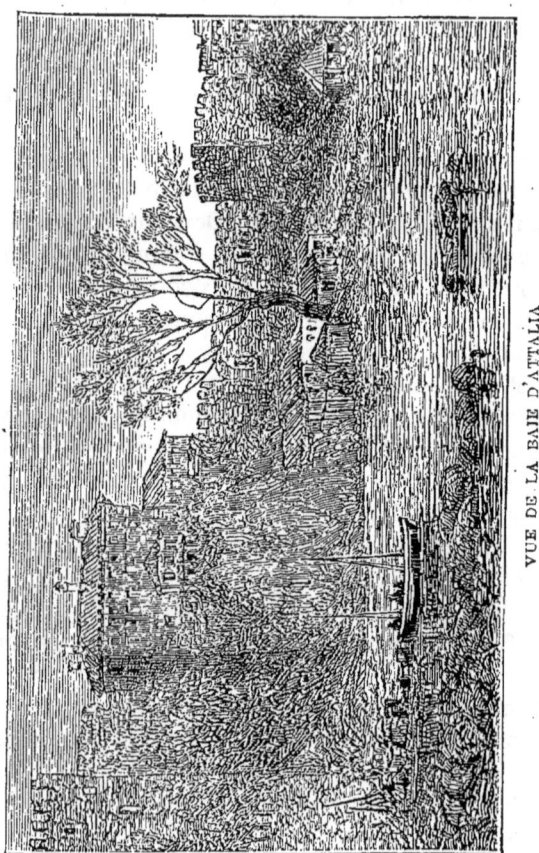

VUE DE LA BAIE D'ATTALIA

Taurus, séparant nettement le nord du sud. Si on descend ses vallées fertiles jusqu'à la mer, on voit, à partir du cap granitique Kehdoni, une vaste échancrure qui forme le golfe de *Satalièh*, ville dont on nous signale les blanches maisons resplendissant au loin.

Satalièh est l'ancienne Attalia, *Adalia* des Grecs mo-

VIEILLE TOUR A L'ENTRÉE DE LA BAIE D'ATTALIA

dernes. Elle est encore bien fortifiée, et possède des ruines de granit, marque de son ancienne puissance. Son port est abrité par deux jetées de même pierre, à l'extrémité desquelles vous voyez deux vieilles tours tombant en ruines. Les faubourgs, entrecoupés de jardins d'orangers, sont

peuplés de Chrétiens et de Juifs. Elle a été fondée par At-
tale II Philadelphe, roi de Pergame, qui lui laissa son nom.

A l'époque de la deuxième croisade, habitée par des
Grecs, elle était gouvernée au nom de Manuel Comnène,
empereur de Constantinople. Mais les Turcs occupaient
les forteresses du voisinage et répandaient la dévastation
dans toute la contrée. Les habitants de Satalièh, enfermés
dans leurs remparts, refusèrent de recevoir l'armée chrétienne, qui se trouva dans une extrémité des plus fâcheuses, sans chevaux, sans armes, sans vivres. On parlait
de s'emparer de Satalièh, lorsque le gouverneur de la ville
vint proposer à Louis VII, roi de France, des vaisseaux
pour embarquer les Croisés. L'attente fut longue ; mais
néanmoins telle était la résignation des Croisés, qu'ils ne
commirent aucune violence. Une partie de l'armée s'embarqua pour Antioche avec le roi, qui laissa de fortes
sommes pour le soin des malades et le reste de l'armée.

Boniface III, marquis de Montferrat, roi de Thessalonique, chef de la quatrième croisade, après avoir brillam-
ment contribué à la prise de Constantinople, fut tué en
1207, d'une flèche empoisonnée, en combattant les Sarrasins devant Satalièh.

Le capitaine Spratt a découvert et exploré, au N.-O.
d'Adalia, à *Termessos*, des ruines des plus importantes de
l'Asie Mineure. Un grand mur bien conservé enferme un
nombre considérable de bâtiments romains, notamment
un palais, l'agora et un théâtre, dont le *proscenium* est
intact. A un angle de l'agora sont encore debout deux
petits temples et un bel édifice de style dorique. Un monastère avec son église, est le seul édifice chrétien de ces
ruines.

A l'Est de Satalièh, nous apercevons des falaises de
calcaire, aux cavernes creusées par les flots, qui bordent
le golfe. Si vous avancez dans cette direction, à 20 kilomètres de la ville, près de l'Ak-sou, et à égale distance de

la mer, vous trouvez les ruines bien conservées de *Pergé*.
Cette ville était consacrée au culte d'Artémis, dont on
découvre les restes du temple sur une colline. Dans la
ville même, on voit de nombreux débris de l'architecture
grecque, de beaux théâtres, un stade, un palais remarquable, des colonnades, etc.

Saint Paul, accompagné de Barnabé, prêcha l'Evangile
à cette ville, qui présente un nombre considérable de
martyrs, parmi lesquels le saint évêque *Nestor*, mis à
mort sous Dèce.

Jean, métropolitain de Pergé, fut délégué à Rome par
Basile le Macédonien, au Pape Adrien II, après la déposi-
tion de Photius, accompagné d'autres envoyés grecs ; il
apportait au Pape avec des présents et des lettres de la
part de l'empereur, un livre trouvé dans les archives de
Photius par le patriarche saint Ignace et rempli de faus-
setés contre l'Eglise romaine. Jean présenta le livre et le
jeta à terre, en disant : « Tu as été maudit à Constantinople ; sois encore maudit à Rome ! Nicolas, le nouveau
Pierre, t'a déjà écrasé. » L'ambassadeur de Basile, le frap-
pant du pied et de l'épée ajouta : « Je crois que le diable
habite dans cet ouvrage, pour dire par la bouche de Photius son complice ce qu'il ne peut dire lui-même. » Après
quoi, le livre, qui contenait le conciliabule de Photius, fut
solennellement condamné, foulé aux pieds et brûlé sur
les degrés de l'église de Saint-Pierre.

En suivant la côte, à 20 kilomètres de l'embouchure
du Keüpri, « Eurymédon » des anciens, nous trouvons
Eski-Adalia, « la vieille Adalia », qui est l'ancienne *Sidê*,
métropole de Pamphylie. Sur ses monnaies, on distingue
Minerve tenant en main une grenade, en grec, Σιδὴ. Des
ruines très remarquables, répandues au travers d'une
péninsule basse, marquent l'emplacement de l'ancienne
ville.

Ayant reçu la foi de saint Paul et de ses collaborateurs, Side se montra digne de cette faveur. Naquit en ce lieu le docte *saint Eustathe*, patriarche d'Antioche en 324, et l'historien Philippe de Side, ami de saint Chrysostome. Le célèbre Tribonien, rédacteur du code Justinien et des Pandectes naquit également à Side. L'empereur d'un jurisconsulte fit son premier ministre.

Jusqu'au golfe Scanderoun, sur cette côte jadis si peuplée et si féconde en poissons, on ne rencontre pas une seule barque de pêcheurs. *Alaïa* est la première localité qui se présente. C'est l'ancienne Coracésium, le hardi « Nid de Corbeaux ». Son port servait de repaire aux pirates de Cilicie exterminés par Pompée. La ville moderne fut bâtie, dit-on, par Ala-Eddin, sultan de Koniéh, qui lui donna son nom.

Construite en amphithéâtre sur la pente rapide d'une montagne très élevée, dont l'autre face tombe à pic dans la mer, son aspect est extrêmement remarquable. La plate-forme de rochers est surmontée d'un château ou citadelle occupée et restaurée par les Byzantins, les Génois et les Seldjoukides. La ville a une grande importance comme citadelle : on l'estime sous ce rapport presque autant que Gibraltar. Les habitants sont presque tous marins ou négociants.

Cilicie.

A l'est de cette ville, le Taurus commence à envoyer vers la mer les chaînes boisées qui la côtoient jusqu'à Sélefkéh. Nous entrons dans la Cilicie *Trachée* ou « pierreuse », aux rivages découpés de criques nombreuses, qui, de tout temps, ont été des repaires de pirates. Cette région décrit un grand arc de cercle, dont le cap Anemour est le sommet. Elle est hérissée de montagnes, ici, couronnées de forêts de cèdres et de sapins ; là, chauves, arides ou neigeuses, et venant tomber souvent à pic dans la mer.

Entre Alaïa et le cap Anemour, nous trouvons *Séli-nonte*, où mourut Trajan, en 117. Située au pied du cap Sélintí, la ville s'étendait sur un rocher presque entière-ment entouré par la mer, ce qui la rendait imprenable. On trouve à la base du rocher les restes de quelques mo-numents, un agora, un mausolée, un théâtre, quelques tombeaux.

Le cap Anemour s'avance dans la mer, portant à son extrémité un château, mais inaccessible aux vaisseaux de fort tonnage, à cause de sa hauteur. A l'opposé du château se trouvent les ruines de l'antique *Anemorium*, la « ville des vents », où l'on a découvert des vases, des médailles, des tombeaux.

A l'endroit appelé *Tékorah*, bourg à 4 kilomètres de la mer, qui étage ses chaumières au-dessus des inondations de l'Anemour, la colline est couronnée par les ruines d'un fort qui semble dater des Francs, au temps où les Lusi-gnan de la Petite-Arménie dominaient en Karamánie. « A quelques kilomètres à l'est, se dresse la masse imposante du château de *Mansouriéh*, quadrilatère, dont les murs épais de plus de six mètres, enferment un espace de plus d'un kilomètre carré. L'intérieur contient une seconde forteresse, avec trois grosses tours, dont une écroulée, et est muni de vastes citernes. Une inscription en caractères grecs indéchiffrables en a fait attribuer la construction à Alexandre le Grand ; mais le style et l'ensemble la placent au temps des Croisades. Il est possible que ce soit une antique forteresse, restaurée par les Croisés ou les rois de la Petite-Arménie (1). » Le château est la résidence d'un aga avec une garnison assez nombreuse. Aux environs, mosaïques remarquables.

De ce point, en suivant la côte, nous rencontrons beau-coup de ruines qui n'ont pas encore été identifiées d'une façon définitive.

(1) Beaufort. *La Caramanie*.

Celles de *Célendris*, « Kélèndréh » ou « Gulnar », en sont les principales. Le port est petit, mais bien abrité ;

SÉLEFKÈH

il est fréquenté par les navires qui viennent charger du bois.

Bientôt se présentent les restes de *Séleucie,* ancienne capitale de l'Isaurie, actuellement « Sélefkèh », située à

16 kilomètres Est du Gheuk-Sou, ancien Calycadnus. Le nom de ce fleuve rappelle un événement tragique, que l'histoire a enregistré.

En quittant Laranda, l'empereur Frédéric Barberousse se mit en route avec son armée, pour Séleucie, le 10 juin 1190. Le duc Frédéric conduisait l'avant-garde au delà du Calycadnus, actuellement le Sélef; l'empereur était à l'arrière-garde. Comme le passage s'effectuait très lentement, Frédéric résolut de passer la rivière à la nage; mais avec l'ardeur de la jeunesse le vieillard n'en avait plus la vigueur. Les flots l'entraînèrent; quand on vint à son secours, il était sans vie. Il avait réparé les fautes de son règne par son dévoûment à la cause du Christ.

On distingue en ce lieu les restes d'un théâtre, d'un temple, d'un portique, d'une nécropole. Il y a également un beau château du moyen âge. Il paraît, par les écrits de Basile de Séleucie, évêque de ce siège en 440, qu'à cette époque, cette ville était une des plus florissantes de l'Orient.

Ce fut le lieu où mourut l'illustre *sainte Thècle,* dont le tombeau opérait de nombreux miracles. Ce fut aussi le lieu de la retraite de saint Grégoire de Nazianze.

Du Gheuk-Sou au Cydnus, l'aspect de la côte change; il est moins sévère et moins sauvage; le rivage se couvre de ruines qui indiquent le passage des armées mahométanes. Au milieu d'elles, distinguons *Korghos,* l'ancienne « Corycus », importante sous la domination romaine, où les empereurs entretenaient des forces navales considérables. Près de Corycus était cet antre mystérieux, devenu introuvable, célébré par les anciens.

Korghos, fréquemment mentionné dans les chroniques du moyen âge, paraît avoir donné son nom à la famille de Courcy. *Hétoun,* l'historien, seigneur de Courcy ou de Corycus, parent de Hétoun II, roi d'Arménie, se fit moine en Chypre, en 1305. Il dédia son *Histoire Orientale* au pape Clément V.

Au delà de la rivière Lamus, commence la *Cilicie*

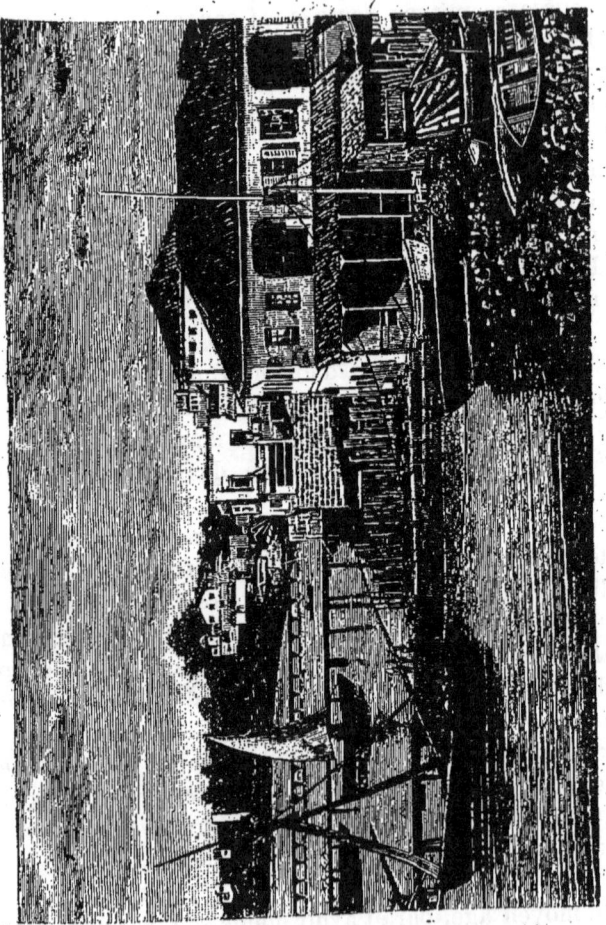

LE PORT DE MERSINA

des plaines, formée des plages sablonneuses ou des plaines d'alluvions qui s'étendent entre le Taurus et la mer.

Non loin de *Mersina,* le port de relâche des paquebots, on rencontre les ruines de *Soli.* Il est facile, pendant la halte du navire, d'accomplir cette excursion. Cette

TARSOUS

ville, appelée plus tard Pompéiopolis, après la victoire de Pompée sur les pirates, s'étend près du village de *Méselli.* Ces ruines sont considérables. On y voit des restes de colonnades, qui menaient à un port de forme ovale, parfaitement conservé, mais ensablé. L'aspect des colonnes qui sont encore debout est des plus remarquables. La hauteur totale est d'environ dix mètres, avec un mètre de diamètre. Elles étaient surmontées d'un chapiteau énorme, aux feuilles d'acanthe admirablement sculptées, et entouré d'une guirlande. Deux seulement sont à cannelures ; les autres ont le fût lisse et sans ornements. Partout autour le sol est jonché de fragments de pierre et de marbre.

On trouve à Mersina des montures ou autres moyens de transport, pour se rendre aux ruines de Soli, excursion que les voyageurs ne manquent pas de faire, quand la halte du paquebot leur en facilite le loisir.

Dès le temps d'Alexandre, cette ville était connue par le langage incorrect de ses habitants, passé en proverbe, et dû à l'immixtion des langues parlées dans les pays avoisinants. De là vient le mot de *solécisme*. Par le fait, c'est aux confins de la Cilicie qu'expire l'harmonieux langage hellénique, encore si doux à entendre, dans la bouche d'une personne instruite et cultivée.

Mersina, ville entièrement neuve, est une des principales relâches des compagnies maritimes, avec des quais nouvellement construits, auxquels les navires peuvent accoster, avantage inappréciable qui dispense des ennuis inséparables de l'embarquement et du débarquement. Cette ville sert de port à l'ancienne *Tarse*, patrie de saint Paul, qui a évangélisé tout ce littoral. C'est maintenant la ville de *Tarsous*.

La population grecque.

Si les Turcs Seldjoukides, ou mieux les Ottomans, sont les maîtres du sol, dépassant par une faible majorité la moitié de la population totale, d'autres races ont projeté des racines profondes et séculaires dans ce sol de l'Ana-

tolie; toutefois sans se mélanger entre elles, et subsistant
avec leurs caractères, leur langue, leur religion, leurs coutumes. De ce nombre sont les Arméniens, les Kurdes et
surtout les Grecs, autrefois les possesseurs incontestés de
ce beau pays.

Encore maintenant, malgré le cours destructeur des
siècles et les différentes alluvions ethnographiques, qui
périodiquement ont bouleversé la région, dans toutes les
villes du littoral et de l'intérieur de l'Asie Mineure on
rencontre un nombre considérable de familles grecques.
Bien qu'écrasés sous le joug de leurs dominateurs, ils
sont toujours le peuple remuant, spirituel, adroit et intelligent de l'antiquité. Combien sont-ils au total ? Des calculs modérés permettent d'évaluer leur nombre au moins
à deux millions.

Je les ai vus ces fils de la grande famille hellénique,
avec des caractères indéniables de ressemblance et de
parenté depuis les rivages de la Crète jusqu'aux bords du
Nil. J'ai vu l'Athénien observateur et caustique, comme
au temps de Périclès, le Crétois nerveusement attaché à
son culte et à son indépendance, le Macédonien exploi-
tant avec habileté le sol fertile que la Providence lui a
départi, le Grec des Cyclades, enivré de liberté et aspi-
rant au renouveau des arts; j'ai vu le Grec Phanariote
qui n'a pas oublié que chez lui fut poussé très loin l'art
de gouverner; le Grec de Smyrne et de Lesbos, cachant
sous les dehors d'une apparente mollesse toutes les ressources qui enrichirent les rivages de l'Ionie; enfin le
Grec des Sporades brave jusqu'à la témérité et doux
jusqu'à la séduction.

Voulez-vous de l'habileté commercialé ? Ce sont leurs
trafiquants qui détiennent le commerce des comptoirs et
des échelles du Levant. Désirez-vous la grâce et les manières attrayantes ? Ils excellent à captiver et à enchaîner
ceux qui les approchent. Enfin si vous aimez l'éloquence

et la belle diction, ils ne sont jamais pris au dépourvu,
pour tourner un discours ou assaisonner une conversation.

A peine une petite portion de cette grande famille fut-

PATRIOTES GRECS

elle émancipée, qu'ils se retrouvèrent de suite un peuple,
et tentèrent de ressaisir les traditions de l'antiquité.
Invitées par eux, les Muses depuis si longtemps dispersées
ont voulu reprendre possession de ces collines d'où les
avait chassées la barbarie. Disons-le sans figure, ce

20

peuple est redevenu rapidement un peuple politique, et cela parce qu'il a éminemment l'instinct religieux.

Leurs beaux traits sont restés sans altération, malgré six cents ans d'esclavage. Dans leur figure vous retrouvez ces lignes pures et bien proportionnées, dont les artistes de l'ancienne Grèce nous ont transmis le type dans leurs chefs-d'œuvre, comme l'idéal du beau. Regardez ces statues, ces reliefs et ces médailles antiques ; comparez-en les figures avec celles des Grecs actuels, et vous serez étonné de retrouver des ressemblances frappantes entre eux et leurs pères. Les Grecs des îles, et en particulier ceux de Chio, ont encore ce beau teint et cette régularité de traits renommés dans l'antiquité classique.

En général, les Grecs d'Anatolie ont conservé leur langage, sauf quelques contrées, qui ont adopté le turc. Néanmoins, en Asie, comme en Europe, la langue grecque a pris un certain nombre de mots appartenant aux idiomes des pays limitrophes. Comme toutes les langues, elle a aussi ses dialectes et ses patois.

La langue classique s'est conservée chez les Grecs Phanariotes, dont les familles se retrouvent dans les îles, et qui sont les instruments de la Porte, pour gouverner les Hellènes et les autres populations chrétiennes. Beaucoup de Grecs de Constantinople prétendent parler la même langue que leurs pères, dont ils ont conservé les noms. Il est certain qu'ils sont plus compétents que nous dans une pareille question ; et nous croyons, avec eux, que la prononciation de la langue des classes élevées du Phanar ne diffère pas beaucoup de celle des anciens habitants de la ville capitale et des environs. A part de légères différences, leur langue est celle des autres Hellènes qui couvrent l'empire Ottoman. Ces réflexions sont comme une parole d'adieu que j'envoie aux rivages harmonieux de la Grèce ; car voici que nous voguons vers d'autres parages où nous allons entendre l'idiome guttural de la grande famille sémitique.

Je citerai pour terminer les observations que suggérait à un Français le souvenir de ce que les Français ont fait, à mainte époque, en faveur de la nationalité hellénique : « ... Pendant les trois cents ans qui s'écoulèrent depuis la conquête de Constantinople par les Francs, jusqu'à la conquête de la Morée par les Turcs, presque toutes les provinces qui forment aujourd'hui le royaume de Grèce furent régies par les Français, dont les chroniques grecques elles-mêmes proclament la bonne foi sans tache, la générosité chevaleresque et l'insouciante bravoure... Et quand on a l'honneur d'appartenir à une nation qui, comme la France, a si noblement et si puissamment contribué à l'affranchissement actuel de la Grèce, on peut, sans crainte de blesser une honorable susceptibilité nationale, aimer à se rappeler et à rappeler aux autres qu'avant d'assurer à la Grèce d'aujourd'hui cette nationalité que lui ont conquise et méritée tant de sacrifices généreux, tant de malheurs, tant de courage enfin déployé dans une lutte obstinée, les chevaliers français avaient été les premiers à lui reconquérir, sinon son existence nationale, du moins une individualité qui n'était ni sans fierté, ni sans gloire (1). » Ces paroles pourraient s'appliquer en général à tous les Grecs de l'empire Ottoman.

(1) Buchon, *Mémoire lu à l'Académie,* 1842.

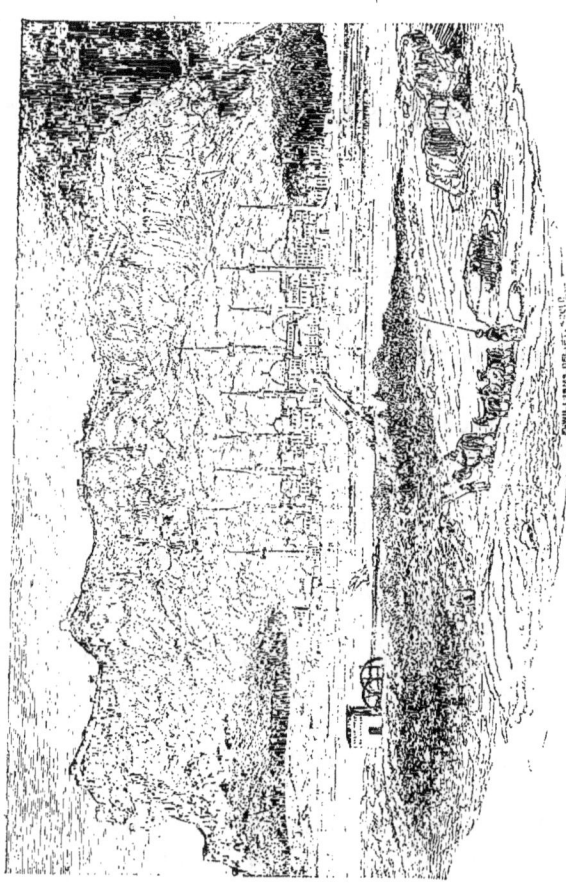

ANTIOCHE (ANTAKIÉH)

DEUXIÈME PARTIE

ARAMAÏSME ET SÉMITISME

ANTIOCHE

Voici s'ouvrir devant moi un monde nouveau, celui de la grande famille des Sémites et des Araméens. C'est elle qui a produit Abraham et David, le législateur Moïse et le grand prophète Élie, comme aussi le saint homme Job, le patriarche de l'Idumée. C'est elle qui a donné naissance aux premiers souverains de la mer, les fiers navigateurs de Tyr et de Sidon, aux puissants rois de Syrie, aux altiers fils d'Ismaël, et pour dire plus que tout cela, c'est de son sein que devait sortir le Messie promis, l'attente des collines éternelles !

C'est sur les confins de la mer qui baigne ses rives, que trônait autrefois Antioche, la métropole de l'Asie, où le plus fortuné des successeurs d'Alexandre avait établi le siège d'un empire, qui depuis cette mer s'étendait jusqu'au Gange et à l'Indus, au travers des immenses plaines de l'Asie, empire sans limites précises, mais aussi avec une puissance qui semblait illimitée. Le génie grec, depuis les conquêtes d'Alexandre, se mariait admirablement avec le génie syrien ; et du mélange de ces deux éléments résultait une population, qui, pour avoir pris les vices de ces deux races, en avait aussi les aptitudes géniales et les qualités transcendantes, l'amour de la domination, mais

dégénérant souvent en tyrannie et en cruauté, l'amour du
luxe et du faste porté jusqu'au délire, celui du plaisir et
souvent de la débauche, poussé jusqu'à la frénésie, le dilet-
tantisme des arts et de la littérature s'élevant jusqu'au
diapason d'un enivrant enthousiasme.

Située aux confins de l'Asie Mineure et de la Syrie,
Antioche occupait la belle vallée de l'Oronte. La cité
d'Épiphane s'étageait sur les flancs de la montagne du
Silpius. Au milieu des rues et des maisons, de sauvages
rochers se dressaient à plusieurs centaines de pieds : des
gorges remplies de lauriers et de myrtes, des jardins suspendus aux collines, des cavernes, de profonds ravins, repaires de théurgie ou d'initiations mystérieuses, surpre-
naient et enchantaient le regard. Les eaux vives tom-
baient en cascades au milieu des rues et répandaient partout la fraîcheur. L'art grec ajoutait ses merveilles à
l'étrange beauté du site. Panthéon, temples, forums, cirques, théâtres, basiliques, bains, lieux d'affaires et de
plaisirs, étaient accumulés dans la fortunée cité. Une
grande voie la traversait de l'orient à l'occident, bordée
de portiques couverts à quatre rangs de colonnes ; cette
avenue avait été pavée de dalles par Hérode le Grand, et
ornée d'admirables statues.

Les rives voluptueuses de l'Oronte offraient sans cesse
des séductions nouvelles à l'étranger et au visiteur : dé-
pravations inouïes, courtisanes aux mitres bariolées,
chœurs de flûtes, de lyres et de tambourins, dont le rythme
lascif enivrait et jetait dans les transports de la passion.
Antioche effaçait Corinthe ; on ne quittait l'orgie que pour
les jeux dissolus ; au théâtre, toute pudeur violée ; au
cirque, les fureurs des courses, les factions rivales ; sur la
place publique, danseuses, bateleurs, sorciers, affolaient
un peuple aussi avide d'impostures que de débauches.

Près d'Antioche, dans une délicieuse vallée, au milieu
des bois de lauriers et de cyprès, parmi des sources abon-

dantes, se trouvait le sanctuaire de Daphné. D'une admirable structure, invitant à la mollesse et au repos, il présentait une statue, d'une beauté plastique, d'Apollon, qui y rendait des oracles révérés. Était-ce prestige ? Était-ce illusion ? on y avait foi. Un jour pourtant, Apollon sollicité de répondre, garda le silence. Pressé par l'hiérophante, il laissa tomber ces mots : « Les morts m'empêchent de parler. » C'était aux jours de Julien l'Apostat.

Quoi ! Julien, dans ton fol orgueil, dans l'égarement de tes fausses doctrines néo-platoniciennes, tu t'es flatté de donner le démenti à l'Évangile et de procurer la reviviscence à l'antique paganisme qui se mourait ? As-tu oublié les merveilles qui ont établi le triomphe du Christ ? les ruisseaux de sang, les combats des martyrs, les victimes de la foi ? Apollon, ou plutôt Satan, est muet et vaincu ; ce sont les reliques du saint évêque Babylas qui l'empêchent de rendre ses oracles ; bientôt une foudre vengeresse, annonce de celle qui doit t'atteindre toi-même, ruinera son culte et ses autels !

Cependant ce pays, renouvelé, transformé par le christianisme, a produit des merveilles de sainteté. Après les travaux des Apôtres saint Pierre, saint Paul et saint Barnabé, après les combats et les souffrances des martyrs, il faut citer ces légions de solitaires qui peuplèrent les montagnes, les grottes et les cavernes des déserts de Syrie.

Beaucoup d'entre eux ont eu un éloquent biographe dans la personne du savant Théodoret, évêque de Cyr, qui fut le témoin et le narrateur de ces merveilles. Plus grand que tous apparaît l'incomparable saint Siméon Stylite, dont la réputation se répandit dans les deux mondes, et que les rois et les peuples venaient vénérer et consulter. Une église en partie ruinée, sur le mont Télénisse, montre l'endroit de la pénitence du Saint et conserve encore le soubassement de la colonne sur laquelle il termina sa vie (1). L'endroit s'appelle *Kalaât-Semân*.

Tel est le pays dans la zone d'attraction duquel nous venons d'entrer. Il forme actuellement le pachalik d'Alep. Alep, bâtie sur les derniers contreforts du Liban oriental, fière de son commerce, de ses nombreux habitants, de ses mosquées et de ses églises, peut rivaliser, pour les richesses, avec n'importe quelle autre ville de Syrie. Elle donne son nom à une des deux obédiences des moines du Liban, divisés en congrégation *Alépine* et *Antonine*.

J'ai comme compagnon de voyage un jeune Israélite qui se rend au Caire ; je reçois ses confidences, ou plutôt, je suis l'écho de ses doléances. Originaire d'Alep, et se destinant à la carrière commerciale, il a fait une étude particulière du français, qu'il parle avec une pureté remarquable. Il se plaint beaucoup de l'état des affaires. La concurrence envahit tout. Le marché est couvert de denrées de provenance allemande, surtout de tissus, sans solidité et consistance, mais qui flattent l'œil par les teintes, et qui, vendus à très bas prix, nuisent au débit des bonnes marchandises. L'état précaire des affaires le force d'aller chercher fortune ailleurs. Ayant eu cette chance particulière de rencontrer bon nombre de ces fils de la famille juive, j'ai dû reconnaître qu'ils unissent à une grande facilité de rapports une surprenante sagacité, non seulement pour les affaires, mais pour toutes les transactions de la vie.

La traversée vers les rives de Syrie est vraiment délicieuse, quand la mer est à souhait, et le temps est favorable. Tandis que le navire nous emportait rapidement, nous ne pouvions détacher nos yeux du spectacle que présentaient au nord les cimes du Taurus, aux pics élevés,

(1) On peut consulter à ce sujet les articles du P. Julien, *Missions catholiques*, 1892.

et autour de nous l'immensité de la mer azurée. L'agrément de ce spectacle était encore relevé par une température d'une douceur charmante, où le soleil d'Orient irradiait ses rayons chauds et vivifiants sans être incommodes. Nous touchions, en effet, absolument à la fin d'octobre.

Nous voyons assez longtemps les côtes de Chypre et les massifs montagneux qui viennent expirer vers le cap Saint-André. Les côtes sont très basses et parfois dangereuses ; car le moindre brouillard empêche de les voir. Elles sont de plus arides et désolées ; mais il n'en est pas de même de l'intérieur de l'île, qui offre les plus belles montagnes avec une splendide végétation.

Le navire se dirigeant vers le sud, longe d'assez près le rivage, qui décrit une vaste courbe enfermant les anciennes cités phéniciennes de Gabala, Tortose et l'île de Ruad, étudiées naguères par la mission scientifique française en Phénicie. C'est cette mission dont un des rapporteurs a été le trop célèbre Renan.

L'île de Ruad, ancienne *Aradus*, qui formait autrefois un évêché, et qui donna son nom à un des fiefs des Croisades, est maintenant stérile et désolée. De ses hautes maisons dont une liberté complète et un commerce étendu assuraient l'opulence, il reste à peine quelques ruines méconnaissables. Un château fort tout en délabre, armé de quelques vieilles pièces de canon, défend un territoire que personne ne songe à exploiter. Aradus était un des trois comptoirs phéniciens qui donnèrent leur nom à Tripoli.

La ville de *Tortose*, auparavant *Orthosias*, située à quatorze kilomètres de Tripoli, en suivant le rivage, mérite d'attirer plus particulièrement l'attention. C'est l'ancienne « Antaradus », ainsi nommée de ce qu'elle était placée en face de l'île de Ruad ; cette ville présente un grand intérêt historique. Ici, la végétation favorisée par les cours d'eau qui descendent du Liban, se déploie

dans des proportions luxuriantes. Ceinte d'un vaste cordon de murailles, tout l'est et le sud de l'espace intérieur

LE LIBAN VU DE LOIN

de cette ville sont occupés par des jardins ornés de ces
essences qui apportent avec l'agrément de la vue et les

fruits succulents, cette fraîcheur si recherchée des Orientaux. Palmiers, citronniers, orangers, caroubiers, jujubiers se disputent le paysage de ce sol fertile, qui apparaît comme un Éden de repos et de jouissance.

Au milieu de cette verdure, on voit se dresser la vieille cathédrale de Notre-Dame, magnifique vaisseau du xiiᵉ siècle, encore bien conservé. C'était un pèlerinage renommé au temps des croisades ; mais son origine remontait bien plus haut ; on attribuait sa fondation à saint Pierre ; et ce serait le premier sanctuaire élevé à la Mère de Dieu. Il y aurait lieu, pensons-nous, de songer à relever ce pèlerinage. Au nord-ouest du terrain s'élève un puissant château fort, défendu par deux fossés, deux murailles, et renfermant un grand donjon qui domine la mer. Les blocs massifs de toutes ces murailles avaient sans doute été pris aux ruines phéniciennes d'Aradus et des environs. Il reste une moitié de la grande salle du château, l'un des plus beaux vaisseaux de ce genre que nous ait légués la Syrie.

Derrière tous ces paysages, apparaît le Liban, ou plutôt un des contreforts qu'il envoie parallèlement à la mer, masse éclatante de neige en hiver, mais maintenant d'un aspect sombre et noirâtre. Accrochés à ses flancs apparaissent de loin en loin les monastères grecs ou maronites, mystérieux asiles, qui semblent animer le paysage, lequel s'y déroulant ainsi à nos yeux, dans sa majestueuse solitude, nous avertit que nous approchons des métropoles de Syrie. Nous regardons avec intérêt ces pieuses constructions, et d'autres plus humbles, qui font saillie sur tout le parcours.

Le rivage sablonneux et désert forme un golfe profond, qui reçoit un grand nombre de cours d'eau des montagnes, lesquelles séparent la mer de la vallée de l'Oronte. S'arrondissant, il dessine nettement la concavité, à l'extrémité de laquelle vient aboutir cette vallée. Mais bientôt le personnel du bord nous avertit que nous arrivons à Tripoli, dont les hauts bâtiments commencent à se dessiner à l'horizon.

Tripoli de Syrie.

Etant encore assez loin de la côte, le navire s'arrêta soudainement et jeta l'ancre dans une rade que franchissent seules les légères embarcations, à cause des dangereux récifs qu'elle renferme. Nous voici devant *El-Mina*, le port de Tripoli, qui en est à une petite distance, qu'aide à franchir un tramway électrique.

A peine arrivé en rade, le navire, guetté depuis longtemps par les mariniers du port, est accosté par une foule de barques. Ceux qui les montent les manient avec dextérité, et se disputent bruyamment la première arrivée à l'échelle, se poussant et s'éclaboussant, au risque de se faire chavirer, s'ils n'étaient aussi adroits rameurs. Une douzaine de barques sont ainsi montées par ces mariniers batailleurs, qui paraissent se mettre en devoir de prendre le navire d'assaut. C'est pour la première fois que mon oreille entend distinctement le son rude et guttural de l'Arabe, rendu plus rude encore par ces hommes de dur métier, qui semblent prêts sans cesse à s'injurier et à se prendre au collet. Pour une carte de l'agence Cook, en effet, je les ai vus, dans une autre escale, saisissant sans pitié à la gorge un malheureux, qui en réclamait le passager. C'est par ces procédés un peu sauvages, paraît-il, qu'ils se disputent la clientèle.

Au demeurant, on voit que c'est une race forte et plantureuse. Un sang puissant et chaud circule dans les veines de cette population, où domine l'élément arabe, qui fut le victorieux. Leur œil est vif, leur teint fortement basané, leurs traits sont accentués; la barbe est noire et bien plantée, ils portent pittoresquement leurs vêtements multicolores, fussent-ils même en haillons.

Nous faisons marché pour la marina de Tripoli, qui est encore distante de près de 2 kilomètres, à cause du danger des récifs. Chemin faisant, il est permis de contempler le

PORT DE TRIPOLI

paysage. Tripoli est construite sur une charmante colline, à l'entrée de la vallée du Nahr-Kadischa. La plaine qui s'étend de la montagne à la mer est couverte de beaux jardins plantés d'arbres fruitiers. La nature est ici plus séduisante que dans les autres lieux de la Syrie ; la mer encadre à merveille cette végétation luxuriante, derrière laquelle brillent au loin les sommités du Liban.

En mettant le pied sur le rivage d'El-Mina, ce qui me frappe de suite, ce sont les constructions massives, comme du reste on en rencontre beaucoup en Syrie. Ce sont des murs épais comme ceux d'une citadelle, des fenêtres en forme d'ogive, ou percées comme des meurtrières, de lourds pignons surplombant sur la rue, en un mot une architecture qui rappelle absolument l'ère des Croisades. La pierre employée ressemble au travertin, quoique d'un grain plus rude ; ayant encore une teinte d'un jaune doré, elle semble braver les siècles. On trouve à El-Mina de bons Pères Franciscains et des Frères de la Doctrine Chrétienne, qui élèvent de nombreux enfants. Un excellent verre de vin du Liban, dû à l'obligeance des Frères, me donne le nerf et les forces nécessaires à mon excursion.

La chaussée qui monte à la ville, passant au travers de haies de vignes grimpantes, de jujubiers, de buissons odorants, de bosquets de menthe et autres arbustes, est ravissante par son pittoresque. Avec sa verte ceinture d'orangers et de citronniers, arbres couverts de pommes d'or, Tripoli ressemble au jardin des Hespérides. Le chemin est sans cesse sillonné par des habitants allant d'une ville à l'autre, nonchalamment montés sur de petits ânes, au trot rapide, au regard vif et intelligent.

Pénétrant dans l'intérieur de la ville, le voyageur est surpris de la quantité d'eau de source qui se répand dans les rues. A chaque pas, c'est une fontaine tapissée de plantes grimpantes, et que viennent animer des groupes de jeunes filles, au costume bigarré, portant sur leurs épaules les gracieuses amphores à la forme égyptienne.

Antique comptoir phénicien, le nom de Tripoli rappelle

les trois villes, Sidon, Tyr et Aradus, pour lesquelles elle avait été fondée. Depuis les Séleucides jusqu'à Justinien, de nombreux tremblements de terre l'ont ravagée. Il s'y trouvait un palais des Thermes, où l'on admirait des merveilles de sculpture, peut-être encore maintenant enfouies sous terre.

En 1104, le comte Raymond de Saint-Gilles vint mettre le siège devant Tripoli; mais il ne put s'en emparer, et construisit sur la colline qui domine la plaine, la puissante forteresse qui fait encore l'admiration des voyageurs.

Dans l'année 1108, Bertrand, fils de Raymond, vint en Orient avec 70 galères génoises, qui devaient l'aider à conquérir la Phénicie. On commença par Byblos, qui, après quelques assauts, ouvrit ses portes aux chrétiens. On alla ensuite assiéger la ville de Tripoli. Le roi Baudoin de Jérusalem vint à ce siège, avec 500 chevaliers. La ville n'ayant pas reçu de secours, se rendit aux chrétiens, le 10 juin 1109, à condition que chacun serait libre de sortir avec ce qu'il pourrait emporter, ou de rester dans la cité en payant tribut.

Tripoli, dès lors, avec les villes de Tortose, d'Archas et de Gibel, forma un quatrième État dans la confédération des Francs, au delà des mers. Bertrand, fils de Raymond de Saint-Gilles, en prenant possession, prêta serment de fidélité au roi Baudoin.

Le château de Saint-Gilles, « Hosn-Sandgil », au sud de la ville, à soixante mètres d'altitude, sur le mont du Pèlerin, a une ressemblance frappante avec le château des Papes d'Avignon. De ses hautes tours à créneaux et à mâchicoulis, on jouit d'une vue superbe sur le Liban. C'est une vaste forteresse avec portiques, salles d'armes du grand caractère du XIIᵉ siècle, casemates creusées dans le roc, tout cela entre d'épaisses murailles, qui ont conservé le système de défense du moyen âge (1). La ville, d'un style

(1) Rey. *Architecture militaire en Syrie.*

analogue, est telle que les chevaliers la laissèrent en 1289. Il semble que les portes massives de ces maisons fortifiées vont s'ouvrir pour donner passage aux preux, la cuirassé sur la poitrine et la lance en arrêt.

Passée aux mains des princes d'Antioche, cette ville atteignit alors l'apogée de sa prospérité. Quatre mille métiers y travaillaient pour fabriquer la soie et les riches tissus. On y coulait le verre ; on y exerçait toutes les industries de l'Orient. Arabes, Nestoriens, Jacobites, y avaient des écoles célèbres de philosophie et de médecine.

Elle fut prise en 1289, par le mameluk Kélâoun. Il parut devant les remparts avec une armée formidable. Dix-sept grandes machines étaient dressées pour battre les remparts ; quinze cents ouvriers ou soldats s'occupaient à miner la terre ou à lancer le feu grégeois. Après trente-cinq jours de siège, les musulmans, entrèrent dans la ville le fer et la flamme à la main. Sept mille chrétiens tombèrent sous l'épée du vainqueur.

En 1363 les Croisés s'emparèrent de nouveau de Tripoli et la livrèrent aux flammes. Tortose, Laodicée et plusieurs villes de la Phénicie eurent le même sort.

Les monuments de la ville moderne sont peu importants. On peut citer le bazar, aux allées entièrement voûtées et un khan présentant au centre un beau bassin de marbre, comme aussi l'église grecque. A l'est de la ville, on voit de nombreux débris de colonnes de granit, de provenance égyptienne, et six tours en ruines, dont la mieux conservée est la *Tour des Lions*.

Les différentes communions chrétiennes possèdent à Tripoli dix-sept églises, dont plusieurs catholiques. Les Jésuites y ont un collège. Les musulmans y fréquentent vingt mosquées, dont l'une était jadis l'église de Saint-Jean.

Mais voici que le soleil s'abaisse sur l'horizon, avertissant le voyageur de l'heure du départ. Cet astre, à son déclin, donne au paysage une teinte féerique. Il dore de ses derniers rayons la chaîne du Liban et le haut donjon de Saint-Gilles. Lorsque j'arrive sur le port, il est nuit close. La lune, dans son plein et resplendissante dans toute sa radieuse beauté, donnait une apparence mystérieuse à la mer, et au ciel profond qui se reflétait dans l'eau.

Pendant que, emporté par le léger esquif, je rêvais à ces charmes de la nature, une violente secousse me tire soudain de ma rêverie. Mon rameur, sans me prévenir, venait d'accoster rudement une autre barque montée par trois vigoureux rameurs ; j'ai compris depuis qu'il leur demandait du renfort. Toutefois ce rude choc avait manqué de nous faire chavirer. Entre mariniers, on en riait. Ce sont là jeux d'Arabes...

Encore très émotionné, et tout pâle de la sensation désagréable que je venais d'éprouver, je regagne le salon du navire, où mes aimables compagnons de voyage avaient eu la complaisance de m'attendre pour le dîner. Ce repas fait en si bonne compagnie me fait oublier les souvenirs fâcheux ; embaumé des parfums qu'exhale cette côte de Syrie si féconde en événements ou gracieux ou tragiques, mais toujours remplis des plus pénétrantes émotions, je m'endors complètement rasséréné, pour me réveiller le lendemain à l'aube dans les eaux de Beyrouth.

BEYROUTH

BEYROUTH

C'est par une belle et chaude matinée que j'arrive à Beyrouth. Dès l'abord mon regard est captivé. La vue de bâtiments symétriques, élevés à l'européenne, y prenant la place de la coupole et du minaret, la caserne d'artillerie placée sur une éminence, le collège américain, haut bâtiment qui possède une école de médecine, l'église des Capucins, nombre de bâtiments, soit officiels ou privés, casernes, hôtels, agences, entrepôts, donnent à cette ville un aspect à l'encontre des usages de l'Orient.

Débarqué à la douane, une voiture m'emmène bientôt à domicile, par les quartiers les plus fréquentés. Si les rues paraissent mal pavées et peu soignées, il faut savoir cependant qu'une édilité plus soucieuse du bon entretien et de la propreté, a pris des mesures pour mettre ordre à cela, à l'occasion de l'arrivée de Guillaume II. Des tas de gravier vont combler les ornières et faciliter la circulation des carrosses ; toutefois ce ne sera qu'avec une certaine nonchalance qu'on s'appliquera aux soins de la propreté et de la décoration. C'est là une note saillante du caractère turc.

Le monument qui me frappe davantage à mon arrivée est la cathédrale Maronite. C'est un édifice rectiligne, aux vastes proportions, au fronton triangulaire, aux moulures grecques, au plafond présentant des ornements dorés et en saillie, entre des poutres peintes et historiées. Cette église reçoit presque toujours une foule de pieux adorateurs, dont la ferveur me ravit et me rappelle les meilleurs temps du christianisme. De la chambre que j'habite, je puis suivre ce mouvement continuel de la bonne population du Liban.

Beyrouth est une des villes les plus commerçantes de l'Asie Mineure, et la plus importante, sans contredit, de la côte de Syrie, avec ses quatre-vingt mille habitants, dont plus des deux tiers sont chrétiens. A la voir s'incliner gracieusement vers la mer, avec ses nombreux pavillons, ses dômes, ses terrasses, ses arceaux, ses villas ou resplendissantes de blancheur, ou diaprées de couleurs éclatantes, et sa couronne de pins gigantesques, on dirait une coquette qui se rend au rivage pour mirer ses atours, et se contempler dans le sein de l'onde azurée.

Du côté de la mer cependant, Beyrouth semble moins favorisée ; son port protégé par une jetée insuffisante, n'offre, par certains temps, qu'une sécurité incomplète. Au pied du Liban, une vaste échancrure circulaire ronge le flanc de la montagne ; une plaine luxuriante de verdure occupe cet espace vide et s'en va mourir jusqu'à la mer, formant l'immense figure d'un croissant dont les deux extrémités viennent plonger dans les eaux. Aux abords de la mer, saillit un vieux château, qui dresse son chef vénérable, respecté encore à cause de son antiquité.

Dans la direction du Liban, s'avance une pointe de terre semée de tentes destinées à servir d'abri aux troupes ottomanes, et dans ce fond, derrière la colline qui domine les maisons, se déroule le Liban, avec ses teintes fantastiques, avec ses sommets couronnés d'une forte végétation, presque toujours entourés de nuages et couverts de neige en hiver, ce qui explique son nom, qui signifie « blanc » en langue aramaïque.

Vers le sud, un ennemi redoutable étend son vaste front de bataille : c'est le désert avec ses sables rouges, qui s'agite et envahit tous les jours, menaçant d'engloutir les jardins riants qu'il avoisine. En effet l'existence des cultures a été, à une certaine époque, sérieusement menacée par l'invasion des sables. Un système de plantation de pins, dû à l'émir Fâkr-Eddin, a eu l'heureux effet d'arrêter un peu l'empiètement du désert. En dépit des menaces de cette invasion, la ville s'étend toujours, surtout du côté de la gare du chemin de fer, qui mène d'un côté au petit port de Djounéh, dans la direction de Tripoli, au pied sud du Liban, et de l'autre côté à Damas.

En dehors de la ville proprement dite, s'étend sur un charmant amphithéâtre de collines, une riche ceinture de villas riantes et bien bâties, avec de vastes jardins, dont la végétation est des plus vigoureuses.

Dès le premier coup d'œil jeté sur la ville, on voit combien, grâce aux chemins qui y convergent, tant de la plaine que de la montagne, un mouvement considérable de commerce et d'industrie a été le résultat du rapprochement des races les plus diverses. Là, en effet, se rencontrent les Maronites aux vêtements d'une teinte plus sombre mais non sans quelque recherché, les Druses au turban blanc ou rayé, bardés d'armes magnifiques, des Arabes étalant leurs haillons superbes, des Turcs, des Grecs, des Arméniens. Enfiévrées d'activité, ces différentes nationalités se pressent aux abords du lieu de débarquement. C'est une Babel de langages et de costumes, où domine cependant l'élément chrétien et français.

L'exportation de Beyrouth porte principalement sur les soies grèges du Liban, que favorise une très vaste culture du mûrier blanc. Celle du nopal et de la canne à sucre a donné de bons résultats. Au nombre des produits les plus estimés du territoire, il faut citer le fameux *vin d'or*, dont la réputation est égale à celle des crûs les plus fameux.

S'il est vrai que les rues sont étroites, rapides, peu soignées pour la propreté, les maisons cachent souvent sous leur enveloppe de pierre les plus capricieuses fantaisies de l'imagination arabe. On y trouve des vestibules, dont le parquet de marbre est formé de dalles de différentes couleurs, figurant des dessins capricieux ; les

murs sont ornés de peintures, de décorations et quelquefois incrustés en forme d'arabesques ; les pièces aménagées
en vue de la fraîcheur et entourées de divans, présentent

PROMENADE DES PINS

des détails de services, comme des *narguillés* en cristal,
garnis de ciselures en argent, d'un goût et d'un travail exquis ; bref, toute l'apparence de la richesse, rehaussée des
détails du luxe oriental, dont je devais retrouver les types

les plus capricieux comme les plus achevés, dans la fantastique cité de Damas.

Quelques rues plus larges sont occupées par des cafés, où les Arabes accroupis fument la chibouque, à l'abri de tentes de sparterie bariolée, suspendues au-dessus de leur têtes, tandis que les enfants roulent leurs corps bronzés dans la poussière.

La *Promenade des Pins*, qui a été visitée par Guillaume II, remonte à une haute antiquité, puisqu'elle aurait fourni des bois de construction pour les machines de guerre des Croisés. C'est un vaste taillis, divisé en quatre parties principales, par deux grands chemins qui se coupent à angle droit. Du rond-point central, on jouit d'un spectacle unique, et on a une perspective complète des horizons ravissants de Beyrouth. Le géographe arabe Edrisi, qui vivait au xie siècle, a laissé une description de cet endroit favorisé.

Arrivée du « Hohenzollern ».

Beyrouth étant une des grandes étapes du voyage du César allemand, la ville s'était préparée à cette occasion. Partout on pouvait remarquer les rues repavées et sablées à la hâte, les maisons repeintes et rajeunies ; enfin des drapeaux et des écussons arborés à presque toutes les maisons donnaient à la ville un air de fête. La cathédrale maronite ne sembla entrer dans ce concert que tard et d'assez mauvaise grâce, autant que je m'en souviens.

Une foule, plus curieuse qu'enthousiaste, remplissait les rues ; et les districts des environs y avaient envoyé un fort contingent. Maronites, Druses, Métoualis, Bédouins, Kurdes, etc., foule diverse d'origine et bigarrée de costumes, attirés par l'appât du nouveau, comme pour l'exhibition d'un spectacle forain, s'y pressaient à l'envi. Il faut ajouter à la population indigène un certain apport européen, un peu de toutes les directions.

Quand les canons placés sur la terrasse de la caserne d'artillerie, annoncèrent que le *Hohenzollern* était en vue (c'était entre huit et neuf heures du matin), on se

CASERNE D'ARTILLERIE

porta vers le port, avec l'espoir de voir défiler le train de gala du souverain. Mais, vain espoir! Était-ce fatigue ou caprice? Le fait matériel est que le monarque annoncé trompa l'attente générale, en restant plus de vingt-quatre heures sur son yacht, amarré dans le port, sans descendre à terre. Ce fut une déconvenue pour la foule, mais surtout pour les autorités turques, qui s'étaient mises en frais de réception. Plus que tout autre j'éprouvais ce désapointement.

J'ajouterai ici un souvenir qui m'est personnel. Il était officiellement annoncé, que, selon le programme de son itinéraire, aussitôt après sa descente, Guillaume II ferait visite à l'établissement des Diaconesses protestantes, situé non loin du port ; l'Impératrice devait même y assister à l'office luthérien, dans la matinée du dimanche. Se préparant à la réception, la maison était décorée de drapeaux et d'écussons et un cordon de troupes ottomanes de la ligne faisait la haie, pour présenter les armes aux souverains et leur faire escorte.

Suivant le mouvement de la foule, je me dirigeai de ce côté, porteur d'une inoffensive jumelle, qui déjà m'avait rendu bien des services. La maison des Diaconesses étant en ce moment le point de mire de l'empressement de la foule, je crus que ma qualité d'étranger, porteur d'un passeport fort bien en règle, délivré à la Préfecture de police de la Seine, sur un certificat des plus élogieux, émanant du Commissaire de police de mon quartier, était un titre suffisant pour y obtenir une introduction. Peut-être est-il vrai que j'y mettais un peu trop de sans-gêne ; mais je voulais me donner le plaisir de considérer en face celui qui était l'objet de ces démonstrations.

Sur ma demande, on me permet d'entrer dans le salon, orné de bons fauteuils, et où verres et bouteilles de vin du Liban, rangés symétriquement sur un guéridon, manifestaient clairement l'intention d'offrir une chaude bienvenue aux visiteurs.

Mais quelle n'est pas ma surprise, lorsque quelques moments après, la supérieure des Diaconesses, d'un air

officiel, un peu pincé, un peu aigre, vient me dire qu'il est
impossible de me conserver plus longtemps en cet endroit ;
qu'il me faudrait une carte émanant du Consulat allemand
pour être admis ; et séance tenante, je suis entraîné par
trois ou quatre individus vers le bureau du Consulat. Là
je suis questionné, soumis à un minutieux examen, et
mes papiers exhibés sont l'objet d'un contrôle où perçait
une ombrageuse suspicion.

L'horizon, qui tout à l'heure était si brillant, se rem-
brunissait sensiblement. De carte, il n'en était plus
question. Mais en revanche, on verbalisa, la police turque
fut prévenue, les Consulats furent avertis ; des informations
prises de tous côtés ; des couvents fouillés ainsi qu'en
témoignèrent les échos de la publicité.

Si l'on me relâcha, ma liberté ne tenait qu'à un fil. Les
abords de la maison des Diaconesses furent soigneusement
surveillés. Bref, d'inoffensif voyageur, j'étais transformé
par le sourcilleux formalisme prussien en un affreux anar-
chiste. Et je crois pouvoir affirmer qu'il était fortement
question de me faire un mauvais parti. Si j'échappai à ce
danger, je le dois à une manifeste protection de la divine
Providence ; car je ne fus pas autrement inquiété. C'est
à l'attitude énergique de M. le Consul de France et de son
chancelier que je crois, après Dieu, être redevable de ce
bienfait.

L'anecdote fit le tour de la ville et des environs, et
grossie dans les proportions que je viens d'indiquer, elle
fut pour un moment la légende courante qui défraya la
curiosité du pays.

Cependant, malgré l'abstention du Souverain, le programme était appliqué, autant du moins qu'on le pouvait.
Sur une estrade pavoisée, élevée aux abords du rivage, en
face du *Hohenzollern*, pendant l'après-midi, on fit de la
musique, que le Kaiser pouvait entendre de son salon.
Le soir amena un changement de décors. Les édifices

publics illuminaient : rendons cette justice au bon goût
des Orientaux, que leurs illuminations, comme leurs feux
d'artifice, étaient très réussis, à faire envie à nos grandes
villes d'Europe.

· Pour le Liban, il n'en fut pas de même. Lorsque l'on
veut faire honneur à quelque personnage de distinction,
le Liban illumine. A un instant convenu, de l'orient au
couchant, la montagne s'éclaire et étincelle de mille feux,
spectacle unique en ce genre. Mais ici, les bons Libaniotes
ne s'y trompaient pas, ils n'avaient à bord du yacht allemand, ni un ami, ni un protecteur ; aussi leur poudre fît-
elle long feu ; après quelques jets de flammes, tout rentra
dans l'ombre. Ils comprenaient trop bien que ce n'est pas
d'un prince luthérien qu'il faut attendre le secours ; et il
faut dire de plus que les Musulmans, dont Guillaume se
déclare l'allié, ne paraissaient pas nourrir beaucoup plus
d'espérances décevantes que les chrétiens.

Souvenirs historiques.

Que reste-t-il pourtant des antiquités de Beyrouth, la
florissante colonie romaine, la ville des lettres et de la
jurisprudence ? De cette ville relevée par Auguste, ornée
par Hérode Agrippa, il reste des tronçons de colonnes, un
pavé en mosaïque, un aqueduc, de prétendus restes du
théâtre, dont le monarque Iduméen avait eu la prétention
d'embellir la ville. A partir de la domination romaine,
cette cité, autrefois ravagée par les guerres, prit un nouvel
aspect, et, semblable à la forte végétation qui l'entoure,
elle s'accrut par de nouveaux et rapides progrès. Joignant
le génie grec à l'imagination syrienne, elle rivalisa avec
les plus célèbres métropoles ; et de même qu'on étudiait
la littérature et la philosophie à Athènes, les sciences à
Alexandrie, on venait étudier la jurisprudence à Béryte.
· Dès le temps d'Origène, cette science s'y professait

avec éclat. Justinien appelait la ville *la mère et la nour-rice de la loi*. Tribonien, sur les ordres de cet empereur, s'adjoignit pour ses grands travaux sur le Droit, plusieurs jurisconsultes de Béryte, et notamment le savant Dorothée, qui rédigea, de concert avec lui, les *Institutes* et les *Pan-dectes*.

Attiré par la réputation de cette ville, c'est là que l'homme illustre, qui devait porter dans l'histoire sacrée le nom de saint Grégoire le Thaumaturge, fit la connaissance d'Origène. Il se lia d'une étroite amitié avec lui, ainsi que son frère saint Athénodore. Dans son éloge funèbre d'Ori-gène, l'archevêque de Néo-Césarée s'exprime ainsi : « L'oc-casion que j'eus de venir dans ces pays fut la ville de Béryte ; située non loin, elle est plus Romaine, ce semble, que les autres villes de la région et a reçu la mission d'enseigner les lois de Rome (1). »

Nous lisons aussi dans le Ménologe rédigé par les soins de l'empereur Basile le Macédonien, pour la fête de saint Xénophon, sénateur, qui, vers le vᵉ siècle, y envoya ses deux fils pour y étudier les lois, qu'à cette époque la ville de Béryte possédait des bibliothèques riches en ouvrages sur toutes les sciences (2).

Beyrouth joue un rôle important dans l'histoire des Croisades. En 1110, elle passa aux mains de Baudoin Iᵉʳ. Prise par Saladin, en 1187, elle fut reprise, après un san-glant combat par les chrétiens, dix ans plus tard. Ils y trouvèrent d'immenses richesses et y brisèrent les fers de neuf mille chrétiens captifs.

Les Vénitiens y eurent un comptoir qui fut ruiné par les Génois et le maréchal Boucicaut, qui gouvernait alors

(1) Ἀιτία καὶ ἀφορμὴ τῆς ἐπὶ τάδε ὁδοῦ, ἡ τῶν Βηρυτίων πόλις · ἡ δὲ οὐ μακρὰν ἀπέχουσα τῶν ἐνταῦθα πόλις Ῥωμαϊκωτέρα πῶς, καὶ τῶν νόμων εἶναι πιστευθεῖσά παιδευτήριον. — *Panégyriques*, V.

(2) Εἶχε γὰρ τότε ἡ τοιαύτη πόλις παντοίων μαθημάτων βιβλιοθήκας. — 26 janvier.

leur république, au nom du roi de France, Charles VI.

Les souvenirs chrétiens de Beyrouth sont nombreux et remarquables. On montre aux environs la grotte où, d'après la légende, saint Georges terrassa le dragon qui dévastait la contrée.

Saint Quartus, évêque de cette ville, était un disciple des Apôtres mentionné par saint Paul. (Rom., xxi.)

L'évêque Eustathe, dont le nom est mêlé aux controverses de Calcédoine, s'attira une juste réputation de science et d'intégrité. Chargé d'examiner l'affaire difficile de l'évêque Ibas d'Edesse, il mérita et reçut l'approbation du concile.

On a conservé le souvenir de saint *Romain le Symphoniaste*, qui, au ve siècle, composa d'admirables antiennes en l'honneur de Marie.

Le Martyrologe romain fait mention, au 9 août, d'une image du Sauveur crucifié par les Juifs à Beyrouth, vers 765, sous Constantin Copronyme, et qui rendit du sang en abondance (1).

Mais si l'antiquité appelle notre attention, le présent paraît décidément en train de l'éclipser et de lui ravir la palme. Les œuvres catholiques de Beyrouth défient actuellement toute comparaison. Avec les paroisses dirigées par les fils de Saint François, Récollets et Capucins, il faut mettre en tout premier rang l'Université fondée et entretenue par les Pères Jésuites, grâce aux subsides qui viennent de France. Ils ont là une École de philosophie et de théologie pour les étudiants des divers rites orientaux. En voyant passer dans les corridors, graves et modestes, ces jeunes étudiants, revêtus de la soutane, mais coiffés tous uniformément du fez oriental, je saluais en eux l'espoir de la foi orthodoxe en Orient.

Cependant l'œuvre principale de cette Université est

(1) Pour ces souvenirs, consulter les savants articles du P. Julien. *Missions Catholiques*. 1896.

une Faculté de Médecine, destinée à lutter contre l'influence de l'école protestante, qui siège au collège américain. Le Père qui me conduisait me fit avec la plus parfaite bonne grâce les honneurs de cet établissement de premier ordre. Bâtiments symétriques et grandioses, salles d'anatomie et de dissection, collections précieuses, église splendide, voilà ce qui excita au plus haut point mon intérêt, n'ayant que le regret de consacrer de trop courts instants à cette visite si attachante. J'appris avec grand plaisir que l'Université est reconnue par le gouvernement Français, et que, chaque année des médecins de la Faculté de Lyon se rendent à Beyrouth, pour faire passer les examens et délivrer les diplômes.

Les amis des Pères regrettent que jusqu'ici ils n'aient point songé à relever l'honneur de l'ancienne École de Béryte, en adjoignant une Faculté de droit à leur Université.

Enchanté de ce que j'ai vu, je quitte les Pères Jésuites, pour visiter les œuvres des Filles de la Charité.

La famille de saint Vincent de Paul occupe également une place privilégiée sur ce terrain plantureux et fertile. *La Miséricorde*, établissement des Sœurs de Charité, situé en face de la cathédrale maronite, est un vaste bâtiment rectiligne, renfermant les œuvres les plus diverses. Le couvent et l'église des Lazaristes sont compris dans son périmètre. Là l'air est sain et salubre; du haut des terrasses, le coup d'œil embrasse la ville, la mer, le désert, le Liban. Au centre, une vaste cour entourée de galeries couvertes, met en communication les diverses dépendances; et au milieu de cette cour, sur un tronçon vigoureux de colonne antique en granit, s'élève du sein des palmiers et autres plantes au feuillage oriental, la douce image de Marie qui sourit à ses enfants. Cette statue, avec son piédestal, a sa légende qui permet d'entrevoir une protection merveilleuse de la Reine du ciel.

On me fit visiter les différentes œuvres, écoles, salles de travail, lingeries jusqu'aux cuisines, où j'admirai les apprêts simples, mais succulents d'un repas, dont la frugalité n'excluait pas une certaine recherche. Dans les salles de travail, sur la demande des autorités turques, on préparait en ce moment broderies, écussons, oriflammes, pour la réception de Guillaume II. La bonne sœur qui me conduisait à travers les salles de travail, me disait en souriant bénignement : « Vous voyez, monsieur, comme nous travaillons pour le roi de Prusse ! »

Ces petites filles de Beyrouth, par le fait, avaient pour moi un charme particulier, avec leurs grands yeux noirs, leurs nattes soyeuses, leurs tresses abondantes et ces regards naïfs et sympathiques qu'elles adressaient au voyageur. Elles sont là réunies de tous les points de l'Orient. Outre les Arabes, il y a des Persanes, des Arméniennes, des Coptes, etc. C'est là que prit et porta l'habit des Sœurs de Charité la fille d'Abd-el-Kader. En peu de temps, elles apprennent le français, que toutes parlent, et quelques-unes même à faire honte à un Parisien de naissance.

L'orphelinat des garçons offre un autre genre d'intérêt. Il y a là des ateliers où l'on enseigne des métiers utiles, sous la direction de contremaîtres qui ont appris leur état en France et à Paris. Là, on fabrique des chaussures fines à faire envie aux bottiers de la capitale ; on travaille des meubles comme au faubourg Saint-Antoine ; de ces ateliers sortent des soieries, au point de Beyrouth et de Damas, qui rivalisent avec celles de Lyon et de Zaléh. Mais partout dans les ateliers on aperçoit la cornette de la bonne Sœur qui exerce la surveillance et sait maîtriser cette population masculine, qu'on croirait ne savoir obéir qu'au fouet ou à la courbache.

Voilà une des belles pages du livre de la charité en Orient ! Quelle entreprise philanthropique pourrait

BEYROUTH ET LE LIBAN

rivaliser avec ces œuvres de dévouement, et produire des résultats qui les approche, même avec des ressources beaucoup plus considérables. Outre que tous les enfants élevés par les Sœurs parlent le français à la perfection, sans aucun accent exotique, les Religieuses forment des institutrices qu'elles envoient dans les lointaines paroisses, ne connaissant d'autre influence que celle de la France, et d'autre amour que celui de la religion catholique. Ajoutons que notre gouvernement sait reconnaître l'importance de ces œuvres et les patronne hautement.

Une des Sœurs qui me servirent de guides me disait : « Donnez-nous des ressources, et nous n'aurons plus qu'à ouvrir les bras pour recevoir *tous les enfants*. » C'est l'exacte vérité : toutes les familles, sans distinction de religion, de rite ou de croyance, seraient heureuses de remettre leurs enfants aux mains de ces anges de la terre.

L'église des Pères Lazaristes, contiguë à ces œuvres, est vaste et d'une belle architecture. On y célèbre la messe et les offices, outre le rite latin, en rite grec, maronite et chaldéen. J'assistai à la messe d'un prêtre de ce dernier rite, et je fus autant charmé de la dignité qu'il portait dans l'exercice de ses fonctions sacrées, que de la mélodie grave et fascinante qui accompagnait l'accomplissement de sa liturgie, chantée et répondue alternativement en langue syriaque.

Je pourrais citer encore nombre de fondations analogues, les Dames de Nazareth, dont la maison, semblable à une citadelle, domine la ville, les Sœurs de Saint-Joseph de l'Apparition, qu'on trouve toujours au poste du dévouement ; mais le cours de mon voyage m'entraînait ailleurs.

Le Liban et les Maronites.

Le Liban, avec sa population énergique et chrétienne, exerçait sur moi une invincible attraction, contre

22

laquelle je ne songeais nullement à me défendre. Quel bonheur pour un Français, et surtout pour un catholique, de parcourir ces pays dont les généreux habitants ne connaissent que deux amours, celui du Pape et celui de la France ! Aussi me laissai-je entraîner à ce courant de sympathie.

Une voiture commode, attelée de deux forts chevaux, dirigés par un cocher à la figure épanouie et honnête, mais qui ne connaissait guère que l'arabe, m'entraîne, par une route carrossable, vers les hauteurs de la montagne. La destination est le collège d'Antoura, dirigé par les Pères Lazaristes, à mi-côte de la montagne, un des points les plus en saillie du Kesrouân.

On ne saurait pénétrer au sein de ces montagnes, asile séculaire de la foi et de la liberté, refuge assuré contre les attaques sauvages du fanatisme et de l'infidélité, sans se sentir profondément remué. Les Maronites, dans leur énergie séculaire, ont triomphé de tous les obstacles. Encore aujourd'hui, malgré les efforts incessants de la propagande protestante, iis ne cessent d'affirmer leur foi et de se proclamer en toutes circonstances, les fils soumis et dévoués de l'Église.

L'influence française en Orient, si combattue dans ces derniers temps, n'aura rien à craindre en Syrie, tant que les Maronites existeront, car il y aura toujours entre eux et la France un pacte qui ne sera jamais rompu. Ni les voyages princiers, ni les influences intéressées ne sauront modifier leurs sentiments à l'égard de la nation généreuse qui est leur protectrice depuis saint Louis, et qui a fait si noblement son devoir en 1860.

Voilà ce qu'a mis en relief, mieux que toute autre circonstance, le voyage tapageur du Kaiser. Cependant, le Sultan voulait lui faire fête. Pachas, valis, kaïmakans, étaient mandés sur son passage. Les lignes suivantes montrent l'impression qu'il a laissée.

« Cette suite de collines verdoyantes et de monts
arides, cette succession de vallées riantes et de hauteurs
désolées, les souvenirs historiques qui assaillent en foule
le voyageur, le double charme de la nature vivante, du
passé défunt, des espoirs vivaces, font sur l'hôte passager
de ces terres arides une inoubliable impression. Le Liban,
ce géant qui porte l'hiver sur son front, l'automne sur
ses épaules, le printemps à sa ceinture, l'été à ses pieds,
le Liban domine ces émotions, les fait naître, les varie à
l'infini, comme varient ses multiples aspects. Que viennent
faire dans ce paysage l'insipide vapeur, un Kaiser cérémonieux et tout l'éclat des pompes longtemps préparées ?...

« Cependant à Alep, les démonstrations officielles
commencent. Nahoum-Pacha, l'étrange gouverneur
chrétien de la montagne, a fait de son mieux pour plaire
au Sultan. Toutes les maisons en évidence sont pavoisées
par ordre et les Maronites ont dû faire taire leurs répu-
gnances. Quelques-uns ont protesté cependant et refusé
énergiquement d'accueillir un étranger de nationalité, de
religion antipathiques... Le Patriarche a défendu à ses
prêtres et à ses moines de manifester : églises et couvents
resteront absolument froids. *Malgré nos fautes, malgré
notre oubli de vingt ans, c'est à nous encore que pensent
ces catholiques populations* (1). »

Cependant, entraînés vers les hauteurs, nous traversons au galop les rues et les faubourgs de Beyrouth ;
partout aux anciennes maisons arabes, sont en train de
succéder des constructions neuves, élégantes et surtout
du meilleur goût. On voit que le vieil Orient est en train
de se moderniser.

Nous voici en pleine campagne, et dès lors on commence à monter. La route est passablement entretenue ;
elle coule entre deux séries de plantations de mûriers.

(1) A. Coudère, *Guillaume II en Syrie.*

Il y a d'autres essences, mais c'est le mûrier qui domine :
il y est cultivé avec soin et réussite, le pays exportant
une quantité considérable de soie. A droite, c'est la
montagne qui se dresse toujours plus élevée, avec ses
habitations en forme de cubes, surmontées d'une terrasse,
avec le rouleau de pierre destiné à tasser la terre qui
sert de toiture; de ce côté, églises et couvents apparaissent
de loin en loin. A gauche, c'est le ravin qui descend par
étages jusqu'à la mer, côtoyé par la ligne ferrée qui va
de Beyrouth à Djounéh, présentant la perspective de la
ville, de la mer et de cette crique enchanteresse, sorte de
demi-lune, qui offre une vaste rade au nord-ouest de
Beyrouth.

Les bons Maronites reviennent du marché et poussent
devant eux leurs montures chargées de différentes denrées. Je profite d'une halte, où mon cocher a besoin de se
rafraîchir, pour visiter l'église d'une localité, intéressante
dans sa simplicité montagnarde, avec des tableaux qui
représentent saint Georges et les saints du pays. Ici du
moins nous sommes dans le giron de la vérité. La naïve
exécution des peintures est rachetée par un cachet
indéniable de foi et de dévotion.

Au fur et à mesure que la route s'élève, le paysage
change, devient grandiose, saisissant. J'ai passé plusieurs
fois les Alpes et visité les Pyrénées, mais je dois avouer
que, malgré les splendeurs du mont Cenis et du Saint-
Gothard, le Liban m'a laissé un souvenir que rien ne
saurait effacer de ma mémoire.

Le Kesrouân, que nous traversons, est la région privilégiée des monastères. Gouverné par un kaïmakan, il a ses
cadis et ses zaptiés, juges et gendarmes indigènes. Pour
le protéger contre les sauvages agressions des Druses et
autres ennemis, ce qui n'était pas une crainte chimérique, comme ne l'ont que trop clairement démontré les
massacres de 1860, les couvents maronites se sont portés

de préférence dans les parties de la montagne avoisinant Beyrouth. Là, ils vivaient à l'abri de la protection séculaire exercée par la France, dont les ambassadeurs obte-

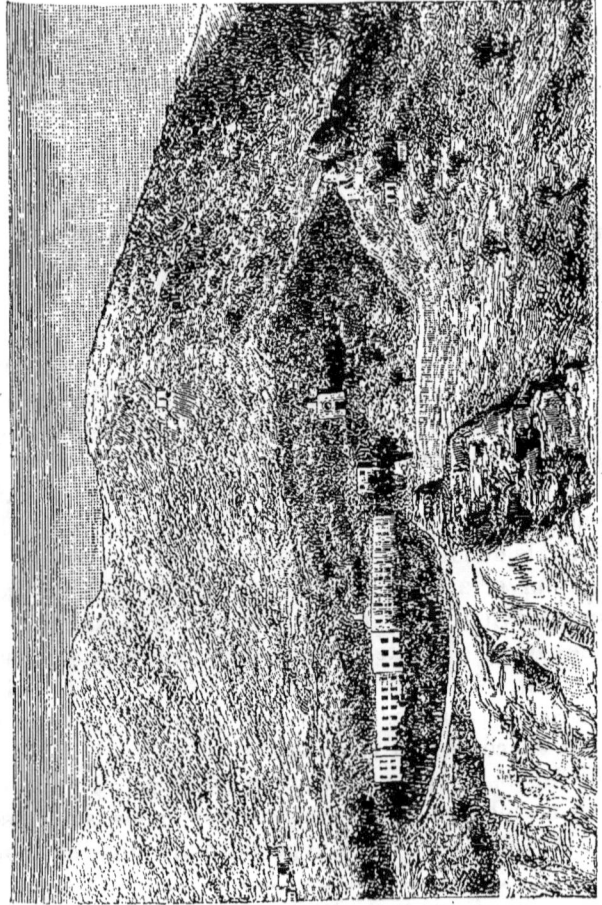

BÉKERKÉ (RÉSIDENCE PATRIARCALE DU LIBAN)

naient des firmans, rédigeaient les capitulations, et dont les souverains, Louis XIV et Louis XV surtout, savaient envoyer à propos ces hautains navires de guerre, dont les

canons et les bombardes étaient l'argument toujours
respecté. Grâce à cette protection, longtemps le Liban
fut comme le paradis terrestre de la chrétienté. L'action
des puissances catholiques, depuis 1860, a rétabli en
partie cette heureuse situation des populations libaniotes.

A travers d'interminables lacets, la côte me conduit
de proche en proche jusqu'aux croupes et aux plateaux,
dans le voisinage desquels s'élève le collège d'Antoura.
Mon guide, avec lequel je suis réduit le plus souvent à
parler par signes, me nomme églises et localités. On
entend la voix harmonieuse de la cloche d'un couvent
sonnant l'*Angelus* du soir. Cette vue, ces grandes ombres qui descendent de la montagne en en faisant paraître plus imposantes les masses arrondies et escarpées sans
raideur, et vont envelopper de leur voile le paysage, qu'on
n'entreverra plus qu'à la clarté douteuse des astres de la
nuit, l'impression de cette nature paisible dans sa majesté
et si nouvelle pour moi, tout cela saisit mon âme et la
pénètre dans son fond le plus intime.

Cependant des lumières scintillantes se montrent partout. Ce sont les couvents qui allument; il semble qu'ils
aient l'intention d'éclairer et de rassurer le voyageur. Un
monastère s'élève un peu au-dessus du collège d'Antoura,
sur une croupe, dont il surplombe les flancs vigoureux;
c'est celui de *Saint-Elie,* des Religieuses de la Congrégation Antonine, qui ont la liturgie en syriaque. Tout
éclairé de lumières capricieuses, il m'apparaît comme
une féerie de Grand-Opéra.

Arrivé aux portes du collège de Saint-Joseph, et reçu
avec toutes les prévenances de la plus cordiale hospitalité,
je suis conduit à la chambre où je dois prendre le repos
de la nuit.

Les ombres du soir ne m'avaient pas permis de profiter
du spectacle dont on jouit des bâtiments élevés du collège;
mais lorsque le lendemain à l'aube je me réveillai, je fus

émerveillé du spectacle qui se déroulait à mes yeux. Du côté de l'orient, une fenêtre me montrait les pentes du Liban couverte d'une végétation abondante, s'étageant harmonieusement jusqu'aux hauts sommets qui rejoignent le ciel. Je voyais à peu de distance le couvent de Saint-Élie, aux murs solides et élevés, d'où l'on aperçoit distinctement dix-sept autres monastères. Dans la direction du sud, mon œil suivait la déclivité de la montagne jusqu'à Beyrouth et la mer, à travers les pentes soigneusement cultivées, aux ondulations variées et charmantes.

Après une joyeuse réfection, un guide très bien renseigné s'offrit à me diriger pour une excursion dans la montagne. Le but principal était *Békerké,* résidence du patriarche Maronite (1). Ce palais est fort grand, un des mieux bâtis du Liban et admirablement situé ; c'est là qu'ont lieu les réunions et élections patriarcales. Tel qu'il est, il a été élevé par le Frère Léonard, du collège d'Antoura, qui m'en remit des photographies à mon départ. C'est sur les ruines du couvent de la fameuse Indié, religieuse maronite, dont on s'occupa beaucoup au sujet de prétendues révélations, vers 1827, qu'il a été édifié. Dallé en marbre, offrant des salons dorés et décorés avec la profusion orientale, aux vastes corridors ménagés pour la fraîcheur, on sent que c'est la demeure d'un grand seigneur ; et de fait, quoique sous la domination des Turcs, le Patriarche maronite, qui a près de vingt évêques sous sa juridiction, jouit de pouvoirs discrétionnaires. L'église, ornée de peintures dues à des artistes du pays, offre les souvenirs de saint Maron. Malheureusement Sa Béatitude était absente, son grand âge la forçant à chercher vers le haut de la montagne les résidences les plus salubres.

Des fenêtres du palais, on aperçoit *Sarba,* avec le séminaire grec-catholique. On découvre aussi, dans la

(1) Depuis notre visite, Sa Béatitude Mgr Hagg est mort et a été remplacé par Mgr Hoyék.

direction du sud, le monastère de *Louéizé*, où en 1736, fut tenu un conseil plénier du Liban, sous la présidence du célèbre Joseph Assémani, légat apostolique.

Ghâzir, montrant l'emplacement de l'ancienne capitale du Kesrouân, se signale à peu de distance à l'ouest. C'est

MONSEIGNEUR HAGG

actuellement un noviciat pour les Pères Jésuites, depuis que le séminaire indigène a été transporté à l'Université.

Plus haut dans la montagne se trouve *Charfi*, où il y a un séminaire pour les Syriens catholiques. Mais la merveille en est *Bzommar*, résidence du Patriarche arménien. Ce couvent se présentait à nous, assis sur un étroit plateau d'une montagne escarpée, avec ses arceaux, ses clochetons, ses larges terrasses, ses murailles éclatantes, se détachant sur le fond cendré des montagnes environnantes, comme un château fort construit sur une crête élevée.

Rarement excursion a été aussi suggestive que celle que je fis au travers de ces roches abruptes et sauvages du Liban, en même temps qu'elle me permettait d'agrandir le cercle de mes observations. A l'Orient grec, auquel j'avais dit adieu en perdant de vue les côtes de Chypre, avait succédé à plein l'Orient syriaque ou aramaïque. Il n'y a pas très longtemps, m'a-t-on dit, que la langue de saint Ephrem et de Barhébréus a cessé d'être vulgaire, deux siècles à peine, et à l'occasion d'une commotion politique. Un district des environs de Damas l'a même conservée intégralement ; mais ce sont malheureusement des musulmans qui se servent de cette langue essentiellement chrétienne, puisqu'elle se trouva dans la bouche et sur les lèvres de l'Homme-Dieu.

C'est principalement la France, avec l'aide des autres puissances catholiques, qui a constitué les Maronites dans l'état où ils se trouvent, et qui est très prospère. S'ils paient tribut à la Porte, ils ont de droit un gouverneur chrétien, jouissent d'une pleine liberté pour la religion, et sont constitués d'une façon presque autonome, sous l'autorité des *chéiks,* ou chefs de tribu, qui composent leur noblesse. Etablis dans leur montagne et vivant tant de la culture de leurs champs que de leur industrie, ils se répandent volontiers dans les villes du littoral et émigrent même dans de lointains pays ; ils sont surtout nombreux en Chypre et en Égypte ; on les trouve jusqu'en Amérique.

On m'a dit qu'en estimant leur nombre total à quatre cent mille, on ne serait pas sensiblement au-dessus de la vérité. Leurs couvents ne sont pas moins de deux cents ; les prêtres sont très nombreux ; certaines localités, m'a-t-on dit, en comptent jusqu'à une trentaine ; et s'il est vrai que ce nombre peut favoriser le désœuvrement, la vivacité de la foi maintient chez eux un niveau de discipline et de doctrine morale, qui en fait un des peuples les plus estimables.

CURÉ DE KESROUAN

Mon séjour au collège de Saint-Joseph d'Antoura, quoique d'assez courte durée, avait rempli mon âme des plus douces satisfactions, la plaçant dans une espèce de rêverie extatique. Assis commodément sur un plateau de la montagne, ce collège, rafraîchi par les brises de la mer, est placé dans une sorte de cuvette exposée aux chauds rayons du midi. Sur les croupes qui le dominent, se montre la forte végétation des diverses essences du pays, où l'on voit des fleurs de la teinte la plus riche se mêler à la verdure en éventail d'arbres symétriquement posés et soigneusement cultivés. Les bâtiments nouveaux, réguliers et commodes, succèdent à ceux de l'ancien collège, dont on achève de démolir les restes. Dès mon arrivée, je fus conduit dans la grande et imposante chapelle gothique, où plus de trois cents jeunes gens chantaient de tout cœur des cantiques soit en français, soit en arabe.

Le lendemain, c'était grand jour de fête ; je dînai aux côtés du digne supérieur, M. Sarliège, et tout en faisant honneur à ce repas, qui aurait pu rivaliser avec les meilleurs d'Europe, mes regards ne pouvaient se détacher de ces longues files de jeunes gens, à la figure ouverte, aux traits réguliers et fins, à l'œil vif et pétillant, qui remplissaient le réfectoire du son bruyant de leurs causeries et de leurs éclats de rire. « Ils sont, me dit le vénérable supérieur, d'une foule de nationalités différentes ; » et me montrant une des tables les plus proches de nous, il m'indiqua à la suite six ou sept élèves venus des points les plus distants, depuis les côtes de la Grèce jusqu'aux pays de l'Arménie et de l'Égypte. C'est ainsi que l'on voit les races, comme les langues et les rites les plus divers, fraterniser à merveille sous la paternelle direction d'une société française, dont tous parlent la langue.

A ma descente, je visitai le couvent maronite de la *Visitation*, tout proche d'Antoura, le couvent grec de *Deïr-Béchaï*, où les Sœurs me firent vénérer une image miraculeuse de la Mère de Dieu ; enfin la maison de *Zouk-Mikaïl*, dirigée par les Filles de Saint-Vincent de Paul. Charmante position, gracieuse chapelle, œuvres variées, mètiers indigènes, c'est la réduction de ce que j'avais naguère admiré à Beyrouth. J'y trouvai la Sœur de Billy, d'une de nos anciennes familles de France qui, depuis longtemps, applique toute son industrie à faire fructifier les œuvres catholiques au milieu des populations du Liban.

A travers la Cœlé-Syrie.

Si le chemin de fer procure l'avantage de faire voir avec de moindres peines et à de moindres frais, les pays que l'on parcourt, il a aussi l'inconvénient de tout abréger. Toutefois, maintenant que les ingénieurs français, en dépit de toutes les difficultés, ont réussi à placer les lignes parallèles, au départ de Beyrouth, sur les pentes du Liban et de l'Anti-Liban, au travers de la Cœlë-Syrie, le long du lit sinueux et escarpé du Barada, quel voyageur voudra préférer l'ancien système des voitures ou des montures, pour franchir le trajet qui sépare Damas de la mer? On prend donc le chemin de fer, sauf à s'arrêter aux endroits les plus intéressants ; et c'est là le parti le plus sage ; aussi est-ce celui que j'embrassai incontinent.

Ce sont donc nos compatriotes qui ont installé cette ligne, comme la plupart de celles de l'Orient, même portant une raison sociale différente. Le voyageur étranger se trouve ainsi cheminer sur une compagnie française ; et de fait, on n'y est pas mal installé. Le train marche assez lentement ; les arrêts sont nombreux et passablement longs ; mais la sécurité y gagne, au milieu des détours sans fin, et des rampes sans cesse renaissantes ; et puis on fait mieux connaissance avec le pays.

Dès l'abord, on est vivement saisi par le paysage : toute la chaîne orientale du Liban va défiler devant nos yeux, comme des troupes à la revue. Des pics reliés les uns aux autres par des contreforts et des vallées aux pentes plantureuses et fertiles, apparaissent partout, portant à leurs

sommets des monastères maronites. Voici le couvent de
Mâr-Chaya, « Saint-Isaïe » ; il est à la fois de deux obédiences, maronite et grecque. On nous signale sur un
point plus élevé *Deïr-el-Akhlat,* « le monastère du château », tout à fait maronite. Nous tournerons longtemps
autour de ces montagnes, et pendant près d'une heure
ces placides retraites de la contemplation et de la pénitence se montreront par quelque échappée de la route,
semblant nous exhorter au recueillement. Du haut du second de ces couvents, on aperçoit, dit-on, vingt monastères ; et de fait il domine tout le pays.

Une des premières haltes est à *Hhadet,* ancienne ville
épiscopale. Au septième siècle, sous Mohaviah, quatrième
des Khalifes, les Maronites attaquèrent avec succès les
Arabes musulmans. Hhadet était alors la ville la plus
considérable du Libàn ; elle fut prise après un siège de
sept ans, signalé par la plus héroïque résistance : les habitants furent massacrés ; elle est maintenant presque
déserte. La capitale fut transportée à Bescharraï, dans
le voisinage d'Alep.

C'est là que se trouvent les fameux *Cèdres du Liban.*
Ils en reste, paraît-il, environ quatre, qui auraient plus
de deux mille ans ; cinq ou six auraient environ huit à
neuf siècles. Les autres sont d'une naissance beaucoup
postérieure. C'est une excursion assez facile pour les voyageurs qui passent par Alep.

Cependant, par des rampes assez fortes, notre locomo-
tive monte toujours. A une halte, elle va se mettre en
queue, pour recommencer un nouveau trajet ; c'est comme un
navire qui court des bordées. Le paysage change à chaque
instant, tantôt grave et austère comme les roches trachitiques au milieu desquelles nous cheminons, tantôt doux
et flatteur à l'œil, comme la culture de la vigne, de l'olivier et des céréales qui abonde en ces parages, là où la main
de l'homme a su maintenir un peu de terre arable sur la

déclivité de la montagne. Des pierres enfoncées dans le sol
sont destinées à cet effet, divisant les pentes des collines,
en une série de gradins ou d'étages, sur lesquels s'étale

CÈDRES DU LIBAN

la vigne qui s'avance en rampant sur la terre, et portant
les fruits les plus savoureux.

Le long de la route on vend, à presque toutes les gares,
des galettes en forme de couronnes, ou autres formes capricieuses, et des régimes de bananes ou d'oranges vertes,
que les indigènes sucent avec une délectation manifeste.

car le long des files, des fonctionnaires déjà exercés communiquaient le mouvement à l'exécution des chants et des évolutions de ce cortège de parade. Attirée par la nouveauté du spectacle, par le désir de voir, encadré dans son entourage, celui qui était le but de ces démonstrations, la foule affluait de la montagne de Syrie ; si l'élément druse y dominait, les vrais Libaniotes se montrèrent plus réservés. Que de soucis pourtant pour procurer des distractions à celui que son indécrottable luthéranisme rend incompatible aux religieuses populations de la Syrie !

C'est donc autour du fantastique casino de Aïn-Sofar, que commencèrent ces ovations de commande. Rendons cette justice à Nahoum-Pacha, que le coup d'œil était des mieux réussis. On fit exécuter les anciens jeux du pays ; une indigène remarquablement belle, placée entre deux camps rivaux, paraissait comme devant être la récompense du vainqueur. Simulant une razzia classique, ces deux camps donnèrent l'intéressant spectacle d'une joûte aux plus émouvantes péripéties (1).

J'en reviens à mon trajet. Occupé surtout du site, j'avance avec le train, enchanté de dominer par la vue la belle vallée de l'*Hamana*, dont la verdure, les nombreux villages, avec les remarquables filatures de soie, notamment des grandes maisons lyonnaises (2), donnent au paysage un air de prospérité et de richesse, assez rare dans ces montagnes. Le nom de l'Hamana rappelle la montagne peuplée de lions et de léopards, au temps de Salomon, comme aussi les croupes harmonieuses du Sanir et de l'Hermon, dont il est parlé au Livre des Cantiques.

La halte principale est à Mâallaka, sur le plateau le plus élevé de la montagne ; les plus hauts sommets du Liban ne le dépassent guère que de cinq cents mètres. La

(1) Voir A. Couderc, *Guillaume II en Syrie*.
(2) Palluat et Testenoire.

halte étant de près d'une heure, un déjeuner bien préparé y attend les voyageurs à la descente du train. En dépit de l'apport européen, ce déjeuner est complètement préparé à la turque, ce qui veut dire composé surtout de ragoûts, ce qui ne nous empêche pas de le consommer du meilleur appétit.

Nous sommes ici à un des faubourgs de *Zahlèh ;* déjà de la voie ferrée on en aperçoit les blanches maisons. Zahlèh est une ville nouvelle, bâtie par des chrétiens venus de Baalbek, de Homs et de Hama, pour se mettre sous la protection des princes de la montagne. Sa position proche de Damas, ses eaux abondantes, son climat sec et aussi sa forte position, lui ont valu un rapide accroissement. Aujourd'hui Zahlèh compte quinze mille habitants, presque tous grecs-unis. Elle se glorifie d'être la plus grande ville catholique de la Turquie d'Asie. A ce titre, elle fut le point de mire des hordes sauvages qui se ruèrent sur les chrétiens en 1860.

La ville s'étage en pentes rapides sur deux coteaux que sépare le torrent sortant d'une gorge sauvage, encaissée entre deux hauts sommets verticaux et traversée par un pont. « Quelques maisons assez élégantes brillent entre la verdure des peupliers et des hautes vignes au-dessus des chutes du fleuve. Celui-ci, après avoir coulé entre les maisons de la ville, qui sont groupées et suspendues de la manière la plus bizarre sur ses hautes rives, et pendantes sur son lit, va arroser des terres ou des prairies étroites, où l'industrie des habitants divise ses eaux en mille ruisseaux (1). » Zahlèh est rempli de couvents, d'églises, de prêtres et de moines. Les Pères Jésuites y ont des établissements florissants. Ses nombreux muletiers et convoyeurs ont une réputation proverbiale d'honnêteté.

Ce qui me frappe aux abords, comme dans la Syrie en

(1) Lamartine.

général, c'est le type des habitants. Généralement, le Grec-Syrien, d'une teinte un peu basanée ou olivâtre, offre des traits d'une pureté remarquable et aux lignes régulières. Sur ces physionomies est empreint un air de sagacité et de finesse peu commun. Certaines personnes ont conservé ces traits de beauté classique que l'on retrouve encore sur les médailles et les fragments de sculpture appartenant à l'art gréco-phénicien. Un œil très ouvert, une prunelle d'un noir irréprochable, un profil d'un dessin très correct, avec les teintes les plus gracieuses, en sont les traits caractéristiques.

Un grand mouvement règne dans la gare de Mâallaka qui est l'endroit d'où généralement les touristes se rendent aux ruines de Bââlbek. Ces ruines ont été si souvent décrites que nous renonçons à les décrire de nouveau. Tous les carnets des voyageurs sont remplis de notes sur la fameuse *Ville du Soleil*.

Bientôt, nous sommes en pleine Cœlé-Syrie. Nous traversons des champs immenses, dont la végétation a dû être luxuriante au printemps. Avec des bras et de l'industrie, on pourrait tirer de ces terres un profit considérable. Des mamelons, recouverts d'une forte teinte rougeâtre, semblent annoncer les richesses minérales qu'ils renferment, et inviter le géologue ou le métallurgiste à sonder leurs flancs mystérieux. La vallée de Cœlé-Syrie a quelque ressemblance, par la configuration, avec la Limagne d'Auvergne, quoique en de moindres proportions. A l'orient est l'Anti-Liban ; nous allons bientôt côtoyer, jusqu'à Damas, le lit pierreux du Barada.

Une heureuse coïncidence a mis sur mon chemin un obligeant Français, se rendant à la même destination. Il porte un vaste chapeau en liège, recouvert d'étoffe blanche, qui peut servir de parasol. Grand hydrographe, il est occupé depuis plusieurs années à étudier les plaines et les montagnes de la Syrie, dans un intérêt scientifique, et

onséquent, il est parfaitement au courant de ce qui
piquer la curiosité du voyageur. C'est lui qui m'a
surtout dans la direction de Baalbeck, la présence
tantôt chrétiennes, tantôt païennes, mais du
intérêt pour l'archéologie.

principales sont celles de *Chalcis*, actuellement
Sandjar, sur la dernière pente de l'Anti-Liban. Une
de 3 à 400 mètres de côté, faite de pans de murs et
ébranlées marque l'emplacement de cette ville qui
les armées de Pompée. La reine, la fameuse
qui a fourni le sujet d'une des plus belles tra-
de Racine, ainsi que son frère Agrippa II, celui-là
qui jugea saint Paul dans les liens, à Césarée, lui-
ses murailles. A l'époque des Croisades, Bau-
et Tancrède passèrent dans ses murs.

voici dans le désert de Chalcis qui s'étendait
l'Euphrate, solitude si célèbre dans les anna les
pour les vertus qui y fleurirent, et dont le
souvenir a fait vivre très saintement conservé par la
Théodoret, évêque de Cyr.

demeurent entre autres héros de l'histoire du
saint *Marcien* et son disciple *Agapit*. Du pre-
Théodoret rapporte qu'il eut trois parties : la ville
la solitude et le ciel. La première lui vit naître,
la seconde le nourrir, dans la prière et le ciel couronna ses

De ces roches âpres et infécondes, semble-t-il exhaler
cesse le parfum des vertus que pratiquèrent ces
plâtras. Scrupuleux encore aux limites de leur
rochers, apparaissent de temps en temps des
ascètes où ils menaient une vie plus ange-
qu'humaine, leur vie d'un remarquable si rare

Mon compagnon de route me montre vers le sud le
Djebel Rihan, derrière lequel sont les sources du
Rousias. La ville Césarée de Philippes ou

saint Pierre reçut les clés qui ouvrent le ciel. C'est dans
le *Castrum* romain qu'est investi de sa puissance celui
qui devait donner à Rome son éternité.

Il m'indique ensuite *Abila* et l'Abilène dont Lysanias
était le tétrarque au moment de la mission de saint Jean-
Baptiste ; il me fait voir le chemin tracé dans ces rochers
par les soldats de Trajan, ainsi qu'en témoigne une
inscription latine subsistant encore. De nombreux tombeaux, païens ou chrétiens, s'offrent à nos regards, ainsi
que des débris de chapelles, œuvres sans doute des anciens
solitaires, autrefois si multipliés, qui peuplèrent ce
désert.

Mon guide m'indique aussi à l'Orient la direction du
Haoûran, ou Arabie Pétrée, vaste plaine située au sud de
Damas, dont la sauvage beauté attire de nombreux touristes. Ce pays, tout désolé qu'il est, fournit une ample
moisson d'inscriptions grecques et d'observations archéologiques. Des restes de nombreux monuments bâtis en
basalte se rencontrent en ce pays, et surtout à *Bostra*, ville
en ruines, mais très intéressante à étudier. Les fameuses
mosaïques de *Madaba*, dont la principale est une carte
géographique de la Palestine et de la Syrie, dressée vers
l'époque de Justinien, ne sont-elles pas de cette provenance ? Seulement c'est l'Arabie, avec ses sables mou-
vants, ses ravins, ses pentes abruptes, ses rares oasis ;
et par delà, c'est l'affreux, l'inexorable désert, étendant à
perte de vue ses horizons d'une clarté métallique, dont
les miroitements font songer aux éclairs du cimeterre du
guerrier de l'Islam. Des Pères Jésuites, de la résidence de
Damas, sont en train de parcourir ce pays, où l'on trouve
de nombreux chrétiens, et où les âmes, paraît-il, sont
moins rebelles à la culture que le sol qui les porte.

Mais voici que nous entrons dans les ravins qui avoisinent le lit rocailleux du Barada. Son cours est aussi
impétueux qu'irrégulier ; ses rives sont rocheuses et

VUE DU HAOURAN

escarpées ; il décrit de nombreux méandres. Il a fall en
maints endroits aplanir la montagne et exhausser les vallées, pour poser les rails du chemin de fer. Mais ces accidents de terrain, si hostiles et rebelles à l'art de l'ingénieur, donnent un grand charme de pittoresque à la
route.

C'est le Barada qui a fertilisé la contrée ; sans lui, le
désert, qui n'est pas très loin, l'envahirait incontinent.
Les rives du fleuve sont couvertes d'une végétation puissante et diversifiée, au milieu de laquelle s'étalent des
villages arabes, dont la malpropreté et l'indigence semblent contraster avec cette riche nature. En général, les
maisons, construites en torchis, ressemblent à des ruches
d'abeilles, ou sont d'informes paillottes qui font songer à
la hutte du sauvage d'Afrique. Le paysage toutefois ne
fait qu'y gagner en diversité ; et c'est au milieu de ces
observations, que la vapeur, annonçant par ses sifflements
la victoire qu'elle a remportée sur les obstacles que lui
opposaient les différents éléments, nous amène à proximité
de Damas.

DAMAS

La vallée de Damas est, selon Aboulféda, un des quatre paradis terrestres. Quoi qu'il en soit de l'exactitude de cette assertion, j'ai tout le temps de contempler ce paradis à mon aise ; car sur l'interprétation fautive d'une indication, je suis descendu du train, étant encore loin de la ville. Tant mieux ! me dis-je en moi-même, je prendrai une connaissance plus intime avec le pays que je traverse, et j'en fixerai mieux les souvenirs dans mon esprit ! Je continue donc la route, en suivant toujours le cours du Barada, qui écume et bondit contre les rochers qui viennent obstruer ses eaux rapides. Si je le côtoye pour ne pas m'égarer, c'est en observant avec curiosité les groupes bigarrés qui se présentent à ma vue.

Le voyageur d'il y a cinquante ans, comme on peut s'en convaincre par les magiques descriptions de Lamartine, trouvait encore en ce pays une grande diversité de costumes, qui ne se rencontre plus si fréquemment. Le vieil Orient, on n'en peut douter, est en train de subir l'inexorable loi du progrès moderne ; mais ce soi-disant progrès laisse encore subsister une foule de traits des antiques modes et coutumes, si plaisantes à l'œil, si chères au souvenir.

Partout à mes regards s'offrent de plantureuses villas, émergeant du sein de la plus ondoyante verdure, composée d'arbres d'une foule d'essences différentes, et alimentée par le voisinage du Barada. La route, entretenue comme dans nos pays européens, est faite de gravier, où les roues impriment à peine une trace légère. Elle est sillonnée de véhicules de plaisance qui annoncent la richesse, ou de

piétons vêtus à la manière arabe, mais se rapprochant du
mode européen.

J'aperçois dans le lointain les hauts minarets de Damas;
mais je constate avec effroi que le soleil penchant sensiblement à l'horizon, va me laisser au milieu des ténèbres,
dans le sein d'un pays où tout est inconnu pour moi. Bientôt, traversant un gros bourg, on m'offre une voiture pour
me conduire à destination. Je passe marché pour un *medjidié,* non sans avoir attentivement dévisagé mon phaéton, qui, par le fait, présente un visage d'une honnêteté
presque irréprochable. Passablement émotionné par l'espèce de solitude qui m'environne, je ne puis me dissimuler
que toute cette belle nature, même cultivée par la civilisation, recouvre un fond de fanatisme et de barbarie, qui peut
facilement aboutir aux plus dangereux éclats. Il est nuit
close, lorsque après avoir franchi les barrières et les
portes de Damas, j'arrive sur la grande place de cette
ville, non loin du grand hôtel *Bescharraï.* Là, nouveau
genre de pittoresque; éclairés par des falots de résine, ou
n'apparaissant à la vue incertaine qu'à la faveur des
lueurs vagues et indécises qui s'échappent des ouvertures
des maisons, se pressent autour de nous des groupes
d'Arabes, dont la demi-obscurité fait ressortir davantage
le teint hâlé, les traits fortement accentués, la barbe
noire et régulière. C'est toujours avec un certain frémissement que j'entends sortir de ces poitrines le guttural
langage des fils de la grande famille sémitique. Pour
comble de disgrâce, mon phaéton s'arrêtant, déclare ne
pouvoir trouver la maison où je me rends. Après bien des
pourparlers, on finit par me comprendre; une sorte de
cicerone s'assied sur le siège à côté du cocher et nous traversons la ville à grand fracas.

Si les derniers rayons du soleil éclairant la campagne,
et dorant au loin les monuments de la ville, n'avaient fait
qu'ajouter un nouveau charme au paysage lorsque j'appro-

chais de Damas, maintenant tout a disparu dans l'ombre. Les noires silhouettes des maisons se détachent sur le ciel étoilé ; mais le détail m'échappe complètement ; les bazars que nous traversons ont leurs sombres arcades à demi éclairées par des lumières fumeuses ; et la plupart des bou-

DAMAS

tiques sont fermées. Enfin, après plusieurs inutiles circuits, la voiture s'arrête devant le collège des Pères Lazaristes, où je suis reçu avec empressement, et où la satisfaction que procure un bon gîte me fait rapidement oublier les inconvénients du voyage. Le bonheur que j'éprouve de me trouver au sein de cette aimable communauté arrive à son comble, lorsque reposé et réfectionné je songe que je suis dans la capitale de l'antique royaume de Syrie.

Cette très ancienne cité, appelée en arabe *El-Châm*, est située sur le dernier versant de l'Anti-Liban, entre le désert et la montagne. Elle se trouve occupant le centre

de la plaine que fertilise le fleuve appelé par les anciens
Chrysorrhoas ou « ruisseau d'or ». Par sa grandeur, l'étendue de son commerce, ses grands souvenirs et ses antécé-
dents, c'est la ville la plus considérable de l'Empire Ottoman, après Constantinople. Le pays, à trente ou quarante
kilomètres à la ronde, est couvert d'arbres fruitiers, qui,
du haut des montagnes et des minarets, offrent l'aspect
d'une forêt immense, entrecoupée de kiosques, de pavillons et de maisons de plaisance. Ces maisons, généralement d'une architecture légère et riante, ornées de céramiques, marient à souhait les caprices de la riche demeure
arabe, avec le confortable de la construction européenne,
qui pénètre partout, avec ses procédés et ses matériaux,
mais en se pliant aux goûts du pays. On sent que c'est
bien là, avec les villes aériennes de Mossoul et de Bagdad,
que le conteur arabe a trouvé le secret de ses inventions.
C'est au travers de cette belle verdure, de ces terrasses
recouvertes de fleurs et d'arbustes, dans ces salles diaprées,
exhalant une forte odeur de bois de santal, de hennéh et de
tabac parfumé, qu'il a entrevu tout un peuple vaporeux de
génies, d'enchanteurs et de *djinns*.

C'est cette délicieuse et fraîche position qui a fait nommer
cette ville par les écrivains arabes l'*Image du Paradis,*
le *Jardin parfumé,* ou encore, *une jonchée de perles sur
un tapis d'émeraudes.* Au milieu de ce riant paysage s'élève
donc Damas, avec ses maisons élégantes, ses minarets et
ses innombrables dômes. Les faubourgs qui la contiennent
couvrent une superficie très étendue, qui tôt ou tard doit
se rejoindre à la ville, par la démolition des remparts.
Mais pour le moment, une enceinte de murailles assez
respectée par le temps, dont les créneaux effrités gardent
encore un aspect menaçant, flanquée de hautes tours carrées
revêtues de pierre, ou de marbre jaune et noir alterné avec
une symétrique régularité, comme les murs de la cathédrale de Pise, l'entoure en grande partie. Cette enceinte

ait six kilomètres de circuit, et offre dix-huit entrées
portes, dont la plus ancienne et la plus belle est *Bab-
Boulos*, « Porte de Paul », du côté de l'Orient.

Ma première visite fut pour M. Sivoye, consul de France
digne représentant de nos intérêts dans ce pays; j'étais
en compagnie du Supérieur des Lazaristes. Nous parlâmes
naturellement du voyage de Guillaume II qui faisait l'ob-

jet de toutes les conversations. M. Savoye nous donna aussitôt son *kawas,* pour nous faire visiter la grande mosquée. Des deux cents mosquées ou chapelles qui décorent la ville, c'est la plus remarquable, comme c'était le plus beau monument de la ville, avant l'incendie qui l'a ravagée en partie. C'est une ancienne église d'architecture corinthienne, élevée par l'empereur Héraclius, en l'honneur de saint Jean-Baptiste, lorsqu'il eut reconquis la ville sur les Perses. On en admirait les vastes proportions, les sept tours, les portes de bronze, les détails d'une grande pureté de style. Malheureusement on n'en a plus que des débris, des colonnes de granit ou de porphyre surmontées de chapiteaux byzantins, des sculptures de frises et de corniches, des plaques de marbre qui recouvraient les murs, des débris de mosaïque ; tout cela adhérant encore aux pans de murs restés debout, ou gisant pêle-mêle.

Ajoutons que les Turcs, qui savent faire grand et beau, sont en train de reconstruire l'édifice avec une somptueuse magnificence. On nous fait visiter les chantiers, et mon compagnon me fait remarquer que la plupart des ouvriers qui sont employés à ces travaux, surtout ceux qui exigent une délicatesse particulière, sont des chrétiens ; en effet ces artistes réussissent à merveille dans l'œuvre de la ciselure et des incrustations de Damas.

Dans cette mosquée des Ommiades, actuellement appelée la *Zéchia,* les Turcs prétendent posséder le corps de saint Jean-Baptiste, dans un grand cercueil, autour duquel brûlent de nombreuses cires. Grâce à la présence de notre kawas, nous pûmes monter sur le grand minaret, du haut duquel on embrasse tout l'ensemble de la ville, avec ses faubourgs, et la campagne d'une si riante culture, jusqu'aux collines boisées qui terminent l'horizon.

On me fait remarquer dans le *Grand Khan,* ou marché, des restes byzantins, aux murs de marbre construits de

BAZARS DE DAMAS

blocs alternés, très remarquables, et qui ont certainement appartenu à une église chrétienne.

Au nord-ouest de la ville s'élève un vaste bâtiment rectangulaire, dont les murailles bien conservées sont flanquées de tours massives : c'est la Citadelle, dont quelques vieux canons démodés garnissent les remparts. Cette bastille, autrefois à l'aspect formidable, n'a plus maintenant qu'un intérêt de curiosité.

Les *Bazars,* que j'avais traversés la veille à la lueur incertaine des fanaux, m'avaient fortement impressionné. Ressemblant assez aux *passages* de Paris, ils renferment les richesses et curiosités qui font le principal objet du commerce de la ville. Ceux de Damas ne le cèdent en rien aux plus riches entrepôts des grandes villes de Turquie. Ce n'est point un labyrinthe, comme ceux de Constantinople ; mais ils méritent d'être signalés, surtout celui d'Assad-Pacha, au point de vue de la construction, de l'étendue et de la commodité.

Dans ces magasins sont entassés tous les produits de l'Orient. En cette ville tout arabe, on se fait une idée plus exacte des contes fantastiques du pays. La fabrication des soieries brochées, dites *étoffes de Damas,* qui s'était ralentie après les massacres de 1860, a reçu une impulsion nouvelle. Les étoffes brochées d'or qui se fabriquent ici, sont bien supérieures à celles du même genre qu'on trouve à Alep.

On admire enfin dans certains dépôts les anciennes armes, dites *damasquinées,* armes blanches ou armes à feu, qui, pour les connaisseurs, ont une valeur considérable. Les lames d'acier sont encore l'objet de la fabrication ; mais le secret de la trempe qui les avait rendues si précieuses est, paraît-il, perdu. Tandis que l'on paie encore jusqu'à cinq mille francs les lames anciennes, beaucoup inférieur est le prix des produits modernes. Ce sont les chrétiens qui monopolisaient le secret de cette trempe,

... a disparu, paraît-il, avec l'expulsion violente de
... qui le détenaient.

Une mention spéciale est due à la marqueterie de Da-
..., dont on fabrique des coffrets et des meubles d'un
... ravissant. Cette symétrie délicate, où la nacre
..., se retrouve jusque sur les monuments, où les
... de différentes teintes sont incrustés d'une façon
... à la manière des mosaïques, produisent un
... délicieux. On me fit voir, en certains magasins, les
...duits de cette industrie, meubles et coffrets charmants,
... de luxe pour l'utilité ou l'ornement des maisons,
...ues de diverses espèces, qui aurait ... certainement ...
... collectionneur de raretés orientales.

Si les rues de Damas sont moins agréables à l'œil que
... du Caire et de Stamboul, si les maisons anciennes
... la plupart du temps dépourvues de cachet, il ... ex-
... n'en est pas ainsi pour l'intérieur, car leur cour
... est splendide. Ayant eu l'avantage de visiter diverses
...sons, entre autres une grecque et l'autre musulmane,
... qu'il me fut permis d'admirer le luxe oriental, dont
... j'avais vu quelques spécimens en visitant ... Baazka,
...riarcale du Liban, ce sont de vastes cours pavées de
...s délicates disposées en mosaïque, ornées d'arbustes
... plantes, avec les bassins de marbre, les jeux d'eau,
... cascades, les bouquets fleuris, les oiseaux. Les plus ...
... ce sont des salons entourés de colonnes d'albâtre
...ant des arbres et des monuments magiques avec des
...nds aux nervures diverses, ou toutes les couleurs ...
...ques en un mot, c'est comme un palais des Mille
...es merveilles des Mille et une Nuits. On voit briller
...r l'albâtre et la dorure, chaque grande maison pos-
... un ou plusieurs jets d'eau qui jaillissent et tombent
...s de magnifiques bassins.

Quant à la population, on sait que de plus en plus elle
... prend ... les mœurs et les coutumes européennes qui

pénètrent partout. Mais il ne faut pas s'y tromper ; nous sommes ici aux confins du désert de l'Arabie ; Damas est un des centres d'où s'est élancé le farouche islamisme, que douze siècles et plus ont à peine entamé. J'ai vu, aux abords de la ville, des groupes qui ramenaient ma pensée à plusieurs siècles en arrière, à ces temps où le sanglant cimeterre du faux prophète menaçait encore la tête des chrétiens. Un grand écrivain traduit mes impressions.

« Les Arabes du grand désert et ceux de Palmyre sont en foule dans la ville et circulent dans le bazar : ils n'ont pour vêtement qu'une large couverture de laine blanche, dont ils se drapent à la manière des statues antiques. Leur teint est hâlé, leur barbe noire, leurs yeux sont féroces. Ils forment des groupes devant les boutiques des marchands de tabac et devant les selliers et les armuriers. Leurs chevaux, toujours sellés et bridés, sont entravés dans les rues et sur les places. Ils méprisent les Égyptiens et les Turcs (1)... »

A part l'hyperbole littéraire, c'est bien là le fond de ma pensée. Toutefois les lignes suivantes semblent mieux convenir à l'heure actuelle. « Par son éloignement du mouvement européen et son peu de contact avec les étrangers, elle (Damas) a conservé au plus haut degré son cachet oriental qui frappera le voyageur dès les premiers pas. Elle a quelque chose de la grandeur sauvage et mystérieuse du désert de l'Arabie qui, dé ses portes, s'étend à l'infini. La population, belle et fière, se distingue par la beauté des traits, la noblesse des formes et la pureté du sang arabe. Les rues sont remplies d'une foule pittoresque et bigarrée, au milieu de laquelle glissent comme des fantômes les femmes couvertes de longs manteaux blancs et le visage caché par un voile noir percé de deux trous pour les yeux (2). »

(1) Lamartine, *Voyage en Orient*.
(2) Isambert, *Syrie et Palestine*.

Vicissitudes des temps.

D'antiques traditions font de Damas une des villes les plus anciennes de la terre. Dès le temps d'Abraham, il en est question dans les Livres Saints. Célèbre est l'histoire de Naaman, guéri de la lèpre par le prophète Elisée, dont on montre la grotte à peu de distance de la ville. Sennachérib, Nabuchodonosor, les Perses s'en emparèrent successivement. Occupée par les Romains, elle devint la métropole de la Phénicie du Liban.

Mon voyage étant avant tout un pèlerinage, je tenais à vénérer les souvenirs que l'histoire chrétienne possède dans cette ville. Elle y a de fait une place privilégiée, bien que la lutte contre le démon du midi se fasse sentir ici avec vivacité. Toute la ville est remplie du souvenir de saint Paul. Dès mon arrivée on me signala la plus longue rue, celle où se trouvent les boutiques les plus richement pourvues, comme étant la *Via-Recta,* ou « Rue droite », dont il est parlé au Livre de saint Luc.

Tout proche de là on me montra la *maison d'Ananie,* dans laquelle saint Paul, renversé par la puissance de Jésus-Christ, et frappé de cécité, fut miraculeusement guéri. C'est maintenant une crypte obscure, où l'on descend par un escalier d'une quinzaine de marches. Lorsque je m'y rendis, elle se trouvait occupée par des ouvriers en train de la réparer. Voici donc une des sources d'où le salut a jailli pour la terre ! A peu de distance est la fontaine, où, d'après la tradition, le saint aurait reçu le baptême.

On montre aussi au voyageur curieux l'endroit de la muraille où l'on fit descendre le saint dans une corbeille, afin d'éviter les poursuites des satellites du roi Aréthas (1).

(1) *Act. Apost.,* IX, 25.

La prédication apostolique ayant changé la face de Damas, cette ville eut plusieurs confesseurs de la foi, et souvent des évêques qui en illustrèrent le siège. Les récits qui s'y rattachent sont plus pathétiques qu'en aucun autre lieu.

Un des principaux évêques aurait été cet héroïque saint *Pierre Mavimène*, ou de Majuma, qui avait été receveur des impôts, sous le calife Walid II. Etant tombé malade, il fit venir les magistrats de la ville, ses amis et les engagea, afin d'éviter les supplices éternels, à renoncer aux fables du Coran et à Mahomet, le faux prophète, précurseur de l'Antéchrist. Guéri contre toute attente, il se mit à parcourir les rues de la ville, en criant « : Anathème à Mahomet, et à son livre fabuleux, ainsi qu'à tous ceux qui y croient ! » Aussitôt on se saisit de lui et on lui coupa la tête. C'était l'an 743.

Après lui, saint *Pierre de Capitoliade*, ayant été accusé par le prince des Agaréniens d'enseigner aux Mahométans la foi de Jésus-Christ, eut la langue arrachée ; ce qui, selon Théophane, ne l'empêchait pas de célébrer les saints Mystères. Relégué dans un désert de l'Arabie, il eut les pieds et les mains coupés, et expira sur une croix.

La grande gloire de cette ville est saint Jean, surnommé *Damascène*, mort en 780. Son père, qui était ministre du khalife, lui donna comme précepteur un esclave grec, nommé Cosme, qui devint ensuite évêque de Majuma. Ce saint enseigna à son disciple avec les lettres grecques, l'amour de la vertu et de la vérité. De concert, ils se retirèrent dans la Laure de saint Sabas, à deux heures de marche de Jérusalem, en suivant le torrent de Cédron. Son supérieur l'envoyait sur le marché de Damas, vendre des corbeilles bien au-dessus de leur valeur, pour le faire couvrir d'injures. Sous Léon l'Isaurien, il mit une plume exercée au service de la vérité catholique attaquée par les iconoclastes. Piqué au vif, l'empereur le calomnia auprès

...dite, qui lui fit couper la main droite. Cette main
... miraculeusement rendue par la Mère de Dieu. Désor...
... il consacra tous ses travaux à l'exposition des mys...
... de la foi.

... le bonheur de vénérer les traces encore vivantes
... jour du saint docteur en cette ville. Depuis l'an 1875,
... Pères Jésuites de France possèdent la demeure de
... Jean Damascène, qui avant l'acquisition était dési...
... sous le nom de *Beit Mansour*, maison de Mansour ;
... c'est en effet le nom patronymique du saint.

Pénétrez sous une de ces voûtes basses, pratiquées
... les murailles aux contours bizarres d'une maison
... Vous voici bientôt dans une cour spacieuse, pavée
... mosaïque de marbres précieux, entaillant toute un...
... Tout autour une double ou triple rangée d'arbres
... étendent leurs guirlandes de fleurs et de fruits. Trois
... quatre énormes rosiers font courir leurs branches char...
... de fleurs le long des murailles. Au centre de ce par...
... murmure le traditionnel jet d'eau qui s'arrondit en
... lles dans son bassin de granit. Tout autour de splendides
... rve grandioses s'ouvrant sur ce jardin. D'abord assis...
... levant les divans, élevés aux extrémités, sur
... estrades de marbre, ornés de leurs sièges pittoresques,
... Les arabesques courent dessus, et là, au milieu des
... en déroulant leurs arabesques tiennent sur les murs de
... de leurs traits aussi, surtout. C'est au milieu
... splendides qu'à la Providence place le berceau de
... Jean Damascène, le Thomas d'Aquin de l'Orient, le
... beau joyau de la couronne dont Damas est ceint de
... son front (1).

Ces lignes sont extraites d'une brochure dont me fit...
... le Révérend père Supérieur, en me laissant en m'aidant
... nous fit visiter la maison et sous la conduite duquel je

... Saint Jean Damascène, Beyrouth, 1883.

visitai la chapelle où se trouve un tableau commémoratif du fait miraculeux qui se passa en ce lieu. Je vénère aussi dans la cour, sous un arceau élégant de marbre, aux incrustations de nacre, œuvre d'une époque antérieure, l'endroit où les Grecs avaient obtenu de célébrer la messe le jour de la fête du saint.

Saint Jean de Damas eut un neveu appelé par les Grecs saint *Étienne le Thaumaturge.*

Cette ville fut souvent le théâtre de drames émouvants, de palpitantes tragédies. Boulevard des Mahométans, Damas ne put jamais être prise par les Croisés, ainsi que Alep et Homs. L'échec final des Croisades est dû en partie à la résistance de ces trois places. Un des buts que se proposait la seconde croisade, prêchée par saint Bernard, était de conquérir cette forteresse.

C'est en 1148 qu'on entreprit le siège de Damas. On se battit d'abord dans les jardins extérieurs de la ville. Le roi de Jérusalem, Baudoin III, marchait le premier à la tête de son armée et des chevaliers de Saint-Jean et du Temple. Après les chrétiens d'Orient, s'avançaient les croisés français, commandés par le roi Louis VII. Le roi d'Allemagne, Conrad, qui avait rassemblé les débris de ses troupes que le passage en Asie avait exténuées, formait un corps de réserve. La résistance des Turcs fut opiniâtre sur les bords de la rivière qui traversait les jardins. Le roi Conrad, l'ayant appris, pénètre jusqu'à l'avant-garde, avec quelques-uns des siens, et tombe sur les Turcs avec une impétuosité à laquelle rien ne résiste. Un Turc d'une taille et d'une force prodigieuse s'élance sur lui : mais Conrad le coupe en deux d'un coup de son épée. A cette vue, les Turcs effrayés se réfugient dans la ville, et laissent les chrétiens maîtres des bords de la rivière. L'effroi des habitants de Damas fut tel, qu'ils songèrent à abandonner la ville. — Les chrétiens étaient si sûrs de se rendre maîtres de Damas, que l'on ne s'occupa plus que de savoir à qui serait donnée la souveraineté de la ville. Celui qui l'emporta fut le comte de Flandre. Les barons de Syrie furent jaloux de la préférence : le siège se ralentit, et les Turcs en profitèrent pour jeter 20.000 hommes dans la place : c'est ce qui força les chrétiens à lever le siège.

Vers 1380, l'émir qui dominait à Damas, voulant obtenir de l'argent, fit mettre le feu à deux endroits de la ville, puis en accusa les chrétiens, pour leur extorquer les sommes qu'il convoitait. Quant aux autres, il leur donna le choix ou de renier la foi de Jésus-Christ, ou de mourir en croix. Il y en eut vingt-deux qui demeurèrent fermes dans la foi. L'émir les fit attacher à des croix et mener par la ville sur des chameaux. Ils vécurent trois jours dans ce tourment ; les parents renégats priaient avec larmes les crucifiés de se délivrer de cette cruelle mort, en embrassant la religion de Mahomet. Mais les martyrs demeurèrent fermes et désavouaient les apostats, ne les reconnaissant plus pour leurs parents. « Vous voulez, disaient-ils, nous ôter les biens de la vie éternelle, à laquelle vous avez renoncé lâchement, par la crainte des peines temporelles. Pour nous, ce nous est un plaisir et une gloire singulière de pouvoir suivre notre Sauveur Jésus-Christ. » Ils moururent ainsi avec constance au milieu des tourments. Le sultan d'Egypte, apprenant ces faits, fit scier son émir par le milieu du corps.

Au milieu de beaucoup de sectes dissidentes, de Nestotoriens, de Jacobites, de Chaldéens, etc., la religion grecque orthodoxe compte encore à Damas un bon nombre d'adhérents. Cette ville est placée dans l'obédience du Patriarche d'Antioche, qui relève de celui de Byzance, mais par un lien de subordination qui en fait plutôt un frère et un égal qu'un subordonné. La ville de Damas était florissante et peuplée de nombreux chrétiens ; c'est là que le Patriarche, vers le xviie siècle, fixait habituellement sa résidence, Antioche n'étant plus qu'une ruine presque inhabitée. Il avait dans sa juridiction plus de quarante évêques. Chaque année, il allait célébrer une messe solennelle sur le mont Liban ; il donnait au Patriarche de Constantinople le titre de frère et de collègue, et il était le lien national entre les Grecs d'Europe et d'Asie.

Un monument curieux fait connaître la nature des rapports qui existaient entre les deux Patriarches, et quel était le gouvernement ecclésiastique conservé depuis la conquête. C'est une lettre du Patriarche d'Antioche à celui de Constantinople : « Seigneur très saint de la grande ville de Constantinople, dit-il, de la nouvelle Rome, et Patriarche œcuménique, frère et collègue de notre humilité, je prie Dieu qu'il te donne la santé du corps et de l'âme, et que tu prospères en tout. Sache, très saint homme, que dans la juridiction de ton trône épiscopal, il se trouve un chrétien du nom de Georges, né à Patras dans le Péloponèse, et cordonnier de son état. Il a ici, dans la ville de Damas, une femme et des enfants qui, Dieu merci, sont aujourd'hui bien portants ; mais lui, depuis douze ans, ne les a pas vus. Pourquoi est-il errant hors de sa maison, comme la brebis perdue de l'Évangile, sans prendre aucun souci, depuis si longtemps, de sa femme ni de ses enfants, sans s'inquiéter s'ils boivent ou s'ils mangent, et sans songer à sa maison ? Nous prions donc Ta Sainteté de faire une enquête pour le trouver, et de le réprimander, et de lui remettre en l'esprit son devoir, afin qu'il revienne dans sa maison ; car il n'est pas bon qu'il soit si longtemps loin des siens. S'il obéit, tout sera bien ; mais s'il en est autrement, et s'il n'écoute pas tes avis, retranche-le de la communion des fidèles, et prononce sa séparation d'avec sa femme. Prête l'appui de ta miséricorde à cette œuvre juste, et qu'il soit ainsi fait, nous t'en prions. » On peut voir par cette lettre combien étaient étendus encore les pouvoirs des Patriarches, cette puissance allant jusqu'à infliger des pénitences et prononcer des sentences qui sont plutôt du ressort civil. C'est ce que nous avons fait déjà remarquer, à l'occasion du Phanar (1).

Un fait important à constater, c'est que le farouche fanatisme, qui avait un de ses sièges préférés à Damas, située aux confins du sauvage désert d'Arabie, est sensiblement en décroissance. Qui a le plus contribué à cet heureux résultat ? C'est, assurément, avec la présence de religieux européens, celle des Filles de la Charité, anges de la terre, qui donnent leurs soins à tous, sans distinction de sexe et de race.

Les résultats moraux de l'établissement des Sœurs en cette ville sont parfaitement appréciables. Dans ce pays, où, dans les siècles derniers, un étranger ne pouvait se montrer dans son costume national, et où surtout les femmes ne pouvaient sortir qu'en subissant cette indigne mascarade, qui leur enlève toute forme humaine, les Sœurs maintenant traversent les rues populeuses, le visage découvert, sous le costume d'une religion que les musulmans ont appris jusqu'ici à détester, et ne recueillent plus sur leur passage que des témoignages de respect et d'admiration. Ce sont les *imans*, les premiers, qui les ont introduites dans les maisons musulmanes, pour qu'elles y pussent donner leurs soins aux malades. Dans les campagnes et les villages isolés, où souvent les hommes ne peuvent aller sans escorte, une seule religieuse, sous la conduite d'un enfant, et sous l'unique égide de sa vertu, se rend partout où son devoir l'appelle.

Cependant le fanatisme fermente toujours sourdement dans le fond de cette population, et ce fanatisme a des explosions redoutables. Bagdad et la Mecque, les sources traditionnelles de l'Islam, sont en rapports continuels avec

(1) Villemain, *État des Grecs*, etc.

Damas, où ils envoient chaque année leurs pèlerins de la
Mecque. On comprend quels sentiments farouches doit
faire naître, au sein de cette société impressionnable, la
présence fréquente de ces troupes d'hommes, qui reviennent de s'abreuver aux fontaines d'une intolérance séculaire et aveugle.

Aussi ne nous étonnons pas que de temps en temps le
récit de quelque drame sanglant vienne nous montrer
quelles sont les précautions qu'il faut apporter dans les
rapports avec les fils du faux prophète.

Une des plus sanglantes tragédies qui aient attristé
cette ville, est le massacre des chrétiens par les Druses,
en 1860. Nous laissons la parole à l'illustre cardinal Lavigerie, envoyé par le gouvernement de Napoléon III, pour apporter quelques remèdes à de si grands
maux.

«... Dès que nous pûmes sortir, notre premier soin fût
de nous rendre, conduits par l'un de MM. les drogmans du
consulat de France, dans le quartier autrefois habité par
les chrétiens. Je n'ai vu nulle part un pareil spectacle. La
ville chrétienne, on peut la nommer ainsi, car elle formait
un quartier absolument distinct, comptait environ trente
mille habitants et deux mille maisons ; des églises, des
monastères, entre autres des Lazaristes, des Sœurs de Charité et des Franciscains.

« Sur ces trente mille chrétiens, huit mille environ
avaient péri, massacrés dans la ville même, ou égorgés
dans la fuite. Des maisons où ils demeuraient, pas une
n'était restée debout. Elles étaient toutes détruites, ra-
sées, de telle sorte qu'il n'en restait plus un débris habi-
table ; et de ces débris mêmes, tout ce qui pouvait être
d'une valeur quelconque avait été enlevé. Le bois, le fer
des cloisons, des portes, des fenêtres mêmes, avaient été
arrachés. Il n'y a pas lieu de s'étonner de ce vandalisme,
lorsqu'on sait que le pillage a duré *vingt-deux jours*, sans

répression. Les habitants de Damas ont commencé en pillant tous les objets précieux. Ceux des faubourgs sont venus ensuite, puis ceux des villages environnants, et enfin les Bédouins mêmes, accourus du désert pour prendre part à cette immense curée.

« Nous voulûmes monter au sommet d'un minaret bâti, suivant l'usage, dans le quartier chrétien, et que les Turcs avaient religieusement épargné. Nous pouvions ainsi embrasser d'un coup d'œil cet ensemble de désolation. On eût dit qu'un immense tremblement de terre avait arraché violemment toutes les maisons de leurs fondements, et les avait lancées les unes contre les autres. Il ne restait nulle part trace de construction régulière. Les rues avaient disparu presque partout sous les décombres. Un seul édifice restait debout, comme un vivant reproche à l'ingratitude et au fanatisme des musulmans : c'était celui des Filles de la Charité, où ils étaient venus tant de fois recevoir des secours, faire soigner leurs plaies, et qu'ils avaient pillé comme les autres. Il ne l'avaient pas renversé, mais les traces de flammes au-dessus de toutes les embrasures, montraient qu'ils n'ont point su respecter la demeure de leurs infirmières (1). »

J'ai eu l'occasion de constater de mes yeux l'exactitude de cette lamentable description. A une distance de près de quarante ans, les cicatrices de cette blessure ne sont pas encore fermées. La trace du fer et de la flamme est encore visible dans le quartier est de Damas, où les enfants de Saint Vincent de Paul continuent à exercer leur apostolat de bienfaisance. C'est avec un double intérêt que je visitai les œuvres qui leur sont confiées. A certains moments de l'année, il se présente au dispensaire tenu par les Sœurs, jusqu'à six cents malades par jour. Et tout cela est soigné, pansé, ou reçoit des remèdes gratuitement. Qui

(1) *Voyage en Orient.*

pourra donc donner la contrefaçon de cette charité chrétienne et française ?

Quant au collège des Lazaristes, tous les jeunes gens de la ville, paraît-il, qui désirent se poser dans le monde, sans distinction de secte ni de culte, fréquentent leurs classes pour y apprendre le français. Là, comme partout, c'est le lien qui réunit les différentes nationalités. Aussi la ville paraît-elle sensiblement se moderniser.

On me fait visiter aussi l'église Maronite, propre et gracieuse dans sa simplicité, l'église Grecque unie et orthodoxe, siège d'un évêque, laquelle présente un ensemble et des détails d'architecture qui en font un monument remarquable. Je visite également l'église Syrienne unie ; là, un prêtre chaldéen, d'un aspect vénérable, parlant assez le français, m'expose les souvenirs qui se rattachent à ce lieu. Le peu de syriaque que je me rappelle me permet de déchiffrer quelques mots de cette langue, placés au bas d'un tableau représentant saint Ephrem.

Cette rencontre avec un prêtre chaldéen, à l'aspect imposant, aux traits réguliers, à la barbe longue et vénérable, arabe par le langage habituel, syriaque par la liturgie, s'exprimant avec aisance en français, me rappelle, que si nous, fils de Japhet, nous sommes les cadets de la grande famille humaine, ceux-là sont nos aînés ; et, par le fait, la souche paraît des plus plantureuses. S'ils sont plus immobiles dans leur langage et dans leurs coutumes, c'est qu'il appartient aux premiers-nés de garder le berceau ancestral, pour nous en rappeler les traditions. Oui c'est bien de cette race puissante et pleine de toute la sève humaine, que devait sortir le Roi des peuples et le Désiré des nations.

Pour en revenir à Damas, lorsque je passe dans cette ville, tout paraît préoccupé du voyage de Guillaume II. J'ai vu, dans le beau quartier, situé vers le nord de la cité, non loin du Barada, le brillant palais qui lui était destiné.

Les arbres de l'avenue qui conduit au débarcadère, sont, à son intention, déjà couverts de lanternes vitrées, ce qui devra produire une illumination digne de la demeure des fées.

Là, comme à Beyrouth, c'est « à coups de courbache », pour me servir de l'expression d'un de nos consuls, qu'on a forcé commerçants, ouvriers, artisans à pavoiser. Là, la police a pris les plus minutieuses précautions, au point que l'ouverture des fenêtres sera interdite, et la circulation défendue à certaines classes de la population. Sur le parcours de la voie, lorsque je repris le chemin de fer, les soldats faisaient comme un cordon non interrompu de sentinelles; les postes couchaient sous la tente, les cartouches à la ceinture, la baïonnette au canon du fusil. Devant le césar teuton, les légers coursiers arabes ont caracolé, les almées ont exécuté des chants et des rondes. Mais dans ces démonstrations y avait-il le moindre entraînement? De quelle poitrine s'est échappé un sincère vivat? Les Orientaux sont pour le moins aussi perspicaces que nous, et ils comprenaient à merveille ce qu'ils pouvaient attendre de la présence de ce visiteur, dont il fallait assurer la sécurité et favoriser les distractions par tant de moyens insolites.

Il faut pourtant qu'au milieu de ces impressions je regagne Beyrouth; je le fais en pesant dans mon âme les grands souvenirs et les sensations profondes que provoque en elle chaque nouveau paysage qui s'offre à ma vue, chaque nom nouveau qui frappe mon oreille.

LA COTE SYRO-PHÉNICIENNE

C'est peu de temps après la désagréable aventure que j'avais eue à l'occasion de la descente présumée de Guillaume II à Beyrouth, que je quitte cette ville. L'embarcation qui me porte frôle le *Hohenzollern*. Ce n'est pas sans un certain frémissement que je passe à côté de ce navire dont l'accointance a failli m'être funeste. Le maître est à bord ; tout paraît tranquille. On entend cependant la musique jouer ; et cette symphonie, que répercutent les échos des rivages, a quelque chose d'étrange et de sensationnel. Elle est riche d'accords, brodée sur un thème qui ne se dégage pas nettement de son enveloppe harmonique, un peu empâtée ; mais c'est vibrant, et l'harmonie paraît savante.

Je jette un dernier regard sur ces rivages de la Syrie, sur ces croupes du Liban, que je vais perdre de vue, pour retrouver une nouvelle série de paysages. Dans quelques heures je serai pleinement en vue du territoire phénicien.

Ce n'est pas sans un soupir de satisfaction que je mets le pied sur le plancher du *Fayoum*, de la compagnie *Khédivié*, où je rencontre bonne et sympathique société. Quelques instants après mon arrivée, un confortable déjeuner, auquel je fais honneur, du meilleur appétit, a complètement effacé mes impressions fâcheuses. Je m'installe dès lors commodément sur le pont ; et favorisé par un temps superbe, je vais inspecter cette côte si fameuse dans les annales de l'histoire sacrée et profane de tous les temps et de toutes les époques.

Cette ligne khédiviale, rachetée récemment par les Anglais, est ainsi devenue une ligne britannique ; mais la cuisine et le service y sont encore à la française. Pourtant le personnel est presque complètement anglais. Il y a plusieurs Anglais à bord ; l'un d'eux paraît appartenir à l'administration de l'Egypte ; d'un extérieur plein de dignité, il garde la plus complète réserve, et se fait servir à part. Plus communicatif, et liant avec beaucoup d'abandon, et la plus grande facilité, des relations avec la plupart des passagers, est un ministre presbytérien écossais, déjà d'un certain âge, mais plein d'entrain et d'enjouement, sous le manteau de sa verte vieillesse : son nom est connu, c'est M. Graham-Patterson, un des plus grands voyageurs et excursionnistes modernes ; il a fait le tour du monde, et me fait voir sur un planisphère le diagramme de ses voyages ; c'est prodigieux ! Nous lisons ensemble dans le Nouveau Testament grec, les passages se rapportant aux lieux célèbres qui vont défiler devant nos yeux.

Ce qui m'attire surtout, ce sont deux respectables ecclésiastiques maronites se rendant au Caire, où ils ont couvent et église, pour le soin de leurs compatriotes. L'un d'eux, prélat vénérable, porte un anneau orné d'une améthyste ; ils récitent leurs heures en syriaque et édifient la société par leur bonne tenue et leurs bienveillantes prévenances.

Quant au navire, on voit qu'il y a longtemps qu'il sillonne ces mers. Si sa course est assez lente, tant mieux ! nous n'en verrons que mieux le paysage. De construction manifestement française, la direction est maintenant tout anglaise ou égyptienne.

Nous sommes bientôt en face de *Deïr-el-Kamar*, au pays des Druses, la célèbre résidence de l'émir Béchir, ancien gouverneur du Liban. Grand ami de Méhémet-Ali, il sut se faire aimer des Maronites, dont il était presque le roi. Près de ses palais abandonnés, on trouve pêle-mêle une mosquée, une église, un harem, des cours, des galeries, des jardins. Lamartine a fait une description pom-

peuse de Beït-ed-Dîn, un des monuments les plus remarquables de l'art mauresque, de ces tours percées d'ogives,
de ces trois cents chevaux hennissants, de ce luxe d'esclaves, de ces costumes éclatants, de ces bassins et palais
de marbre. Tout cela est à moitié détruit ; mais le pays
s'enrichit par ses jardins construits en terrasses, et la
fabrication des tissus de soie brodés d'or, qui composent le
costume d'apparat des grands chéiks druses. Les moines
maronites alépins ont un scholasticat à Deïr-el-Kamar.

Le navire continue sa coupe tranquille au milieu d'une
nature tiède et ensoleillée, qui nous permet de plonger
nos regards tour à tour des profondeurs éclatantes du ciel
à celles de l'abîme, et surtout de les reporter sur les côtes
aux gracieuses dentelures, aux paysages accidentés, aux
villages irrégulièrement distribués, et paraissant très
visibles, à cause de la grande transparence de l'air.

Nous côtoyons les côtes de la Phénicie, bande étroite de
terrain, mais qui, par son industrie et son activité, par ses
nombreuses et florissantes colonies, pouvait se porter la
rivale des plus grands et des plus forts états. Nous allons
voir les deux villes qui tour à tour ont porté le sceptre
d'une des plus grandes puissances maritimes que l'histoire
ait enregistrées.

Saïda.

Bientôt nous apercevons les hautes murailles et le port
de Saïda. Voici la citadelle, les créneaux, les tours, les
mosquées, les bâtiments de la ville. Les Sidoniens
devinrent célèbres entre tous les peuples de l'Orient par
leur initiative industrielle et par leur commerce, qui
s'étendait sur la moitié du monde. Outre l'invention de la
navigation et de l'écriture, on leur attribue aussi l'art de
faire le verre, comme celui de travailler et sculpter le bois
et la pierre. « Il n'y a personne parmi nous, écrivait

SIDON

Salomon à Hiram, qui sache couper le bois, comme les Sidoniens. »

Jésus-Christ sanctifia par sa présence Sidon, lorsque de Tyr il passa en Galilée. Saint Paul y ordonna le premier évêque.

Saïda, vue par le dehors, présente un aspect agréable; elle est protégée du côté de la mer par une haute muraille, défendue et dominée au midi par une tour élevée, dont on attribue la construction à saint Louis.

Les murs de Sidon ayant été détruits par les hordes fanatiques de Damas, saint Louis les fit rebâtir en 1252. Pendant ce travail, les musulmans vinrent fondre sur les chrétiens, et la population tout entière expira sous le fer des barbares. Le roi de France se trouvait à Tyr, lorsqu'il apprit ce désastre. Il voulut venger ses frères massacrés et alla assiéger les Turcomans dans le château de Panéas, où ils s'étaient retirés. Revenu sur la côte sidonienne, le saint roi trouva les cadavres des chrétiens restés sans sépulture et tombés en putréfaction. Comme chacun reculait d'effroi, le pieux monarque prit un cadavre, et s'adressant au légat : « Allons, s'écria-t-il, donner un peu de terre aux martyrs de Jésus-Christ. » Tous alors s'empressèrent d'imiter le noble exemple du roi.

Pendant les croisades, Sidon, nommé alors Saïette, était une seigneurie dépendant du roi de Jérusalem, où le seigneur avait le droit de battre monnaie. En 1111, le roi Baudoin Ier s'en était emparé après un siège de six semaines, grâce au concours d'une flotte conduite par Sigur, fils de Magnus, roi des Norvégiens.

Plus tard, les Templiers l'achetèrent de Julien, son seigneur temporaire, pour l'abandonner en 1291, après la chute de Saint-Jean d'Acre.

Les Français l'occupèrent en 1861, lors de la campagne de Syrie.

Du haut de la tour, on jouit d'une vue magnifique. Les

yeux, éblouis par l'éclat de la mer et les reflets des montagnes, s'arrêtent agréablement sur les jardins qui garnissent le pied des collines ; c'est là que se sont reposés

CHATEAU DE SAÏDA

les croisés, sous ces frais ombrages et près de ces belles eaux. Les palmiers tendent à prendre un grand accroissement ; les bananes de Saïda sont les meilleures de la Syrie ;

25

on les cultive peu dans les autres villes, faute d'eau suffisante.

Vue de la citadelle, la ville n'est qu'un groupe de maisons blanchâtres, dont les terrasses sont si rapprochées,
qu'il semble qu'on pourrait facilement se promener par
toute la ville, en allant d'une terrasse à l'autre. Les rues
sont très étroites, partie voûtées, partie recouvertes avec
des joncs et des nattes, de sorte qu'il y fait sombre et
frais. De petites boutiques s'ouvrent sur les rues principales, qui sont un peu animées ; les autres sont désertes.
Un espace large de deux pieds sert de passage aux eaux et
aux bêtes de somme, qui sont le plus souvent des ânes et
des chameaux. Ceux qui viennent en sens contraire, doivent attendre au bout de la rue. Le long des maisons, il y
a un petit trottoir haut et pavé.

Les rues sont si basses, que lorsqu'on les parcourt à
cheval, on est souvent obligé de se baisser. On ne voit
que des murs sans fenêtres, et on se croit aisément au
sein d'une prison ou d'une cour obscure et sans issue.

Sauf quelques tronçons de colonnes brisées, qui jonchent
les champs et les bords de la mer, on n'y aperçoit pas de
restes d'antiquités. L'enceinte de l'ancien port, vers le
nord, est marquée par un reste de mur considérable. Le
port actuel, autrefois commode et sûr, est comblé de
sables. Lorsque l'émir Fâkr-Eddin était maître de ces
contrées, dans la crainte de les voir attaquer par les galères turques, il fit combler les ports du littoral entre
Beyrouth et Saint-Jean d'Acre, au moyen de vaisseaux que
l'on coula, après les avoir comblés de décombres.

Si le khan vénitien est détruit, non loin de la Porte-
Basse de la ville et dans le quartier le plus mouvementé,
se trouve le khan français. C'est un immense bâtiment
carré, à plusieurs étages, qui était le centre du commerce
en Syrie, et qui renferme aujourd'hui un couvent, une
église, une école, une colonie de Francs venus de toutes les

parties d'Europe, une vaste cour, des jardins, des écuries, des galeries, une fontaine. C'est une forteresse, un bazar, une ville; on y rencontre des hommes de toutes les couleurs; on y entend toutes les langues. Les Pères Franciscains de la Terre-Sainte occupent une partie de l'édifice et y reçoivent des pèlerins.

Non loin de Saïda, est le village de *Djioun*, sur une montagne élevée du Liban, emplacement du couvent grec de Mâr-Elias. C'est là qu'alla se fixer lady Esther Stanhope, nièce du célèbre ministre Pitt, qui y fut visitée par Lamartine, dans son voyage en Orient. Cette femme extraordinaire par sa vie aventureuse, son esprit, sa beauté, ses excentricités en tous genres, sera longtemps encore la féé du Liban, l'idole du désert et, dans l'imagination des Orientaux, la reine de Palmyre, ainsi qu'elle se faisait appeler. Aux yeux de la raison, elle n'a jamais été qu'une femme fantasque.

On a beaucoup parlé de ses prédictions à Lamartine. Voici le précis de cette prophétie : « L'Europe est finie, a dit la sibylle de Djioun, la France a une grande mission à accomplir encore, vous y participerez; je ne sais pas comment; mais je puis vous le dire ce soir, si vous le désirez, quand j'aurai consulté vos étoiles... » Ces étranges prédictions se sont réalisés d'une façon surprenante.

Pendant que nous contemplons le paysage de Saïda, M. Graham-Patterson a grand souci d'une localité voisine mentionnée dans les deux Testaments, *Sarepta,* où le prophète Elie ressuscita le fils de la veuve chez laquelle il logeait. C'est maintenant « Sarfand », où, durant les Croisades, il y eut une seigneurie érigée en faveur d'un chevalier nommé Thierry. C'est là que les Sidoniens fabriquaient le verre. Les ruines considérables de Sarfand consistent en tronçons de colonnes, chapiteaux, belles pierres de taille, fragments de marbre, etc. M. Rey, en

1857, y a découvert une statue phénicienne qui déco¹
actuellement le Louvre.

Sour.

Il n'y a guère que sept heures de marche de Saïda
Sour. Cette ville s'aperçoit bien de la mer. Ce qui frapp¹

TYR (SOUR)

tout d'abord, c'est l'aspect de ses hauts murs dentelés ᵉ
percés à jour, à la manière d'une forteresse. En effet, l¹
port actuel, le seul utilisé des deux anciens ports de Ty¹
est fermé en partie par un ancien môle ; à l'est, il est com
mandé par une tour carrée, dont les substructions son¹
probablement phéniciennes. La ville actuelle est entouré¹
de remparts construits en 1766 ; une seule porte y donn¹
accès, construite à la base d'une large tour carrée. D¹
côté sud, englobés dans ces remparts, sont les restes d¹
l'ancienne cathédrale, édifiée par l'évêque Paulin, don¹
Eusèbe de Césarée prononça l'éloge. Dans les murs de l'édi
fice, on remarque encore des piliers gigantesques de syénite rose d'Egypte ; là se trouvaient les tombeaux d'Origène, de Conrad de Montferrat, de Frédéric Barberousse

Cette ville est fréquemment citée dans les Livres saints. Après avoir été pendant plusieurs siècles la reine de la mer, elle fut assiégée par Alexandre le Grand, qui ne put s'en rendre maître qu'en reliant, par un môle, au continent, l'île où elle était bâtie. Elle soutint plus tard un siège de quatorze mois contre Antigone, fils de Démétrius Poliorcète. Sous les Romains, elle avait repris toute son activité industrielle et comptait une nombreuse population. Saint Jérôme dit que c'était la ville la plus belle et la plus prospère de la Phénicie.

Quand Jésus-Christ se rendit en ce pays, une foule considérable s'attacha aux pas de l'Homme-Dieu. Le prince des Apôtres y fit des miracles et y établit comme évêque un de ses compagnons. La ville donna les plus beaux exemples de ferveur.

Eusèbe de Césarée nous rend d'admirables témoignages au sujet de la constance dans la foi des habitants de cette ville, au temps de la persécution. Des femmes, des enfants, avec un visage serein, élevaient les mains vers le ciel et priaient tranquillement, agenouillés dans l'arène, au milieu des lions affamés. Leurs pères n'avaient pas craint de manifester leur foi, en priant publiquement à genoux sur le rivage, au milieu d'une population païenne. Le digne pasteur de ce troupeau était *saint Tyrannion*, martyrisé sous Dioclétien.

Saint Jérôme range parmi les plus éloquents apologistes de la religion, *saint Méthodius*, évêque, mort en 312, auteur du *Banquet des Vierges*.

Prise en 636 par les Sarrasins, elle fut ensuite vivement disputée à la Croisade. Sur la demande des Vénitiens, on en fit le siège. Sous le règne de Baudoin II, en 1125, le doge Michaëli, avec Ponce, régent du royaume, et le patriarche de Jérusalem, pénétra dans le port. Les Musulmans, sans espoir de secours, se rendirent après un siège de près de six mois ; les étendards du roi de Jérusalem et du doge de Venise flottèrent ensemble sur les remparts.

Conrad, fils du marquis de Montferrat, après avoir pris la croix, en 1186, et épousé, à Constantinople, la fille d'Isaac L'Ange, arriva dans le port de Tyr au moment où cette ville, assiégée par Saladin, parlait de se rendre. Conrad ranima les courages; mais Saladin, qui tenait son père Guillaume captif, le menaça de le placer dans les rangs des infidèles, exposé aux coups des assiégés. Conrad répondit avec fierté que la vie de son père lui était moins chère que la cause des chrétiens, et que s'il mourait, il aurait la gloire de descendre d'un martyr. Commandée par un tel héros, la ville se défendit avec opiniâtreté, et Saladin, forcé deux fois à lever le siège, renonça à s'en emparer. Conrad finit par obtenir la liberté de son père.

Après la mort de Conrad, en 1192, le peuple demanda pour son successeur Henri de Champagne, neveu des rois de France et d'Angleterre. On le pressa d'épouser Isabelle, veuve du prince défunt, qui vint elle-même lui offrir les clefs de la ville de Tyr. Richard Cœur de Lion donna son approbation, et céda au nouveau roi toutes les villes qu'il avait conquises, Jaffa, Ramléh, Ascalon, etc. Plus de 60.000 hommes allèrent au-devant du nouveau roi, arrivant avec sa nouvelle épouse. Les rues étaient tapissées d'étoffes de soie; l'encens brûlait sur les places publiques; les femmes et les enfants dansaient en chœur. Le clergé conduisit à l'église le successeur de David et de Godefroi, et célébra son avènement par des cantiques d'actions de grâces.

En 1209, lorsque le bienheureux Albert de Jérusalem aborda en Palestine, les restes du royaume se trouvaient dans une triste situation. On jeta les yeux sur Jean de Brienne, pour le faire roi. Ce prince, distingué par Philippe-Auguste, était entré dans un monastère de Cîteaux, son père voulant le contraindre à s'engager dans les ordres. Délivré par un de ses oncles, il se fit une grande renommée par sa bravoure. Il accepta donc l'offre, et, parti avec une suite considérable, il aborda à Ptolémaïs. Il épousa la princesse Marie, dernière héritière du royaume, et fut solennellement couronné à Tyr. Sa bravoure retarda la chute des possessions chrétiennes et donna occasion à une nouvelle croisade.

Après la prise de Ptolémaïs, Tyr tomba au pouvoir du sultan Chalif, en 1291. La fureur des Musulmans s'acharna jusque sur les pierres.

On ne saurait omettre ici le nom de Guillaume de Tyr, l'historien de la croisade. Né de famille royale, créé chancelier du royaume, il assista au deuxième concile de Latran, fut reçu avec grands honneurs par l'empereur grec Manuel, et de retour à Tyr, il déploya toute l'activité et le zèle d'un vrai pasteur. Son histoire se termine à l'an 1184.

La ville actuelle n'occupe qu'une petite partie de l'ancienne Tyr, mais étonne le regard par l'aspect encore redoutable de ses fortes murailles. Les maisons sont bâties avec des matériaux tirés des édifices antiques ; elles sont petites et basses comme des sépulcres, ce qui fait ressembler cette ville à un cimetière. Des colonnes brisées gisent un peu partout ; à la seule pointe nord-ouest de la ville, on peut compter plus de cinquante colonnes de granit et de marbre, enfouies en partie dans le sable et en partie dans la mer.

On peut se faire une idée des travaux gigantesques exécutés par les Tyriens, au temps de leur prospérité, pour abriter leurs magasins et leurs navires. Un seul bassin, dont on aperçoit les substructions à fleur d'eau, probablement l'arsenal maritime, a plus de deux mille deux cents pieds de long.

Dans la plaine qui avoisine Sour, on ne voit que sarcophages et hypogées. Le plus ancien tombeau des environs, est le *Kabr-Hiram*, « tombeau de Hiram » prétendu, énorme sarcophage supporté par plusieurs assises de pierres admirablement ajustées. Près de là se trouvent les ruines d'une petite église byzantine, du ive siècle, dont une mosaïque a été transportée au Louvre.

Saint-Jean d'Acre.

Cependant dépassant bientôt le territoire de la Phénicie, le progrès de notre route nous rapprochait des rivages désirés de la Palestine. Une attraction différente à l'heure actuelle y conviait les amateurs d'exhibitions sensationnelles. Nous nous trouvons dans ces parages peu de jours après le moment où l'encombrant César teuton vient d'effleurer ces rivages, y déposant le souvenir d'une odyssée fantasque, dont l'un des jalons les plus divertissants était à Khaïfa. Les échos du rivage vibrent encore de ce passage, dont nous recueillons les dernières rumeurs colportées d'abord dans les conversations des témoins de ces scènes, pour aller ensuite se disperser dans les mille organes de la publicité, avant de disparaître sans retour.

Devant nous se dresse Saint-Jean d'Acre, le dernier boulevard des croisés, sa chute n'ayant précédé que de quelques jours celle de Tyr. Comment ne pas saluer cette ville, qui, dans des temps plus rapprochés de nous, a été aussi témoin d'un des rares échecs, comme des exploits du plus grand guerrier des temps modernes?

Un sentier creusé dans le roc, à une hauteur qui donne le vertige, conduit de Tyr et du cap Blanc, haut promontoire escarpé, à la célèbre Ptolémaïs. Vue à distance, avancée sur son cap comme la proue d'un gigantesque navire, elle semble défier les tentatives audacieuses et téméraires. Si le port si vaste et si profond autrefois est à peu près comblé, en revanche, du côté de la terre, de belles fortifications, nouvellement construites, met-

SAINT-JEAN D'ACRE

tent la ville à l'abri d'une soudaine attaque. Environnée de ses murailles et de ses tours fortifiées, qui, malgré
les progrès de la balistique, gardent encore un aspect
redoutable, dominée par les sommets de ses monuments
qui frappent au loin la vue, elle flatte agréablement le
regard et présente un aspect symétrique.

Mais s'il est vrai que la ville brille au soleil, derrière
sa double enceinte de murailles, au milieu de ses bastions,
de ses minarets, de ses temples et de ses palmiers, l'intérieur, quand on y pénètre, y paraît plein de misère et
d'immondices.

On y trouve des ruines de toutes les époques, églises,
mosquées, cloîtres et hôpitaux ; mais elles sont tellement
endommagées par les siècles et la barbarie des hommes,
qu'on a peine à les reconnaître. La célèbre mosquée de
Djezzâr, pour la construction de laquelle on a sacrifié tant
d'autres édifices, tend elle-même à devenir un monceau
de décombres.

Les rues sont étroites, les maisons lourdes, les bazars
sales et peu fréquentés. Cependant les tables des marchés
sont couvertes de citrons, d'oranges, de dattes, de grena-
des, succulentes productions d'un sol plantureux, pour peu
qu'il soit irrigué. C'est aux chevaliers de Saint-Jean que
cette ville doit son nom et sa gloire. On montre, comme
restes de leur domination, l'*Hôpital des Chevaliers*, devenu
depuis l'Hôpital militaire, et l'ancienne *église de Saint-
Jean*.

Rien n'est tragique et mouvementé comme l'histoire
de cette ville, à l'époque de la Croisade. Prise par l'armée
chrétienne que commandait Baudoin Ier, en 1104, elle est,
à la IIe Croisade, sous Louis VII et Conrad d'Allemagne,
le théâtre d'une importante délibération qui avait pour
but le siège et la prise de Damas.

Ayant été reprise par Saladin en 1187, Philippe-Auguste
et Richard Cœur de Lion firent tout pour s'en rendre maî-

tres. La guerre, poussée avec vigueur, donna lieu à des manifestations chevaleresques qui faisaient ressembler la Croisade à un tournoi et à une joute. On se battait tous les jours ; le nombre de ceux qui périrent par le fer ou la maladie est presque incroyable. Cent vingt mille hommes, dit-on, furent enterrés en une seule année dans le grand cimetière. Parmi les victimes étaient une foule de hauts prélats et de grands seigneurs. Enfin, le 13 juillet 1191, les étendards des rois confédérés flottèrent sur les murs de Ptolémaïs ; elle en avait encore pour un siècle d'existence chrétienne.

Mais bien d'autres vicissitudes étaient réservées à l'infortunée cité.

Voici quelle était la situation de cette ville, à la fin du xiiie siècle. Du côté de la mer, chaque porte s'élevait flanquée de deux tours. Les murs étaient si larges que deux chars auraient pu y passer sans se heurter. Du côté de la terre, de doubles murailles, des fossés très profonds, divers endroits fortifiés, et des sentinelles faisaient sa sûreté. Dans l'intérieur, toutes les maisons égales en hauteur, étaient construites en pierres de taille et uniformément décorées de fenêtres en verres peints. Des étoffes de soie et d'autres belles tapisseries couvraient les places publiques, et les garantissaient des ardeurs du soleil. Au milieu de la ville demeuraient les marchands et les artisans, qui, selon leurs facultés, achetaient de splendides bazars, ou louaient de modestes boutiques. Les plus riches commerçants de toutes les nations, entre autres des Pisans, des Génois, des Vénitiens, des Florentins, des Romains, des Parisiens, des Carthaginois, des Égyptiens, des habitants de Constantinople et de Damas, affluaient sur son marché.

Pour les attirer, les magistrats de la cité entretenaient l'activité des transactions commerciales, élevaient avec somptuosité des monuments, multipliaient les plaisirs. Les

princes et les seigneurs passaient les jours dans les tour-
nois, dans toute sorte de fêtes et de spectacles, tandis que
dans le port s'échangeaient les diverses productions de
toutes les parties du monde. Le roi de Jérusalem et sa
famille, les princes de Galilée et d'Antioche, le représentant du roi de France, le duc de Césarée, les comtes de
Tripoli et de Jaffa, les seigneurs de Béryte, de Tyr, de
Tibériade et des autres villes maritimes, se promenaient
sur la place, le front ceint de couronnes d'or. Leur suite
nombreuse et brillante, portait des vêtements tout étin-
celants de pierreries.

La plupart des Ordres religieux et militaires avaient
également leur demeure dans l'enceinte de la ville. Le
Maître et les Frères du Temple, de Saint-Jean de Jérusalem, de l'Ordre Teutonique, de Saint-Thomas de Cantor-
béry, de Saint-Lazare, tous chevaliers armés, montaient
la garde jour et nuit, avec leurs servants, prêts à combattre les Sarrasins, pour la défense de la foi catholique.

Ce luxe de costumes, ce mouvement de prospérité
donnaient à Ptolémaïs un aspect grandiose, animé,
pittoresque, qui contrastait étrangement avec l'état
d'humiliation et de souffrance des chrétientés orientales.

Malheureusement, entre chrétiens, il s'était formé de
funestes divisions. En cette ville, les Génois et les Vénitiens avaient eu entre eux de sanglants démêlés, au sujet
d'une église qu'ils possédaient en commun. Le brave entre
les braves, le prud'homme renommé entre tous les chevaliers, le baron sénonais Geoffroy de Sergines, que
Louis IX, à son départ, avait laissé à Ptolémaïs, avec
quelques centaines de bannerets, n'avait ni assez d'autorité pour rétablir l'ordre, ni assez de troupes pour résister
aux Musulmans. Sous un ciel chargé d'orages, peu de
lueurs de salut brillaient pour les croisés. Enfin, en 1291,

les Sarrasins reprirent le dernier boulevard des chrétiens, et démolirent les édifices sacrés (1).

A la fin du xviiie siècle, un homme réussit à rendre à Saint-Jean d'Acre une certaine notoriété. Cet homme, c'est Djezzâr-Pacha, un des plus féroces despotes dont l'histoire ait gardé le nom. Ce soldat parvenu, qui, de simple mameluck, s'était élevé à la dignité de pacha, ayant été chargé par la Porte de réprimer les rebelles, sut contenir les Bédouins, réprimer les Druses et anéantir presque tous les Métoùalis. Pour prix de ses services, on lui envoya les trois queues et le titre de vizir. Mais ses horribles vexations lui méritèrent son surnom, qui signifie *Boucher*.

Il avait su néanmoins se faire une principauté à peu près indépendante, qui s'étendait de Beyrouth et de Baâlbek jusqu'à Jérusalem, englobant le Liban dans ses ondulations. Chose étrange! plus humain à l'égard des petits, cet homme avait su conquérir une certaine réputation de justice et d'intégrité parmi les chrétiens du Liban, qui le regrettèrent.

Djezzâr mourut en 1804, laissant des trésors immenses. On dit qu'il était à la fois son ministre, son chancelier, son trésorier et son secrétaire; souvent même son cuisinier, son jardinier, et quelquefois encore, juge et bourreau. Il eut les qualités et les défauts de son célèbre contemporain et allié, Méhémet-Ali.

Ce fut sous son gouvernement que Bonaparte ramena les Français devant les remparts témoins de la bravoure de leurs ancêtres. C'était en 1799. Le général, fort du prestige que lui assuraient ses précédents succès, et de ses victoires en Egypte sur les Mamelucks, fit des propositions, lesquelles ayant été rejetées, on commença le fameux siège de Saint-Jean d'Acre, pendant lequel les Français déployèrent une énergie surhumaine. Mais les

(1) D'après les chroniques du temps. *Raynaldi*, etc.

Anglais ayant envoyé au secours de Djezzâr sir Sidney
Smith, qui venait d'envelopper la flotte française, où se
trouvait l'artillerie de siège, leur étoile pâlit. Sir Sidney
fournit à Djezzâr des ingénieurs et des canonniers. Le
siège fut levé après soixante jours de tranchée ouverte.
Depuis cette époque, le gouvernement turc a fait relever
les murailles et reconstruire les forts. On a réparé le
port qui, quoique engorgé, offre le meilleur mouillage de
Syrie.

Le Carmel.

Une des principales haltes de Guillaume II, dans son
voyage en Orient, a été Khaïfa. Ce qui l'attirait manifestement dans ces parages, était la présence d'une colonie
allemande, fondée, il y a quelque vingt ans, par les Templiers allemands, secte protestante, vouée à l'agriculture
et aux travaux manuels.

Pour recevoir Sa Majesté Tudesque, là, comme partout
le gouvernement turc s'était mis en frais de grands préparatifs. On avait refait les routes, et notamment celle qui
conduit de Khaïfa au Mont-Carmel.

Les compatriotes du souverain, groupe considérablement grossi par l'apport des populations d'alentour,
s'étaient parés ainsi que pour un jour de fête, pour recevoir
celui qu'ils attendaient comme le distributeur de faveurs
exceptionnelles ; et la localité, paisible et peu bruyante de
coutume, avait pris un caractère de splendeur insolite.
Grâce aux étendards ottomans et germains arborés un peu
partout, et aux costumes d'une foule multicolore et qui
aime les tons éclatants et qui saisissent la vue, il y eut un
déploiement assez significatif.

Mais là aussi il y eut de la déconvenue. La foule que
l'attrait de la curiosité avait amenée sur les pas des voyageurs à la réputation bruyante, attendit beaucoup, vit
assez peu, et fut désappointée. La colonie allemande reçut

LE MONT CARMEL

moins qu'elle avait espéré. Car, en définitive, que pouvait-on attendre de sérieux de ce « commis voyageur » des inté-rêts luthériens ou simplement humanitaires ?

De fait, la petite ville de Khaïfa a assez bon air. Le *Fayoum* ayant fait une halte considérable dans son port, j'eus tout le loisir de la voir à mon aise, ainsi que la sainte montagne du Carmel, dont le couvent et la basilique, à la structure monumentale, dominent tout le paysage.

Les maisons de Khaïfa sont régulières et bien bâties. Il y a plusieurs églises catholiques; et déjà sur le bateau, mon oreille était réjouie en entendant la cloche des Francis-cains tinter gaîment, appelant le peuple fidèle à la prière, comme dans nos bons pays chrétiens.

Khaïfa est l'antique *Scaminum* de saint Jérôme et d'Eusèbe, déjà signalée dans les annales chrétiennes. Emportée d'assaut par Tamerlan en 1100, elle fut reprise par Saladin. Du côté de la terre ferme, la ville est entourée d'une mauvaise muraille de construction sarrasine, qui au moins met Khaïfa à l'abri des incursions des nomades pillards.

Les Templiers allemands, quoique fort éprouvés par le climat, ont cependant réussi à créer une colonie agri-cole assez prospère. Autour d'eux sont de beaux jardins, dans lesquels on voit un grand nombre d'arbres fruitiers d'Europe. Les oliviers sont superbes ; sur les premières collines du Carmel, ils ont planté des vignes qui réussis-sent admirablement. Il y a sur les flancs du Carmel de vigoureux bois de lauriers, et autour de la ville même de grandes plantations de palmiers.

La distance qui conduit de Khaïfa au couvent du Mont-Carmel est, à vol d'oiseau, à peine d'une demi-heure ; mais ce chemin, ardu et d'un difficile accès, ne se franchit pas si rapidement. Il passe d'abord au milieu des oliviers et des cultures variées, puis il s'élève brusque-ment, au moyen de grands escaliers de pierres, jusqu'à la plate-forme terminale sur laquelle est bâti le couvent, environ à 200 mètres d'altitude. La pente de la montagne est extrêmement raide ; le chemin, à quelques endroits, est presque vertigineux, lorsque l'on est à cheval.

Une porte basse donne entrée au couvent, édifice vraiment splendide. Les murs sont épais comme ceux d'une forteresse. Le couvent, tel qu'il est maintenant, est une bâtisse moderne. En 1821, le pacha de Saint-Jean d'Acre, Abdallah, voulant se procurer les loisirs d'une bonne villégiature, ne trouva rien de plus simple que de choisir la position du Carmel : il fit raser le monastère et des matériaux tirés de ces débris, il se fit construire une villa somptueuse au sommet de la montagne. Il fallut l'intervention de la France, la protectrice séculaire des Saints-Lieux, pour faire rendre justice aux religieux frustrés dans leurs droits les plus sacrés. Encore durent-ils venir en Europe pour quêter les sommes au moyen desquelles on a rebâti le couvent, tel qu'il se trouve aujourd'hui, à partir de 1828.

Des terrasses du couvent, on jouit d'une vue admirable sur la rade gracieusement arrondie de Saint-Jean d'Acre et sa plaine, sa lisière d'oliviers noirs et ses bosquets de palmiers, ainsi que sur la Méditerranée. La mer se voit de trois côtés à la fois ; on croirait être sur la proue d'un gigantesque navire. Au nord, la vue plonge bien au delà de Saint-Jean d'Acre ; au sud, on aperçoit l'ancien *Château des Pèlerins* des croisades, et un peu plus loin les ruines de Césarée. Le soir, le soleil se couchant dans la pleine eau, colore vigoureusement la surface des vagues et tous les points du paysage. De là, l'œil saisit une étendue immense de mer reflétant la gerbe des rayons puisés au foyer de l'astre qui va disparaître.

La chaîne du Carmel, qui est le prolongement des montagnes de la Samarie, se dirige du sud-ouest au nord-est et se termine à la Méditerranée par le cap qui porte le cou-

26

vent. Le Carmel est la plus belle montagne de la Terre
Sainte ; aussi l'Écriture la prend-elle souvent, avec le
Thabor, comme le terme de ses plus riches comparaisons.
Cette élévation est presque tout entière boisée, et même
très fertile ; le chêne, le lentisque, le laurier, une foule de
plantes odoriférantes y croissent à l'envi. Malheureusement, les parties éloignées de la mer sont incultes et
abandonnées aux animaux sauvages, aux sangliers, aux
hyènes, aux chacals.

Le Carmel renferme une quantité de cavernes naturelles. Cette montagne est célèbre pour avoir été la résidence ordinaire du prophète Élie et de son disciple Élisée.
C'est sur son sommet que le premier de ces deux grands
prophètes confondit, en présence d'Achab, roi d'Israël, les
450 prêtres de Baal, qu'il fit mettre à mort sur les bords du
Cison. Il y fit descendre le feu du ciel sur son sacrifice,
comme il descendit deux fois sur ceux qui lui étaient
envoyés de la part d'Achab.

On visite sur le Carmel, du côté de la mer, une foule
de grottes. La plus grande, taillée de main d'homme dans
le roc vif, à une certaine hauteur, est, dit-on, celle où se
tenait le prophète Élie ; aussi est-elle appelée *grotte d'Élie*.
Elle est fort honorée, même par les Turcs, les Maures et
les Arabes. Plus haut, on voit la grotte d'Élisée. Plus haut
encore est la Fontaine d'Élie, que le prophète fit sortir de
terre par ses prières.

Au-dessus de la grotte d'Élie, à une faible distance,
s'élevait le monastère de *Saint-Élie*. C'était une laure ou
ermitage qui consistait en cinq cellules taillées dans le
roc, sur le penchant de la montagne, qui regarde le sep-
tentrion, l'occident et le midi. Dans cette solitude, un
grand nombre d'ermites chrétiens vinrent chercher un
abri. Vers le xiie siècle, ce fut l'origine de l'Ordre des
Carmes, qui étaient presque tous de pieux pèlerins réunis
par le *B. Bertold*, qui avait visité la Terre-Sainte, et voulut

procurer à ses compagnons les bienfaits de la vie céno-
bitique.

Avant lui, *saint Jacques* du Carmel s'y était rendu
célèbre, au vi° siècle, par sa pénitence et ses miracles.
C'est vers 1209, que le *B. Brocard* donna aux Croisés une
règle approuvée en 1227 par Honorius III. Cette règle austère prescrit le silence, les mortifications, les prières continuelles. Le *B. Cyrille,* son successeur, a son nom marqué
dans le Bréviaire de l'Ordre de Malte.

Telle était la vénération qui entourait alors le couvent,
dont les gloires antiques se trouvaient renouvelées par les
pèlerins venus d'Occident, que saint Louis, en 1259, en fit
venir six religieux, qui fondèrent à Paris le monastère
des Carmes. Plus tard, persécutés par les Sarrasins, ceux
d'Orient se réfugièrent en Europe.

Le monastère actuel, qui s'aperçoit de très loin en mer, et
qui enchante notre regard tout le temps de notre séjour en
ces lieux, s'élève autour de l'église construite sur l'antique
retraite de saint Élie; c'est une véritable forteresse.
L'église est une grande rotonde, surmontée d'une belle
coupole qui domine tout le monastère. Le maître-autel,
auquel on monte par deux escaliers latéraux, se dresse
sur la grotte de Saint-Élie. Cette grotte habitée par les
prophètes, est convertie en chapelle et tenue en grande
vénération, même par les Musulmans. Au-dessus de l'autel,
dans la niche qui lui sert de couronnement, apparaît, richement ornée, la statue de *Notre-Dame du Mont-Carmel.*
Une certaine tradition prétend que le premier sanctuaire
consacré en l'honneur de la sainte Mère de Dieu, fut celui
du Carmel; de fait, cette admirable figure de la Vierge
Marie est le type achevé d'une beauté majestueuse, tempérée par une saisissante expression de grâce, de douceur et
de bonté.

En 1799, lorsque le général Bonaparte assiégeait Saint-
Jean d'Acre, les bâtiments du Couvent servirent d'hôpital

pour les blessés et les malades de l'armée française. Mais
après la retraite sur Jaffa, les Turcs massacrèrent nos
malheureux compatriotes, dont les restes reposent aujour-
d'hui sous une petite pyramide élevée dans un des jardins
du couvent. Les moines montrent un petit musée composé
des objets ayant appartenu aux officiers et soldats de
l'armée française, que le voyageur visite avec recueillement.

Du côté de la mer, vers l'ouest, le Carmel se termine
par un promontoire abrupt, ayant la forme d'un cône, et
visible de très loin au large, sur lequel on a construit un
phare pour éclairer ces côtes dangereuses. A la base de
la montagne s'étend un rivage fort étroit, battu sans cesse
par les vents et les flots ; sur ce rivage s'élève gracieux,
mais esseulé, le Couvent des Religieuses Carmélites, qui reçoivent les soins spirituels de leurs bons Pères les Carmes,
et sanctifient la solitude par leurs chants et leurs prières.
Ajoutons qu'au moment du passage du César allemand,
les bons Pères Carmes s'obstinèrent à s'abriter sous le
drapeau tricolore, qui flottait sur leur demeure.

JAFFA

Longtemps encore, après que le navire se fut remis en marche, nos yeux ne pouvaient se détacher de ce promontoire escarpé et du couvent qui le recouvre, aperçu, grâce à sa hauteur et aussi à la pureté de l'air, pendant un temps considérable. Mais tandis que nous pesons dans nos cœurs les grands souvenirs historiques et religieux de cette côte, à laquelle va succéder la Terre-Sainte, voici que devant nos regards se dresse Jaffa, sur sa colline escarpée, avec ses maisons en amphithéâtre et sa belle couronne de palmiers. Nous entrons avec précaution dans la rade remplie d'écueils et de sables. Une embarcation nous a même amené un pilote ; l'entrée du port est donc dangereuse. En effet, souvent, quand le vent du nord vient à souffler, il est impossible aux navires d'aborder ; ils doivent passer au large et ne s'arrêter qu'à Port-Saïd.

Une telle mésaventure ne nous était pas réservée ; la mer est douce et calme, et reflète la tranquille sérénité des cieux ; le navire peut même jeter l'ancre, non pas très loin de l'entrée du port. Une multitude de barques viennent aussitôt assaillir notre vapeur, se disputant bruyamment voyageurs et colis. Honneur à l'agence Cook, dont je porte les billets et les cartes ! Là, comme ailleurs, plus qu'ailleurs, les patrons de barques, rameurs, porteurs, etc., arrivent, portant ostensiblement sur leurs maillots, en caractères rouges, le nom de l'agence Cook. C'est ici surtout, quand la passe est mauvaise, la langue peu intelligible, les abords difficiles, qu'on s'aperçoit des avantages que procure la puissante agence, une des mieux outillées que nous possédions. Même remarque pour Port-Saïd et bien d'autres endroits. Un bateau dirigé par d'habiles

rameurs me fait traverser la passe ; et ce n'est qu'en fris-
sonnant que je vois ces récifs émergeant à quelques
mètres les uns des autres, au milieu desquels il faut passer
par une vague favorable, pour arriver au pied de la jetée
de bois, dressée à l'occasion du voyage de Guillaume II et
ressemblant à un théâtre improvisé. Mais enfin nous voici
à terre, sans le moindre encombre.

Casa-Nova, le couvent des excellents Pères Franciscains, n'est qu'à deux pas du lieu de débarquement ; j'y
suis reçu avec empressement, et quelques moments après,
appuyé sur le balcon du couvent, d'où l'on domine si bien
et le port et la mer, je contemple cet horizon d'azur que
je viens de traverser, souriant maintenant amoureusement
au voyageur, mais qui quelquefois se couvre de si noires
tempêtes.

Les registres du couvent portent les noms de voyageurs
bien connus dans la société parisienne, religieuse et con-
servatrice. On me cite, entre autres, ceux du comte d'Eu
et de son fils, le prince Pierre d'Alcantara, actuellement
officier dans l'armée autrichienne. Un substantiel repas
me met à même de visiter la ville, où je devrai forcément
passer la nuit, l'unique train qui conduit à Jérusalem étant
déjà parti.

La ville, du côté qui regarde la terre, est entourée d'un
mauvais mur crénelé, de quatre à cinq mètres de hauteur ;
au sommet de la colline est une citadelle en mauvais état.
Ce qui fait le charme principal de la localité et des environs, ce sont des jardins délicieux remplis d'arbres fruitiers
dont les produits dorés et succulents sont étalés dans les
marchés de la ville.

Je visite d'abord l'église des Pères Franciscains et
l'hôpital français tenu par les Sœurs de Saint-Joseph de
l'Apparition, placé sous la protection du drapeau tricolore,
et qui est sans contestation le plus bel établissement de
la ville. La caserne et le palais du Valy, qui méritent assu-

rément d'être remarqués, sont ensuite l'objet de ma curiosité.

Cette ville, quoique relativement petite, a une importance historique considérable, depuis le temps de Jonas et de Judas Macchabée. Une petite mosquée s'élève au lieu de la maison de Simon le Corroyeur : c'est là, d'après la tradition, que saint Pierre eut la vision des animaux purs et impurs, annonçant la conversion des Gentils et du centurion Corneille. Là aussi, l'apôtre rendit la vie à la veuve Tabitha.

En 1099, les Croisés s'en emparèrent et Godefroy de Bouillon la fortifia ; elle eut dès lors des gouverneurs aux noms célèbres, les Baudouin, Amaury, Lusignan, qu'on retrouve aux pages de son histoire.

Richard Cœur de Lion accomplit autour de Jaffa des exploits qui paraissent fabuleux. Un jour, Saladin sortit de Jérusalem, pour surprendre Jaffa. Après plusieurs assauts, la ville est prise, et les Musulmans égorgent tous ceux qu'ils rencontrent. Déjà la citadelle, où s'était réfugiée la garnison, proposait de capituler, lorsque Richard, venant de Ptolémaïs, parut tout à coup dans le port, avec plusieurs navires montés par des guerriers chrétiens. Se jetant dans l'eau jusqu'à la ceinture, il atteint le premier le rivage défendu par une multitude de Musulmans. Les plus braves suivent Richard ; cette généreuse troupe pénètre dans la place, en chasse les Turcs, les poursuit jusque dans la plaine, et va dresser ses tentes au lieu même où Saladin avait eu les siennes quelques heures auparavant.

Le troisième jour après la délivrance de Joppé, les Turcs résolurent de surprendre Richard dans son camp. Un Génois, au crépuscule, aperçut dans la plaine les bataillons musulmans et revint en criant : « Aux armes, aux armes ! » Richard se réveille en sursaut et endosse sa cuirasse. Le roi et la plupart des siens marchent au combat les jambes nues, quelques-uns en chemise. On ne trouva dans l'armée chrétienne que dix chevaux : l'un d'eux fut donné à Richard. Les Musulmans sont forcés à la retraite. Le roi d'Angleterre profite de ce premier avantage pour ranger ses soldats dans la plaine et les exhorter à de nouveaux combats. Bientôt, les Turcs revenant à la charge, au nombre de 7.000 cavaliers, se précipitent sur les chrétiens. Ceux-ci prenant leurs rangs et présentant la pointe de leurs lances, résistent à l'impétuosité de l'ennemi, semblables à une muraille de fer ou d'airain. Les cavaliers musulmans reculent d'abord, reviennent ensuite, en poussant des cris affreux et s'éloignent encore sans oser combattre. Enfin, Richard s'ébranle avec les siens et fond sur les Turcs étonnés de son audace.

Alors, on vient lui annoncer que l'ennemi est rentré dans la ville de Joppé et que le glaive musulman massacre ceux des chrétiens qui étaient restés à la garde des postes. Richard vole à leur secours. Les Mamelucks se dispersent à son approche ; il tue tout ce qui résiste : il n'avait cependant avec lui que deux cavaliers et quelques balistaires. Quand la ville est délivrée de la présence des ennemis, il revient dans la plaine où sa troupe était aux prises avec la cavalerie musulmane.

C'est ici que son historien ne sait quelle expression employer pour rendre la surprise que leur cause un spectacle si nouveau. Au seul aspect de Richard, les plus braves Musulmans frémissaient, et leurs cheveux se hérissaient sur leurs fronts. Un émir qui se distinguait par sa taille et l'éclat de ses armes, ose le défier au combat : d'un seul coup, Richard lui abat la tête, l'épaule et le bras droit. Au fort de la mêlée, l'intrépide comte de Leicester et plusieurs de ses valeureux compagnons allaient succomber, accablés sous le nombre ; mais Richard, toujours invincible, toujours invulnérable, les sauve du péril, en renversant autour d'eux la foule des Musulmans. Enfin, il se précipite avec tant d'ardeur dans les rangs des ennemis, que personne ne peut le suivre et qu'il disparaît aux yeux de ses guerriers. Lorsqu'il revint au milieu des Croisés, qui le croyaient mort, son cheval était couvert de sang et de poussière, et lui-même tout hérissé de flèches, paraissait semblable à une pelote couverte d'aiguilles. C'est la comparaison de Gauthier Vinisauf, témoin oculaire.

C'est lorsque saint Louis était à Jaffa, qu'il apprit la mort de sa mère, la reine Blanche, décédée à Paris, le premier dimanche de l'Avent, 1252. Après avoir payé à la défunte le tribut de ses larmes et de ses prières, il dit ces paroles : « Je vous remercie, ô mon Dieu, de ce que vous m'avez prêté Madame ma mère, tant qu'il a plu à votre volonté ; il est vrai que je l'aimais au-dessus de toute créature ; mais puisque vous me l'avez ôtée, que votre saint nom soit béni ! » Il passa le reste de l'année, tant à Jaffa qu'à Sidon, continuant à fortifier ces deux places.

En 1799, Jaffa fut prise par l'armée française, commandée par Bonaparte. Elle soutint un siège acharné, avant d'être emportée par le vainqueur. La peste se mit dans les rangs de l'armée victorieuse, et Napoléon, pour relever le courage des soldats démoralisés, osa défier la contagion, en touchant de ses mains les tumeurs des pestiférés. Les Français ne quittèrent cette place qu'après une défense héroïque.

La route de Jérusalem.

Si les rues qui avoisinent la mer sont absolument impraticables aux voitures, il en est autrement de la route qui conduit du centre de la ville au chemin de fer, situé à l'est. Cette route, une des plus animées de Jaffa, a un aspect tout moderne. C'est là que l'on trouve magasins, hôtels, agences, etc., le tout enchâssé dans une belle verdure. Une

voiture de l'agence Cook, bien attelée, me conduit à la
gare.

Là, les premières me font l'effet d'être un peu moins
bien installées que les troisièmes de la ligne Paris-Orléans;
les banquettes sont à claire-voie, pour se défendre de la
chaleur. Nous nous y trouvons deux ; mon compagnon de
voyage, charmant jeune homme, est un officier de l'armée
autrichienne, actuellement employé au consulat d'Alexandrie. Inutile de dire que nous lions, dès le début, d'excellentes relations qui seront continuées à Jérusalem.

Chemin faisant nous déplorons l'horrible assassinat de
la sympathique et regrettée impératrice Elisabeth, et ces
attentats sans nombre qui ont attristé et ensanglanté les
deux maisons si honorables et si catholiques de Bavière
et d'Autriche. Ce serait peut-être là le bilan de l'avenir,
n'était la main toute-puissante de

« Celui qui met un frein à la fureur des flots...! »

Quel est l'aspect de la route de Jaffa à la Ville Sainte ?
Dans sa beauté mystérieuse, je dirais volontiers qu'elle est
pleine d'oppositions : à la fois aride et fertile, dénudée et
pittoresque, sauvage et respirant la civilisation. Des tentatives de colonisations poussées avec assez d'activité, des
entreprises patronnées par de grands financiers israélites,
les Rothschild et autres, s'y rencontrent maintenant. La
plaine que nous traversons est la plaine de Saron, signalée dans l'Ecriture pour sa grande fertilité.

Cette fertilité est encore la même : ce sont les bras et
les soins qui font défaut. Chaque année, au mois de mars,
cette plaine est parée de jolies fleurs, la tulipe, le lys,
l'anémone rouge, le narcisse, la rose blanche. Plus tard,
elle se couvre rapidement des plus belles moissons ; on y
récolte, avec la vigne peu cultivée des Musulmans, le
froment, le maïs, presque toutes les céréales. On y trouve
des champs entiers de pastèques et des melons les plus

savoureux. Les flancs des montagnes qui, à cette époque de l'année, nous paraissent arides et desséchées, se couvrent alors de fleurs et de fruits, sans parler de l'abondante récolte des oliviers et des figuiers. Certains terrains bien irrigués peuvent donner jusqu'à cinq ou six récoltes par an.

Mais à ce moment, la campagne paraît désolée, poudreuse, brûlée par le soleil. A Jérusalem, on me dit qu'il n'a pas plu depuis près de sept mois. Toutefois, ce qui attire avant tout mon attention, ce sont les souvenirs religieux, car nous sommes actuellement « sur cette terre travaillée par les miracles, où chaque nom renferme un mystère, où chaque sommet retentit des accents d'un prophète et où le désert n'a pas encore osé rompre le silence, depuis qu'il a entendu la voix de l'Éternel (1).... »

C'est la Bible à la main qu'il faut scruter et interroger ces ruines sacrées, ces torrents desséchés, ces rochers fendus, ces grottes sauvages, ces déserts silencieux et ces vallées célèbres.

Bientôt, voici *Lydda,* actuellement « Loud ». C'est une petite ville qui doit sa prospérité à la fertilité de son sol, où les palmiers sont assez nombreux et où les dattes mûrissent bien.

Cette ville fut illustrée par la visite du Prince des Apôtres qui y fonda l'Église et y guérit le paralytique Enée.

L'empereur Justinien y avait fait bâtir une église grandiose, en l'honneur de *saint Georges* qui y subit le martyre. Quand les chrétiens s'emparèrent de la ville en 1099, les Musulmans mirent le feu à l'édifice, avant de se retirer. Cette église, ayant été restaurée depuis, le culte du saint a pris une grande extension chez les Latins, comme chez les Grecs, qui multiplient ses images, sur

(1) Chateaubriand.

leurs icônes sacrées dans leurs églises et leurs couvents ;
Constantinople avait six églises sous le vocable de saint
Georges. La basilique Justinienne fut embellie par
Édouard III d'Angleterre, lorsqu'il fonda l'ordre de Saint-
Georges, ou de la Jarretière.

Un peu plus loin on aperçoit la Tour des « Quarante
martyrs » de Sébaste en Arménie, qui signale *Ramléh*.

RAMLÉH

Cette tour, de forme quadrangulaire, d'environ 16 mètres
de hauteur, est sans nul doute l'œuvre des chrétiens,
édifiée sur l'emplacement d'une église antérieure, dont
les souterrains ou cryptes, parfaitement conservés, qui
avoisinent Ramléh, faisaient partie. L'église contenait
les restes de ces glorieux soldats de la 12ᵉ légion. Le jour
où Guillaume II passa en ce lieu, il eut la capricieuse
fantaisie de se faire servir à déjeuner au sommet de la
tour, sur laquelle on plaça une tente afin d'abriter ses
loisirs excursionistes.

Dans cette ville irrégulièrement bâtie, on remarque

la mosquée *Djamet-el-Kébir*, ancienne église chrétienne dédiée à saint Jean, le couvent latin fondé en 1420 par Philippe le Bon, duc de Bourgogne et restauré grâce aux libéralités de Louis XIV, enfin d'autres églises presque intactes, appropriées soit au culte musulman, soit au rite grec.

Saladin, en 1177, ayant tourné ses armes contre les chrétiens, son armée fut d'abord surprise et mise en déroute par les Français, dans la campagne de Ramléh. Devenue le quartier général de Richard Cœur de Lion, elle resta aux chrétiens jusqu'en 1265. C'est l'ancienne *Arimathie*, patrie de saint Joseph et de son ami Nicodème, qui eurent l'honneur d'ensevelir le corps de Notre-Seigneur. On montre encore dans le couvent la chambre occupée par Napoléon, à la campagne de Syrie.

Mais la plaine de Saron disparaît derrière nous, et la voie ferrée s'engage entre deux chaînes de roches nues et sauvages, sur lesquelles on aperçoit, avec la culture de l'olivier quelques arbres rabougris et une maigre végétation. Mais que cette succession de croupes trachitiques et de contreforts rocheux est pittoresque ! Nous sentons que sous chaque pierre palpite un souvenir. On aperçoit des ruines qui manifestement remontent aux Croisades ; telle tour, indice d'un poste de chevaliers de la Croix, tel village perché sur le roc et, présentant encore son enceinte aux créneaux sourcilleux, ses ouvertures en ogives. Il est certain que la main des Francs a passé par là.

A six milles environ de Ramléh, commence le premier défilé des montagnes de Judée. Là, on trouve quelques masures habitées, et sur ces collines, on aperçoit les ruines de *Latroun*, lieu de séjour présumé du bon Larron. Une naïve légende veut que la Sainte Famille, passant dans ce voisinage, sur le point d'être rançonnée par des malfaiteurs, fut épargnée grâce à l'humanité de ce larron que Notre-Seigneur devait convertir sur la croix. Si la tradition enregistre ces pieux récits, c'est toutefois sans y ajouter plus de créance qu'ils n'en comportent.

Quoi qu'il en soit, les Trappistes ont un établissement agricole à Latroun ; ce couvent, à l'exemple de celui du Carmel, a arboré l'étendard français au passage de Guillaume II, ce qui fut une certaine déconvenue pour le voyageur hégémonique.

Latroun, ainsi que les châteaux forts des *Plans* et celui de *Maé*, dont on voit les débris sur les hauteurs voisines, étaient à l'époque des croisades, comme les gardiens du chemin de Jérusalem. Ils furent renversés par Saladin, après la destruction de Joppé et de Ramléh. Ces ruines, encore considérables, servaient de repaire à des brigands, et furent complètement bouleversées par le pacha Ibrahim, afin d'assurer la sécurité du pays, où le brigandage fut longtemps une plaie dévastatrice.

Nous laissons, non loin de là, vers le sud-ouest, l'espace où se trouve la poétique et vaporeuse *vallée d'Ajallon*, qui consacre le souvenir de Josué arrêtant le soleil (1).

Un village voisin, pourvu d'une bonne source et de beaux arbres fruitiers, est signalé par le souvenir d'un renommé chef de brigands, nommé Abougosch, que Lamartine vit en 1832, espèce de seigneur bandit, qui finit par être emprisonné par Ibrahim-Pacha. Ce lieu, dit en arabe *Kiritah-el-Enab*, serait l'ancien *Anathoth*, patrie du prophète Jérémie. Les Croisés y avaient élevé une église de Saint-Jérémie, dont on voit encore les ruines. C'était une église gothique à trois nefs, dont les murs étaient couverts de peintures à fresque ; la moitié était ornée de mosaïques. Les murs sont encore en assez bon état, ainsi que les voûtes souterraines.

Un peu plus loin, c'est *Nabi-Samuel*, l'antique Ra-

_____

(1) Josué, x, 12.

matha, où naquit Samuel, le dernier juge d'Israël, où il reçut les anciens du peuple, lui demandant un roi, où il arrêta Saül pour le sacrer. On y remarque une mosquée faite d'une ancienne église, dans l'intérieur de laquelle on montre le tombeau du prophète.

Nous roulions depuis quelque temps au milieu d'une plaine pierreuse. Grâce aux ombres du soir, on pourrait de loin prendre ces roches pour les murs lointains d'une forteresse. A part quelques rares oliviers, on ne trouve plus aucun arbre ; on dirait qu'un volcan a couvert de ses laves cette terre désolée.

Tout à coup on aperçoit sur une montagne quelques édifices d'une éclatante blancheur : c'était le mont des Oliviers ! et bientôt après, des murs crénelés, des dômes, des tours... C'était Jérusalem ! S'il m'eût été possible de descendre du train et de baiser ce sol béni entre tous, je l'eusse fait incontinent ; car c'est cette terre, dont les majestueuses traditions planent à l'infini au-dessus de toutes les épopées humaines, la terre de la Rédemption !

27

JÉRUSALEM

JÉRUSALEM

La nuit qui gagne rapidement en ces contrées, commençait à couvrir de ses voiles la Ville sainte, lorsque j'y fis mon entrée. La voiture, sans trop de cahots, suit rapidement une route poudreuse : on me montre de suite à droite la montagne de Sion ; je vois aussi la *Tour de David*, avec sa masse imposante et ses énormes assises en bossage d'une architecture si sévère. C'est sur la place qui précède cette bâtisse, devenue aujourd'hui caserne, qu'est la station des voitures. Forcément je mets pied à terre, l'escarpement des rues y interdisant le passage de tout véhicule ; et mon drogman m'entraîne à Casa-Nova, le couvent des Franciscains.

Ce couvent, ou plutôt cette hôtellerie des pèlerins, situé à peu de distance et au bas du grand monastère de Saint-Sauveur, est le véritable asile de l'hospitalité la plus affectueuse, parce qu'elle est la plus chrétienne. Il reçoit religieux et séculiers, prêtres et laïques, même les dames, le tout sur bonne recommandation ; car il n'admet qu'une société d'élite. On est engagé dès l'abord à se mettre en règle avec les autorités, et à faire une visite à son consul respectif.

Les corridors sont dallés de marbre, ainsi que les escaliers ; les cellules sont installées d'une manière très confortable ; le réfectoire est spacieux, d'une ordonnance à la fois sobre et luxueuse, et le service y est fait par des séculiers d'une façon irréprochable. Je dois une mention spéciale à Ibrahim, l'excellent maître d'hôtel. Introduit de suite au salon, j'y trouvai dès l'abord deux dames de la colonie grecque d'Alexandrie, la mère et la fille, très ferventes catholiques, parlant quatre à cinq langues différentes avec une remarquable pureté ; une famille de Buenos-Ayres, un pèlerin belge, agent d'une factorerie dans la Haute-Egypte, des prêtres lombards, puis des Anglais catholiques : société charmante, très différente d'origine, mais unie dans la communion d'une même foi et d'un même amour, d'où toute dissension est bannie, et où les cœurs se fondent dans l'entente d'une même religion et des mêmes espérances.

Après la réfection commune, et quelques moments passés au salon, dans la société de ces aimables personnes, je gagnai mon lit, soigneusement entouré d'un moustiquaire, précaution qui est loin d'être inutile, et je m'endormis l'esprit assiégé des grands souvenirs que faisait naître en moi ma présence dans la cité de David et du Fils de David, qu'attendaient les prophètes.

Quand je m'éveillai, l'aurore éclatante enveloppait de ses feux les collines et les monuments de Jérusalem. Je la vois au loin, non plus dans la lueur indécise du jour qui finit, mais plongée dans la lumière ; je la vois tout autour de moi, serrer ses mosquées, ses synagogues, ses églises et ses couvents, dans l'étroite enceinte de ses murs. « Jérusalem ne ressemble à aucune autre ville. Ce n'est pas une place forte comme nous en voyons en Europe ; ce n'est pas une ruine antique, noircie ou couverte de lierre ; c'est moins encore une cité moderne, agitée et bruyante : c'est une enceinte vaste et lugubre, entourée de débris et de monuments funéraires ; aucun bruit ne sort de ses murs, aucun être vivant ne parcourt les sentiers pierreux de ses vallées, les oiseaux du ciel se taisent, le torrent de Cédron est sans eau ; les piscines sont desséchées, les rochers d'alentour sont brisés ; les collines sont des monceaux de sable, la terre est comme brûlée et couverte de cendres, les animaux des champs n'y trouvent point de pâture, la mort et la douleur habitent seules cette profonde solitude. A quoi te comparerai-je, fille de Jérusalem ?... (1). »

Me mettant rapidement en excursion, je me laisse guider par un drogman expérimenté. Mon guide me nomme les lieux principaux qu'il me fait parcourir, et me fait reconnaître les collines célèbres sur lesquelles Jérusalem est assise, et dont il est si souvent parlé dans la Sainte Écriture. Bientôt il me sera donné de circuler autour de ces collines et de ces constructions diverses ; je suivrai la ligne non interrompue des remparts crénelés qui enveloppent la Ville Sainte. Pour le moment, un attrait plus vif me sollicite : il faut connaître les lieux dont une dévotion séculaire a appris le nom à tout dévot catholique : il me tarde d'aller me prosterner sur le pavé du Saint-Sépulcre, l'endroit le plus vénéré de la terre.

Tout à l'heure je rendrai compte des impressions qui m'attendaient dans ce lieu vénérable. Auparavant, je veux parler de deux visites, dont je tenais à m'acquitter dès le début de mon séjour à Jérusalem.

La première était pour le Patriarche latin de cette ville, Mgr Piavi, dont le palais se trouve non loin de la porte de Jaffa et du consulat de France. Introduit dans la demeure de Sa Béatitude, j'en admirai la structure, les vastes corridors, les belles salles. Ce palais, comme la Patriarcale latine, est d'érection récente. Je me retirai enchanté de la réception du prélat, encore sous l'empire de l'émotion que lui avait causée la visite un peu secouante de Guillaume II et de ses Allemands.

Je profite de la proximité, pour parcourir la cathédrale attenante, vraiment digne de la haute position de celui qui en est le titulaire. Si cette église n'est pas très vaste, elle est très régulière et richement décorée. Bâtie à la manière italienne, l'intérieur surpasse bien l'extérieur ; on y admire un maître-autel en bronze doré, enrichi de

(1) Mgr Mislin, *Les Saints Lieux.*

malachites et de lapi-lazulis, don de l'empereur d'Autriche, dont il porte les armes.

Cette belle église, avec la maison adjacente, résidence
du Patriarche et de son clergé, a coûté dix ans de travaux
à Mgr Valerga ; elle a été solennellement consacrée en
1872. Elle est située dans l'intérieur de la ville, au quartier du Mont Sion, non loin du Saint-Sépulcre et de la
porte de Jaffa, à l'angle occidental des murailles de la
ville, où se trouvait jadis un monceau de ruines. Cette
admirable cathédrale, d'un style correct et pur, a la forme
d'une croix grecque. Elle est précédée d'un parvis ou
péristyle, entouré de hauts portiques.

L'unité du style, l'harmonie de toutes les parties, les
fresques qui ornent les voûtes, les six autels qui l'entourent, les tableaux, les statues qui l'embellissent, en font
l'édifice le plus splendide de Jérusalem.

Mon autre visite fut pour le consulat de France, situé
non loin de la Patriarcale, sur la colline où se trouvent
les autres consulats, non loin du grand établissement des
Filles de Saint-Vincent de Paul. Inutile de dire que je
reçus le meilleur accueil de M. le consul Auzépy et de sa
chancellerie. M. le consul me fit alors des offres de service, dont je fus heureux de profiter avant mon départ.

Le Saint-Sépulcre.

Dès la première matinée, accompagné de mon drogman,
je me rendis donc à la basilique du Saint-Sépulcre, qui
est la grande attraction de la Cité Sainte.

S'il est vrai que c'est une porte ogivale, réminiscence
des Croisades, qui y donne accès, que le bâtiment est
recouvert d'une coupole grecque, que, dans ses principales dispositions, elle s'efforce de réaliser le plan d'une
église byzantine, il faut dire aussi que l'architecture s'en
est surtout adaptée à la disposition capricieuse des lieux.

ÉGLISE DU SAINT-SÉPULCRE

Bâtie, en effet, sur le sommet du Golgotha, ou mont Moria, là où s'était déroulée la double scène de la Crucifixion et de la Résurrection du Sauveur, elle a dû nécessairement suivre, dans ses contours, des lieux d'une disposition fortuite et irrégulière.

C'est le grand Constantin qui posa les fondements d'une basilique que les âges suivants ont souvent remaniée. Dans une lettre à Macaire, Patriarche de Jérusalem, le magnifique empereur lui recommande de faire en sorte « que non seulement cette basilique surpasse toutes celles qui existent, mais que de plus, tout y soit aménagé de manière que ce qu'il y a de plus beau dans chaque ville soit éclipsé par cet édifice (1). »

Un sentiment du mystérieux, du divin saisit incontinent, quand on a passé le seuil de la basilique, en même temps qu'on sent affluer à son cœur tous les amours et les espoirs qui se disputent le cœur d'un chrétien. Devant vous, à l'entrée, se trouve la *Pierre de l'embaumement,* sur laquelle le corps sacré du Sauveur reçut les pieux soins de saint Joseph d'Arimathie et de son ami Nicodème ; au-dessus de cette pierre, dix lampes en opale brûlent continuellement. Les premières prostrations et les premiers baisers des dévots pèlerins sont pour cette pierre.

La Rotonde, au milieu de laquelle s'élève le monument sacré, a vingt mètres de diamètre ; elle est entourée de dix-huit piliers massifs, qui, décrivant autant d'arcades, soutiennent deux galeries supérieures. Sur la Rotonde, comme sur les bas côtés, s'ouvrent des portes et des fenêtres qui donnent entrée à la lumière dans les différents sanctuaires, et surtout dans les dépendances de l'église, où les nombreux ministres des diverses sectes ont établi leur demeure.

(1) Ὡς οὐ μόνον Βασιλικὴν τῶν πανταχοῦ βελτίονα, ἀλλά καὶ τὰ λοιπὰ τοιαῦτα γενέσθαι, ὡς πάντα τὰ ἐφ'ἑκάστης καλλιστεύοντα πόλεως, ὑπὸ τοῦ κτίσματος τούτου νικᾶσθαι. — Théodoret, *Histoires,* l. 1, ch. 16.

Le milieu de la Rotonde est occupé par le Saint-Sépulcre, qui se trouve à soixante pas du Golgotha. Des pilastres en maçonnerie ont succédé aux splendides colonnes de marbre et de porphyre qui ornaient autrefois ce sanctuaire auguste.

Des loges correspondantes aux arcades, s'élèvent encore au-dessus de la frise de la dernière galerie, et le dôme prend naissance sur l'arc de ces loges. Après l'incendie de la basilique, en 1808, les Grecs s'empressèrent de rebâtir la coupole, pour en prendre possession ; mais la construction trop hâtive, tombant en ruines en 1869, le dôme fut entièrement relevé aux frais communs de la France, de la Russie et de la Turquie. Cette coupole, comme en général celles qui sont l'œuvre d'architectes grecs, a quelque chose de grandiose et d'élancé ; mais on regrette de ne pas retrouver dans les peintures quelque scène de la Passion ou de la Résurrection. Devant les ouvertures pendent une quantité de lampes en métal précieux, appartenant aux diverses confessions, latine, grecque, copte, arménienne, etc.

Le centre d'attraction du saint monument est l'édicule qui renferme le Saint-Sépulcre, d'où Jésus, vainqueur de la mort, remonta au faîte d'une vie glorieuse et immortelle. La porte en est basse : il faut s'incliner pour y passer. Trois ou quatre personnes peuvent trouver place dans la petite chambre. Les pieux pèlerins s'agenouillent, baisent, mouillent de leurs larmes la pierre sacrée du tombeau. On y fait toucher des objets de piété. Quand j'y entrai, un prêtre grec semblait placé d'office en cet endroit ; les pèlerins étaient, d'après ce qu'il me parut, des Russes ; ils m'édifièrent singulièrement par leur piété sans fard.

L'extérieur du monument est un recouvrement de marbre jaune et blanc, consolidé par seize pilastres de même matière ; une balustrade de style corinthien couronne l'édifice, dont le toit porte un petit dôme sphéroïde.

La façade, qui regarde l'orient, est ornée de colonnes torses, d'une foule de lampes d'argent et de divers tableaux qui représentent la Résurrection.

Le Saint-Sépulcre est très cosmopolite. S'il est vrai que les Latins, représentés par les excellents Pères Franciscains de la Terre Sainte, possèdent, avec les Grecs, la majorité du saint édifice, diverses communions s'en partagent les différentes parties. Là, comme à Bethléem, à une messe très hâtive, dite par les Latins, succède la liturgie grecque. Les Arméniens, les Georgiens, les Coptes, les Abyssins ont le privilège de posséder et de soigner des chapelles ou des parties du saint édifice.

A l'est de l'édicule de la Résurrection est le *Chœur des Grecs*. C'est l'ancien chœur des Chanoines du Saint-Sépulcre ; construit par les Croisés, il occupe la grande nef de toute la basilique, et est surmonté d'une haute coupole à jour. Deux rangs de stalles adossées au mur s'avancent jusqu'aux trônes très riches du Patriarche grec, à droite, et de son vicaire à gauche. Je dois à la vérité de dire que les différences des diverses communions semblent s'effacer dans l'unité d'une même dévotion ; un lien de fraternité paraît réunir tous les membres de la grande famille chrétienne.

On me fait gravir un escalier vers l'est ; c'est l'escalier du Calvaire, qui conduit à une église supérieure, l'emplacement du lieu où se passa la scène de la Rédemption du genre humain. Avant de monter, derrière le Chœur des Grecs, on nous avait montré la chapelle de la *Division des vêtements*. On vénère encore à Trèves et à Argenteuil une robe et une tunique qui, sans nul doute, se trouvaient parmi les quatre parts des vêtements du Sauveur que les soldats se divisèrent.

Nous gravissons l'escalier, porteurs de petites chandelles de cire que nous gardâmes ensuite précieusement, comme souvenir de notre pèlerinage. Cet escalier a environ dix-huit marches. C'est là tout ce qui reste de hauteur au Calvaire, après toutes les transformations qu'a subies le sol qui l'environne : seize pieds au-dessus du tombeau de notre Sauveur. On se trouve alors sur une plate-forme d'environ quarante-six pieds carrés. Voici, vers le midi, la *Chapelle du Crucifiement*, à savoir l'endroit où Jésus fut attaché à la croix. L'autre, plus au nord, est celle de la *Plantation de la Croix*. Toute cette église converge, comme vers son centre, à cet endroit où Jésus crucifié fut érigé au-dessus du sol. Le trou de la croix se trouve encore là ; et tout à côté l'autel de la *Mater Dolorosa*, à cette place où se tenait Marie à la mort de son Divin Fils, et où elle reçut entre ses bras son corps décharné et livide.

En dehors de l'église est la chapelle de Notre-Dame-des-Sept-Douleurs, où se tenait la Sainte Vierge avec saint Jean, la pieuse Magdeleine et les saintes femmes, pendant que l'on crucifiait le Sauveur ; et c'est de là qu'elle est allée sous la croix avec le disciple bien-aimé, quand les bourreaux se furent éloignés.

Les yeux se mouillent de larmes, les genoux fléchissent spontanément ; on adore, on prie le Sang Divin de laver notre âme des souillures du péché ; on voudrait pouvoir rester indéfiniment et adorer près de cette source de la rédemption éternelle.

On m'entraîne plus loin, comme hors de moi, et succombant à un enivrement total des sens et de la pensée. Plus bas que le niveau du sol, se trouve l'escalier qui mène à la *chapelle de Sainte-Hélène* ; il a vingt-huit marches. C'est dans cette sorte de crypte qu'a eu lieu l'invention de la Sainte Croix. Cette chapelle, qui appartient aux Arméniens et aux Grecs, porte le caractère évident de la première architecture chrétienne ; elle a environ quinze mètres de côté. En descendant treize marches vers l'orient, on parvient à la grotte profonde où la Sainte Croix a été enfouie pendant trois siècles, et où elle fut retrouvée, au milieu des acclamations de joie, par le patriarche Macaire, après un miracle de guérison produit sur un aveugle. Le fond de la chapelle est de vingt et un pieds plus bas que le pavé de la basilique du Saint-Sépulcre. Ajoutons que la chapelle appartient aux catholiques.

A la sacristie, un bon Père Franciscain, ouvrant un tiroir, me fait vénérer l'épée de Godefroi de Bouillon. Je baise avec respect cette lame du héros, teinte du sang des infidèles, et qui ne s'est jamais levée que pour la cause de la justice et de la religion.

Mille détails mériteraient d'être signalés dans cette basilique, dont chaque pierre, chaque dalle rappelle ou recouvre un souvenir. Des ouvrages spéciaux s'efforçant d'en révéler les richesses, nous y renvoyons le dévot pèlerin, qui désire se renseigner à fond sur ces trésors de la piété.

La ville.

En se dirigeant du côté de la montagne des Oliviers, on reprend à rebours la *Voie douloureuse*, dont l'ouverture est vers l'est de la ville. Cette voie est marquée de distance en distance par les stations que parcourut le Sauveur chargé du bois de la croix.

A peu d'intervalle de la déclivité orientale du Mont Calvaire, nous voici en face de l'église prussienne et des bâtiments allemands que Guillaume II vient d'inaugurer, il y a quelques jours à peine. Là, dans un assemblage disparate, les différents cultes se sont rapprochés, les autorités se sont rencontrées, des harangues burlesques ont été prononcées, de grosses poignées de main ont été échangées. Quelques jours après, on écrivait : ce voyage est déjà « un fait ancien, presque oublié ». Pour le présent, mal en prend au visiteur curieux qui voudrait se passer la fantaisie de jeter un coup d'œil sur cette église. Elle reste très exactement fermée, ou ne s'ouvre que sur les formalités prescrites.

Pour arriver de la Basilique du Saint-Sépulcre aux différents lieux qui conduisent dans la direction de la porte de *Sitti-Mariam*, vers la vallée de Josaphat et la montagne des Oliviers, il faut traverser maints endroits de la moderne Jérusalem. Au premier abord, rien de plus prosaïque que ces ruelles étroites et grimpantes, ces passages couverts, ces rues, si on peut leur donner ce nom, où s'épanouissent les petits commerces et les petites industries. De chaque côté ce sont ou des murs en délabre, ou de chétives constructions qui alternent avec quelques maisons arabes ou européennes, d'apparence plus soignée mais qui semblent égarées au milieu de ce labyrinthe.

N'étaient les étalages qui présentent des objets de piété pour les catholiques et les icônes grecqués, ou semblables articles, pour les cultes dissidents, n'étaient les monuments religieux assez reconnaissables, on se croirait volontiers dans une ville turque, loin de toute préoccupation religieuse. Là, une multitude généralement mal vêtue et presque en haillons, portant le tarbouche, le turban ou la rude coiffure du Bédouin, le *kéfié*, des femmes toujours voilées, des ânes chargés de denrées diverses, ou de petits chevaux arabes au pied ferme et sûr, quelquefois des chameaux, malgré l'étroitesse des passages, s'y rencontrent, s'y poussent, s'y croisent et à l'occasion s'y renversent.

Là, à côté des couvents ou des maisons destinées à l'hospitalité des pèlerins de différentes nationalités, s'étalent sous des auvents la viande et le poisson, les fruits et les légumes ; une odeur un peu nauséabonde de friture et de détritus vous poursuit un peu partout, surtout aux abords de ces magasins de provisions. Pèlerin étonné, vous passez au milieu de ce monde étrange qui ne fait même pas attention à vous ; ils en ont vu bien d'autres ! Seulement, prenez bien vos précautions, car si vous êtes bousculé, écrasé, rançonné ou volé, ne vous en prenez qu'à vous-même ; rappelez-vous bien qu'en général vous devez être votre première sauvegarde et votre meilleure police.

On me montre en passant la *Maison du mauvais riche* l'édifice repose sur une voûte noire et profonde qui traverse la rue ; l'arc de cette voûte porte une assise régulière de pierres en marqueterie blanches et noires. L'étage supérieur a l'apparence d'une ancienne chapelle, avec des fenêtres ogivales destinées à recevoir un vitrail à petits losanges du xiie siècle. Le toit plat est surmonté d'une coupole qui porte un croissant. C'est à cet endroit que s'est passée cette scène frappante du chapitre xvie de saint Luc.

Plus loin, c'est le palais du *Prétoire de Pilate*, qui est, après le Calvaire, le principal théâtre de la Passion. Là, Pilate, voulant apitoyer le peuple, imagina de montrer Jésus flagellé et couronné d'épines, d'un endroit élevé, à la tourbe des Juifs. C'est maintenant une galerie couverte qui passe au-dessus de la Voie douloureuse, partant de la caserne turque. Cet arc de l'*Ecce Homo* était à l'origine une porte romaine à triple ouverture, qui servait d'entrée à l'*atrium* ou cour du Palais du Prétoire ; le grand arc servait de passage aux chars ; les deux autres étaient réservés aux piétons. Le grand arc aboutit à la chapelle des Dames de Sion, où nous le retrouverons. Il porte à sa partie supérieure un petit oratoire construit par les Croisés; aujourd'hui il est transformé en mosquée. Dans l'archivolte de l'arc on voit deux anciennes pierres, qu'y ont encastrées les Franciscains ; la tradition dit que Pilate était debout sur une de ces pierres et que Jésus se tenait sur l'autre, au moment de sa condamnation.

On se demandera peut-être si tous ces endroits visités par la curiosité de l'archéologue ou la piété des pèlerins, sont bien authentiques. Répondons que sur plusieurs d'entre eux, il existe des controverses ; mais aussi la plupart ont en leur faveur une tradition séculaire, qu'il y aurait témérité de mépriser, et qui peut dispenser d'enquête plus approfondie.

Pour nous résumer, Jérusalem décrit, par l'enceinte de ses murailles, un grand carré irrégulier ; ce carré est traversé, presqu'en ligne droite, par trois rues principales : la première qui va du couchant au levant ; partant de la porte de Jaffa, elle continue en passant devant la tour de David, pour aller aboutir dans le quartier du Temple, devant la mosquée d'Omar ; au temps des Croisades, elle s'appelait *rue de David*, à sa partie supérieure, et *rue du Temple* en descendant. La seconde va du nord au sud ; elle part de la porte de Damas et passe devant le Saint-Sépulcre, pour aller finir à la porte de Sion. La troisième part de la porte de Saint-Étienne, pour venir se terminer devant le Couvent de Saint-Sauveur. C'est sur ce chemin que se trouve la *Voie douloureuse*, et c'est pour cela sans doute qu'on l'a toujours appelé *rue des Chrétiens* (1).

Nos établissements.

En face de la caserne turque qui s'élève sur les substructions du Palais de Pilate, est bâti le Couvent des Dames de Sion, un de nos grands établissements français à Jérusalem. Ce Couvent est une relique. Je passe sous silence qu'il est fort beau, et solidement construit ainsi que sa chapelle : c'est là un mérite de second ordre. Mais d'après la disposition de l'antique Jérusalem, il devait être la continuation du Palais du Prétoire. Vers 1859, le R. P. Ratisbonne, fondateur de la pieuse Société, acheta du gouvernement turc ce qui restait du Prétoire en dehors de la caserne et de la rue qui l'avoisine : c'était comme

(1) Abbé Bonnelière, *Souvenir de mon pèlerinage en Terre-Sainte.*

une colline informe, recouvrant des débris, parmi lesquels ayant pratiqué des fouilles, on découvrit toute l'arcade gauche de l'*Ecce Homo,* vaste construction couverte avec des pierres rudes et noircies par le temps, qui, selon toute vraisemblance, supportait le balcon, où Jésus, couronné d'épines, fut exposé aux regards du peuple. Aujourd'hui, l'axe de la chapelle passe sous cet arceau, que surmonte une belle statue de marbre blanc, très expressive, de l'*Ecce Homo,* cadeau princier venu de Rome et bénit par Pie IX ; l'autel se trouve par-devant. Tout le couvent consacre ces mêmes souvenirs. En confirmation de cette opinion, des fouilles continuées sur les ordres du R. P. Ratisbonne, ont amené la découverte des dalles larges et parfaitement conservées du *Lithostrotos,* ou de la Voie Romaine passant près du Palais de Pilate. Ces dalles ont été humectées des sueurs et du sang du Sauveur des hommes. On les vénère dans le caveau creusé sous le couvent ; car le sol environnant s'est considérablement exhaussé.

Je devais quelques visites à nos établissements français, dont celui-ci est un des plus importants ; les Dames de Sion me reçurent avec la plus exquise politesse. Je me rendis ensuite au Couvent des Pères Dominicains français ; ce couvent mérite une mention toute spéciale ; appelé du nom de *saint Étienne,* il recouvre le terrain de la lapidation du premier martyr. Les Dominicains y ont élevé au saint diacre une splendide basilique, qui, dans certains détails, rappelle la basilique ancienne (1). Des fragments de mosaïque, les pierres tombales de pieux diacres qui voulurent reposer près de leur saint patron, des inscriptions enfin garantissent l'authenticité du lieu. Les Pères y ont installé, depuis quelques années, une école d'Écriture sainte et d'antiquités bibliques, dont le

(1) Cette basilique avait été élevée par les soins de la pieuse impératrice Eudoxie, femme de Théodose II.

professeur principal, un savant de premier ordre, est le
P. Lagrange, hébraïsant distingué. J'eus le plaisir de jouir
de sa conversation quelques instants, trop rapides à mon
gré ; mais il allait faire son cours, et ses élèves l'attendaient. Le R. P. Prieur me montra tous les détails
intéressants de la basilique et du monastère.

Un autre établissement très important est celui de
Sainte-Anne tenu par les Pères Blancs, ou missionnaires
du cardinal Lavigerie, qui y ont la direction du séminaire
Grec-Uni. Après la guerre de Crimée, le sultan, en reconnaissance des services rendus par la France, fit don à
Napoléon III du terrain de Sainte-Anne, que la tradition
assigne comme lieu de naissance de la Très Sainte Vierge.
C'était un terrain assez vaste, mais ne portant que des
ruines, et terminé à son extrémité nord-ouest par la fameuse
Piscine probatique ou de *Béthesda* qu'on travaille maintenant à dégager, là où eut lieu la guérison du paralytique
par le Sauveur des hommes.

J'y reçus un excellent accueil des Missionnaires de la
Maison-Carrée. On me montra la basilique qu'ils ont
élevée au-dessus du sanctuaire, et qui peut rivaliser avec
celle de Saint-Étienne. L'église, de style roman, construite
par un architecte français, a trois nefs, une belle coupole
et une abside en forme de grande niche. Dans un sous-sol
se trouve le niveau de l'antique demeure de sainte Anne
et de saint Joachim, l'endroit où naquit la Mère de Dieu
et où eut lieu sa Conception Immaculée. On y montre
aussi, creusées dans le roc, les tombes vénérables des
saints parents de la Très Sainte Vierge.

On me mit de suite en relations avec le P. Cré, professeur d'histoire au séminaire, numismate remarquable, et
collectionneur émérite. Déjà sa renommée avait précédé
les excellents rapports que j'eus avec lui. Il a, dans son
cabinet de médailles, de véritables curiosités, des raretés
à faire envie aux collections de la Bibliothèque Nationale

et du duc de Luynes. Il me montra des didrachmes et tétradrachmes en argent, d'une parfaite conservation, des monnaies des temps bibliques, des Macchabées et Asmonéens, des grands sacrificateurs. Il en a surtout une collection précieuse, contemporaine de la carrière de Notre-Seigneur, frappées à l'effigie des tétrarques et gouverneurs de Syrie, d'Idumée, etc., et a la prétention non frivole, mais qui me parut très fondée, de reconstituer la chronologie, un peu incertaine en certains points, de la vie de l'Homme-Dieu, au moyen de ces monnaies.

Il me montra un spécimen, unique en son genre, un étalon du *talent* d'or et d'argent, sorte de rouleau en pierre, gravé en lettres des monnaies hébraïques. Le contrepoids en métal de ce cylindre creux, donne exactement la somme du talent bimétallique. J'ai vu dans son cabinet un fac-similé de la mosaïque de *Madaba*, qui fournit de si précieuses informations pour la disposition des lieux de l'antique Jérusalem.

C'est en compagnie du R. P. Cré, que je fis la visite des lieux si attrayants pour la piété, qui avoisinent la Cité Sainte. Par une après-midi un peu sombre, comme les souvenirs que va évoquer notre excursion, nous sortons de la ville par la porte *Sitti-Mariam*, contiguë du couvent de Sainte-Anne et placée à l'orient de Jérusalem. Le ciel, si beau auparavant, s'est subitement couvert ; quelques gouttes de pluie viennent même humecter la poussière. Les nuages fortement estompés, comme des taches d'encre sur un fond plus pâle, font penser aux journées terribles que traversa l'histoire de Jérusalem. On semblerait voir les déchirures que fait la colère du Tout-Puissant au firmament qui nous enveloppe ; et on craint instinctivement, en voyant s'avancer ces noires nuées, qui ont l'apparence de spectres menaçants, qu'il ne s'en échappe à l'instant une foudre vengeresse.

Nous sommes sur le tertre situé à droite de la porte

Sitti-Mariam, vers le cimetière turc. Si à l'époque de la belle saison, la nature se recouvre d'un vêtement de vie, la campagne qui est devant nous, après de longs mois de léthargie, a plutôt l'apparence de la mort. Les pointes des rochers qui percent le sol, ressemblent de loin à de gigantesques ossements, qui ramènent à la pensée la vision d'Ezéchiel. Ne sommes-nous pas en face de la vallée de Josaphat ?

Si on se retourne, on a derrière soi les vieilles murailles. Au-dessus de la porte sont des lions sculptés, dit-on, à l'époque de Bibars-Bondochar, le soudan d'Egypte. Les substructions sont très anciennes ; ce sont ces larges pierres dont il est parlé aux Livres Saints, avec lesquelles Jérusalem était bâtie. La partie supérieure des murs et les créneaux seulement sont de construction turque. L'œil suit avec un saisissant intérêt cette longue muraille, ondulant selon les accidents du terrain, descendant la vallée, pour remonter plus loin. Que de siècles ont vu passer ces pierres, surtout les plus anciennes, qui ont servi à élever ces vieux murs !

A droite est la *Porte Dorée*, dont je devais voir l'intérieur en visitant la mosquée d'Omar. C'est par là que le Fils de Dieu fit son entrée au jour des Rameaux. Elle est murée maintenant ; une tradition veut que ce soit par cette porte que les Chrétiens doivent rentrer pour reprendre possession de la Ville Sainte.

Nous descendons dans la vallée de Josaphat, et nous traversons le torrent de Cédron, actuellement tout à fait desséché ; dans les orages ou les printemps pluvieux, il roule une eau rougeâtre. « Les cèdres dont Salomon planta cette vallée, l'ombre du temple dont elle était couverte, le torrent qui la traversait, les cantiques de deuil que David y composa, les lamentations que Jérémie y fit entendre, la rendaient propre à la tristesse et à la paix des tombeaux... Il y a peu de noms qui réveillent dans l'imagination des pensées à la fois plus touchantes et plus formidables que celui de la vallée de Josaphat, vallée si pleine de mystères (1)... »

Remontant vers la montagne des Oliviers, nous arrivons au *Tombeau de la Très Sainte Vierge*, qui est aussi l'endroit de sa glorieuse *Assomption*. Ce sanctuaire appartenait autrefois aux catholiques ; il est maintenant aux mains des Arméniens et des Coptes, qui le traitent avec assez de décence. Ce tombeau, taillé dans le roc vif, est éclairé d'un certain nombre de lampes. Le terrain de la *Dormition*, situé proche du Cénacle, sur la montagne de Sion, vient d'être acquis, ainsi qu'on le sait, par les Allemands, lors du passage de Guillaume II. Je le vis en visitant le Cénacle ; ce n'était alors qu'un monceau de décombres.

C'est à partir de là que nous commençons à gravir la montagne des Oliviers. Cette montagne célèbre, d'une couleur sombre et noirâtre, porte quelques vignes desséchées, quelques bouquets d'oliviers sauvages, quelques arbustes ; on sent que cette terre était douée d'une admirable fécondité, mais que sur elle maintenant pèse la malédiction.

Le cours de notre intéressante excursion nous mène droit au *Jardin de Gethsémani* et à la *Grotte de l'Agonie*. Je constate avec bonheur que des lieux si vénérés sont la possession des Pères Franciscains. Le jardin est très bien cultivé, avec ses roses, ses œillets et ses tulipes ; il a même une apparence riante, qui contraste avec l'imposante tristesse des souvenirs. Tout près de là, on voit les rochers sur lesquels les Apôtres prirent du repos, pendant l'agonie de l'Homme-Dieu.

Chaque pierre, chaque détour de route rappelle un souvenir : ici, c'est l'endroit où le Sauveur pleura sur Jéru-

(1) Chateaubriand, *Itinéraire*.

salem ; là le lieu où, trahi par Judas, il reçut ce baiser du disciple perfide. Une tradition moins vraisemblable indique l'endroit où la Sainte Vierge, pour dédommager saint Thomas de son absence au moment de l'Assomption, lui apparut dans les airs et laissa tomber sa ceinture, encore conservée à Prato, en Toscane. Cette scène se serait passée à l'endroit où s'élève le couvent russe, sur le côté ouest de la montagne des Oliviers.

C'est au travers de ces souvenirs, en gravissant une route un peu circulaire, qui permet d'éviter la montée plus escarpée, que nous arrivons au sommet de la montagne. Là est l'endroit du *Pater,* où Notre-Seigneur voulant, sur la demande de ses disciples, leur apprendre à prier, leur enseigna la sublime oraison du chrétien.

Ce sont les Carmélites françaises qui possèdent le sanctuaire, du *Pater.* Dans l'intérieur d'un cloître de bonne construction, qui précède le couvent, cette prière est inscrite en plus de trente langues différentes, sur des plaques de marbre.

Un peu plus loin, on montre l'endroit du *Credo,* ou symbole de la foi, dont les apôtres dressèrent les articles, avant leur dispersion. Le R. P. Cré me fait cadeau d'une dissertation savante, qu'il vient de publier sur cet intéressant sujet. Elle est intitulée : « *La crypte du Credo.* — Comment on vient de retrouver le grand sanctuaire du mont des Oliviers, au IV° siècle. » C'est Mme la princesse de la Tour-d'Auvergne qui a fait relever ces deux sanctuaires.

Inclinant un peu vers le N.-O., on nous fait voir une mosquée qui s'élève à l'endroit même de l'Ascension de Notre-Seigneur. Le Turc qui en est le custode, nous en fait les honneurs avec respect et révérence ; et c'est à la lueur de petites bougies allumées par lui, que nous vénérons l'empreinte que, selon une tradition vénérable, le pied du Sauveur aurait laissée sur la pierre.

Pleins de l'onction et de la majesté de ces grands sou-

venirs, nous nous dirigeons vers le mont des Oliviers. Là,
on a une magnifique échappée sur tout l'orient de la Palestine. Au fond, ce sont les montagnes de Moab, qui par un
soleil couchant se parent d'une teinte rosée et délicieuse;
plus près de nous le cours du Jourdain, dont avec l'aide
de la jumelle, on peut apercevoir les rives ombragées
d'une sombre verdure; enfin les éclatants miroitements
de la mer Morte, si bien encadrée par les montagnes de
l'horizon, qui lui dessinent comme une immense vasque,
un bassin gigantesque, derrière lequel s'étend à l'infini
le désert de la Judée et de l'Arabie.

Plus au sud, vers le chemin de *Bethphagé*, d'où Jésus
partit pour faire son entrée solennelle à Jérusalem, par la
Porte Dorée, le jour des Rameaux, c'est *Béthanie*, hospitalière demeure de la famille que Jésus aimait. On y
trouve encore le sépulcre de Lazare, que le Sauveur rappela de la tombe, et la maison de Simon le lépreux, où
Madeleine répandit son vase de parfums sur la tête du
divin Maître. Les constructions éloignées qui signalent
ces lieux apparaissent au milieu de la verdure, contras-
tant avec les tons grisâtres et rudes de la montagne
rocailleuse.

De ces hauteurs, on nous signale encore maints endroits,
dont l'histoire a enregistré les noms et la mémoire, la
Montagne des Francs, dont un massif donjon couronnait
le sommet, et où les chrétiens se maintinrent pendant
quarante ans après la chute de Béthanie; le *Mont du
Scandale*, qui ferme au midi la vallée de Josaphat, sommet sinistre où Salomon éleva des autels aux divinités de
ses femmes étrangères; la *Montagne du Mauvais Conseil*, où Caïphe prit l'avis du Sanhédrin, pour préparer la
mort du divin Maître; enfin le *Tombeau d'Absalon*, la
Piscine de Siloé, les Tombeaux des Rois, etc.

Toutes les réminiscences de l'histoire sacrée que me
suggérait l'érudition de mon aimable guide, dans lesquelles

sont confondues les différentes périodes, depuis David et Salomon, jusqu'à la conquête des Turcs et les pachas de notre âge, se confondent dans mon esprit, et se disputent ma pensée, tandis que l'âme rassasiée de ces fortes et vigoureuses visions, je regagne le chemin de la paisible demeure qui doit abriter mon repos.

J'oubliais de dire que, sur le Mont des Oliviers, près d'une église dédiée à leur culte, les Russes ont bâti une tour élevée, sorte d'observatoire, du haut de laquelle apparaît, lumineux et saisissant, le panorama de la Terre Sainte, se dessinant du côté de l'ouest jusqu'à la mer. Un autre jour, redescendant de ce point de vue élevé, je rencontrai mon officier d'état-major autrichien, se préparant avec intrépidité à cette ascension et gravissant la colline par le côté le plus escarpé. Je lui souhaitai de bons jarrets, l'assurant du reste que sês fatigues seraient amplement compensées par la vue splendide dont on jouit du haut de cet aérien belvédère.

Nos autres établissements français sont nombreux, et plusieurs, des plus importants. Un exposé plus détaillé demanderait que l'on parlât des Sœurs de Marie-Réparatrice, auxquelles on bâtit une splendide résidence, non loin de la Cathédrale latine ; des Sœurs de Saint-Joseph de l'Apparition, dont le dévouement se signale partout en Orient, ainsi que de plusieurs autres sociétés.

On ne saurait omettre ici les Filles de la Charité, qui élèvent en ce moment, en pierres de taille, dont les dimensions font songer aux matériaux employés par Salomon, un hôpital et un couvent destinés à abriter leurs différentes œuvres de bienfaisance, à l'ouest de la ville, entre la gare et les consulats. Honneur à la Sœur Sion, qui sait si bien mener à fin cette gigantesque entreprise !

L'établissement qui semble le plus considérable, est celui des Pères de l'Assomption, *Notre-Dame de France*, appelé à recevoir les pèlerins qu'attirent en Orient leurs œuvres nombreuses et prospères, et surtout l'attrait de la visite aux Saints Lieux de Jérusalem.

L'inspection de ces différents établissements peut convaincre le visiteur le moins clairvoyant de la place considérable que la France occupe encore dans tout le Levant, et en particulier en Terre-Sainte. C'est le résultat d'une politique traditionnelle pleine de sagesse. Il n'y a qu'à s'y bien tenir ; cette influence ne demande qu'à acquérir de nouveaux accroissements.

Autres souvenirs.

Heureux de profiter des offres engageantes que m'avait faites M. le Consul de France, je voulus visiter les *Mosquées d'Omar* et le *Cénacle,* pour lesquels il faut une permission spéciale, émanant des autorités ottomanes.

Je partis donc escorté d'un kawas du consulat, porteur du permis, qui lui-même se fit accompagner d'un militaire turc détaché d'une caserne, pour pouvoir pénétrer dans l'enceinte révérée des Musulmans. A l'orient de la ville est un vaste terrain, de 300 mètres de long, sur 200 de large, soutenu vers le sud-est par des galeries voûtées, bordant le mur qui domine la vallée de Josaphat. Cette magnifique terrasse, appelée par les Arabes « l'enceinte sacrée », est le sommet aplani du mont Moriah, sur lequel fut élevé le temple de Salomon. Elle supporte maintenant deux mosquées. La première est la Mosquée d'Omar, qui fut construite en 648 par des architectes grecs. C'est un édifice admirable d'architecture orientale ; c'est un bloc de pierres et de marbres, d'immenses dimensions, à huit faces, chaque pan étant orné de sept arcades terminées en ogive. Au-dessus de ce premier ordre est un toit en terrasse, d'où part un ordre d'arcades plus rétrécies, terminées par un dôme gracieux, couvert en cuivre autrefois doré. Les murs de la mosquée sont recouverts d'émaux ;

l'intérieur de la coupole est nouvellement décoré des couleurs les plus vives et les plus brillantes. Les fenêtres sont recouvertes d'émaux transparents, semblables aux fantaisistes dessins d'un kaléidoscope. Autour de la coupole,

MOSQUÉE D'OMAR

l'intérieur de la mosquée est formé par trois enceintes concentriques. De légères colonnades du plus bel effet en supportent les arcades. En bas, une vasque reçoit les eaux d'une source de Bethléem, destinée aux ablutions.

Nous faisons grâce au lecteur des fables absurdes ou grotesques, tirées de l'imagination arabe, que débitent custodes et santons, soit lorsque dans l'intérieur ils rappellent le souvenir d'Abraham et de Mahomet, soit que, en parcourant les imposantes substructions. ils évoquent les merveilleuses légendes colportées sur Salomon et les conquérants arabes ; comme aussi les récits fantaisistes qu'ils débitent sur la *Porte Dorée,* située à l'orient de la terrasse. Certains débris d'architecture sont attribués avec moins d'invraisemblance au temps de Salomon.

La seconde Mosquée, appelée *El-Aksa,* occupe l'extrémité méridionale de la terrasse. C'est une basilique, construite par Justinien, en l'honneur de la Sainte Vierge Marie, et consacrée au culte musulman par Omar. Les Croisés transformèrent ces lieux en une résidence royale, sous le nom de *Palais de Salomon ;* comme aussi de la précédente mosquée, ils firent une église.

La Mosquée El-Aksa, si curieuse qu'elle soit pour l'archéologue, mérite d'attirer encore l'attention pour son *Médrisséh,* ou école de jeunes *Ulémas.* Les modernes étudiants portant cafetan noir et turban blanc, l'écritoire de cuivre passé à la ceinture, sont accroupis sur les talons autour de la chaire des maîtres qui expliquent le Coran. L'ensemble de leurs coutumes et de leurs privilèges fait ressembler cette réunion d'étudiants à une de nos universités du moyen âge. Ils en ont aussi la pétulance et les mutineries.

Dans le chœur de la mosquée, une chaire élégante, portée sur deux colonnes, attire les dévots musulmans, qui sont persuadés que les seuls prédestinés peuvent passer entre ces colonnes, usées déjà par les efforts des nombreux aspirants au paradis musulman. Rien n'est curieux comme de voir les efforts des dévots obèses, désirant obtenir en ce lieu leur diplôme de prédestination. Essoufflés, haletants, ils s'efforcent de passer par cette voie étroite ; mais souvent ces efforts sont vains ; et au moins pour sauver les apparences, ils donnent une bonne somme aux introducteurs, afin qu'on proclame leur future élection.

Sur tout le pourtour de la vaste esplanade qui supporte

les deux célèbres mosquées, là où un peu de terre végétale
s'est amassée sur le roc primitif, des oliviers, des cyprès,
un maigre gazon offrent une promenade solitaire aux
méditations des Croyants qui aiment y traîner leurs babouches avec la gravité essentiellement propre à l'oriental.
Des soldats montent la garde au pied de la tour Antonia,
et sur les terrasses des remparts. La barbe et le turban
blancs d'un vieux turc faisant ses ablutions à la fontaine,
d'où s'envolent les colombes effarouchées, papillottent
entre le feuillage sombre des cyprès. Le plus souvent,
aucun bruit, aucun mouvement humain ne viennent
troubler le silence et la solitude du plateau sacré (1).

C'est à tort que l'on attribue à Justinien les substructions
monumentales et les portes du sud situées sous la
Mosquée El-Aksa ; il faut les faire remonter au moins à
Hérode, si ce n'est aux rois Juifs. Les souterrains qui se
trouvent sous la partie sud-est du Harem, seraient peut-
être l'œuvre du sage roi d'Israël.

Un autre édifice m'attirait plus puissamment que la
mosquée d'Omar, qu'elle qu'en soit la magnificence. Vers
le nord-ouest et « sur les flancs de l'Aquilon » de la ville,
une colline porte à son sommet une mosquée et un groupe
d'édifices, autour desquels on voit émerger des murs et
des tours crénelées, dont la principale est la *Tour de
David.* La base de cette tour remonte, dit-on, jusqu'au
temps des Jébuséens, auxquels David l'enleva, pour en
faire sa forteresse et son palais ; elle se dresse, avec sa
masse imposante et ses énormes assises en bossage, d'une
architecture sévère. La colline, c'est la sainte *Montagne de
Sion,* avec le tombeau de David. Sur cette colline, avec
le consulat d'Angleterre et son église protestante, on
montre l'église de Saint-Jacques le Majeur, la maison de
saint Jean et de la sainte Vierge.

(1) Melchior de Vogüé, *Voyage aux pays du passé. Jérusalem.*

MONTAGNE DE SION

Enfin, nous voici près de l'endroit le plus vénérable de la colline, le *Cénacle*. C'est avec un respect mêlé d'émotion, que je tourne autour des vieux murs de cette enceinte sacrée, laissant à droite le terrain de la *Dormition,* sur lequel flotte le drapeau portant l'aigle à deux têtes, près d'une hampe à deux teintes, blanc et noir. Sur la présentation par le kawas du permis du consul, un lourd trousseau de clés nous ouvre les portes du sanctuaire. La célèbre fresque de Léonard de Vinci n'en reproduit pas exactement les dispositions architecturales : la salle, d'une maçonnerie massive, a sa voûte supportée par deux piliers du xive siècle, époque où l'église fut bâtie par les Franciscains. Elle paraît avoir une douzaine de mètres de long. Ajoutons qu'elle semble propre, bien entretenue, et que le sol, recouvert de nattes et de tapis, contient encore des restes de belles mosaïques. Elle est traitée par les Turcs avec un respect presque superstitieux, comme beaucoup de sanctuaires chrétiens. Toute démonstration extérieure du culte y est sévèrement proscrite ; je voulais m'agenouiller, une soudaine admonestation des gardiens m'en empêcha.

On prétend cependant que lors du passage du cardinal Langénieux, à l'occasion du Congrès Eucharistique de Jérusalem, quelques prêtres ont obtenu la faveur d'y dire la Messe, moyennant un fort *bakchish*. Je quitte à regret ce lieu incomparablement précieux et cher à nos annales chrétiennes, non sans avoir jeté un coup d'œil rapide sur la chambre sépulcrale qui renferme, dit-on, le tombeau de David.

Je ne saurais abandonner les souvenirs si pénétrants de Jérusalem, sans dire un mot d'une cérémonie bien touchante, à laquelle j'ai assisté. Je veux parler du Chemin de Croix du vendredi, fait aux véritables stations de la Voie Douloureuse. Il est accompli par quelques Pères Franciscains, à la suite desquels se placent, dans le meilleur ordre qu'ils peuvent, les pèlerins de rencontre. Il semble que le défaut d'ordre apparent ajoute encore au charme profond du cortège. On débute par se mettre à

BETHLÉEM

genoux, sans crainte des immondices, dans la cour de la caserne turque, qui remplace le Palais de Pilate, car là se trouve la première station, « Jésus condamné à mort ».

Un officier turc, une courbache à la main, l'air du reste

courtois et attentif, est chargé d'accompagner le cortège, afin de le protéger contre les démonstrations hostiles. Les exhortations et prières se font en italien, qui est la langue des religieux, et l'on parcourt ainsi les différentes stations des souffrances de l'Homme-Dieu ; les abords de l'église du Spasme de la sainte Vierge, qui appartient aux Arméniens catholiques, le sanctuaire de Simon le Cyrénéen, celui de la Véronique, l'endroit plus élevé de la rue, où Jésus consola les filles de Jérusalem, etc. La troisième chute est marquée par l'église des Coptes, fraternellement ouverte pour la circonstance, dans les murs de laquelle est encastrée la colonne sur laquelle fut apposé l'édit de condamnation du Sauveur. Les cinq dernières stations sont au dedans de la Basilique du Saint-Sépulcre.

Après la cérémonie, toujours suivis de la troupe fidèle, les Franciscains passent près des autels de la Basilique, qu'ils encensent, au milieu des chants pieux de la liturgie et des prostrations des moines et des fidèles. Nul arôme n'est comparable au parfum de piété qui se dégage de cette procession au travers de ces autels, qui retracent au vif les scènes de la Passion.

Ajoutons que, si les chants des autres confessions viennent apporter une note discordante à l'harmonie du pieux cortège, on ne peut cependant se retirer de cette touchante et émouvante cérémonie, sans être pénétré jusqu'au plus intime de l'âme par le sentiment que fait naître cette récollection des différents actes du grand drame de la Rédemption du genre humain.

Les environs.

Le pèlerinage de Jérusalem serait nécessairement incomplet, si l'on n'y ajoutait la visite des pieux sanctuaires situés aux environs. Le premier et le plus attractif, est, sans contredit, *Bethléem*, lieu de la naissance du Sauveur, situé à neuf kilomètres de la Ville-Sainte.

On y accède par une bonne route carrossable. On montre sur le chemin, le couvent de *Saint-Élie*, où fut déposé, pendant une certaine période des Croisades, le bois de la vraie Croix. Les moines grecs qui l'habitent montrent la pierre sur laquelle le prophète s'endormit, fuyant la colère de Jézabel, et où il a laissé l'empreinte de son corps.

La ville de Bethléem, pleine de saillies surprenantes, et assez bien bâtie, eu égard à l'aisance que procure aux habitants la fertilité des terrains environnants, s'élève sur une colline d'où l'œil embrasse une vaste étendue de pays, aux nombreuses inégalités, ce qui forme un spectacle saisissant, mais en même temps joyeux ; car ici il n'y a rien pour la tristesse et les sombres images ; tout y est gracieux et riant. Les matrones de Bethléem, graves et pleines d'une pudique réserve, dans un costume qui les drape complètement, semblent porter leurs enfants, comme Marie, passant par les rues de la ville, devait porter son divin Fils. Elles sont recouvertes d'une sorte de coiffure élevée, un peu conique, qui donne à leur aspect quelque chose d'austère et de solennel. Presque toute la population est catholique et très fervente.

Je suis reçu avec tout l'empressement possible par les Pères Franciscains. C'est le F. Antoine, un bon Français du Limousin, qui me fait les honneurs du couvent, comme bientôt il sera mon guide. Il m'introduit dans le réfectoire, où ma vue est frappée par les portraits de l'empereur d'Autriche et de son infortunée épouse, l'impératrice Élisabeth, qui ont honoré ce réfectoire de leur présence et laissé de grandes libéralités aux Lieux Saints. Ce m'est à la fois une peine et une consolation de prendre mon repas devant cette sculpturale et gracieuse figure, dont les beaux yeux noirs semblent suivre tous mes mouvements.

Aussitôt que je le puis, je vais, sous la conduite du F. Antoine, faire la visite du sanctuaire. Le couvent de

Bethléem est relié à la basilique par une cour fermée de hautes murailles. Cette basilique, construite de 327 à 333, est la plus authentiquement constantinienne et la mieux conservée que nous possédions. Bâtie par la pieuse impératrice sainte Hélène, elle se présente à l'admiration du pieux visiteur, dans la majesté de ses cinq nefs, séparées

FEMME DE BETHLÉEM

par un total de quarante-huit colonnes monolithes, placées sur quatre lignes. Ces colonnes, surmontées par des chapiteaux corinthiens, ont depuis la base six mètres de hauteur. Aucune d'elles n'a fléchi devant l'action du temps, et elles portent une frise en bois, qui remplace l'architrave ancienne. Construite en forme de croix, l'abside en est réservée au culte des Grecs orthodoxes.

« Deux escaliers tournants, composés chacun de quinze degrés, s'ouvrent aux deux côtés du chœur de l'église extérieure, et descendent à l'église souterraine, placée sous le chœur. Celle-ci est le lieu à jamais révéré de la naissance du Sauveur. Cette sainte grotte est irrégulière,

29

parce qu'elle occupe l'emplacement irrégulier de l'étable et de la crèche. Elle a trente-sept pieds de long, onze pieds trois pouces de large, et neuf pieds de haut. Elle est taillée dans le roc ; les parois de ce roc sont revêtues de marbre, et le pavé de la grotte est également d'un marbre précieux. Ces embellissements sont attribués à sainte Hélène. L'église ne tire aucun jour du dehors, et n'est éclairée que par la lumière de trente-deux lampes envoyées par différents princes chrétiens. Tout au fond de la grotte, du côté de l'orient, est la place où la Vierge enfanta du Rédempteur des hommes. Cette place est marquée par un marbre blanc, incrusté de jaspe et entouré d'un cercle d'argent, radié en forme de soleil.

« Une table de marbre, qui sert d'autel, est appuyée contre le rocher, et s'élève au-dessus de l'endroit où le Messie vint à la lumière. Cet autel est éclairé par trois lampes, dont la plus belle a été donnée par Louis XIII (1). »

A quelques pas de là, vers le midi, est l'endroit de la sainte Crèche, sous un enfoncement du rocher. C'est là que l'Enfant-Dieu fut adoré par les bergers et par les rois. Les pieux pèlerins se pressent à l'envi pour vénérer et baiser ces lieux témoins du mystère de la Nativité.

On montre plus loin la grotte qui fut le lieu des travaux de saint Jérôme. « On voit dans l'oratoire de saint Jérôme un tableau où ce saint conserve l'air de tête qu'il a pris sous le pinceau de Carrache et du Dominiquin. Un autre tableau offre les images de Paule et d'Eustochie. Ces deux héritières de Scipion sont représentées mortes et couchées dans le même cercueil. Par une idée touchante, le peintre a donné aux deux saintes une ressemblance parfaite ; on distingue seulement la fille de la mère à sa jeunesse et à son voile blanc (2)... »

(1) Chateaubriand.
(2) Chateaubriand.

BASILIQUE DE BETHLÉEM

Une foule de lieux chers à la piété, consacrés par les plus attachants souvenirs, sont montrés aux environs de Bethléem : la *Grotte du Lait*, qui rappelle le souvenir de saint Joseph ; celle des *Bergers*, le *Tombeau de Rachel*, les lieux sanctifiés par l'immolation des *Saints Innocents*, dont on montre la sépulture dans une chapelle souterraine de la basilique. D'érudits pèlerins se sont plu à décrire les détails de ces sanctuaires ; nous renvoyons le dévot visiteur à ces récits circonstanciés, dont l'intérêt est souvent si pénétrant.

Dans une excursion aussi rapide que le permet la nature rocailleuse du sol, où le pied ne pose que sur des cailloux roulants, le bon Frère Antoine me fait visiter les *Vasques de Salomon,* gigantesques réservoirs destinés à procurer à la vallée de Bethléem une fertilité, dont les résultats dépassent tout ce qu'on pourrait s'imaginer. Ces vasques seraient d'origine chananéenne. Au fond de cette plantureuse vallée, mon guide me montre « Le Jardin fermé » des Cantiques. Il est situé dans le fond du ravin, et sans cesse irrigué par les eaux qui découlent des Vasques de Salomon ; ce terrain, ainsi que les terrains adjacents, acquiert une fertilité prodigieuse. Près de là, nous voyons des matériaux accumulés, des murs sortant de terre : ce sont les préparatifs d'un couvent qu'un évêque américain fait bâtir pour des religieuses de langue espagnole.

Plus haut, mon guide me signale « La Fontaine Scellée », chantée aussi par le sage roi d'Israël. Elle est connue par les Arabes sous le nom de *Ras-el-Aïn*. Un groupe de jeunes filles arabes rappelant, par leur accoutrement, le temps des héroïnes bibliques, est en train d'y puiser de l'eau, qui, répandue sur la terre environnante, forme un marais où pataugent leurs pieds nus. Comme Rébecca, elles nous donnent à boire, dans des amphores de cuivre, de cette eau célèbre. Près de la fontaine est un vieux khalaât, de forme rectangulaire, dont on attribue la construction aux Croisés. La vue de ces sites est merveilleuse : chaque sommet, chaque rocher raconte quelque fait biblique, quelque exploit de la Croisade.

Chemin faisant, nous rencontrons des cavaliers à l'aspect farouche, la tête et les épaules couvertes d'un blanc

BÉDOUIN, CAVALIER

burnous, autour duquel s'enroule une rude corde faite de poil de chameau, et porteurs d'armes, fusils ou lances, que leur main exercée paraît savoir manier avec dextérité. Je reconnais en eux les altiers fils d'Ismaël, les Bédouins du désert, autrefois la terreur de ces contrées, et toujours enclins à suivre leurs instincts farouches et pillards. Il y a quelques années encore, les routes qu'ils infestaient étaient des moins sûres, et le récit de leurs prouesses défrayait les longs loisirs du foyer en hiver.

Mon guide, qui depuis longtemps réside dans le pays,

me met au courant de leurs ancieus exploits. Il y a moins
de trente ans, non contents de détrousser et de capturer
les voyageurs, surtout les étrangers, ils poussèrent l'audace jusqu'à s'emparer d'un Kaïmakan, ou gouverneur de
district, qui venait d'entrer en charge. Les autorités
n'exerçant qu'une répression inefficace, ce sont les Consuls, surtout ceux d'Angleterre, après quelques rudes
mésaventures dont furent victimes leurs compatriotes, qui
s'en sont mêlés ; et grâce aux mesures les plus énergiques
prises contre ces tribus nomades, ils ont de beaucoup
diminué le péril des voyageurs. Cependant, ce n'est pas
sans une sorte de frissonnement que nous croisons ces
cavaliers à l'œil noir, dont le profond et farouche regard,
qui semble vouloir vous pénétrer, n'a rien que de très peu
rassurant.

Après avoir pris congé du bon Frère Antoine, c'est sous
la conduite des Pères Blancs que je fais l'excursion de
Saint-Jean, à laquelle sert, comme de complément obligé,
celle de *Saint-Jean-du-Désert,* qui n'en est distante que
d'une heure de chemin.

Même charme de route, au travers de cette nature tour-
mentée et déchirée, comme si déjà le redoutable jugement
qu'attend la vallée de Josaphat, en avait bouleversé le sol,
qu'a frappé l'anathème. Cependant, à côté de la roche stérile et de la pente désolée, la végétation la plus riche,
l'abondance à côté du désert, voilà ce qui, pendant tout le
parcours, frappe mes regards.

Ces lieux témoins de la naissance miraculeuse de saint
Jean-Baptiste et de la grande scène de la Visitation, lieux
qui entendirent l'action de grâces du *Magnificat,* écho
du ciel, s'échappant de la poitrine de Marie, ainsi que le
cantique de reconnaissance de Zacharie, sont aux mains
des Pères Franciscains, comme tant de sanctuaires de
Palestine. Pour beaucoup d'entre eux, ils possèdent l'emplacement ; mais par défaut de ressources matérielles,

ils n'ont pu relever les murs de ces sanctuaires, et les entourer ainsi de tout le respect qu'ils souhaiteraient.

Ici, c'est un bon Père de cet Ordre qui, avec autant d'érudition que de sagacité, avec cet accent qui émane d'une piété profonde, nous fait la légende des lieux si émouvants que nous vénérons.

De cet endroit part le sentier qui conduit aux solitudes

GROUPE DE BÉDOUINS

toujours célèbres par la prédication et la pénitence de saint Jean-Baptiste; alors que, à la voix de Celui qui crie dans le désert, les rives du Jourdain s'ébranlèrent, et que les diverses prophéties qui remplissaient les livres sacrés, autrefois moins bien comprises, commencèrent à se condenser sur la tête de Celui qui était le Désiré des Nations.

L'église paroissiale des Franciscains, située au sommet de la colline, est une des plus riches de la Palestine; le

pavé est en mosaïque de marbre ; les murs sont couverts,
ainsi que les piliers, de faïences aux couleurs variées. A
peu de distance de là, le couvent des Dames de Sion occupe
une ravissante position sur un des points les plus élevés
de la colline. Des terrasses de ce couvent et de ses jardins,
on embrasse l'ensemble de tous les points de vue des
alentours, Bethphagé et Béthanie, dont nous avons parlé
précédemment, et autres endroits consacrés par les récits
évangéliques.

Il m'eût été doux de prolonger mon séjour dans cette
terre bénie, dans la Sainte cité de Jérusalem, où les pierres
parlent, où les lieux ont une éloquence plus haute que
celle des plus grands diseurs de la terre ; mais le cours de
mon voyage m'entraîne plus loin.

Le bateau de la compagnie Khédivié qui devait m'emporter, est déjà signalé, comme devant arriver à Jaffa.
C'est donc débordant des émotions que m'avait procurées la
visite de Jérusalem et des environs, que je m'éloigne pour
gagner le rivage de la mer.

A BORD DU « DAKHALIÉH »

Peu s'en fallut que nous fussions contraints de rester au port de Jaffa. Le temps si longtemps beau, et qui jusqu'ici, sauf quelques rares averses, avait toujours souri à mon voyage, s'était subitement modifié. Des raffales de pluie diluvienne, accompagnées d'éclairs et de tonnerre, avaient succédé à la sérénité de l'atmosphère.Quand nous arrivâmes à Jaffa, la mer était démontée. Cependant le *Dakhaliéh*, chauffant dans la rade, attendait les passagers ; il fallait partir.

Ici encore, honneur à la compagnie Cook ! Grâce à un de ses solides bateaux et à ses habiles rameurs, je franchis la distance ; mais non sans les terreurs involontaires qui saisissent le novice en navigation, quand ballotté sur un frêle esquif il se sent monter et descendre au gré des vagues énormes, qui du large viennent battre la terre, entraînant dans leurs oscillations puissantes la barque à laquelle, comme par instinct, je me cramponne ainsi qu'à une planche de salut. Trois vigoureux rameurs enfonçant leurs avirons profondément dans l'océan, les relèvent ensuite tout dégouttants de l'élément amer, puis se renversent de nouveau sur leurs bancs dans leur effort vigoureux, s'écriant à chaque nouvelle secousse : « Schallâh, schallâh ! »

Arrivé enfin à bord, je respire ; c'est presque *le plancher des vaches*. Le temps cependant est assez chargé ; il éclaire fortement dans la direction de l'Arabie Pétrée, et la nuée orageuse se déchargera ainsi jusqu'au lendemain matin, éclairant sans cesse la nuit par les mille successions soudaines de ses explosions électriques d'un blanc livide, qui dessinent fortement les contours blafards de l'horizon lointain.

Malgré le gros temps, la plupart des passagers font bonne contenance et paraissent à table. Les cabines des premières sont remplies au delà de leur capacité normale, et la table est entièrement garnie. Je me trouve en compagnie de plusieurs reporters des grands journaux parisiens, venus en Orient à l'occasion du voyage de Guillaume II. Ce sont maintenant les remous du voyage hégémonique qui se font sentir et dureront quelque temps encore, alors que le centre de l'agitation aura complètement disparu. Un de ces Messieurs, jeune homme très spirituel et très stylé, qui a déjà parcouru l'ancien et le nouveau continent, m'avertit que nous sommes entourés d'espions, émissaires du gouvernement tudesque, et qu'il faut, par le silence ou un langage prudent, enlever tout prétexte à leur ombrageuse susceptibilité, qui peut tout faire dégénérer en querelle d'Allemand. Je savais déjà à quoi m'en tenir au sujet de cette irritabilité prussienne.

Ont des représentants à notre bord, autant que j'ai pu me renseigner, les journaux parisiens suivants : *Le Temps*, *Le Journal des Débats, Le Figaro, L'Univers, L'Écho de Paris*. Je devais être le compagnon de voyage de plusieurs de ces Messieurs, jusqu'à Marseille. J'ai déjà rencontré l'un d'eux à Beyrouth, et ensemble nous avons assisté à l'illumination du Liban. Nous parlons de l'aventure burlesque survenue au sujet du couvent des Diaconesses, dont il est très bien au courant, comme arrivée à un tiers, le héros n'en étant pas connu. J'ai soin de me dissimuler, comme en étant le personnage authentique.

Beaucoup des passagers paraissent de nationalité britannique ; mais les dames qui, généralement dans ce pays se signalent par leur intrépidité courageuse, font presque complètement défaut. En revanche, les hommes sont en grand nombre ; le fumoir est envahi et on y consomme

avec activité. Ces Anglais se rendant en Égypte, paraissent déplacés par le même motif que les journalistes français ; ce sont des reporters de journaux ou des membres
des agences et administrations gouvernementales. Dans
ma cabine, où trois couchettes occupent un espace très
restreint, l'un d'eux prend des notes avec une activité
fiévreuse. Les Allemands font généralement bande à part.

Nonobstant les inconvénients de la mer et ceux de l'entourage, nous dînons gaîment et du meilleur appétit ; la
recommandation faite précédemment n'a servi, en définitive, qu'à nous faire accentuer un peu plus fortement
notre manière d'envisager les événements et les hommes.
C'est en acceptant par avance toutes les complications que
peut faire naître l'état bouleversé des éléments et des circonstances, que je vais prendre mon repos. Je me glisse tout
habillé sur ma couchette, au milieu des continuelles explosions des éclairs et de la foudre. Grâce à Dieu, je m'endors
bientôt, échappant à tout malaise, et n'éprouvant aucun
autre inconvénient fâcheux.

Le lendemain, lorsque je monte sur le pont, à la première aube du jour, je vois défiler dans la pénombre les
côtes basses, qui signalent le sud de la Palestine et annoncent que nous approchons des terrains d'alluvion de
l'Égypte. La mer est un peu plus calme ; le temps a fraîchi ;
de fréquentes averses ont complètement abattu la chaleur
qui régnait encore sur ce littoral les jours précédents. La
plupart des passagers ont profité de cette clémence de l'air
pour se livrer au repos.

Cependant, cette côte célèbre, devant laquelle nous
nous trouvons et qui fuit avec rapidité devant nos yeux,
abonde en souvenirs historiques. Ici se trouvait l'Idumée,
qui fut l'héritage d'Ésaü, frère de Jacob, patrie du saint
homme Job et de ces chéiks altiers, que frappa de stupeur
la vue des calamités qui s'abattirent sur le saint Patriarche.
Ici, les hardis fils d'Ismaël, « dont la main, selon la parole

de l'Écriture, est levée contre tous », se sont propagés au travers des siècles, reproduisant toujours sous les noms d'Agaréniens ou de Bédouins, les caractères indestructibles de leur race.

Cette Arabie, dont le nom paraît actuellement synonyme de pays aride et inhospitalier, formait autrefois plusieurs provinces de l'Empire d'Orient. Les ruines nombreuses et remarquables que nous a léguées dans ce pays l'antiquité grecque et romaine, ainsi que la période des Croisades, témoignent de l'état florissant où jadis se trouva la région, avant et même après le nivellement farouche des conquêtes de l'Islam. Gaza, Ascalon et autres places fameuses se trouvaient sur ce littoral; l'histoire y a enregistré les grands coups d'épée des Croisés, des Godefroy, des Baudoin et des Richard Cœur de Lion, à la fougue desquels rien ne résistait.

En approchant de Port-Saïd, nous passons en face de la petite ville d'*El-Arisch ;* déjà nous saluons le territoire égyptien. Mais beaucoup plus loin se sont portées les armes des Croisés. Dès le début de la guerre sainte, le roi Amaury, quatrième successeur de Godefroy de Bouillon, les conduisit jusque sous les murs de Fostât, ce qui fut cause de l'érection du Nouveau-Caire.

El-Arisch, située à la frontière des deux pays, changea souvent de maître. Entrepôt assez considérable de marchandises, elle est défendue par un château fort, qui fut réparé par les Français, en 1799. C'est l'antique *Rhino-colura,* qui a conservé le souvenir de plusieurs évêques, dont le plus célèbre est *saint Mélas,* ami de saint Athanase, et persécuté pour la même cause.

En 1118, Baudoin Ier, roi de Jérusalem, à son retour d'Égypte, était à peine arrivé à El-Arisch, chef-lieu de ces vastes solitudes, qu'il sentit qu'il était près de sa fin. Il consola par ses discours les compagnons de ses victoires, qui laissaient voir une profonde tristesse. Après avoir

prescrit à ses serviteurs comment ils devaient embaumer
son corps, et l'enterrer auprès de son frère Godefroy, il
s'occupa de sa succession au trône de Jérusalem : il recom-
manda aux suffrages de ses compagnons, son frère
Eustache de Boulogne, ou Baudoin du Bourg, comte
d'Edesse. Enfin, il rendit le dernier soupir, fortifié par
son confesseur et le sacrement de l'Eucharistie. Ses
entrailles furent inhumées dans les environs de El-
Arisch, et son corps fut transporté à Jérusalem.

De Port-Saïd au Caire.

C'est au milieu d'un temps qui se prépare à se rassé-
réner, en nous envoyant ses dernières averses, que nous
abordons à Port-Saïd. Cette ville, actuellement très importante, doit sa création au percement de l'isthme de Suez.
C'est en 1855 qu'elle prit naissance, et on lui donna le nom
du frère et prédécesseur d'Ismaïl-Pacha, Saïd, le Khédive
d'alors. Au début, ce n'était qu'un chantier, où tout faisait
défaut, même l'eau potable ; aujourd'hui, c'est une ville
d'un aspect tout européen, avec des quais, un port, des
bâtiments spacieux pour la douane, des hôtels, des docks
et des églises. « La création de cette ville sur un estran
battu par les vagues, à 40 kilomètres de toute coulée d'eau
de source, de toute culture, du moindre bouquet d'arbres,
est un des triomphes de l'industrie moderne (1). »

Ce qui me frappe, en arrivant, après le grand nombre
des bâtiments amarrés dans le port, c'est le parfait aligne-
ment des rues, et l'aspect élégant de la plupart des maisons
que l'activité industrielle a élevées dans cette ville. La
rade est tout artificielle, enfermée par deux jetées, dont
l'une a plus de 2.000 mètres ; elle forme donc un trapèze
de plus de deux kilomètres carrés de superficie, où peuvent
évoluer les plus forts bâtiments.

(1) Elisée Reclus.

PORT-SAID

Ajoutons que, malgré la domination anglaise, Port-Saïd a gardé la langue dont l'avait dotée sa création, la langue française.

Je me trouvais au Couvent des Pères Franciscains, dont l'église est très convenable, lorsque l'on vint m'avertir que la voiture de l'agence Cook venait me prendre pour me conduire avec mon bagage à la gare.

Il faut rendre cette justice à la compagnie ordonnatrice du chemin de fer de Port-Saïd au Caire, que la ligne est bien organisée ; les voitures sont confortables, les arrêts tolérables ; le service se fait avec prestesse. Inutile de dire que jusqu'ici la langue de l'administration est le français. Bientôt le train s'ébranle pour courir parallèlement au canal de Suez jusqu'à Ismaïlia, ce qui fait un peu plus de la moitié du canal.

Tout autre est la physionomie de l'Égypte, de ce que j'avais vu jusqu'ici. Tout présente un air de fraîcheur et d'aisance qu'on chercherait vainement dans les autres pays de l'Orient, sauf toutefois la région du Liban. Turbans, coiffures, stamboulons, manteaux, ceintures, etc., tout est aux couleurs voyantes et pittoresques ; mais aussi tout a une apparence de propreté, d'aisance et quelquefois de luxe, qui annonce une prospérité supérieure ; ainsi que les habitations s'épanouissant au milieu des lentisques, des arbousiers et des térébinthes.

La végétation sur cette terre, autrefois aride comme le sable du désert, a pris des proportions qu'elle doit au voisinage du canal. Sans doute les essences d'arbres disposés par bouquets qui égaient le cours de la route, ne sont pas bien précieuses ; mais ces plantations portent une verdure qui réjouit l'œil et anime le paysage.

Le train court rapidement le long du canal ; des digues jetées sur des lacs salants lui fraient un passage au travers des solitudes. Le canal, ruban monotone de teinte azurée, s'offre partout aux regards. De temps en temps, d'immen-

ses dragues jetées d'une rive à l'autre, nous apparaissent
en fonctionnement, et vomissent le sable humide qu'elles
ont tiré du lit du tracé artificiel, précieux moyen de communication entre les mers et les continents. De loin en
loin, des navires portant différents pavillons, fraient leur
chemin, ou attendent à un garage.

Après quelques petites stations sans intérêt, nous arri-

CANAL DE SUEZ

vons à Ismaïlia. Cette ville, comme la précédente, doit sa
naissance à l'industrie qui a su réunir les deux mers. En
1863, Ismaïl-Pacha ayant succédé à son frère Saïd, donna
son nom à la localité. Dans la dernière période des travaux du percement, elle fut un centre important pour les
embauchements des indigènes, la réception des denrées,
pour les ateliers de réparation des machines. On y avait
réuni les magasins généraux et la direction administra-
tive de la Compagnie. On espérait alors qu'elle deviendrait

une ville importante ; mais elle a frustré les espérances,
les terrains qui l'avoisinent étant restés jusqu'ici sans
culture. Il semble même qu'elle ne pourra être utilisée
comme « sanatorium », à cause des exhalaisons perni-

DRAGAGE DES LACS AMERS

cieuses des terrains avoisinants. Toutefois l'aspect en est
ondoyant. La place Champollion a été transformée en
jardin anglais, et les maisons d'Ismaïlia, construites à la
moderne, se montrent au sein d'une verdure de la plus
belle venue, et qui, prenant sans cesse de nouveaux accrois-

30

sements,grâce au voisinage de l'eau, transforme cette côte
aride en un bosquet de paradis. Espérons que les fâcheux
pronostics qui proclament la déchéance d'Ismaïlia, seront
démentis par la prospérité recrudescente d'une ville située
à merveille pour réussir. En toute hypothèse, honneur à
M. de Lesseps, qui a su conduire à bonne fin une entreprise si éminemment utile aux intérêts d'une immense
portion de l'humanité !

Après un temps suffisant donné pour le déjeuner, le
train reprend sa marche. Ici le paysage change complètement d'aspect. Au fur et à mesure qu'on s'avance dans les
terres, on se trouve au milieu d'une végétation plantureuse, due aux alluvions fécondantes et périodiques du Nil,
aux irrigations de nombreux canaux qui se distribuent les
eaux, végétation qui n'a peut-être pas d'égale sur la terre.
Les champs sont divisés, comme dans nos grasses campagnes de Normandie et d'Auvergne ; le bornage en est
tracé, soit par des ruisseaux où l'eau circule, soit par des
haies et plantations d'arbres. De nombreux troupeaux,
des files de chameaux, des ânes et d'autres bêtes de somme
en quantité innombrable, avec leurs conducteurs, s'y rencontrent à chaque endroit. Oui, c'est bien la fertile et la
riche Égypte ! On comprend, à cette vue, que sur ce sol
plantureux, une civilisation hâtive a pu éclore, devançant
dans ses ingénieuses productions et ses inventions savamment calculées, les progrès intellectuels des autres nations
de l'Occident et même de l'Orient.

Est monté près de moi, à Ismaïlia, un bon Père Franciscain, à la figure franche et épanouie, qui me reconnaît
facilement pour un étranger. Ignorant de quelle langue
j'étais, il prend le parti de me parler en latin. — *E quâ
regione es oriundus ? — E Parisiis. — Melius diceres è
Lutetiâ Parisiorum. Quâ de causâ iter facis ? — Iter
scientificum aggressus sum. — Ego muto sedem valetu-
dinis causâ...* — Mes réminiscences de latin m'ayant

permis de saisir la balle au bond, j'apprends que c'est le curé d'Ismaïlia, et qu'il est de la Belgique ; le dialogue, souvent égayé par ses lazzis, se termine en excellent français, comme en nous quittant, nous sommes excellents amis.

Une des premières haltes est à *Tell-el-Kébir*. C'est là qu'en 1882, les Anglais ont eu raison de la rébellion d'Arabi-Pacha, dans une bataille qui leur procura le protectorat de la terre d'Égypte. Un palais qui s'élève dans le voisinage est le centre de la « Ferme des Ouadi », d'une contenance d'environ dix mille hectares, exploitée quelques années par la compagnie du canal.

Des monticules, un peu au sud de Tell-el-Kébir, marquent l'emplacement de *Pitoum*, la « Cité des trésors », bâtie par les captifs hébreux, pour le compte de Ramsès II.

C'est sur ce chemin que je suis témoin pour la première fois du phénomène connu sous le nom de *simoun*. Le vent brûlant d'Afrique soulève des nuages de sable, qui, fantômes déchiquetés et menaçants, semblables aux nuées qui recèlent la foudre dans leurs flancs, rasent la terre, quelquefois inoffensifs, mais aussi plus souvent capable de détruire la culture, d'engloutir les habitations et les caravanes. Ces dangereuses nuées passent à une distance respectable de nous, sans pouvoir nous atteindre.

Une autre halte est à *Zagazig*, ville assez bien bâtie, et qui, grâce à sa position à la jonction de plusieurs voies ferrées, voit se développer rapidement son commerce de coton et de céréales. C'est à Zagazig qu'est la prise d'eau du nouveau canal du Nil à Suez. De beaux jardins, dus à la facilité de l'irrigation, donnent à cette ville un aspect agréable.

Une émotion d'un autre genre m'y était réservée. Comme nous arrivons en gare, une foule bariolée, mais composée surtout d'Arabes, au nombre de quelques centaines de personnes, attendait sur le quai. Qui n'a pas vu

le spectacle d'une émeute populaire ou d'une ville prise
d'assaut, ne saurait se faire l'idée des vociférations, si ce
n'est des bousculades de cette foule hallucinée. Que veu-
lent-ils cependant ? Monter dans le train ou recevoir ceux
qui en descendent. Mais cela se fait avec une exagération
de gestes et de cris menaçants et gutturaux, capable de
donner le frisson à quiconque ne connaît pas ces mœurs
d'Afrique. Bientôt le train s'ébranle et nous délivre de ces
clameurs sauvages et peu rassurantes.

Intéressante pour l'histoire est la situation de Zagazig. Des ruines que l'on voit sur une hauteur, au sud,
marquent le site de l'ancienne *Bubaste*. Ces ruines, qui
couvrent un vaste espace, offrent d'énormes blocs, des
fragments d'obélisques et de colonnes.Dès le temps de
saint Athanase, Bubaste qui avait donné naissance à la
vingt-deuxième dynastie, suivant Manéthon, fut siège
épiscopal. Un embranchement partant de la même gare
conduit proche de *Atrib*, l'ancienne « Attribis », capitale de
préfecture et ville épiscopale. Cette ville possédait, sous
l'invocation de la Vierge, un couvent, qui, d'après la gracieuse légende des Coptes, avait une église, sur l'autel de
laquelle un pigeon blanc venait se reposer tous les ans,
au jour de la fête de Marie, ce qui attirait un grand
concours de fidèles. Parmi les ruines d'Attribis, on distingue encore des édifices, des places et des rues. Mais un
autre site, fameux par les souvenirs chevaleresques qu'il
rappelle, où conduit aussi une voie partant de Zagazig,
est la célèbre *Mansourah*, de la province de Dakhaliéh,
sur le bras du Nil, dit branche de Damiette. Mansourah
n'a pas de souvenirs antiques ; sa fondation remonte
seulement au temps des Croisades. Signifiant « la Victorieuse », elle fut élevée à l'endroit où les Croisés avaient
été vaincus. En 1250, saint Louis rendit ce lieu célèbre
par son courage, ses victoires, ses vertus, comme aussi
sa captivité jusqu'au moment de son rachat.

Le comte de Poitiers ayant amené des renforts au roi, l'armée chrétienne marcha sur le Caire. Parvenue au canal de Tanis, en face de Mansourah, elle trouve l'armée musulmane de Fâkr-Eddin, qui lui en disputa le passage. On finit par découvrir un gué, et les Croisés ayant passé le bras du Nil, remportèrent une victoire signalée sur les Sarrasins. Mais l'imprudence des chefs empêcha la victoire d'être décisive. Le comte d'Artois, frère du roi, poursuivant l'ennemi avec trop de chaleur, jusque dans Mansourah, tomba au pouvoir des infidèles et perdit la vie. Cette victoire coûta à Louis la moitié de sa cavalerie ; il eut beaucoup de peine les jours suivants à défendre le camp musulman, dont il s'était emparé. Chaque jour, il gagnait des batailles, mais il perdait l'élite de ses troupes. Enfin la disette et la maladie portèrent leurs ravages dans les rangs de l'armée chrétienne.

Louis fit embarquer sur le Nil les malades et les blessés et donna aux troupes le signal du départ. Quoique attaqué par la contagion et se soutenant à peine, il ne voulut partir qu'avec l'arrière-garde. La retraite s'étant faite dans un grand désordre, tout fut atteint par l'ennemi, massacré ou fait prisonnier. Louis IX, qui était arrivé mourant à Miniêh, eut le sort des autres Croisés ; et lorsque des serviteurs s'occupaient de le rappeler à la vie, il se vit entouré de Sarrasins qui le chargèrent de chaînes et le conduisirent à Mansourah. Le monarque déploya dans sa prison toutes les vertus d'un chrétien. C'est là qu'il traita avec le sultan Almoadan et Bibars-Bondochar des conditions de son rachat.

En 1798, la garnison française ne céda aux Arabes qu'après une résistance des plus vigoureuses.

Actuellement Mansourah est le centre du commerce du pays, tant pour le trafic des étoffes que pour celui des récoltes ; un tiers des productions de la Basse-Égypte arrive à ses marchés.

LE CAIRE

LE CAIRE

Grande fut ma surprise, lorsque je pénétrai, en sortant de la gare du Caire, dans l'intérieur de la ville. Je m'étais habitué à cette désillusion que l'on éprouve dans presque toutes les villes arabes; lorsque du bord d'un navire, ou de quelque endroit élevé, on les contemple, le panorama vous ravit; quand on pénètre dans l'intérieur, le mirage disparaît et s'enfuit; c'est à peine si on peut en ressaisir quelques rapides échappées, comme à la dérobée.

Pour le Caire, l'impression fut en sens inverse; je m'étais attendu à trouver une ville aux rues sales et tortueuses, encombrées d'ânes et d'âniers, se pressant au milieu d'une population dépenaillée : c'est le contraire qui s'offrit à mes regards.

Depuis que j'ai quitté Stamboul, j'ai vu des villes coquettes et gracieuses : ici, c'est la grande ville, la capitale. On sent dès l'abord qu'on est au sein d'une terre forte et puissante, la terre de Mesraïm, le sol des Pharaons, ce pays qui a devancé tous les autres dans la civilisation, et leur en a indiqué la voie. La ville, actuellement, compte plus de 350,000 habitants, répartis en cinquante-trois quartiers. Ces quartiers prennent leur dénomination, soit des édifices qu'ils renferment, soit des classes et des professions de ceux qui les habitent, comme quartier des Chrétiens ou des Coptes, des Francs, des Juifs, de l'Esbékièh, etc.

Lorsqu'on descend du chemin de fer, la place qui s'étend devant les yeux est belle et spacieuse; les rues qui y aboutissent sont larges et parfaitement alignées, bordées de beaux bâtiments, généralement assez neufs. Des arbres au feuillage difficilement pénétrable aux rayons du soleil, se trouvent presque partout, platanes, sycomores, offrant leur ombre protectrice aux promeneurs. Des tramways électriques circulent dans les principales avenues, permettant de se transporter d'un bout à l'autre de la ville, avec facilité et rapidité.

Bientôt rendu à l'Hôtel Khédivial, je profitai des derniers moments du jour, pour faire une première et rapide connaissance avec la ville au centre de laquelle je me trouve. Les billets de circulation distribués par les tramways du Caire sont comme de petites cartes topographiques, indiquant les principales directions, par deux voies se coupant en forme de croix. Le point central de ces tramways est la place Ataba-el-Khadra, sur laquelle se trouve un palais construit par Méhémet-Ali. De là partent quatre lignes, pour la gare et Abbassiéh, dans la direction d'Héliopolis, pour Boulâq, le vieux Caire et la Citadelle, à peu près selon les points cardinaux.

Mais le vrai centre d'attraction de cette ville est la place *Ezbékiéh*, située vers le nord-ouest. C'est un vaste square, qui sert tout à la fois de lieu de promenade et de point de réunion pour la population modernisée de la ville. Dans les environs sont les grands hôtels et les édifices publics. Le Khédive précédent y a fait construire un fort beau théâtre, avec une troupe d'opéra permanente. C'est aux alentours de la place Esbékiéh, que s'est élevée, depuis 1870, la nouvelle ville, construite à l'européenne, sous les ordres du Khédive. Dès le premier soir, me lançant au travers de ces quartiers, remplis sans cesse d'une foule animée, je parcours ces rues larges et commodes, plantées des plus beaux arbres, soigneusement macadamisées, et éclairées au gaz ou à l'électricité, à la façon des villes modernes.

Aspect général.

Le point central de ces quartiers est donc l'Esbékièh, jardin public, orné de grilles qui rappellent celles du Luxembourg. En ce jardin, autour duquel circulent, sans discontinuer, véhicules, bêtes de somme et piétons, « la sève africaine bouillonne, crépite, bondit à toutes les hauteurs, sous toutes les formes. Massifs d'euphorbes rouges, mimosas à grappes dorées, banians gigantesques, acacias et sycomores, cactus et bambous remplissent cette corbeille débordante de verdure, et viennent étaler jusque sur la grille qui l'enferme leur ramure exubérante. Quatre portes orientées aux quatre points cardinaux, percent cette grille et s'ouvrent sur les principales artères de la cité.

«Au sortir de l'Esbékièh, nous nous trouvons en face du New-Hôtel, immense construction massive et neuve, pareille à une caserne. Cet hôtel marque le milieu de la rue qui va de la gare au palais d'Abdîne, résidence du Khédive. On le comprend sans peine, une grande animation règne dans ce quartier. Les cafés regorgent, les oisifs en quête de nouvelles s'y promènent le nez au vent ; le touriste, à peine débarqué, y cherche ses premières impressions. La foule est grande, mais surtout les équipages abondent. De toutes parts, vous voyez voltiger devant les chevaux fumants, le papillon égyptien aux ailes argentées, qu'on appelle le *saïs* (1). »

Le saïs, puisque son nom se rencontre ici, est une sorte d'éclaireur, aux muscles et aux jarrets vigoureux, qui accompagne la voiture du maître ; infatigable, il court en avant ; c'est presque toujours un nègre, costumé aux couleurs voyantes, qui, armé d'une longue baguette noire, avertit les piétons du passage de la voiture.

(1) P. V. Baudot, *Au pays des Turbans.*

Habitué aux merveilles de l'Europe, je n'aurais pas cru trouver aux confins du désert tant de splendeurs réunies. Mais grâce surtout à l'influence française, et sous la direction de ses ingénieurs ou hommes d'État, depuis Méhémet-Ali jusqu'en 1878, la Basse-Égypte s'est complètement modernisée. Rendons cette justice aux Anglais qu'ils ont continué, dans le sens le plus large du mot, et avec une grande intelligence de la situation, les embellissements de la ville, ainsi que les améliorations utilitaires.

De bonne heure, je me rends sur la Grande Place, dont j'admire le vaste pourtour et les magistrales constructions. Là, les drogmans vous montrent les vieux murs d'un palais en délabre. Bonaparte avait fait de ce palais son quartier général ; et après son retour en France, Kléber continua à l'occuper. C'est dans une galerie de ce palais que le vainqueur d'Héliopolis reçut le coup de poignard qui lui enleva la vie.

Les guides racontent prolixement les circonstances de cet infâme assassinat, comme aussi la terrible vengeance qu'on en tira. Le Grand-Vizir, furieux de sa défaite, était allé cacher sa honte jusqu'en Syrie ; c'est de là qu'il envoya au Caire le fanatique qui devait assassiner Kléber. Trois *Ulémas*, confidents du Vizir, reçurent son envoyé et l'enfermèrent dans une mosquée pendant un mois. Ils excitèrent son fanatisme au nom du Mahomet et du Coran, lui faisant entrevoir, au paradis d'Allah, la *Palme du Combat sacré*. Quand il fut préparé, on le fit sortir, pour apprendre à connaître et à atteindre sa victime. Il fut condamné à être empalé et à avoir le poing brûlé ; le fanatique vécut quatre heures sur le pal.

Ayant à mon aise visité la grande place d'Abdîne et les voies adjacentes, je compris que les monuments modernes tendent décidément à éclipser l'antiquité, et cela au grand scandale des fervents musulmans. Ne sont-ce pas les statues équestres de Méhémet-Ali et d'Ibrahim-

Pacha, coulées en bronze, que je saluai tout d'abord,
annonce manifeste que le monde a fait un pas?

Toutefois, ce n'est encore qu'une tendance. La ville
ancienne, sous de certains aspects, reste féerique. Lors-

UNE RUE AU CAIRE

que des sommets du mont Mokattam, il me fut donné d'a-
percevoir, dans un rapide coup d'œil panoramique, les trois
cents minarets étincelant sous un ciel enchanté, il me
semblait être transporté à l'entrée de quelqu'une de ces

cités fantastiques dont repaissent leur imagination ceux
qui se délectent de la lecture des contes arabes. S'il est
vrai que les ruelles du vieux Caire font disparaître cette
illusion, il y a d'abondantes compensations. L'artiste rencontre à chaque pas des chefs-d'œuvre d'architecture, de
gracieuses arabesques, de légères mosquées, des fontaines
si élégantes, qu'incontinent il se sent épris d'admiration
pour la capitale de l'Égypte.

Mes courses aventureuses et vagabondes activées par
une ardente curiosité, me portèrent bien vite du centre de
la ville vers les extrémités, qui renferment surtout les
quartiers arabes. Les tramways transportant avec facilité
aux points principaux de la ville, il me fut facile de me
donner une idée de l'ensemble. Depuis les nombreux
travaux exécutés pour embellir la ville et la modifier, le
Caire n'est plus, comme autrefois, entouré d'une enceinte
fortifiée. Cependant, vers le sud et l'est, se trouve encore
une muraille épaisse, flanquée de tours rondes ou carrées,
et percée de portes, munies pour la plupart de travaux
de défense anciens. On compte ainsi dans la ville plus de
soixante-dix portes ; mais beaucoup à l'intérieur ne sont
plus que de simples appellations. Telle est celle qu'on
nomme *Bab-èz-Zouaïléh,* vers le milieu de la voie longitudinale et à côté de la mosquée *El-Mouyéd.* Cette porte
marquait au sud la limite de la ville, avant Saladin.

C'est à cette grande rue longitudinale que vient aboutir
la plus large et la plus importante des rues transversales,
la rue des *Mouski,* ou quartier Franc. C'est là que se trouvent encore les magasins principaux, où se rencontrent
tous les articles de luxe ou d'utilité, qu'exportent les pays
d'Europe. Parcourant quelques-unes de ces rues mercières
et voyant les étalages rivaliser avec ceux de Paris, des
noms français sur la plupart des magasins, sauf quelques
noms en caractères arabes, je me serais cru transporté
dans quelqu'une de nos grandes rues commerçantes des

pays d'Occident. Nombre de rues présentent plus ou moins le cachet de ce progrès moderne.

Toutefois l'attraction principale d'une ville orientale est exercée par les Bazars, que j'ai parcourus un peu partout. Ceux du Caire méritent une mention spéciale. S'ils ressemblent à ceux d'Alexandrie, ils sont incontestablement plus riches et plus variés. C'est un dédale de rues voûtées ou tendues de nattes, dont les murs disparaissent sous l'étalage des productions les plus étranges. Là se trouvent juxtaposées les boutiques de marchands de tissus d'or et de soie admirablement brodés, des selliers, des tapissiers, des fabricants de meubles, etc. Ces ruelles forment comme un vrai labyrinthe, où il faut un guide pour se reconnaître.

Nous parlerons bientôt des principales mosquées, qui me donnèrent tout le relief de l'inoubliable pittoresque de la ville, avec les tombeaux ou Turbéhs. Les différentes communions chrétiennes y possèdent une trentaine d'églises ou de chapelles coptes, arméniennes, grecques, etc. Les bons Maronites, avec qui je voyageais à bord du *Fayoum*, m'avaient fort m'invité à visiter la belle église où s'assemblent leurs coreligionnaires. Les catholiques y ont plusieurs édifices sacrés, parmi lesquels l'église des Franciscains et la séduisante chapelle des Jésuites, que je vis à loisir.

On trouve au Caire deux sociétés savantes, jadis patronées et dirigées par les Français, l'Institut d'Égypte et la Société de Géographie Khédiviale. On trouve aussi plusieurs bibliothèques indigènes, la plupart attachées à des mosquées. Elles se composent en général d'ouvrages de grammaire, de théologie ou de jurisprudence musulmane. Ajoutons que la France y a érigé une école de droit fonctionnant très régulièrement et délivrant des diplômes.

Quant à l'aspect de la population, j'ai pu me convaincre, par mon expérience personnelle, que le voyageur le moins sensible à l'impressionnisme trouverait au Caire de nom-

breux sujets d'étonnement. Le mouvement prodigieux qui
se fait dans les rues principales, l'aspect si animé et si
pittoresque des bazars, le cortège des fêtes, l'arrivée des

FEMMES ÉGYPTIENNES

caravanes, les femmes voilées portant sur le front de
petits cylindres en métal doré d'un travail élégant, qui
retiennent les deux parties du voile, les santons mendiants

auprès desquels on vient demander quelque faveur mystérieuse, tout cela vous saisit et vous émotionne au delà de
toute expression.

Des hommes de toutes les nations et de toutes les races,
dont les costumes sont aussi variés que les couleurs, s'y
rencontrent et s'y croisent : les Turcs au turban vert et
jaune, les Syriens portant le tarbouche écarlate, les Arabes
au blanc burnous, les nègres aux cheveux crépus et noirs
comme la figure. Les femmes glissent comme des fantômes,
enveloppées de leurs longues robes de serge blanche ; elles
sont généralement chargées de lourds fardeaux, quelques-
unes portent leurs enfants sur leurs robustes épaules ;
d'autres ont équilibré sur leurs têtes de grandes urnes
pleines, et font penser à ces gracieuses héroïnes bibliques,
telles que Rébecca donnant à boire à Éliézer.

Enfin, les ânes, les chevaux, les chameaux se croisent
en tout sens, sous le bâton ou l'éperon de leur conducteur
ou de leur cavalier. Les ânes du Caire, surtout l'âne blanc,
méritent une mention particulière ; ils sont d'une vivacité
rare, leur allure est très douce et ils sont infatigables.
Avec eux on peut faire de grandes courses au grand trot,
au galop, sans se lasser ; avec eux on peut courir des
heures entières dans la poussière de la ville ou dans les
sables des environs. De plus, ils ont une intelligence rare,
pour faire éviter à celui qui les monte les mauvais pas ou
les endroits dangereux.

Boulâq. — La citadelle.

L'une des quatre lignes de tramways partant de la
place El-Khadra, aboutit à Boulâq, située sur la rive droite
du fleuve, qui est comme un des deux ports du Vieux-Caire,
l'autre étant à Fostât. De ce côté, la ville touche à de
vastes plantations et à de magnifiques avenues d'acacias
et de sycomores, qui, du Nil, allant jusqu'au port de Boulâq,

se prolongent dans la direction des riches campagnes du Delta. Boulâq présente une forêt de voiles latines : c'est en effet ici qu'accostent les barques qui remontent d'Alexandrie, ou descendent de la Haute-Égypte. C'est un village pittoresque, mais sans édifices remarquables, sauf le palais élevé par Ismaïl-Pacha, fils de Méhémet-Ali. C'était à Boulâq que M. Mariette, grand organisateur des antiquités égyptiennes, avait établi dans un local de l'ancien débarcadère, le musée si étonnamment riche, transféré depuis à Ghiséh.

Malgré ces agréments, la promenade qui me sollicitait davantage à l'intérieur, est celle qui conduit à la citadelle, située à l'orient de la ville, et qui en est assurément le principal ornement.

Sur le chemin de la citadelle, les soldats anglais, que l'on rencontre assez rarement dans les rues, deviennent plus nombreux. Il ne faut pas les confondre avec les troupes khédiviales, qui ont payé une large part aux travaux de la dernière guerre. Les soldats de cette dernière armée sont très reconnaissables au fez qu'ils portent ; j'en ai rencontré des officiers, à l'œil vif, au torse bien pris, au jarret bien tendu, qui pour la tenue, peuvent rivaliser avec n'importe quel officier des armées européennes.

Mais quant aux soldats anglais, ils ne m'ont pas fait l'effet d'être là, tels qu'on les a vus dans le Royaume-Uni, dans les rues de Londres, de Glasgow ou de Dublin. Là, c'est la tunique rouge qui domine, revêtant uniformément fantassins et cavaliers, dragons, lanciers et high-landers. Ici, le drap rouge se montre plus rarement, mais il est remplacé avec avantage par la torsade et le galon ; les divers corps sont facilement reconnaissables à la couleur, à la coupe différente du vêtement et à la coiffure. En petite tenue, ils portent, soit le bonnet écossais, soit la petite toque, retenue par une gourmette, qu'ils posent sur le côté d'une façon crâne et assez coquette. De fait, on sent qu'ils

sont les maîtres du pays, au droit de conquête, et qu'ils
peuvent manipuler à leur gré la situation. Cependant, si

SOLDATS DE L'ARMÉE ANGLAISE

vous les abordez, ce sont les mêmes *good-fellows* que vous
avez rencontrés en Europe et en Irlande ; on en obtient
facilement des renseignements et des procédés obligeants.

31

La diversité des corps est très considérable, beaucoup plus qu'en France ; chaque groupe, pour ainsi dire, présente une nouvelle variété de costumes. Le moins que l'on puisse dire, c'est que le pittoresque y gagne sensiblement. Me rendant place Bab-el-Nadid, qui est à proximité de la gare, je rencontrai un peloton à cheval escortant une voiture ; c'étaient des soldats d'un corps de cavalerie accompagnant le carrosse d'honneur d'un pacha ; les différents véhicules de la rue se garèrent ; celui où nous nous trouvions en fit autant ; et le groupe au galop, très brillant, très stylé, passa comme un tourbillon, entraînant le carrosse dans son élan vertigineux.

Passant donc la porte Bab-el-Khalk, je gravis la colline où se trouve bâtie la citadelle qui domine le Caire, et qui, jusqu'à l'occupation anglaise, était la résidence du Vice-Roi. Là fut le *Château de la Montagne*, sur lequel les chroniqueurs arabes ont brodé leurs contes fantastiques, mais où se passèrent tant de tragédies sanglantes.

On monte à cette citadelle, toujours redoutable, malgré les vicissitudes des régimes et le progrès des armements, par deux rampes taillées dans le roc. L'une vient aboutir à la porte des Arabes, et l'autre, à l'est, à la porte des Janissaires. Elle fut bâtie par Saladin, mais actuellement elle-même est dominée par le fort Napoléon, que Méhémet-Ali a fait construire sur une croupe plus élevée, et qui la tient en respect par sa position supérieure.

Les murs qui l'entourent se sentent encore de l'ancien système. Sur la terrasse, de gros canons, vieux au moins d'un siècle, sont là qui vous regardent placidement par les embrasures du rempart. S'ils sont démodés, ils semblent cependant insinuer combien il serait facile à l'armée qui occupe cette citadelle et les positions environnantes, d'écraser la ville en cas de guerre ou de rébellion.

Les soldats anglais, en grand uniforme, coiffés du casque en feutre blanc, montent la garde aux portes et

aux endroits principaux. On sent qu'ils détiennent une
position stratégique de premier ordre, la clé de l'Afrique

CITADELLE DU CAIRE.

orientale. Vers les portes et aux abords de la cour intérieure, la consigne est des plus sévères. Ce n'est pas sans
un certain frissonnement que je m'aventure par les chemins

étroits et raides qui donnent accès à l'intérieur de la place.
Nous sommes en pleine paix ; les Anglais, autrefois nos
redoutables adversaires, sont maintenant nos bons amis ;
sur plus d'un champ de bataille nous avons combattu côte
à côte ; cependant quand on évoque les souvenirs du
passé et les spectres des tristes victimes de tant d'événements funèbres qui se sont passés en cet endroit, on ne
peut réprimer une épouvante involontaire, que provoque
l'aspect de ces lieux, un des boulevards du farouche islamisme.

Ce qu'on vous montre d'abord, c'est un puits dè près
de 300 pieds de profondeur, à donner le vertige, rien qu'en
se penchant au-dessus de la margelle, dans le fond duquel
on peut descendre par un escalier tournant. On est alors,
paraît-il, au niveau du Nil. C'est un ouvrage de Saladin,
et le puits porte le nom de *Puits de Joseph,* de son constructeur Yousouf. Les autres explications données par les
Arabes sont de pure fantaisie. Épuisé, hors d'haleine, je
remonte au jour, appuyé sur le bras de mon custode.
Jusqu'ici je ne me connaissais pas une telle puissance de
jarrets et de respiration, que la nécessité m'avait révélée
incontinent.

Un palais et d'autres édifices remarquables existaient
dans cette citadelle, mais l'explosion d'un magasin à
poudre taillé dans le roc ayant tout détruit, Méhémet-Ali
voulut réparer ce désastre, par la construction d'une mosquée, assurément la plus belle de l'Islam, après Sainte-
Sophie et la mosquée d'Omar.

Cette mosquée est enfermée dans l'enceinte de la citadelle, au milieu d'une immense cour pavée de jaspe oriental. A droite, s'élève une riche fontaine, de style mauresque,
pour les ablutions. Les gardiens ne m'admettent dans la
mosquée qu'après m'avoir chaussé au préalable de larges
babouches, pour lesquelles il faut un bakchich. Pourtant,
je ne saurais dire combien j'étais heureux de voir ce temple

vraiment splendide. S'il ressemble, pour le style et la
forme, aux autres mosquées, c'est une immense rotonde,
avec sa coupole et ses quatre minarets légers, qui
s'élancent, comme des aiguilles monumentales, le tout
en marbre, albâtre ou jaspe oriental. A l'intérieur, la
coupole est ornée de dorures, jetées peut-être avec un
peu trop de profusion, mais formant un dessin d'arabesques admirablement riche et varié. Une multitude
de lampes et lustres en cristal descendent de la voûte,
soutenues par des chaînes dorées, où les œufs d'autruches sont multipliés. Vers le sud est placé le Turbéh, ou tombeau du célèbre Vice-Roi. Le sol est couvert
de nattes ou de riches tapis de Turquie ou de Perse. C'est
le regard ébloui et l'imagination fascinée de ce que j'ai
vu, que je gagne la galerie d'où la vue s'étend sur le
panorama du Caire.

Un souvenir sanglant et terrible se rattache à cette
citadelle. En 1811, Méhémet-Ali fut instruit, par la saisie
d'une correspondance secrète entre les chefs Mameluks et
le Mameluk Djezzâr, pacha d'Acre, d'une vaste conspira-
tion qui se tramait contre lui. Il crut qu'il n'y avait qu'un
moyen de se débarrasser de ses adversaires, en noyant la
conjuration dans le sang.

Le 1er mars de cette même année, il invita les Mameluks résidant au Caire, à assister, dans la citadelle, à l'investiture de son fils, Toussoum-Pacha. Il les reçut avec un
luxe royal et une cordialité faite pour dissiper les soup-
çons. La fête se passa sans incidents fâcheux. Lorsqu'elle
fut terminée, on fixa l'ordre de la sortie. Les Janissaires
précédaient immédiatement les Mameluks. A peine les
premiers avaient-ils atteint la porte de Roumlyéh, que le
chef des Albanais donna l'ordre de tirer sur les Mameluks
engagés dans le défilé. En même temps, les soldats embus-
qués derrière les murs de la citadelle, commencèrent un
carnage d'autant plus affreux, que la défense était com-

plètement impossible, dans cette gorge étroite et sans
issue ; les chevaux une fois engagés ne pouvaient plus
manœuvrer. Après avoir résisté aux plus vaillants soldats
du monde, après tant de faits d'armes célèbres, il fallait
recevoir là une mort obscure, sans gloire et sans vengeance. Quelques Mameluks cependant, le sabre à la main,
tentèrent de frapper les Albanais postés sur les rochers ;
ceux-là du moins moururent en combattant. Chahyn-Bey
tomba devant la porte du palais de Saladin ; son corps
fut traîné dans les rues par la soldatesque. Soléiman-Bey,
demi-nu et couvert de blessures, parvint jusqu'aux terrasses du harem, où il implora vainement protection ; il
fut saisi et décapité. Hassan-Bey, préférant aller au-devant
de la mort, lança son cheval au galop, franchit les parapets, et tomba tout meurtri au pied des murailles, où
quelques Arabes l'arrachèrent à une mort certaine, en
favorisant sa fuite. On montre encore au voyageur l'empreinte des sabots du vigoureux et fidèle animal, incrustée
sur le parapet.

Le petit nombre de ceux qui échappèrent au carnage
se réfugia en Syrie, ou dans le Dongolah (1). Non loin de
la citadelle, vers le sud-est, se voient les Tombeaux des
Mameluks.

La mémoire de Méhémet-Ali, cet homme extraordinaire,
à la fois cruel despote et organisateur, de premier ordre,
qui sut tirer l'Égypte de son ornière, pour la placer au
niveau des nations policées, paraît comme la note dominante dans toutes les parties et les institutions du pays.
S'il est vrai qu'il avait pour devise la maxime arabe :
« Le peuple doit être traité comme le sésame ; il faut le
fouler et l'écraser pour en tirer de l'huile », qu'on songe
aussi à ce qu'est devenue cette terre longtemps oubliée,
entre ses mains habiles ! Une administration établie sur,

(1) Marcel, de l'Institut d'Égypte, *Égypte Moderne*.

MOSQUÉE DE HASSAN

des bases régulières, des écoles militaires, de marine, de médecine, de langues, donnant à des milliers d'élèves des connaissances précieuses et inconnues en Orient, les hôpitaux ouverts à toutes les maladies et les infirmités ; des mesures hygiéniques sauvegardant la santé de la population, tel est le tableau que nous offre la terre des Pharaons, pendant le gouvernement presque indépendant du Vice-Roi. Une armée de près de 200.000 hommes, organisée à l'européenne, une flotte desservie par 20.000 marins, telle fut la force qui ébranla le trône de Mahmoud.

Du haut de la terrasse de la citadelle, l'œil embrasse non seulement toutes les merveilles du Caire, mais les campagnes des environs, avec les Pyramides de Ghiséh et celles de Sakkara, spectacle véritablement féerique.

En descendant de la citadelle, je payai un légitime tribut d'admiration à la mosquée du sultan Hassân, construite par ce prince, en 1354, une des plus remarquables par son architecture et ses ornements. L'historien Makrizi parle des sommes considérables qui furent dépensées pour l'élever.

Les tombeaux des khalifes occupent un terrain proche de l'emplacement du bazar actuel, *Khan-Khalid ;* détruits en partie, on y visite encore le tombeau de Saladin Eyoub, comme celui de la famille de Méhémet-Ali, dans le sud de la ville. « Ce sont de délicieuses petites mosquées, toutes surmontées de gracieuses coupoles, toutes flanquées d'un ou de plusieurs minarets, d'un travail vraiment exquis (1). »

Le Vieux-Caire.

Partant de la place El-Khadra, le tramway conduit jusqu'à l'extrémité du Vieux-Caire, c'est-à-dire au voisinage du Nil. « Avançons-nous sans nous presser ; il fait si bon

(1) P. Baudot.

ici ! l'air y est si pur, la brise si fraîche ! La foule augmente-t-elle, la trouée devient-elle plus difficile à faire, arrêtons-nous un instant. Jetons un regard sur les rives du roi des fleuves : en amont l'île de Roda, verdoyante et fleurie ; en aval, Boulâq et ses forêts de voiles latines. Ou bien, penchons-nous sur le parapet ; regardons couler les flots limoneux, ces grandes eaux du centre africain, charriant les sables rougeâtres de la Nubie, et rêvons (1)... »

L'origine du Caire est un château que construisirent des captifs que Sésostris avait ramenés de Chaldée, et qu'ils nommèrent *Babylone*, en souvenir de leur patrie. En 640, Amrou, lieutenant du khalife Omar, vint planter sa tente au nord de la place. Une colombe avait fait son nid dans cette tente ; Amrou regardant cet événement comme un présage divin, revint, après la prise d'Alexandrie, à son premier campement, et y bâtit une ville nouvelle qui fut la capitale de l'Égypte ; il l'appela *Fostât*, qui signifie « Tente ».

Cette ville s'étendit considérablement du côté du mont Mokattam, où est bâtie la citadelle. A l'approche d'Amaury, roi de Jérusalem, le gouverneur de Fostât mit le feu à la ville, qui brûla pendant cinquante jours ; c'est alors que les habitants allèrent fonder le Caire. Fostât, réduite au rang de simple bourgade, reçut des marchands vénitiens le nom de Vieux-Caire. Depuis ce temps le Vieux-Caire, dont les bâtiments se relevèrent, devint le centre d'un mouvement nautique et commercial considérable, car il sert de port à la ville, pour le cours supérieur du Nil.

Il y a de l'analogie entre le Vieux-Caire et Stamboul ; mais ici la boue et les mares stagnantes ont remplacé la poussière et les immondices qu'on trouve en abondance

(1) P. Baudot.

dans la capitale de l'Islam. Certaines rues sont même en tout temps difficilement praticables. Que doit-il en être à l'époque de la crue du Nil? Dans cette partie ancienne de la ville, les constructions chétives ou délabrées, d'origine arabe, sont encore en grand nombre, et comme à Stamboul, les palais sont auprès des masures.

Ces palais portent les noms, et présentent, sur des écussons, les initiales des derniers khédives, Ismaïl, Saïd, Ibrahim, etc. Bâtis un peu à la hâte, depuis Méhémet-Ali, sous l'impulsion de l'influence française, ils ressemblent un peu, il faut le reconnaître, à la fortune de leurs maîtres. Bien emplâtrés et repeints à neuf, ils ont du clinquant; les moulures et les décorations miroitent et saisissent l'œil, comme des décors d'opéra; mais une grosse pluie d'orage peut en modifier fortement la constitution, surtout si la pluie fouette les murs. Les Anglais ont profité de plusieurs de ces vastes et élégants locaux pour y installer des offices et des agences.

Le redoutable crocodile, terreur des rivages du Nil dès l'époque de Job, ne se retrouve plus guère dans la Basse-Égypte; il disparaît graduellement devant l'approche de l'homme civilisé, qui apprend à maîtriser et à dompter ce dangereux voisin. Toutefois, détail curieux, on voit accrochés à la devanture de plusieurs maisons du Vieux-Caire de petits crocodiles, à la peau desséchée, mais à l'aspect redoutable encore, qui servent d'ornement à ces façades, témoignage indéniable que le féroce reptile n'a pas complètement disparu de ces régions.

En passant sur la place d'Abdîne, nous jetons un coup d'œil sur le palais du Khédive, large, confortable, mais sans prétention architecturale. Tournant à droite, nous gagnons la porte *Bab-el-Louk*, où se trouve la maison, naguère si brillante, d'Arabi-Pacha, le vaincu de Mers-el-Kébir, actuellement exilé à Colombo.

Les Coptes sont très nombreux au Vieux-Caire, et y

PATRIARCHE COPTE

possèdent plusieurs églises, dont la plus célèbre est celle
de Saint-Macaire, où le nouveau Patriarche vient se faire
installer.

Cette classe de la population est très intéressante.
Descendants des anciens Égyptiens, après avoir été con-
vertis au catholicisme, ils ont conservé en partie l'idiome
et les traditions de leurs ancêtres. Quoique infectés des
erreurs de Dioscore, ils reviennent cependant avec facilité
au giron de l'Église, dont une faible distance les sépare.
L'Histoire Sainte a enregistré nombre de retours semblables, ou généraux ou partiels, qui ont consolé le cœur
des Pontifes.

Le baptême copte se fait par immersion. Leurs prières
se composent surtout de parties du Psautier, et ils lisent
les Évangiles en arabe. De peur d'omettre quelqu'une des
invocations prescrites, ils se servent d'un chapelet qui
compte quarante et un grains. Avant de prier, à la
manière des musulmans, ils se lavent les mains et le visage
et se tournent vers l'orient. Leurs grandes églises sont
divisées en cinq compartiments, selon la coutume des
églises grecques ; un épais treillage de bois, ou un rideau,
cache les femmes aux regards indiscrets. Les murailles
sont couvertes de quelques images de saints grossièrement
peintes. L'usage d'inonder fréquemment l'édifice des flots
d'une fumée odorante n'est pas une vaine cérémonie dans
ces églises souvent basses, sombres, et remplies de
miasmes d'une influence pernicieuse. Les Coptes ne se
servent pas de cloches ; l'heure du service divin est
annoncée par les sons éclatants de cymbales de grande
dimension.

Les Coptes possèdent, outre les chapelles, environ cent
églises ou monastères, dont la plupart ont été placés dans
des lieux d'un accès difficile, et à l'abri des invasions des
Bédouins. Le monastère de *Saint-Antoine*, situé environ
à soixante-seize milles de la rive orientale du Nil, est le

principal de l'Égypte. C'est là que se fait l'élection du
Patriarche. Celui de *Saint-Paul* est également célèbre
parmi les Coptes (1).

La tradition veut que la Sainte Famille ait passé par
ces lieux, dans la fuite en Égypte. D'Héliopolis, elle se
dirigea sur Memphis, et s'arrêta au lieu où se trouve
maintenant le Vieux-Caire. Combien de temps y demeura-
t-elle? la chose est incertaine. Mais la retraite où elle se
réfugia est marquée par le monastère de « Saint-Serge »,
appelé en arabe *Deïr-el-Nassara,* qui autrefois appartenait aux catholiques.

L'enceinte de ce monastère est très vaste ; les murs
ressemblent à ceux d'une forteresse. L'église, assez
grande, conserve encore de belles parties et des détails
intéressants, parmi lesquels des incrustations très fines,
qui décorent l'autel et le retable. Quelques lampes sont
suspendues à la voûte. A côté de l'autel est un escalier
obscur, parce qu'il descend à une chapelle ou grotte
souterraine, où l'on montre trois sièges taillés dans la
pierre, pour montrer la place occupée par la Sainte
Famille. Au-dessus de l'autel est un tableau très ancien,
représentant la Sainte Vierge sur le bord du Nil. Une
autre grotte, plus petite, placée au fond, appelée *Four* ou
Foum, complète cet humble asile. Cet endroit du Vieux-
Caire s'appelle encore *Nasriéh,* sans doute en mémoire de
l'événement.

S'il arrive parfois au voyageur, en se parant des
dépouilles d'autrui, de décrire des lieux qu'il n'a pas parcourus, assurément j'échapperai à cette imputation
par rapport aux rues du Vieux-Caire, que j'ai vues et
arpentées, plus que je ne l'eusse souhaité, et voici en
quelles circonstances.

Les Pères Jésuites ont au Caire un superbe collège, avec

(1) Marcel.

une chapelle de style byzantin oriental, de la plus belle réussite, et qui recevant des prêtres de différents rites, paraît admirablement appropriée à sa destination. Désireux de vénérer l'*Arbre de la Vierge*, qu'ils possèdent à Matariéh, je me dispose à leur faire visite, afin de prendre les renseignements nécessaires et l'orientation de mon petit pèlerinage. Pour trouver leur maison, je m'adresse au bureau de la police égyptienne. Incontinent, je reçois pour guide un *Estafier,* homme vigoureux coiffé du fez, enveloppé d'un vaste stamboulon, et armé d'un solide bâton, lequel écarte sans pitié les enfants qui obstruent notre chemin. A la suite de ce guide, au bout de quelques minutes, traversant une suite de rues non pavées, je suis rendu à destination.

Inutile de dire que je reçus l'accueil le plus empressé et le plus cordial des bons Pères ; ils s'épuisèrent en combinaisons pour me procurer cette excursion, dans les conditions les plus favorables. Pendant que nous devisions et que je parcourais leur beau collège, la nuit était tombée. Prenant congé d'eux, je m'avance dans la ville, à la lueur incertaine des reverbères ; et suivant une allée de beaux platanes, je me dirige vers ce que je crois être la direction de mon hôtel, où le repas du soir m'attendait.

Infortuné est le matelot novice qui veut s'aventurer sur l'Océan, sans la boussole et la carte marine. Non moins infortuné, je n'avais pas compté avec le dédale des multiples et tortueuses rues du Vieux-Caire, au milieu desquelles je me suis engagé ; marchant d'abord avec distraction et insouciance, je m'aperçois bientôt que je suis tombé à plein dans un labyrinthe inextricable.

Ayant complètement perdu le sens de la direction que je dois suivre, je me trouve errant au hasard, dans l'espoir de ressaisir quelque ligne de tramway, qui pourra m'orienter. Mais vains efforts ! plus j'avance, plus je m'égare.

Interrogez, si vous le voulez, ces Arabes, ces fanatiques habitants du Caire, coiffés du turban ou du fez, accroupis devant leurs demeures, qui suivent votre silhouette d'un air curieux et narquois, se demandant ce que peut bien faire à cette heure l'étranger au milieu de leurs ruelles, loin des boulevards et des hôtels : ils ne comprendront pas ou feindront de ne pas comprendre votre langage. Appelez une voiture au milieu de ces fondrières et de ces flaques d'eau, où il y a à peine passage pour un âne bâté, ou quelques piétons se suivant à la file ; les voitures, vous ne les trouverez plus que dans les quartiers de la nouvelle ville. Adressez-vous à la police, aux cadis, aux muftis, aux imans, aux ulémas, pour réclamer aide ou protection. Tout cela a disparu ; rien que des échoppes fumeusement éclairées, autour desquelles tourbillonne et bourdonne une population, dont l'animation bruyante contraste avec votre cruel embarras, et dans le fond desquelles apparaissent, glissant comme des fantômes voilés, les créatures qui les habitent.

Pour dire le fond de mes impressions, connaissant le fanatisme musulman, dont les sauvages explosions sont plus redoutables au Caire qu'en aucun autre lieu, je craignais d'aboutir à quelque coupe-gorge. Ne sachant plus trop où je me dirigeais, ma course devenait folâtre, vertigineuse..! Apercevant enfin un groupe d'apparence plus civilisée, je l'aborde ; ce sont des étudiants, ils entendent le français et commencent à me renseigner. De proche en proche, je gagne les abords de la place El-Khadra, puis de l'Ezbékiéh ; et après mille circonvolutions, je me retrouve enfin, heureux d'en être quitte à si bon marché, après avoir erré près de deux heures au sein de ce dédale du fanatisme et de l'intolérance musulmane.

Les environs du Vieux-Caire sont couverts de ruines, dont quelques-unes présentent un réel intérêt. Dans l'intérieur se trouve une place environnée d'épaisses murailles et divisée en sept tours carrées, séparées par des murs de trois mètres de haut. On y dépose des tas énormes de blé, de lentilles, de fèves, etc. C'est cette enceinte qu'on appelle vulgairement *les Greniers de Joseph*.

Ghiséh et les Pyramides.

J'aurais fait le voyage d'Égypte, rien que pour voir le musée de Ghiséh ; on peut penser que me trouvant à si belle occasion, je ne voulus pas l'échapper. Ce fut même une de mes premières visites.

Un intéressant compagnon de voyage a voulu être mon guide pour l'excursion de Ghiséh ; et de concert nous prenons, sur la place El-Khadra, le tramway qui doit nous conduire jusqu'à la rive du Nil. Rien de curieux comme la composition de ces tramways : des nègres au fez et à la ceinture écarlate, des Arabes impassibles et au regard farouche, des Égyptiens modernisés, agents des offices privés ou gouvernementaux, des femmes soigneusement voilées, laissant voir par l'interstice du voile un teint olivâtre et de fort belles dents, et placées en général dans un compartiment à part ; tel est le public qui se renouvelle sans cesse.

Cependant, nous approchons du Nil. Si dans l'intérieur de la ville, les rayons du soleil dardent brûlants, ici la fraîcheur des eaux commence à se faire sentir. Dans un instant, emportés vers l'autre bord par le bateau à vapeur qui traverse le fleuve, nous sentirons le besoin de boutonner nos vêtements, dans le pays réputé le plus chaud de la terre.

A droite, en aval, se montre le pont de Kâsr-el-Nil, qui relie la rive droite à l'île de Géziréh. Ce pont en fer, à partie tournante, de 46 mètres de long, a été construit à l'usine de Fives-les-Lille. Habituellement la chaussée du pont est encombrée : « Brillants équipages précédés de leurs saïs, chameaux chargés de bersine, ce trèfle géant, ânes et âniers lancés au galop, charrettes villageoises attelées de grands buffles pensifs, cavaliers anglais imperturbables, officiers, banquiers, consuls, tout y tourbillonne pêle-mêle. Sur les trottoirs, une foule de piétons à travers lesquels nous devons nous frayer un passage, coudoyant des paysannes tatouées de bleu, des femmes coptes envelop-pées dans leur habara noir, des filles grecques folâtres et tapageuses, de graves magistrats, des eunuques au teint morbide, des cheiks musulmans et des prêtres chrétiens, des franciscains et des derviches. Après le pont de Kara-Kevi à Constantinople, rien de plus pittoresque, de plus cosmopolite, que le pont du Nil au Caire (1). »

Placés en amont, nous attendons le bateau qui nous conduira à Ghiséh. Depuis que le musée de Boulâq y a été installé, il semble que Ghiséh, qui dépérissait, ait repris de la vie. On y voit d'anciennes maisons de plaisance des Mameluks et des riches habitants du Caire ; bazars, hôtels, cafés, établis en ce lieu, à cause de la fréquence des voyageurs, lui donnent une singulière animation.

Ce qui les rehausse surtout, c'est le magnifique palais achevé par Mourad-Bey, avec jardin du harem et parc du Sélamlik. Le palais et le parc seuls valent la peine d'être visités : que sera-ce donc lorsqu'on aura vu les trésors renfermés dans cette enceinte de murailles ? Devant l'en-trée principale, se dresse, sur un piédestal de granit, le buste de M. Mariette, le grand égyptologue et organisateur du musée, né à Boulogne-sur-Mer, en 1821.

Quiconque a tant soit peu souci d'étudier d'une façon scientifique la genèse et les progrès de l'art humain, doit au moins, une fois dans sa vie, une visite au palais de Mourad-Bey, et il comprendra vite que plusieurs années ne seraient pas de trop pour asseoir sur des bases sé-

(1) P. Baudot, *Au pays des Turbans.*

rieuses ses théories au sujet de ces progrès de l'intelligence, surtout pour ce qui concerne l'art et l'esthétique.

Le musée de Ghiséh comprend quatre-vingt-dix salles,
de la grandeur moyenne de celles du Louvre ou de Ver-
sailles. Disons de suite que ces salles sont d'une architecture très régulière, et quelques-unes très richement
décorées, comme le jardin couvert, aux fontaines et bassins
de marbre, aux ornements d'albâtre dessinés avec l'art
capricieux du style oriental, situé au centre des bâtiments.

Le classement des richesses que le musée renferme,
s'est fait, et le catalogue, fort exactement dressé, est là
pour en témoigner, d'une façon très méthodique. Mais
comment éviter, au travers d'un pareil déluge d'antiquités, un peu de confusion ? On y voit donc successivement des monuments de tous les âges de l'art en Égypte,
à partir des plus anciennes dynasties : pierres gravées,
couvertes de sculptures au trait pénétrant et enduit de
dorures ou de peintures, stèles recouvertes d'hiéroglyphes
ou de caractères démotiques ; bois travaillés et ciselés,
présentant encore les teintes les plus éclatantes ; statues
des dieux auxquels la superstition ingénieuse a su donner
mille formes symboliques ; statues des Pharaons, sarcophages complètement intacts, avec leur étui de granit
gravé de sujets religieux ; bandelettes de lin, papyrus des
temps les plus anciens, couverts d'écritures hiératiques
ou démotiques, etc.

On y voit toute une dynastie de Pharaons, avec leurs
épouses. L'art de l'embaumement que pratiquaient les
Égyptiens, était poussé si loin, qu'à travers une telle série
de siècles, l'apparence humaine, sitôt détruite ailleurs,
s'est immobilisée dans ces momies. Très reconnaissables
sont les traits de Rhamsès II, le grand Sésostris et de sa
lignée : nez très busqué, bouche assez grande, pommettes
saillantes, dents mal agencées, front un peu fuyant, mais

élevé et décelant le travail de la pensée, voilà, après plus de trois mille ans, le signalement qu'on peut encore tracer du conquérant égyptien.

Ce qu'il y a peut-être de plus intéressant, ce sont les bijoux. Ils sont dus, en grande partie, à la découverte, qui tient du prodige, faite par un Français, M. de Morgan, il y a peu d'années, dans une des Pyramides de Dâchour. Le village donne son nom à un petit groupe de pyramides, à cinq kilomètres sud de celles de Sakkara ; deux sont en pierres et deux en briques ; la plus élevée a 103 mètres de hauteur. Des traces indéniables manifestaient que les âges antérieurs avaient pratiqué des fouilles dans ces pyramides, dans l'espoir d'y découvrir un trésor ; mais le succès avait frustré leur attente. C'était à notre âge qu'était réservée la bonne fortune d'exhumer ces trésors.

J'avais vu quelque temps auparavant, à Athènes, les salles du musée de Mycène, dont les objets sont dus aux découvertes de M. Schliemann, et qui manifestent, comme ceux-ci, un art venu de l'Orient, mais dont Mycène n'offre que des ébauches. Bien autrement importantes sont les collections de Ghiséh ; métaux, pierres fines, bracelets, colliers pectoraux, bagues, ornements de toute espèce, le tout travaillé de la façon la plus délicate, y sont à profusion. Les bijoux trouvés dans les Pyramides de Dâchour appartenaient à une princesse de la xɪᵉ dynastie.

On se demande peut-être comment il se fait que l'art égyptien, arrivé dès l'origine à un tel degré de perfection, soit resté stationnaire, attendant l'évolution que devaient lui donner les Phéniciens, et surtout les Grecs. En un mot, les Égyptiens étaient-ils capables de perfectionner ? A cette question on peut répondre de la façon la plus affirmative. Si dès le principe, ils se sont immobilisés dans la reproduction des mêmes types, il faut expliquer ce phénomène par un respect poussé à l'excès, une sorte de crainte superstitieuse, la manie de copier toujours les mêmes modèles. J'ai vu dans les galeries de Ghiséh telle statue, telle sculpture, tel trait de pinceau ou de burin, indiquant une entente de l'art qui n'a pas été surpassée et qui annonce les Grecs.

Après quelques heures de séjour dans le dédale de ce musée, c'est comme un tourbillon de représentations glyptiques, d'observations, de comparaisons qui se heurtent dans mon cerveau. Dans ce chaos de notions, non pas incohérentes, mais disparates, qui attendent plusieurs facteurs, surtout celui du temps, pour se synthétiser, si l'on oublie tout, pour le présent, c'est pour tout ressaisir au moment opportun, et porter un jugement mieux motivé sur le progrès des arts et les étapes laborieuses de l'industrie humaine.

Une grande allée de caroubiers, d'où l'on aperçoit le cours paisible et majestueux du Nil, conduit de Ghiséh à l'endroit où se dressent les Pyramides. Cette avenue suit une large chaussée qui s'élève de quinze à vingt pieds au-dessus de la plaine immense qu'arrosent les bienfaisantes inondations du fleuve.

A peu de distance vers le sud, on aperçoit l'île de *Rhodah*, dont le nom veut dire charmant, et qui est en effet un jardin charmant. Grâce aux soins d'Ibrahim-Pacha, cette île est devenue le Jardin des Plantes du Caire. Le bras du Nil semble ici une petite rivière qui coule parmi les kiosques et les plantations d'arbres exotiques. Des roseaux touffus bordent la rive, et la tradition indique ce point comme étant celui où la fille de Pharaon trouva le berceau de Moïse. A l'extrémité de l'île on aperçoit le Nilomètre, dont les bâtiments entremêlés de minarets et de coupoles, forment la pointe méridionale de l'île. A huit ou dix kilomètres de Ghiséh se trouve, sur une esplanade de rochers, le plus célèbre groupe des Pyramides de l'Égypte. Avec celles de Sakkara, elles sont très nombreuses ; on en compte plus de cinquante d'iné-

gales grandeurs. Elles ont cela de commun, que toutes
sont disposées vers les quatre points cardinaux, à une
légère déviation près.

La grande Pyramide, ou Pyramide de *Chéops*, a
137 mètres de hauteur sur 227 mètres de largeur à la base.
On y entre du côté nord, par un corridor qui descend

LES PYRAMIDES

d'abord, puis remonte et conduit à la salle que l'on nomme
la *Chambre du roi*, et qui renferme un sarcophage de
granit. Le travail de la maçonnerie est merveilleux, et la
lumière agitée des torches est reflétée par un mur du plus
beau poli. De cette salle partent des corridors étroits, qui
vont aboutir au dehors. Cinq chambres plus basses sont
placées au-dessus de la chambre du roi. Après avoir visité
cette chambre, on redescend la pente qu'on a gravie ; et,

en reprenant le corridor, on retrouve une autre chambre placée sous la première, dans l'axe central de la Pyramide ; c'est la *Chambre de la reine*. Beaucoup plus bas est une troisième chambre taillée dans le roc, à laquelle on arrive, soit par un puits, soit par un passage incliné qui va rejoindre l'entrée de la Pyramide. Une lumière plus éclatante fait découvrir sur la paroi de la grande salle, quantité de figures étranges sculptées en relief sur le mur. Ce sont les portraits des Pharaons, ensevelis dans les chambres sépulcrales.

Analogue est la disposition des autres Pyramides. L'entrée de la seconde fut découverte par Belzoni. Dans l'un des tombeaux voisins, on a lu le nom de *Chafra*, qui est celui de Kéfrem, constructeur de cette Pyramide, laquelle mesure 135 mètres sur 210.

La plus petite, dont la mesure est de 66 mètres sur 107, n'est pas la moins curieuse. C'était la plus ornée ; son revêtement extérieur était de granit, comme l'affirme Hérodote, et comme l'on peut encore s'en convaincre. Mais ce qui lui donne encore un plus grand intérêt, c'est qu'on y retrouva le cercueil en bois du roi *Mycérinus*, par qui elle fut construite, et le nom de ce roi écrit sur les planches du cercueil. Ces planches sont actuellement au British Museum.

Le *Sphinx* est placé au pied des Pyramides, qu'il semble garder. Le corps de ce colosse a près de 90 pieds de long ; la tête mesure 24 pieds du menton au sommet. « Cette grande figure mutilée, qui se dresse enfoncée à demi dans le sable, est d'un effet prodigieux ; c'est comme une apparition éternelle. Le fantôme de pierre paraît attentif : on dirait qu'il écoute et qu'il regarde. Sa grande oreille semble recueillir les secrets du passé ; ses yeux tournés vers l'Orient semblent épier l'avenir (1). »

(1) M. Ampère.

Le bourg de Sakkara, près duquel se trouvent les autres Pyramides, est à dix-huit kilomètres au sud de Ghiséh. Après avoir gravi quelques monticules de sable, on rencontre la célèbre nécropole.

« Les tombes sont semées en désordre sur la surface du plateau, espacées en certains endroits, entassées pêle-mêle en certains autres. Au plus pressé de leur foule, se rencontrent des pyramides isolées ou assemblées en groupes inégaux... Elles comptent encore aujourd'hui parmi les monuments les plus considérables que la main de l'homme ait élevés (1). » Parmi ces grandes Pyramides, rangées au nombre de 17, au bord de la falaise lybique, la plus importante est la Pyramide à degrés, que les Égyptiens considèrent comme la plus ancienne.

Matarièh.

Une des plus intéressantes excursions que l'on puisse faire aux environs du Caire est assurément celle de *Matarièh*, l'ancienne « Héliopolis », célèbre par son temple du Soleil, et plus encore par le séjour qu'y fit la Sainte Famille, lorsque Joseph et Marie furent obligés de quitter la Judée, pour soustraire Jésus-Christ enfant aux sanglants édits du cruel Hérode.

Matarièh est à neuf kilomètres du Caire ; le chemin de fer accomplit le trajet en moins d'une demi-heure. En approchant, le premier objet que l'on aperçoit est un obélisque en granit rouge, d'un seul bloc, semblable pour la forme et la hauteur aux *Aiguilles de Cléopâtre* ; il mesure vingt et un mètres de haut sur environ deux mètres de diamètre. Sur une de ses faces, on remarque une croix sculptée, ce qui a donné lieu à diverses interprétations des savants.

(1) Maspéro.

HÉLIOPOLIS OU MATARIÈH

Cette localité n'est guère qu'un village, qui possède la seule ferme du Delta, où l'on s'occupe actuellement de l'élevage des autruches. Près du bourg se trouve le palais d'*El-Abassièh*, transformé maintenant en École militaire. L'ancienne cité, sur laquelle le village est bâti, est de la plus haute antiquité ; les Égyptiens l'appelaient *On*. Du fameux temple du Soleil et des autres monuments de la ville, il ne reste que des débris informes et quelques murs de briques, restes de l'ancienne enceinte. C'était de cette ville qu'était Aséneth, épouse du patriarche Joseph. Les Hébreux obtinrent de Ptolémée Philométor d'y élever, en l'honneur du vrai Dieu, un temple qui subsista jusqu'à l'époque de Vespasien. Selon Champollion, les fameuses Aiguilles de Cléopâtre se seraient trouvées là, avant d'être transportées à Alexandrie.

C'est en cette ville que naquit *Callinicus*, ingénieur grec, au commencement du vii° siècle de l'ère vulgaire. On lui attribue à tort l'invention du feu artificiel, que nos ancêtres appelaient *grégeois*. Il ne fit qu'en diriger l'emploi, à la bataille de Cyzique, en 660, où Constantin Pogonat détruisit la flotte des Arabes.

Mais un autre souvenir cher au cœur des Français est celui de la grande bataille où dix mille hommes, commandés par Kléber, défirent l'armée du Grand-Vizir, dix fois supérieure, et assurèrent pour quelque temps la conquête de l'Égypte.

On prétend que c'est près de cette ville que la sainte Vierge demeura avec son divin Fils et saint Joseph, pendant leur séjour en Égypte. Dans le calendrier ecclésiastique des Coptes, rédigé par Michel, évêque du Métige, nous lisons au 8 du mois *Banoué* (juin) : « La dédicace de l'Église de la Vierge Mère de Dieu, à Matarièh, hors des murs du Caire, où la Vierge Mère retournant en Palestine, fit jaillir divinement une source d'eau vive. »

Lorsque les musulmans furent maîtres de l'Égypte, cette église fut détruite. Le calme revenu, les chrétiens bâtirent, sur le même emplacement, une petite chapelle, dont Brocard, religieux du XIIIᵉ siècle, nous a laissé le souvenir. « Je vis, dit-il, dans ce jardin de baume, la fontaine où la Sainte Vierge a souvent lavé le divin Jésus, son linge, et la pierre sur laquelle elle le faisait sécher. La fontaine et la pierre sont en vénération parmi les chrétiens. Il y a une petite chapelle, là où s'arrêta la Sainte Famille. Les Sarrasins l'ont en vénération et y maintiennent une lampe allumée... » Plus tard, de pieux marchands de Venise auraient fait revêtir de marbre le bassin de la fontaine; et une petite niche de la muraille, au bas de laquelle était la pierre où la tradition veut que la Sainte Vierge ait reposé son divin Enfant et séché ses langes lavés dans la source.

Les Pères Jésuites du Caire ont acquis le jardin de l'*Arbre de la Vierge*. Cet arbre est un sycomore antique, sous l'ombre duquel la Sainte Famille se serait reposée ; il se trouve au milieu d'un vaste jardin rempli d'orangers ; on admire la grosseur extraordinaire de cet arbre majestueux. La chapelle fut bâtie au-dessus du rocher dans laquelle se trouve la grotte vénérée; on y arrive par le jardin du Khédive. Une porte située à 40 mètres de la source et à 50 mètres de l'arbre de la Vierge, donne accès à un petit parterre, nouvellement créé, qui entoure le rocher. « Ce sera le jardin de la Vierge, où se trouveront réunies les plantes, dont le parfum, la beauté, la grandeur sont une image des perfections de Marie. » Les Pères ont l'espoir d'y rétablir le culte de ces souvenirs vénérés (1).

(1) D'après le P. Julien, supérieur du collège d'Alexandrie, de la bouche duquel nous tenons les détails au sujet des gracieuses légendes coptes, concernant la Sainte Famille.

En route pour Alexandrie.

C'est à regret que je laisse derrière moi tant de beaux et touchants souvenirs. Cette ville du Caire, aux spectacles variés et si étranges, exerce sur le voyageur une fascination à laquelle il a peine à se dérober. Mais la nécessité du voyage me fait couper court avec une si forte attraction. Bientôt le train m'emporte vers Alexandrie.

Une des premières villes qui se présentent sur le parcours est *Banha*. Autrefois, s'élevait là une ville considérable, à peu de distance d'*Abousir*, l'ancienne « Busiris ». Il est souvent fait mention, dans l'histoire des Patriarches d'Alexandrie, de Banha, qui était une ville épiscopale, et dans les livres coptes est écrite *Panau*. L'historien arabe Makrizy en fait la capitale d'un district qui, réuni à Bousir, comprenait quatre-vingt-huit bourgs et quantité de villages. Près de ce bourg sont placées les fameuses catacombes ornithologiques, ou vastes corridors, garnis de niches où sont placés de petits vases renfermant des momies d'oiseaux.

Proche de là, sur une falaise de la rive droite du Nil, se dresse le fameux couvent copte « de la Poulie », *Déir-el-Bakara*, ainsi nommé d'une corde à poulie, par laquelle, afin de se protéger contre les agressions des nomades, montent et descendent moines et voyageurs, installés dans un grand panier. Saint Louis passa par cet endroit, dans sa retraite, après l'affaire de la Mansourah.

La localité la plus considérable du réseau est *Tantah*, la plus importante du Delta, et dont la valeur commerciale est augmentée tous les jours, grâce aux voies ferrées qui s'y croisent. Outre les trafiquants, cette ville attire un grand nombre de pèlerins musulmans, à cause de sa mosquée célèbre, au dôme ogival, qui abrite le tombeau d'un saint de l'Islam. Tantah possède aussi une église catholique et des consuls européens.

Voici *Damanhour,* qui annonce l'approche d'Alexandrie. En effet, la ville « d'Hermopolis », qu'elle représente, tenait le premier rang sur le catalogue épiscopal de la province. La ville actuelle, assez vaste, située près du canal de Mahmoudiéh, a une population de 25.000 habitants ; et quoique ses habitations en briques creuses n'aient pas l'aspect élégant de celles du Caire, elle présente néanmoins, à l'ombre des palmiers qui l'environnent, un aspect assez pittoresque. De la gare, on aperçoit les deux flèches élevées de l'église copte, bâtie, ce semble, sur le modèle des églises d'Occident, et qui produit bon effet. Autrefois la cité était un évêché copte, sous le nom de *Ptimi-en-Hôr.* On aperçoit au sein des maisons de hauts minarets octogones. Méhémet-Ali contribua à donner l'impulsion au commerce de cette ville, dont les tissus sont recherchés.

Son histoire ecclésiastique est remarquable. On cite, entre autres évêques, *saint Draconce,* ami de saint Athanase, et qui souffrit persécution avec lui ; et *saint Isidore,* que visitèrent saint Jérôme et sainte Paule, quand ils vinrent au désert de Nitrie, pour s'édifier du spectacle des vertus qui y fleurissaient. Mais ce qui donne surtout le prix à ce pays, c'est la proximité de ces déserts de Nitrie et de Scété, qui autrefois furent peuplés de solitaires. Hermopolis en était comme le centre, et les vastes ruines de couvents qui, de toutes parts, se rencontrent dans ces déserts, montrent quelle était l'importance de cette vie monastique. Quelques-uns de ces couvents, moins maltraités par le temps, sont encore habités par des moines coptes, témoins le couvent de Saint-Macaire, « Déir-Abou-Makar », celui de Saint-Isaïe, « Déir-Amba-Bichai », celui des Syriens, etc. (1).

(1) Voir les intéressantes relations du P. Julien, *Missions Catholiques.*

Il y avait, à l'époque de saint Antoine, vers la fin du
IVᵉ siècle, en Égypte et dans les déserts voisins, plus de
80.000 religieux ; et le nombre des religieuses allait bien
au delà de 20.000, puisqu'il n'y en avait pas moins de ce
nombre dans la seule ville d'Oxyrrhynque.

Il se trouve, aux environs de Damanhour, des entreprises agricoles considérables, parmi lesquelles on signale
l'exploitation française, d'une contenance d'environ
15.000 hectares, dont le concessionnaire est M. Raboisson.
Je fut renseigné au sujet de cette entreprise, qui ne
demande qu'à prospérer, par Boghoz-Pacha, fils de Nu-
bar-Pacha, administrateur actuel des chemins de fer
égyptiens, après avoir été le chef de cabinet du gouvernement Khédivial. J'eus l'honneur de voyager avec lui,
en retournant d'Alexandrie à Marseille. Ce personnage,
très digne et très compétent, me donna les détails les
plus intéressants et les plus précis sur l'état de l'agriculture en Égypte. J'ajoute que le distingué pacha est
chrétien arménien, mais de la communion grégorienne.

ALEXANDRIE

ALEXANDRIE

Si cette ville célèbre que le génie d'Alexandre fit surgir des ensablements du Delta, présente, quand on y arrive par mer, un aspect assez imposant, il en va différemment lorsqu'on y arrive par terre. Vue du haut du navire, en effet, Alexandrie déroule une suite de hauts sommets, couronnés d'ouvrages de défense, savamment espacés, au-dessus desquels on voit émerger quelques cîmes plus élevées des constructions urbaines, dont l'ensemble a de la grandeur ; et dès l'abord l'animation de son port, qui décèle la grande ville, saisit vivement le voyageur, qui croit y retrouver l'Europe.

Au contraire, lorsqu'on y arrive de l'intérieur, l'aspect en est moins saisissant, mais plus gracieux. Une culture soignée et très variée, où l'agréable se joint à l'utile, de jolies maisons de campagne entourées de jardins, vous avertissent que vous approchez d'une grande et importante cité, féconde en ressources de tout genre.

Dès que descendant du train vous traversez la gare, qui, comme celle du Caire, a l'apparence d'une grande gare européenne, et que surtout vous vous portez vers la station des voitures et des omnibus qui attendent les voyageurs sur la place, ce sentiment que vous êtes dans une vraie capitale vous saisit plus vivement encore. Je me jette, dès mon arrivée, dans un des nombreux véhicules qui stationnent devant le débarcadère.

S'il est vrai que les parties de l'ancienne ville arabe, encore subsistantes, mais qui reculent tous les jours et disparaissent devant les envahissements des constructions selon le style moderne, contrastent avec le progrès, le quartier neuf créé par Méhémet-Ali et ses successeurs, qui aura bientôt englobé tout l'ensemble, a toutes les apparences de la ville européenne, avec ses élégances et ses commodités. Des rues larges et spacieuses, offrant les plus heureuses et récentes conditions d'architecture des grandes maisons de rapport de Paris, avec de beaux magasins qui garnissent le rez-de-chaussée, rues propres et bien dallées, aux larges trottoirs, conduisent depuis le débarcadère jusque sur le port.

Nous en sommes loin du temps où Chateaubriand écrivait ces lignes, qui étaient alors l'expression de la vérité: « Si j'avais été enchanté de l'Égypte, Alexandrie me sembla le lieu le plus triste et le plus désolé de la terre. Du haut de la terrasse de la maison du consul, je n'apercevais qu'une mer nue qui se brisait sur les côtes basses encore plus nues, des ports presque vides, et le désert libyque s'enfonçant à l'horizon du Midi (1). »

Les paroles de Napoléon se rapportent mieux à la situation présente : « Entre l'Asie et l'Afrique, à portée des Indes et de l'Europe, elle est le seul mouillage de cinq cents lieues de côtes qui s'étendent depuis Tunis jusqu'à Alexandrette... Toutes les escadres du monde pourraient y mouiller, et dans le vieux port, elles sont à l'abri de toutes les attaques (2). »

Les noms d'Alexandre le Grand, de Pompée et de César, de Napoléon surtout ne me permettent pas de demeurer oisif dans la ville à laquelle donna son nom le conquérant Macédonien. Pleine de propreté et de fraîcheur, offrant les rues les mieux alignées, les maisons le plus confortablement bâties, avec tout l'appareil et l'ornementation, et souvent le luxe que comporte l'architecture la plus soignée, elle offre au visiteur, avec une promenade agréable, l'occasion de faire des rapprochements, qui ne seraient

(1) *Itinéraire.*
(2) *Mémorial de Sainte-Hélène.*

pas toujours à l'avantage de nos vieilles cités d'Occident.

Fiévreusement je parcours ces voies élégantes et commodes que l'édilité moderne a, depuis quelque cinquante ans, élevées sur l'emplacement de l'ancienne Alexandrie, et en repoussant de plus en plus du côté de la Libye la vieille ville arabe, qui tend de jour en jour à disparaître.

N'attendez plus ici, avec le labyrinthe de mille ruelles enchevêtrées, les pittoresques costumes et les couleurs voyantes, sollicitant vivement l'œil du passant, que vous avez rencontrés au Caire. Devenant de plus en plus européenne, de même qu'avant l'hégire, elle était une ville presque exclusivement grecque, Alexandrie a pris presque totalement la réserve et la sobriété des modes d'Occident. Si le fez y apparaît encore fréquemment, il complète une toilette à la française ; quelques femmes voilées se glissent encore dans les rues, allant à la mosquée ou recherchant la fraîcheur, mais elles se croisent souvent avec des miss anglaises et des groupes de dames vêtues comme on les rencontre en France et en Angleterre.

Le point central auquel viennent aboutir les modernes constructions est la *Place des Consuls,* dont l'édifice principal et le plus en relief est le *Tribunal mixte,* entouré d'autres constructions qui lui font pendant et complètent la décoration de la place. Ayant tout le temps de parcourir à l'aise cette place, où l'on voit, à certains moments, se réunir l'aristocratie de la ville, et que sillonnent sans cesse de brillants équipages ou des voitures de louage, j'en examinai avec soin l'intérieur et le pourtour, scrutant curieusement et les devantures des magasins et le détail des belles habitations privées.

Cette place est maintenant un square des plus séduisants, avec des gazons d'une verdure tendre, à faire rêver

aux prairies de Windsor ; et grâce à un arrosage artificiel
non interrompu et des fontaines jaillissantes, présentant
une végétation splendide des plus belles plantes de l'Orient,

STATUE DE MÉHÉMET-ALI

le palmier, le bananier, le limonier, l'oranger, etc. Comme
sur la grande place d'Abdîne du Caire, je payai un juste
tribut d'admiration à la statue équestre de Méhémet-Ali,
qui domine tout. N'oublions pas que c'est l'esprit organisa-

teur de cet homme extraordinaire qui a donné naissance, comme autrefois Pierre le Grand le fit pour Saint-Pétersbourg, à ce qu'on admire en arrivant en Égypte. Ajoutons que c'est surtout aux Français qu'il s'adressa pour réaliser son plan de transformation.

Cet emplacement est du reste celui de l'ancienne cité grecque ou Quartier du Bruchion, situé à l'orient, où se trouvaient réunis, depuis Alexandre le Grand, les palais, les temples et les monuments de toute espèce, dont les Lagides avaient doté leur capitale. C'était surtout le quartier des études, signalé par la présence de nombreuses chaires de philosophie et de sciences.

L'emplacement de l'église et du couvent des Lazaristes, vaste bâtiment parfaitement aménagé, marque la situation de ce quartier. Non loin est l'église des Franciscains qui dirigent la paroisse urbaine, et qui, avec les fils de saint Vincent de Paul, donnent des soins aux catholiques latins de la ville. J'ajouterai qu'assistant à la messe dans cette église des Lazaristes, j'entendis les petites filles des Sœurs, chanter d'une façon ravissante des cantiques en français, sans l'ombre de prononciation étrangère.

A l'extrémité de la ville, on me montre le palais du Khédive, bâti par Méhémet-Ali, celui d'Ibrahim, son fils, l'arsenal et les magasins qui sont l'entrepôt des produits les plus variés du globe, mouvement commercial qui n'a fait que s'accroître depuis les Anglais.

Que dire des quais, où maintenant accostent les navires, comme aux ports du Royaume-Uni, si ce n'est qu'ils présentent une activité étonnante, un reflet du trafic incessant qui se produit dans les docks de Londres ? Là, grâce aux navires de tout pavillon, mouvement nautique qui y converge sans cesse, et que la domination de l'Angleterre n'est certes pas faite pour ralentir, Alexandrie redevient ce qu'elle était autrefois, la ville cosmopolite par excellence. Je contemple à loisir, avant mon départ, ces piles de denrées, ces turbans et ces burnous, ces allées et venues embesognées manifestant la plus grande agitation commerciale et industrielle.

A l'époque de Strabon, alors qu'Alexandrie était encore dans tout l'éclat de ses monuments conservés ou restaurés, où tout suintait la force et la richesse, une rue large d'un phlètre, ce qui vaut 30 à 35 mètres, la traversait de l'orient en occident, allant de la porte de Canope jusqu'à la nécropole. C'était la rue des palais, des temples, des constructions magnifiques. Une autre rue de même largeur, allant de l'*Heptastade*, chaussée qui rejoignait l'île de Pharos au continent, jusqu'au lac Maréotis, coupait là première à angle droit. C'est sur cette jetée convenablement élargie qu'est bâtie la ville turque.

Les jardins publics et les palais royaux qui se succédaient sans interruption, dans le quartier oriental du Bruchion, où se trouvait le *Muséum*, occupaient au moins un quart de la ville. Dans le quartier occidental, on voyait le *Sérapéum*, un des temples les plus rénommés de l'Égypte, dont la bibliothèque le cédait à peine à celle du Muséum. Le Sérapéum était construit sur une éminence, et on y accédait par plus de cent degrés.

Pendant le siège que soutint César, en l'an 48, dans cette ville, alors que, poursuivant Pompée, il fut enchaîné à Alexandrie par les séductions de Cléopâtre, le temple du quartier du Bruchion souffrit beaucoup, et la bibliothèque du Muséum fut brûlée, mais se reforma ensuite. Théodose fit abattre le temple de Sérapis, mais préserva la bibliothèque ; c'est celle qui fut livrée à la destruction par le farouche Amrou, en 641. Amrou, écrivant au Khalife Omar, lui mandait qu'il avait trouvé à Alexandrie 4.000 palais, autant de bains publics, 410 cirques ou places pour les divertissements, et 12.000 jardins.

École d'Alexandrie.

Il est une gloire qui, à mes yeux, surpasse la plupart des gloires mondaines de cette grande ville, c'est celle de son École. Le coup d'œil de génie d'Alexandre avait substitué à l'obscure *Rachotis* la cité qui devait être pendant longtemps la première métropole de l'Orient. Sa volonté était d'en faire surtout l'éclatant flambeau de l'intelligence, par l'érection de son école. La pensée créatrice du conquérant s'étant réalisée au delà de toute attente, non seulement Alexandrie « fut l'entrepôt le plus actif du commerce de l'ancien monde, elle fut aussi l'un des centres les plus vivants de la civilisation, l'un des foyers des lumières, le vaste laboratoire où vinrent se mélanger les idées de l'Orient et de l'Occident. Auprès de la Bibliothèque, de son Musée, de son Académie, vinrent se grouper les érudits, les poètes, les philosophes... » En un mot, plus que toute autre, cette ville éclaira les esprits, comme son phare éclairait les mers.

Alexandre avait réuni des collections pour les faire classer et analyser par son célèbre professeur Aristote ; cependant la réalisation complète de l'idée générale du conquérant était réservée à Ptolémée Soter. Tandis que les autres écoles ne joignaient guère à l'étude de la littérature que celle de la philosophie, ce monarque entreprit de donner l'essor le plus large à l'esprit humain. Il créa donc dans sa capitale une vaste école de sciences destinée à les synthétiser toutes, en les distinguant et en les vivifiant ; c'était, si l'on veut, ce qui, dans les siècles postérieurs, devait s'appeler une Université.

C'est grâce à cette initiative, que les différentes connaissances, d'un ensemble jusque là confus et indécis, commencèrent à se formuler et à se diviser, se dégageant de l'enveloppe étouffante engendrée par l'empirisme et la superstition, pour revêtir une forme véritablement scientifique et logique.

Toutes les branches de sciences y furent cultivées, les unes comme continuation du passé, les autres demandant à se frayer des voies nouvelles. Démétrius de Phalère et Aristarque ont laissé leur nom à la savante critique qui s'exerce sur les travaux des maîtres de la littérature et de la poésie. De cette époque datèrent les travaux de ces érudits *Scholiastes,* qui les ont expliqués ou enrichis de leurs commentaires.

La médecine raisonnait de plus en plus son art, et produisit Hérophile et Erasistrate, dont les travaux servirent comme de préparation aux ouvrages encyclopédiques d'Oribase, le médecin de l'empereur Julien.

Euclide, Apollonius de Perga et Diophante ont conquis un nom encore respecté dans les savantes déductions de la géométrie.

Eratosthène et Strabon sont de remarquables géographes, dont les noms font autorité jusqu'à présent, pour les sciences cosmologiques de l'Ancien monde.

Mais c'est surtout la philosophie, qui de concert avec les mathématiques, jeta l'éclat le plus vif à l'Ecole d'Alexandrie. Toutes les sectes connues, empruntant leur nom à cette science, y érigèrent des chaires, y eurent des maîtres et des disciples ; et les écoles d'Elée et de Cyrène, non moins que celle du Portique et de l'Académie, auprès des sectateurs d'Aristote et d'Epicure.

Le livre inspiré de la Sagesse, manifestement écrit en grec, au temps des Lagides, paraît n'être autre chose qu'une éloquente apologie, destinée à faire prévaloir les enseignements des Livres Saints, à l'encontre des opinions erronées ou incertaines des différents philosophes, qui, irrités de cette contradiction, auraient voulu pousser les souverains à des mesures violentes.

Plus tard, c'est en face des progrès philosophiques dus

à l'influence du christianisme, que naîtra l'Eclectisme Alexandrin, qui voulait ramener la spéculation de la pensée à un cadre plus logique et mieux raisonné. C'est cet éclectisme, mal compris, qui, mêlé de théurgie ou de faux merveilleux, produira le *Néoplatonisme* de Plotin, Porphyre et Jamblique, pour aboutir à l'empereur philosophe Julien ; comme il avait été l'occasion des erreurs d'Ammonius Saccas, ce beau génie dévoyé, dont l'Église pleura la défection. Mais si plusieurs se brisèrent à l'écueil, nombre d'autres devaient arriver au port de la vérité.

Nous devons une mention spéciale à l'astronomie, science créée, pour ainsi dire, de toutes pièces, par les mathématiciens d'Alexandrie, et surtout Hipparque et Ptolémée. Un des points de départ de cette science fut le célèbre *puits de Syène*, aujourd'hui « Assouân », au sud de l'Égypte. Après avoir remarqué, en effet, qu'au jour du solstice d'été, ce puits était éclairé verticalement par le soleil jusqu'au fond, on en avait conclu que le soleil était au zénith de la ville, et Eratosthène en avait déduit ce qu'on a nommé la mesure de la terre. S'il a fallu plus tard rectifier ces calculs, l'observation était ingénieuse, et le point de départ de conclusions, dont l'astronomie moderne doit reconnaître la justesse.

Pendant plusieurs siècles, Alexandrie devait rester le foyer le plus éclatant des sciences ; il fallut l'invasion de l'Islam pour faire disparaître cette lumière, qui jusque-là dirigeait le genre humain, ainsi que la lumière de son phare guidait les navigateurs au travers des périls de l'Océan.

Plus remarquable encore, s'il est possible, est l'École chrétienne d'Alexandrie, dans laquelle se sont formés de si beaux génies, et dans laquelle aussi semble s'être fondée principalement la langue chrétienne de la théologie, empruntant de la philosophie antique les notions qu'elle transporte dans son domaine, en se les appropriant, par une espèce de conquête de l'ordre intellectuel, comme autrefois les Hébreux s'approprièrent les richesses de l'Égypte.

Quel fut le fondateur du célèbre Didascalée? On en fait l'honneur à saint Marc, à saint Panthène, le lointain missionnaire des Indes. Il est plus vraisemblable que ce fut l'athénien Athénagore sous Marc-Aurèle, qui y transporta cette bouture précieuse, que nous avons vu naître sur le sol de la Grèce. Quoi qu'il en soit du fondateur de cette école, dès le temps de Clément d'Alexandrie, d'Origène, d'Héraclas et de Théognoste, on voyait se presser autour des maîtres une élite d'intelligences avides de la vérité, et appartenant aux sectes les plus diverses.

Les ouvrages de Clément, le troisième maître du Didascalée, sont comme un reflet des différents degrés d'initiation. « Un génie vaste, des talents transcendants, une connaissance approfondie des sciences divines et humaines..., une érudition immense, le rendirent digne d'un poste si éminent. Les écoles d'Alexandrie se trouvèrent confondues en présence de ce colosse de science; les terribles anathèmes qu'il lança contre leurs systèmes achevèrent de les humilier (1). »

Voici les étapes successives par lesquels il conduisait ses disciples dans son système d'initiation savamment graduée. Pour les païens ou les sophistes qui combattaient le dogme chrétien, on en montrait la structure si logique et si rationnelle : on faisait un large éclectisme des plus renommés philosophes ; on établissait la conformité de leurs opinions avec l'enseignement de l'Évangile et des Livres Saints. C'est le fond de toutes les apologies des deux premiers siècles. On reprenait les objections qui couraient les places et les carrefours, les bains et les théâtres, dont les écrits du sophiste Celse, confondu par

(1) Prat, *Histoire de l'Éclectisme Alexandrin.*

Origène, furent un écho et un résumé. On en montrait
l'inanité et la fausseté manifeste.

On aime à entendre comment parlait Clément dans
son Προτρεπτικός, ou *Exhortation aux Gentils*. « La lyre
d'Amphion, disent vos poètes, élevait par ses puissants
accords, les murailles de Thèbes. Les monstres marins
quittaient leurs grottes profondes, pour venir entendre
les chants d'Arion de Méthymne. Orphée, dans les forêts
de Thrace, charmait aux accents de sa voix les bêtes
sauvages... Sur la foi de ces poétiques mensonges, vous
admettez que la musique a la puissance de subjuguer les
animaux farouches ; et quand nous faisons resplendir à
vos regards la vérité, dans son harmonie divine, vous
fermez les oreilles et les yeux. C'est trop longtemps vous
arrêter à des fables et à d'impurs mystères que la véritable religion a enfin remplacés...Le Christ est le seul et véritable Orphée, qui ait le pouvoir d'adoucir les bêtes farouches, je veux dire les hommes, oiseaux par la légèreté,
reptiles par l'astucieuse fourberie, troupeau de porcs
dans la fange des voluptés, loups dévorants, lions par la
colère (1). Notre divin Orphée attire réellement à sa voix
les rochers et les arbres des forêts. » Pour ceux qui étaient
initiés par le baptême, on leur montrait dans un cours
suivi, mais plus secret, les grandes lignes du dogme chrétien et de sa morale. Il y avait enfin une initiation toute
spéciale pour les intelligences les plus relevées, et c'est
là que se formèrent les Pasteurs et les Docteurs, entre
autres saint Grégoire le Thaumaturge et son frère saint
Athénodore, qui répandaient à la fois l'amour de la Doctrine sacrée et l'admiration pour leur savant maître, Origène, ainsi que tant d'autres de leurs glorieux émules.

---

(1) Μόνος γοῦν τῶν πώποτε τὰ ἀργαλεώτατα θηρία, τοὺς ἀνθρώπους
ἐπετιθασσεύεν · πτηνὰ μὲν, τοὺς κούφους αὐτῶν · ἑρπετὰ δὲ, τοὺς ἀπατεῶνας·
καὶ λέοντας μὲν, τοὺς θυμικούς · σύας δὲ, τοὺς ἡδονικούς, λύκους δὲ, τοὺς
ἁρπακτικούς.

Si les éléments les plus disparates se pressaient autour de ces chaires, les plus beaux génies sortirent de cette enceinte, ceux qui devaient porter la formule du dogme chrétien à une perfection qui n'a pas été dépassée, saint Denys, saint Athanase, saint Cyrille, tous les Patriarches de la grande ville, et tant d'autres comme saint Hippolyte, métropolitain d'Arabie, qui s'étaient assis sur les bancs du savant Didascalée.

Succession des âges.

Dans des conditions semblables, il ne faut pas s'étonner si l'Église d'Alexandrie, pendant plusieurs siècles, a jeté un éclat incomparable.

Rien ne saurait égaler l'ardeur avec laquelle les pieux fidèles couraient au-devant du martyre. Rome seule peut revendiquer une couronne plus éclatante de ces héroïques témoins de la vérité. Si l'on suppute, avec les noms cités des martyrs isolés, les immolations collectives et celles que l'histoire ne paraît avoir enregistrées qu'à la dérobée, on arrive à un total presque incalculable.

Eusèbe de Césarée assure qu'on ne saurait supputer le nombre des martyrs qui souffrirent en chaque province d'Égypte. Dans la seule Thébaïde, on immola chaque jour, pendant plusieurs années, durant la dernière persécution, dix, vingt, soixante et quelquefois cent chrétiens, hommes, femmes et enfants, par divers supplices. Le même Eusèbe y vit en un seul jour une foule de chrétiens dont les uns furent brûlés, les autres décapités, et ceux-ci en si grand nombre, que les fers émoussés se brisaient, et que les bourreaux épuisés de fatigue, avaient besoin de se succéder (1). On ne peut douter que la Métro-

---

(1) ...ὡς ἀμβλύνεσθαι φονεύοντα τὸν σίδηρον, ἀτονοῦτά τε διαθλᾶσθαί, αὐτούς τοὺς ἀναιροῦντας ἀποκάμνοντας, ἀμοιβαδὸν ἀλλήλους διαδέχεσθαι. — *Histoire Ecclés.*, l. VIII, c. 9.

pole n'ait eu une part privilégiée dans ces immolations.

Dans les déserts situés surtout vers le sud et à l'orient d'Alexandrie, des multitudes de solitaires, de moines, dont plusieurs recommandables autant par leurs connaissances que par la sainteté de leur vie, se sont signalés à l'admiration de la postérité.

Jusqu'à l'époque de saint Protérius et de Dioscore, la plupart des Patriarches ont pris rang dans la glorieuse cohorte des saints, et après eux, nous trouvons encore ornés de cette brillante auréole, saint *Euloge,* et l'admirable saint *Jean l'Aumônier.*

Plusieurs fois la favorable influence de la Croisade se fit sentir à cette Église affligée par l'infidélité musulmane. Vers 1212, les chrétiens d'Égypte étaient unis de communion avec l'Église Romaine. Outre les fidèles du pays, il y avait dans Alexandrie et au Caire beaucoup de chrétiens captifs, qui étaient en butte aux vexations et traités plus durement que des esclaves. Le Patriarche Nicolas écrit aux papes Innocent III et Honorius III, pour exposer cette situation affligeante, et demander des secours. Voici en quels termes il s'exprimait : « Au Révérendissime Père et Seigneur Honoré, Souverain pontife de la Sainte Église Romaine et Pape universel, Nicolas, par la même grâce, humble Patriarche du siège d'Alexandrie, révérence aussi prompte qu'elle est due. Les archevêques, prêtres, clercs, et tous les chrétiens qui sont dans la terre d'Égypte, supplient Votre Paternité et Votre Sainteté, avec des paroles entrecoupées de soupirs et de larmes... Unis et soumis au successeur de saint Pierre, ils déclarent n'attendre que de lui leur salut au spirituel comme au temporel... »

Pendant les ténèbres de la domination musulmane, de nombreux Patriarches furent en communion de foi et de soumission avec le Saint-Siège.

Si la ville moderne d'Alexandrie peut rivaliser avec les plus belles villes, et bientôt ira de pair avec les plus renommées capitales de l'Europe, de l'ancienne Alexandrie que reste-t-il ? Bien peu de choses, eu égard à ce qu'elle était autrefois.

Le vieux Phare, à la pointe orientale de l'île de *Pharos* (qui a depuis longtemps cessé d'être une île), occupe l'emplacement du Phare des Ptolémées ; mais au lieu de cette tour en marbre blanc à plusieurs étages, qui fit l'admiration des anciens, et immortalisa le nom de l'architecte Sostrate de Cnide, ce n'est plus qu'une grande et lourde construction carrée, sans style et sans goût.

Dès la mer, ce qu'on aperçoit d'abord, c'est la colonne de Pompée, élevée sur une colline et reposant sur un soubassement de petits blocs. Le fût est d'une seule pièce, d'environ 33 mètres de hauteur sur 3 mètres de diamètre ; avec sa base et son chapiteau corinthien, elle a 38 mètres au total ; c'est là un des plus beaux restes que l'antiquité ait légués à la ville moderne. C'est à tort que cette colonne porte le nom de Pompée ; elle a été érigée par Publius, préfet d'Égypte, en l'honneur de Dioclétien. L'anglais Wilkinson a lu sur une des pierres du soubassement le nom de Psammétique II.

Des grands souvenirs des saints qui ont illustré la ville, saint Marc, saint Athanase, sainte Catherine, saint Cyrille et tant d'autres, qu'est-ce que le ravage des temps a respecté ? On peut faire à peu près la même réponse. On me fait visiter l'église patriarcale des Coptes, qui, quant à la disposition architecturale, est absolument semblable aux églises grecques, et en même temps une des plus belles que j'ai rencontrées en Orient; mais elle paraît relativement récente, avec ses peintures, son iconostase et ses colonnes monolithes. Elle conserve néanmoins le souvenir de saint Marc. C'est sans doute de l'église que l'antiquité avait élevée sur cet emplacement qu'a été tirée la célèbre chaire de saint Marc, que l'on voit maintenant à Venise. A gauche de l'abside, dans une sorte de sacristie, on montre un

puits, où l'on prétend qu'a été jetée la tête du saint Évangéliste.

COLONNE DE POMPÉE

L'église actuelle de Sainte-Catherine appartient aux
Grecs. Ce serait dans le quartier du Bruchion, que la

Sainte aurait réfuté les arguments des philosophes envoyés pour la détourner de la foi.

Enfin, l'antique église de Saint-Athanase a été convertie en mosquée. Cette mosquée est une de celles que l'on ne peut visiter sans autorisation spéciale. Placée à l'extrémité d'un angle que forment deux rues en se rejoignant, elle n'offre aucune particularité architecturale bien saillante ; mais elle est propre et convenablement traitée par ses possesseurs actuels. Outre le souvenir du saint Patriarche, elle conserve aussi celui de sainte Catherine, qui fréquentait ce lieu.

C'est avec un respect plein d'émotion, que m'approchant de cette mosquée, je salue du regard ces vieux murs, et que je vénère en eux dans mon cœur un des rares témoins subsistants de la vie religieuse autrefois si intense de la grande Église Patriarcale. Je me rappelle, en effet, que c'est à ces sanctuaires que se rattachait, en grande partie, la vie chrétienne de la Basse-Égypte, vie si intense et qui résista à tant de secousses violentes.

Quelques parties de l'ancienne Nécropole, située à l'orient du port, se voient encore aujourd'hui. Ce sont les *Catacombes* d'Alexandrie. Plus fortunées que celles de Rome, on y signale quelques détails d'architecture, entr'autres la structure élégante de l'une des chambres, d'excellent style dorique. Comme les nécropoles romaines servirent de refuge aux Pontifes persécutés, la tradition veut que ce soient quelques parties de ces souterrains qui aient prêté leur abri tutélaire à l'illustre saint Athanase, alors que l'univers semblait conjuré contre lui. On me signale tous ces lieux, dans lesquels je vénère les plus respectables témoins de l'antiquité sacrée.

Je ne pouvais quitter Alexandrie, sans faire une excursion, qui, depuis longtemps, m'était signalée, je veux parler de la promenade de *Ramléh*. Depuis l'occupation anglaise surtout, Ramléh est devenu le but préféré de délassement de la population fashionable d'Alexandrie. Cet endroit est situé sur le bord de la mer, dans la direction de l'ancien désert de Nitrie, si célèbre dans les fastes monastiques. Un chemin de fer y conduit, en un intervalle de temps assez rapide, malgré la multiplication des stations. Un guide complaisant m'accompagne, me faisant la légende des divers endroits que nous traversons.

La route est bordée de villas, de jardins, d'hôtels, de plantations du meilleur goût. L'endroit lui-même ne présente que des lieux de plaisance, casinos, bains de mer, divertissements variés. Les jours de fête, la foule y est innombrable. Aux abords du grand Casino, on a palissadé la mer, en vue de la sûreté des baigneurs, par crainte des requins qui foisonnent dans ces parages et font souvent des victimes. Incontestablement Ramléh semble appelé à devenir, dans un avenir très rapproché, un endroit de divertissement de premier ordre.

A l'endroit où s'élève à cette heure la gare qui conduit d'Alexandrie à Ramléh, en face de la porte, se dressaient naguère les *Aiguilles de Cléopâtre*, en granit rouge dit de Syénite. L'un de ces obélisques, cadeau de Méhémet-Ali, est maintenant en Angleterre ; l'autre serait parti pour l'Amérique.

Parlerai-je maintenant des œuvres catholiques ? Il faut mettre au tout premier rang la paroisse latine tenue par les Pères Franciscains.

A la tête du collège des Jésuites, splendide bâtiment, auquel est joint un parc aux arbres gigantesques, en rapport avec l'importance de l'établissement, se trouve le P. Jullien, le distingué orientaliste, dont je désirais beaucoup faire la connaissance. Quand je l'abordai, il était sous le coup de feu de ses examens du baccalauréat et ne put, à mon grand regret, me consacrer qu'un intervalle de temps bien restreint pour ma curiosité et les questions que j'avais à lui soumettre.

Dans ce champ vaste et fertile, où prêtres, religieux et religieuses travaillent avec autant de succès que de dévouement, la famille de saint Vincent de Paul tient une place de choix, ainsi que les fils de saint François et de saint Ignace.

Pour me résumer, si Alexandrie n'est en retard sur aucune ville de l'Orient, sous le rapport de l'élégance et de la richesse, elle peut prétendre à une place aussi distinguée, sous le rapport intellectuel et religieux, et peut reconquérir, dans un avenir peu éloigné, le rang unique et incontesté qu'elle occupait avant la conquête de l'Islam.

Voilà ce que disait, dès 1864, un voyageur au sujet des agrandissements de cette ville. « Alexandrie se transforme rapidement, en proie à une sorte de fièvre croissante. Les civilisés l'envahissent, faisant disparaître les masures arabes et les amoncellements de débris et de ruines qui couvraient naguère une grande partie de la surface de la ville. L'encombrement et l'activité semblent extraordinaires, et le développement des constructions est incroyable depuis 1857. Le quartier franc a pris une expansion considérable. Partout aujourd'hui s'élèvent de nouvelles et grandes maisons bâties avec luxe et solidité (1). »

On peut juger par ces paroles du progrès que cette ville a pu faire, alors qu'on sait qu'elle possède actuellement une population qui marche à dépasser trois cent mille âmes, et que l'occupation anglaise de 1878 en a fait le point de ralliement le plus central entre trois continents.

Ajoutons également qu'avec l'accroissement de la population, la religion y fait sans cesse de nouveaux progrès, qui semblent aller parallèlement avec sa prospérité.

(1) Vivien de Saint-Martin.

CONCLUSION

Mais j'ajouterai encore une réflexion, et cette considération me ramène à mon point de départ, à savoir que riva-
lisant avec son passé, Alexandrie compte actuellement une
colonie hellénique de plus de vingt-cinq mille âmes; comme
aussi au Caire, on signale un grand nombre de ces fils de
l'ancienne civilisation. J'ai vu dans ces deux villes des
affiches de théâtre annonçant des pièces en grec ; une
entr'autres indiquait une comédie quelque peu graveleuse:
Ὁι Δύο Λοχοί, à en juger par le titre. Mais ceci montre une
population nombreuse et qui ne tend qu'à s'accroître.

C'est surtout l'attrait du négoce qui attire les Hellènes
en cette ville, et en général en Égypte; et on sait qu'ils
y ont des aptitudes spéciales. Mais aussi, sans doute, le
souvenir des gloires passées d'une ville qui n'eut point de
rivale parmi les grandes métropoles de l'Hellénisme, n'est
pas sans exercer une puissante attraction sur eux.

Aussi cette réflexion surgissait-elle spontanément dans
mon esprit : de même qu'autrefois la population grecque
d'Alexandrie, grâce à ce caractère de puissante expansion
qui est le privilège de la race, et à ce courant d'activité
commerciale et scientifique qui rayonnait sur tous les
rivages placés à sa portée, donna son nom au dialecte qui
était parlé sur toutes les côtes et dans les ports du Levant ;
et que ce dialecte se prêta merveilleusement à la propa-
gation de la pensée chrétienne ; ainsi l'hellénisme moderne
pourrait-il redevenir le régénérateur de ces terres autrefois si chrétiennes, et aujourd'hui désolées par la présence
de l'Islam.

Voici ce qu'écrivait Chateaubriand vers 1826, après
avoir saisi dans le miroir des événements ce que pourrait

34

devenir le mouvement d'émancipation hellénique. « ...Quelles que soient les déterminations de la politique, la cause des Grecs est devenue la cause populaire. Les noms immortels de Sparte et d'Athènes semblent avoir traversé le monde entier : dans toutes les parties de l'Europe, il s'est formé des sociétés pour secourir les Hellènes ; leurs malheurs et leur vaillance ont rattaché tous les cœurs à leur liberté. »

Maintenant que les événements ont marché, agrandissons le cadre, et disons hardiment : Se trouvera-t-il une main assez sage et assez forte pour ressaisir tous les éléments de l'Hellénisme dispersés sur un si vaste périmètre ? Car il ne faut pas le perdre de vue, ce peuple a ses membres épars depuis les côtes de l'Italie et de la Sicile jusqu'aux rives du Nil et au travers du Continent de l'Asie Occidentale.

Ce peuple sera-t-il un peuple homogène, obéissant à une même impulsion, comme au temps de Théodose et de Justinien ? Saura-t-il être le digne et légitime héritier de celui qui, durant tant de siècles, enseigna au monde avec les délicatesses de la civilisation, les notions du beau, et tous les raffinements de la spéculation intellectuelle ?

En un mot, ce peuple trouvera-t-il encore en ses veines un sang assez fort, en sa poitrine un souffle assez puissant, pour redevenir ce qu'il fut autrefois ? C'est là sans doute le secret du Très-Haut ; mais il importe que les esprits droits et les cœurs généreux se disposent à saisir les occasions que la Providence voudra bien ménager de réaliser ce plan, qui pourrait remettre le monde dans sa voie.

Pendant que roulant ces pensées en moi-même, j'achève de visiter Alexandrie, tant les bords de la mer que l'intérieur et les environs de la ville, on m'annonce que le *Congo*, des Messageries maritimes, chauffe et se dispose à partir pour la France. Ma place y est retenue ; je me rends à son bord.

Bientôt, dans un lointain mirage, cette ville, que je quitte à regret, va disparaître avec les rivages de cet Orient que j'ai tant désiré, tant caressé dans mes rêves. On nous donne un pilote pour sortir du port. Bientôt le soir descend, les ombres gagnent, les lointains horizons s'effacent, pour ne plus reparaître. La vie réelle maintenant, c'est la cabine, c'est l'aimable société que nous trouvons à table, au salon : ici, nous sommes en France. Sous peu de jours nous saluerons Marseille.

TABLE DES MATIÈRES

DEUXIÈME PARTIE

Aramaïsme et Sémitisme.

1679-01.— Imp. des Orph.-Appr., F. Blétit, 40, rue La Fontaine, Paris-Auteuil